LE JEUNE HOMME SOUS L'ACACIA

DU MÊME AUTEUR

AUX ÉDITIONS JEAN-JACQUES PAUVERT

La Femme buissonnière, roman, 1971

AUX ÉDITIONS BERNARD GRASSET

La Dernière Femme de Barbe Bleue, 1976, traduit en allemand
La Marie-Marraine, 1978, Grand Prix des Lectrices de *Elle*, le Livre de Poche, diverses collections, traduit en plusieurs langues. Adapté à l'écran sous le titre *L'Empreinte des géants* par Robert Enrico
La Guenon qui pleure, 1980
L'Ecureuil dans la roue, roman, 1981, diverses collections. Adapté à l'écran par Alain Maline sous le titre *Ni avec toi ni sans toi*, 1984
Le Bouchot, roman, 1982, prix du Livre Inter. Le Livre de Poche, diverses collections
Le Tournis, roman, 1984, Le Livre de Poche, diverses collections
Jardins-labyrinthes (avec Georges Vignaux), 1985
Capitaine Dragée, roman, 1986, Grasset/Pauvert
La Fille du saulnier, roman, 1992, Grand Prix de l'académie de Saintonge, Médaille Jacques Chardonne. Le Livre de Poche, diverses collections
La Jupière de Meaux, roman, 1993, traduit en tchèque
L'Arbre à perruque, roman, 1995

AUX ÉDITIONS BAYARD

Saint Expédit, le jeune homme de ma vie, 1996

AUX ÉDITIONS FLAMMARION

Le Diable blanc (le roman de Calamity Jane), 1987, J'ai Lu, réédition « Grandes Biographies », 1998. Réédition Arthaud poche, 2016
La Garde du cocon, roman, 1987, J'ai Lu
Le Château d'absence, roman, 1989, J'ai Lu
Comtesse de Ségur, née Sophie Rostopchine, « Grandes Biographies », 1990, « Biographies historiques », 2000, J'ai Lu, diverses collections. Réédition 2007, France Loisirs
Cléopâtre, la fatale, récit, 1998, J'ai Lu, diverses collections
Moi, Néron, biographie historique, 1999, J'ai Lu
Marie-Antoinette, la mal-aimée, biographie, 2001, J'ai Lu, diverses collections France Loisirs

(Suite en fin d'ouvrage)

Hortense Dufour

LE JEUNE HOMME SOUS L'ACACIA

Roman

Terres de France

PRESSES DE LA CITÉ

ISBN 978-2-258-14478-1
Dépôt légal : mai 2018

Presses de la Cité — un département **place des éditeurs**

place des éditeurs

« Je m'examine. Ai-je vécu ? Ma vie a été une aventure. C'est une histoire oubliée. La mort est proche. Quelque chose s'insurge en moi, réclame l'existence. Je veux vivre. Imprimer un dessin sur ma vie. Peu importe la forme. Mais une forme qui sera moi. Mon œuvre. Verser son sang. »

Jacques CHARDONNE
Le Chant du Bienheureux

I

DU CÔTÉ DU HAMEAU

« C'était quoi, jadis, le hameau, avant tout cela ?
— Un cloaque, sous un pan d'océan jaune. »

*

Tout a commencé au hameau, au cœur des marais, dans une famille d'agriculteurs aisés. Ils aimaient leur vie, l'exigence besogneuse, âpre, de leur terre. Ils n'imaginaient ni ne souhaitaient une autre existence.

Leurs fils, les brus, partageaient cet anguleux bonheur. Ils habitent les deux fermes parallèles.

Arthur Thomas, dit le père Thomas, est le chef de la famille. Sa femme, Catherine, et sa belle-sœur, Tante Didine, Michel, dit Bel Ange par Didine, occupent la grande ferme du fond.

Bel Ange souffrit sans cesse de l'endroit où il vivait.

Sa naissance si tardive n'avait pas été la bienvenue. Son père a longtemps grondé que c'était *du malheur.* Michel le sentit si fort qu'il hésita à vivre.

Tante Didine fut la seule à l'aimer. Bel Ange lui fut un grand cadeau.

Il se réfugia en cette affection profonde.

L'enfance, la jeunesse de Bel Ange lui furent une sombre éternité, heureusement réchauffée du tendre soleil de Didine. Il prit très jeune le goût à dessiner, seul, le dos contre l'acacia, au chemin de son champ de navets où elle travaillait.

Un petit chant aux lèvres. Pauvre petite Carabosse au grand cœur, la peau couleur de ses navets ! La seule à avoir des yeux noirs, la douceur de grandes prunelles un peu fixes, qui voyaient au loin, devinaient l'ombre, le passant, l'oiseau...

La famille, sans malveillance, utilisait Didine. Un bon outil, comme eux tous. Ne pas travailler de ses bras, de ses forces, est pire qu'un défaut : un vice inacceptable. Didine était solide en dépit de ses infirmités ? Tant mieux.

Une servante de plus n'est pas négligeable. Le père Thomas avait vite jaugé sa puissance au labeur. L'important, pour lui, est le rendement de qui vit au hameau. On a du mal à croire Didine si laborieuse quand on croise cette demi-naine, à l'épaule déformée. La nourrir, la loger n'est rien ; sa tâche incessante paye largement son dû. Ses cultures, son potager profitent à la famille. Le lait des douze vaches de Catherine fut longtemps d'un bon profit. Navets, potager, cultures, vaches... Le poulailler faisait leur fierté, et une grosse partie de leurs gains.

Le père Thomas avait été content de son mariage. Sans cette naissance-là, ce malheur-là, l'anguleux et fruste bonheur eût continué.

Les vieillards, leurs forces épuisées, ne servaient à rien. Ils avaient pensé ainsi de leurs aïeux. Ils tenaient le moins de place possible. Ils radotaient au fond d'un fauteuil usé, ou raides sur l'escabeau près de la cuisinière. Les mains croisées sur une canne, ils entraient à jamais dans le silence. Il y avait parfois un éclair farouche au fond de leurs prunelles éteintes. La haine d'être vieux ; la haine de la passation des pouvoirs à ceux entrés en cette demeure où ils avaient été longtemps les besogneux despotes. Jusqu'au bout Didine avait fait la toilette de sa vieille mère, veuve depuis longtemps.

On disait :

— Didine n'est pas méchante et l'ouvrage ne lui fait pas peur.

On utilisait la formule négative « elle n'est pas méchante » plutôt que « elle est bonne ». On ne la gâtait jamais. On n'offrait aucun présent hors les rites convenus. Noël, fiançailles, épousailles, communions solennelles... Ils travaillaient au maximum de leurs forces et par tous les temps. Le labeur ployait leur corps, usait leur âme, gelait à mesure les cœurs. La terre prenait tout.

On eût préféré une moisson gâtée, à cette naissance-là. La naissance de Bel Ange.

Le père Thomas et sa femme ne s'y firent jamais.

*

D'où vient ce hameau où le plus grand des hasards l'a fait naître ? La duperie de naître. La duperie de ne jamais pouvoir choisir l'endroit où naître. Ce sentiment hors d'âge l'envahit. Il était né avec le dégoût.

D'où vient ce hameau ?

La plupart de ses habitants ont les yeux bleus. La famille qui l'habite depuis si longtemps a les yeux bleus. Œil bleu des gens d'ici : un bleu trop clair, décoloré par les pluies, les nuages, le vent, l'excès de cousinages, le reflet du grand marais asséché aux étés véhéments. Un bleu, comment dire ?, dissous au rythme des siècles et des besognes difficiles, les pauvretés diverses, les invasions lointaines. Ces terres-là, cette Aquitaine, appartenaient à Aliénor dite d'Aquitaine. Le hameau et tant d'autres n'étaient que marécages. C'était au XIe siècle.

Invasions encore. Au temps de Jehanne dite la Pucelle. Guerre sans fin. Peu à peu naissaient ces cabanes, ces torchis qui composèrent le hameau. Effort sans fin de ces hommes et de ces femmes courbés, affamés, menés parfois à manger l'herbe des rares cultures. Un blé plus proche de l'herbe, la carotte sous forme de fanes, la misère, la famine. En périr ou se jeter aux eaux glauques des puits.

Invasions, toujours, en ces terres les plus pauvres de France.

Anglais, œil clair. Tignasse rouge. Viols. Violences. Corps misérables pendus aux branches, tournis d'oiseaux noirs piquant les prunelles, labourant les crânes. Quelques fourches pour se défendre. Exactions, punitions, ricanements de la soldatesque. Incendie des cabanes. Hurlement des filles dont la robe unique est un lambeau. Ventre forcé, ensuite ouvert d'un coup d'épée. Rires. Le hameau couleur de sang. Le feu. Quelques survivants, courbés pire que les bêtes, cachés au fond des roseaux inondés. Décrocheront-ils leurs morts pendus aux branches trop basses ? Ouvriront-ils la terre pour ensevelir les filles massacrées, leurs pauvres robes levées sur leurs visages convulsés ?

Il leur faut attendre longtemps pour oser retourner là-bas, vers ce qui reste du hameau, sous la traînée des fumées noires. Attendre. Se nourrir du lait amer des roseaux, boire les eaux fétides. Revenir, parfois à quatre pattes, enseignement des bêtes au nom de la survie. Que sont-ils à l'ennemi, au seigneur des grands bourgs, sinon ces bêtes corvéables à merci ? Les oiseaux noirs ont dépecé les pendus. Mouches vertes, insectes innommés grignotent le ventre ouvert des filles dénudées. Quelque vieille femme hurle. Vieille ? Peut-être pas, mais on vieillit vite en ces campagnes misérables. Elle hurle, les bras tendus vers le ciel. Elle reconnaît ses filles en ces tristes charognes.

Le brouet du Temps. On oublie sans oublier. Les offenses et les morts. Les moissons saccagées.

Croquants du Sud-Ouest.

Miséreux si souvent pendus aux branches en bord des chemins défoncés.

Miséreux, misérables.

Œil bleu, œil noir ; œil qui a vu. L'effroi fiché au fond de la prunelle des morts et des vivants. On suppliait l'archange saint Michel. On égrenait du chapelet. Sans fin. On ne vit jamais l'Archange et ses archers descendre du ciel bleu ou presque noir quand gronde l'orage, pour exterminer les massacreurs. Affaires d'hommes, payant sans cesse leur dédit au péché originel. Punition. Fracas des viols, fracas des chairs, fracas de la multitude des âmes.

Dieu démêlera les siens. La porte est à jamais étroite. Tombez, âmes perdues, tombez, massacreurs, çà et là, aux ténèbres que vous ouvre l'Archange, au service du Dieu vengeur !

On dit, parfois, avoir vu couler une larme d'une statue de la Vierge, ce plâtre blanc et bleu. On clôt les lèvres sur les réalités de ces sortes de miracles : le toit de l'église est troué. La pluie a tracé le sillon des larmes sous l'œil en plâtre décoloré de la Mère portant son Divin Fils.

Pourquoi un ciel si vide, gonflé des mauvais nuages ou aveuglé de soleil brûlant ?

Le Temps.

Le hameau, cette vasière, ce marécage – en combien de siècles ? –, devient une terre où s'érigeaient quelques chaumières. Elles furent encore détruites, refaites. L'Homme a quelque chose de sa cousine, la fourmi. Rebâtir, traîner des poids si lourds, engranger, sentir le pied d'un géant qui se nomme « détruire » et écrase tout.

Du grand marais et des bois alentour, surgirent des créatures nourries de racines, buvant l'eau des chenaux gavés de bacilles inconnus.

La nouvelle moisson humaine engendra à son tour. Elle oublia, élut la paix, le labeur des champs, de la mer, des bois et des courtes forêts embaumant le pin et la sauge.

La paix, fourbe respiration dans l'attente d'une nouvelle guerre. Un des tenaces souvenirs de cet assaut à la chair des filles a donné la coiffe cachant leur visage, dite *Kische'not,* déformation anglaise de *Don't kiss me.*

Le paysan du hameau, en ces temps lointains, l'ancêtre de Bel Ange et des siens, vénérait sa charrue, l'eau de son puits qui servait à boire, pour lui et ses bêtes. Il vénérait l'aïeule au chapelet, saint Michel Archange. La Sainte Vierge. Il craignait les chats noirs, les bestioles volantes. Le serpent des chemins sifflant pire que vieille femme, dont la piqûre fait gonfler la langue, devenue cette outre qui étouffe. Il craignait le crapaud aux pustules gorgées de la peste noire. Il craignait davantage cette buée à l'orée de l'hiver. Cette buée. La Dame blanche, tarissant la semence des mâles qui ont le malheur de la rencontrer. Où ? Partout, n'importe où, en ces sentiers vers les labours, au regard d'une fille convoitée. Malheur à la femme gravide qui croise la Dame blanche en tirant l'eau du puits ou penchée sur la source cernée de menthe sauvage ! Elle accouchera d'une créature à queue de porcelet et oreilles de chien. On la tuera à coups de fourche. Il arrive qu'on épargne la mère, vouée aux pires corvées. Aucun mâle n'approchera plus jamais ce ventre de « maudite ». Il y perdrait à jamais sa virilité. Le sexe coupé, avalé, dissous. Abomination du ventre de la maudite. Si arrive l'atroce prodige, on livre la maudite au bourg du seigneur et on la brûle, sur la place du marché. Brûlée « vive », sans être étranglée par le bourreau. Le spectacle est meilleur.

La place du marché où Tante Didine vend ses navets.

On disait ces choses, à la veillée où tout est noir en cet âtre dont le feu des souches pourries enfume sans réchauffer.

On mourait beaucoup.

On inhumait en terre sainte – ainsi nommait-on le cimetière – tant de pauvres et d'enfants. Désolantes dépouilles dans un sac, à même la terre, dans laquelle on fichait deux morceaux de bois croisés. Il ne reste rien de ces anciens morts dispersés aux racines des herbes nouvelles.

Aux demeures liées aux maisons royales, du côté des villes fortifiées d'enceintes, les tombeaux furent ce marbre, ces gisants et ces gisantes aux pieds desquels gît un lévrier en pierre.

Le Temps.

Il est là pour servir l'Archange aux grandes ailes inutiles qui s'occupe, là-haut, à pousser tout en bas l'inlassable Démon. Peut-être lui arrive-t-il, à ce Milicien du Ciel, ce Ciel-là, de bousculer si fort une âme noire qu'elle choit, au milieu des assauts et guerres, au ventre d'une femme ? On croit à ces sombres mystères. La voilà grosse sans savoir comment ; on la chasse. Où aller hors les marais, les sentiers sans issue et les arbres noirs et tout là-bas, l'océan qui engloutit ses proies ? Naissance au coin d'un bois d'une âme maudite ; pauvre chair nue, sur un misérable ventre nu. La voilà sur terre, cette créature honnie, elle et sa mère. Les voilà errant au hameau ou au bourg ou à la ville, chargées de malveillance. Le plaisir du Mal ; la volupté du Mal. On dit bien « une créature d'enfer » de certaines personnes. L'enfant de la fille violentée, parfois repoussé à coups de fourche, ou à mesure injecté en ces familles, ces bourgs et ces hameaux.

Il couche à l'étable et partage la nourriture des bêtes.

Partout, la mendicité au coin des pavés de la ville, aux marches des cathédrales.

Bâtir l'abri sous les branchages. *Le hameau.* Encore une fois, le hameau, misère de la misère. Obstination. Survie.

A mesure, les naissances reviennent, à mesure, l'homme se courbe vers les marais et la terre à faire prospérer.

Paix provisoire, ventres et terres à nouveau fécondés. Petite chanson aux lèvres de la fille qui tient la quenouille. Prier à l'église que l'on rejoint à pied. Qui n'a ni bancs ni chaises. A genoux sur la dalle dure. Labeur sans fin. Fermer l'unique porte quand vient la nuit, pour que messire le diable n'entre pas au foyer. Dormir parmi les rares bêtes de somme, profiter de leur chaleur.

Prunelles pâles des gens du hameau, des gens d'ici. Un bleu loin de l'imagerie d'un ciel parfait, ou du justaucorps de l'archange saint Michel en lutte contre le Démon. Un bleu loin du manteau de la statue de la Vierge. XVIe siècle. Il y a longtemps que le hameau et ceux alentour ont appris à savoir lire ce lointain nuage rouge ou trop noir, signal de l'insatiable violence. La religion a pris le relais des destructions. Eglises sans cesse détruites par les huguenots, statues brisées. Mortelles représailles entre les deux religions, tortures, grands feux.

Noir, le sang. Le sang est noir.

XVIIe siècle.

Louis XIII le très pieux et son comparse, le grand cardinal, édifient le catholique royaume de France. Affamer La Rochelle ; détruire la flamboyante cité parpaillote, forte de la Bible et de ses temples. Fière d'avoir brisé les statues de la Vierge, l'Archange et tous les saints. Le roi de France et son cardinal s'en mêlent. La Rochelle ne se rend pas. Les habitants mangent les rats, meurent de faim et du choléra. Louis le Juste, et son guerrier de cardinal, noires cuissardes, épée au côté, cape rouge, vainqueur sur les remparts de La Rochelle soumise. Détruire les temples, édifier une église.

Louis XIII en baise le sol, y honore la Sainte Vierge-qui-a-les-yeux-et-un-manteau-bleu. Il crée une fête pour la mère du Divin Fils de Dieu : l'Assomption.

L'Assomption, 15 août, au milieu de l'été, quand flambent les moissons et que l'Archange reprend son épée et sa chaîne.

On n'en finit pas, au fond des campagnes, *au hameau*, avec les mortelles turbulences. La famine, toujours elle, courbe l'homme vers la terre ; il broute l'herbe. Il broute.

Versailles et son roi dit Soleil ne savent rien de ces choses.

Le hameau prend peu à peu cette forme rectangulaire.

Le hameau courbe l'échine ; le seigneur du coin a foulé, détruit la moisson dont on ne lui donne presque rien. Une patience sans nom habite l'âme des gens du hameau, et ceux alentour. Une patience devenue génétique. Saintonge, terre de la patience ?

Dans « patience » il y a aussi le sens de « souffrance » ; la sainte force de la dépasser ainsi que les deuils. Ne jamais murmurer contre le bon Dieu et ses saints. Oublier les morts, enterrés là-bas, au modeste carré de *la terre sainte*. Prier pour les morts, en silence, implorer leur secours. Ne sont-ils pas au Ciel ? Ils n'ont jamais tué ; on les a souvent tués, ou ils sont morts des fièvres mauvaises et de la tâche si lourde. Concevoir d'autres vies, fêter « le beau mai », fêter la petite mariée vêtue en rouge. Agrandir le rectangle du hameau ; pêcher l'anguille aux eaux croupies. Cuire la galette de farine noire au four commun. Nourriture, Sainte Nourriture, Travail des hommes. Boire le vin clairet puisque, à mesure, ingéniosité, labeur, la vigne est venue.

L'histoire et ses violences, ici, aux ancêtres de ce pays ne cessent jamais.

Il y a le répit, jamais le repos.

L'ineffable joie de ceux qui prient dès les matines.

Le Temps.

Le hameau a désormais bonnes bâtisses en pierre. Un rectangle fortifié.

Guerres mondiales, la Première, la Seconde, les autres. *Te souviens-tu, brave enfant de la France ?*

Quelle France, que signifie ce chant d'autrefois ? Quelle France, ce brouet où tout se mélange, où les invasions se sont faites diverses, sournoises, haineuses, religieuses, folles… Quel Dieu, quelle France, dérisoire sur la carte du monde, où l'homme s'en va t'en guerre, sur la main de la mort ?

A cela, l'Archange ne peut rien, toujours occupé à maintenir le Démon sous son pied.

Çà et là, aussi, un peuple aux yeux noirs.

Une Saintonge aux prunelles sombres, où danse une lueur dorée.

Le Temps.

On en voit, des vilaines histoires, au journal, à la télé, à la langue des femmes, au grand marché du bourg. D'où est venu ce venin du Mal ? Est-il le fruit d'une lente hérédité, le temps, les luttes, les pertes, le fait d'être humain ?

On ne sait pas.

Le labeur restitue les splendeurs. L'artisan à la cathédrale, aux vitraux de ce mauve des yeux de Michel Arthur Thomas, dit Bel Ange, adoré de Tante Didine.

Le labeur, celui des livres pieux ornés de fines gravures dorées. Le temps de reprendre souffle pour une autre guerre, d'autres affronts, d'autres histoires. Les survivants misérables de ces guerres composèrent une étrange terre ensemencée. La mauvaise herbe. La bonne herbe. Le bon grain. L'ivraie. Brûler le figuier tordu ou l'arbre soudain grevé de pustules. Brûler le Mal. Battre la terre comme on bat une épouse infidèle. La réduire à prospérer et à taire ses malveillances. Labeur sans fin.

Celui de bâtir à mesure de fortes fermes à la place des masures. Le labeur. Le labour.

Rien de plus laborieux qu'un hameau. Son isolement même l'exige.

La paix n'est qu'un court moment. L'oubli nécessaire. Sentir à nouveau bouillonner la force du sang dans les veines, la force d'engendrer et d'ouvrir la terre à ses semences ; la force d'engranger les fruits de la terre, ouverte comme un ventre de fille bonne et féconde. La force de faire jaillir la nourriture sacrée.

— Sans la bénédiction du Ciel, dit Tante Didine, on perdrait *le cœur* de cultiver *le boire et le manger.*

« Cœur » au sens de « courage ».

Tante Didine est la seule en cette famille du hameau à formuler ces choses.

Les autres n'en disent rien. Il ne faut pas risquer la perte surgie d'un mot de trop. Perdre le boire et le manger.

Il y a des étés, ici, où le ciel n'est que lumière et un bleu si rare qu'on le croirait oriental. C'est la force de l'océan mêlé à ces chemins dorés.

*

Le hameau, ce gros rectangle, est ouvert sur un lacis de petites routes jusqu'à la départementale vers le bourg. En cercles concentriques, au-delà du hameau et du bourg et du fleuve cerné de roseaux, il y a quelques villes et le port de La Rochelle. Le ravissement des beaux étés. Çà et là, des îles accablées l'été de touristes. Le hameau en lui-même est une île. On vit entre soi. Le hameau est le port, la capitale, le refuge, le vivre, l'incontournable famille. Le gain. Le lien. La terre. La même façon de penser.

De chaque côté de la ferme principale, deux petites fermes sont devenues les maisons des fils aînés, leurs épouses, leurs enfants. Alentour, les champs fructifient. Juillet, jusqu'à la mi-août, époque du blé, on entend le bruit des batteuses, des tracteurs perfectionnés. Un tilleul embaume l'orée du chemin. Le grand marais fournit l'anguille. Les grenouilles coassent. Il y a le lent envol des hérons blancs et de ces oiseaux à bec bleuté qui ne se posent nulle part.

Au bout du hameau, l'œuvre collective est un immense poulailler. Il est connu dans la région

– y compris des bons restaurants du pays. Il est chauffé aux lampes, alimenté par un système sophistiqué de machineries. Œufs, poussins, diverses volailles, on n'y chôme jamais. Il a agrandi de manière considérable la fortune du père Thomas et des siens. Au début ce n'était qu'un simple poulailler. L'idée a fructifié ; chacun y a mis de son ingéniosité. La transformation radicale du poulailler en entreprise a été un succès.

Ils n'ont pas pour cela renoncé au labour, au lait des vaches et aux ressources de leur marais.

Ils ont bâti eux-mêmes des garages, des remises, des appentis, à la suite des fermes parallèles. On y loge tracteurs, batteuses, nécessaires aux champs alentour, luzerne, trèfle, blé, maïs, lin, ainsi que le matériel indispensable au poulailler. L'ensemble, à mesure, est devenu « le hameau du poulailler ». On dit comme ça dans le pays ; la fortune de cette famille attire les plaisanteries des hameaux voisins :

— Le père Thomas fait sa fortune grâce aux poules.

Un écriteau est accroché à la porte de la ferme principale, pour indiquer où trouver quelqu'un.

Je suis aux poules ; suivi du numéro de portable du père Thomas, celui de sa femme et de ses fils aînés.

Didine, elle, ne s'est jamais faite au portable. Elle a peur du téléphone depuis que par plaisanterie le père Thomas lui a fait croire que le diable s'en servait pour tout écouter.

Tout le monde besogne, les femmes, plus que les hommes, mais on ne le dit jamais.

Il y a l'école et vite, le poulailler, les champs. Ce que le père Thomas, ceux du hameau appellent « travailler ».

— L'ouvrage, c'est avec ses bras.

Les femmes vont et viennent, rien n'est plus exigeant que l'entretien des maisons, la cuisine, les lessives, les enfants et à nouveau le poulailler, les bêtes, les champs.

Rien de plus exigeant que ces laborieuses qui se surveillent du coin de l'œil.

A l'entrée du hameau, veillent quatre gros chiens à museau de loup.

Chiens de chasse et chiens de garde.

Quelques longs chats gris sont perchés aux poutres des granges pour les souris.

Bêtes ou gens, on sait toujours quand quelqu'un approche du hameau.

Ils ont la haine paysanne de la ville.

Chaque ferme est une longue maison basse, chaulée en blanc, tuilée en rouge. Pas d'étages, sauf les greniers. Les volets sont peints en bleu ou en jaune. On les ferme à demi, tenus par des crochets intérieurs. Protéger les meubles de la chaleur. Eviter les impôts sur les fenêtres. La porte est toujours ouverte. L'été, grimpent des fleurs. Les géraniums incendient les grands pots à cet office.

Tante Didine se souvenait, non sans tristesse, qu'avant la naissance de Bel Ange, sa sœur Catherine était joyeuse. La famille menait cette rude vie laborieuse, immuable, heureuse. Le hameau est issu des cousinages. Arthur Thomas possédait la plus grosse bâtisse et le grand marais, auxquels sa prospérité ajouta le pré lié au bois penché, ainsi nommé à cause de diverses tempêtes qui en avaient courbé les arbres. L'hiver, tout est brume grise, comme le champ de navets de Didine dite « Tata » par la famille.

L'aïeul avait partagé ses biens entre ses filles. Didine eut un potager, l'allée aux acacias et le champ de navets. Sa cadette, Catherine, reçut l'étable et douze vaches. Cette famille-là occupait l'appendice moyen, dit « les deux petites fermes ». Arthur Thomas épousait Catherine, son étable, ses vaches, les deux petites fermes.

Catherine est vive et blonde, aux yeux bleus. De belles hanches fécondes. Arthur Thomas supputait la certitude d'une descendance du même regard qu'il considère le flanc d'une bonne vache laitière. Didine n'avait que son pauvre corps corvéable à merci, ses légumes, ses fleurs, quelques acacias et ses navets. Elle avait toujours vécu au hameau. Elle habita chez sa sœur. Elle quittait « la petite ferme » pour loger dans la grande.

Une chambre toute simple. Ils ont tous une chambre simple. Le lit, une table de nuit, pas de lampe de chevet, une ampoule à clocheton en forme d'assiette renversée. Personne ne se couche dans la journée. La chambre, c'est pour dormir. On ferme la porte. On la rejoint le soir, quand toute besogne est accomplie. A la rigueur, en cas de maladie et de décès, on ouvre la porte et on entre dans la chambre.

« Les petites fermes », avec le temps, échouaient donc chacune aux fils, aux brus d'Arthur Thomas que l'on appela alors « le père Thomas ». Leurs enfants prendraient la suite. Il y a un très ancien ordre en tout ça. Un implacable protocole secret. Malheur à qui déroge ou abandonne le hameau et sa part de labeur ! Le dimanche, les femmes s'habillent. Les plus jeunes, désormais en jean et tee-shirts aux couleurs vives, mettent à l'occasion des jupes fleuries. Au bourg, il y a deux magasins où criaille la mode entrecroisée au goût de toujours.

Didine et sa sœur, l'une en bleu clair, couleur de la Vierge, l'autre en rose vif, se rendent à la messe. Elles vont à vélo, solide engin noir, véhicule utilisé ici par tout le monde. Les brus, parfois, les accompagnent. Les fils, jamais. Il y a trop à faire à la ferme et au poulailler. *Le Petit Sud-Ouest* indique l'église, l'horaire des messes, pas toujours au même village. Les églises ouvertes sont de plus en plus rares, les messes ont lieu, ici et là, à quelques kilomètres. Ce sont « affaires de bonnes femmes », selon le père Thomas et ses fils, mais ils n'ont rien contre. C'est comme ça. Pour rien au monde le père Thomas ne se fût autrefois passé de messe à son mariage, ni omis de faire baptiser et communier ses fils et les marier à l'église. Les enterrements respectent aussi ce rituel : « passer par l'église ». Il ne faut pas contrarier les usages. Noël, Pâques... Les communions solennelles. A ces usages correspondent de grands repas.

A la Toussaint, Didine, au cimetière du chemin bleu, fleurit les tombes de ses parents, les aïeux, la parentèle. Quelque tombe oubliée. Les sacoches de son lourd vélo débordent de chrysanthèmes, semblables à des belles marguerites or, parme, blanches. Chaque 2 novembre, pour la fête des Défunts, ses fleurs en ses sacoches, Didine secoue son doux front de brebis strié de fines rides.

— Je prierai pour chacun.

— Si tu n'as rien d'autre à faire ! s'esclaffe le père Thomas, oubliant qu'elle travaille autant que bête de somme.

Chaque famille a ses ordinateurs où sont consignées les commandes, les ventes – tout ce qui concerne la production. Ils ont deux 4 × 4, quatre voitures plus simples, deux camionnettes, un camion, les tracteurs, les faucheuses électriques, les batteuses les plus perfectionnées, des vélos, des motocyclettes. En leurs cuisines, les appareils ménagers dernier cri. La salle possède un large écran de téléviseur. Il est souvent allumé mais on le regarde à peine, sauf « Le journal ».

Les anciens meubles, en bois lourd, ont été entassés chez les fils, ceux en mauvais état, au grenier. On ne jette rien.

Ils ont acheté du formica, des meubles horribles que les femmes entretiennent d'un chiffon amoureux. La grande table du dimanche et des fêtes, sa toile cirée à carreaux, date de loin.

Portables, smartphones, ils ont tout cela. Leur esprit, seul, n'a pas changé depuis les anciens siècles.

L'esprit de la terre et de ses ressources, incontournables racines mentales. Ils savent la ponction des forces exigée. Ils ont l'esprit du gain et celui du silence. Nul ne sait le montant de leur fortune. Il est bon de passer pour pauvres. Il est difficile de le croire à cause du poulailler, des engins divers, des terres, du grand marais, du bois penché, mais le père Thomas et ses fils ont la réplique indiscutée :

— On n'en finit pas avec les crédits et les taxes !

Les questions, ces questions-là, sont rares. Ceux des autres hameaux ou des villages ont la même façon de manier le bouclier des silences. Nul ne doit savoir ce qui entre en ces bourses, soigneusement dispersées en divers comptes. En terres, surtout, qui produisent ou qui menacent de ne plus produire. Travailler sans cesse.

L'intuition, l'odorat, l'ouïe, le regard aigu : ils ont les atouts de l'animal. On trompe moins aisément l'animal que l'homme. Ceux du hameau ont un puissant instinct animal. Par l'odorat, ils savent quand viennent le vent, la pluie, la lourde chaleur, le brouillard ensevelissant les navets de Didine. Si les vers de terre, tortilleurs silencieux, dévorent une culture, Didine, elle, le sait. Elle goudronne, elle bêche, elle entend au fond de sa terre le ver et l'insecte qui perforent, rongent et l'avalent d'un grignotement sournois. Ils savent et perçoivent ces constantes menaces. Il y a aussi les mulots, les taupes et tant d'autres ennemis ! Il faut agir et ils agissent. Guet constant. Dos tourné, ils entendent le moindre pas sur leurs chemins. Entre eux, ces codes s'ajustent par le regard, un froncement de sourcils, une immobilité soudaine. La satisfaction, le mécontentement, la suspicion. L'attention aiguë. La méfiance innée de l'inconnu.

Paris, c'est Babylone.

Et si éclatent des bombes, à Paris, dans les villes, des attentats venus de mondes incompréhensibles au hameau, c'est que Paris, les villes sont les authentiques guet-apens du Mal.

Ils ont le sens des secrets bien enfouis.

Ils rencontreraient sans étonnement un lointain ancêtre du Moyen Age : ils penseraient de la même manière. Ils auraient le même geste à manier l'antique charrue. Ils comprendraient d'un même mouvement de tête d'où vient la pluie.

Le protocole du silence est rompu autour des lourdes tablées des dimanches et des fêtes. La famille entière s'y rassemble. C'est leur puissante récréation. Le petit vin tiré des gros tonneaux, au fond de la vaste grange qui sent le moisi et la paille. Le petit vin issu de la vigne au fond du pré, la vigne aux feuilles dentelées, aux courtes grappes blondes ou noires, foulées aux larges cuves dans la grange à cet effet.

— Le petit vin de chez nous !

Orgueil du père Thomas. Râpeux, plutôt piquette que vin, mais dont il est fier.

Chacun a son couteau personnel. Au mur, les fusils pour la chasse. Au fil des années et des naissances, on tire les rallonges de la table du dimanche et des fêtes.

Bel Ange, au long de sa lente jeunesse, ferme les yeux au bruit détesté des rallonges.

Peu de livres, sauf quelques anciens ouvrages de classe, couverts en bleu, un bel album d'enfance, *Pégase, le cheval enchanté,* des vieux romans de cape et d'épée. Les feuilletons de romans-photos sont découpés et cousus ensemble. La revue *Princesse* est appréciée des femmes. Didine joint les mains quand une de ces revues répète les photos du couronnement de la reine Elisabeth II. Elle la considère comme une créature sacrée, éblouissante, au-dessus de l'humanité. A la mort de la princesse Grace de Monaco, elle avait pleuré et prié longtemps.

Les femmes ont un missel qui date de leur première communion.

Puis il y aura les livres empruntés à la bibliothèque du bourg par Bel Ange.

Le père Thomas n'aime pas le journal télévisé, ni Internet. « Menteries ! » Il lit *Le Petit Sud-Ouest,* glissé dans la grosse boîte en fer à l'entrée du hameau. Il entend la camionnette du facteur qui le dépose ainsi que le courrier commercial, précédée de celle du boulanger. Le boulanger à la huppe claire, un fin duvet roux sur les avant-bras aux manches retroussées, klaxonne trois fois. On dit « voilà Bébert ! ». Une des brus accourt ; elle emporte les pains de ses bras solides telle une fournée de gerbes de blé. Chaque pain enveloppé d'un torchon à carreaux rouges est enfoui au fond de chaque huche en bois.

— On met ça sur le compte !

Bébert n'attend pas la réponse. La camionnette est déjà repartie. Elle fait le tour des hameaux avant de rejoindre le bourg. On règle chaque samedi le compte du pain, à un centime près. La camionnette-épicerie passe deux fois par semaine mais ils trouvent que ses produits coûtent trop cher.

Le père Thomas lit *Le Petit Sud-Ouest,* le soir, avant de dîner. Il chausse des lunettes qui mériteraient un changement de verres et une monture neuve. Il lit son journal d'un bout à l'autre, y compris les avis de naissances, de décès et les annonces les plus diverses.

— Je n'ai besoin de rien d'autre, avec le journal, je sais tout ce qui se passe.

Il plie le journal. Il se racle la gorge et se lève d'un air content.

Une bonne odeur de soupe et de fricot sort de la cuisine.

Le bonheur est une affaire simple.

La complication était venue à la naissance de cet enfant tardif qu'il regardait de biais, comme lorsqu'un mauvais vent se lève, dissimulé, traître, derrière les abondances de sa terre. Le père Thomas se serait bien passé de cette naissance qui marqua selon lui la fin de leurs jours heureux.

*

Michel Arthur Thomas naquit quand sa mère Catherine avait quarante-neuf ans. Ce fut un choc pour son mari, le père Thomas, et ses cinquante-deux ans.

Michel était né vingt ans après son dernier frère.

— Un *ravisé* ! bougonna le père Thomas.

Ainsi dit-on d'un enfant trop tardif.

C'était l'année 1999. On ne parlait que du passage à l'an 2000.

Cette date était à certaines vieilles personnes le signe de la fin du monde.

1999, en décembre, une grande tempête avait foncé, bousculant les cultures, les maisons, les vies. La famille du hameau eut des pertes mais sauva l'essentiel. L'habitude de ces désastres de la nature, le sens opiniâtre de recommencer, rajuster, épargna le gros de leurs biens. Ils réparèrent, plantèrent à nouveau. Le poulailler géant, leur richesse et leur fierté, perdit plusieurs volailles. On les trouva crucifiées au grillage en partie tordu. On redressa, on colmata. On jeta au fumier les volailles en charpie.

Invendables. Une des vaches, assommée au pré, finit à l'abattoir. Peu à peu, les prospérités reprirent. On n'était jamais étonnés par ce genre de catastrophe. On s'en sortait au mieux, ou pas du tout. C'était comme ça. On savait les dilemmes de cette nature âpre, dangereuse et féconde.

La naissance de cet enfant imprévu marqua aux yeux de ses parents une détestable stupéfaction. Il faisait, en un sens, partie des catastrophes.

Naître si tard !

On ne s'attendait pas, au hameau, à ce que la mère Thomas fût une nouvelle fois grosse. Les brus, issues de cousinages, sont natives des hameaux voisins. Elles ont été dans l'alliance tacite dès la première jeunesse, celle que les petits bals de l'été transforment en mariages aussi austères, nécessaires, que la vache menée au taureau.

Catherine confiait à sa sœur Didine, « je ne vois presque plus » : signe naturel de la fin de la fécondité. Mère pour la troisième fois à l'âge de quarante-neuf ans ! Cela surprit tout le monde. A son âge, il n'y a guère de précautions ou de contraception à prendre. Le docteur Trouvent l'avait dit. Il pensait que l'abstinence était d'usage pour les couples d'un certain âge. Son remplaçant était plus prudent. « N'arrêtez pas la pilule. D'ici un an, on verra. » Elle délaissa la pilule dont elle s'était toujours méfiée. Elle ne croyait guère à une fécondité possible. « Je ne vois presque plus. » Elle prit ses malaises pour ceux de la ménopause, puis d'une « crise au foie ». On avait tant bu et mangé, ce 21 juin, pour fêter les moissons ! Elle avait grossi. « C'est l'âge », disait-elle à sa sœur, quand elles étendaient la lessive au grand pré. Une fin d'été si calme, si chaude encore ! Le linge sentait bon. Le parfum délicieux du jardin, des arbres alentour, dont le grand tilleul, attirait les abeilles. Les malaises de Catherine s'accentuaient. Elle vomissait le matin. Le père Thomas lui dit d'aller « consulter » au cabinet médical. Il proposa, rare prévenance, de l'accompagner en voiture. Elle refusa.

— Depuis quand on s'écoute pour un mal au cœur ?

Elle partit sur son grand vélo. L'été flamboyait encore, pâlissait ses prunelles bleues. Des ombres tourbillonnaient sur le chemin, mouches, malaise, roseaux penchés. Elle s'essoufflait.

Le médecin posa certaines questions. Elle s'allongea sur une table inclinée. Il prescrivit une prise de sang. Il lui fallut à nouveau aller et revenir. Avait-elle une maladie ? La maladie ! En voilà une imposture ! Au hameau, on a le droit de mourir mais pas d'être malade. Elle n'a pas l'âge de la maladie des vieux. Elle frissonne malgré la chaleur de ces bouffées qui rougissent brusquement ses joues. Sa poitrine est si lourde ! Un cancer ? Ici, on dit « le crabe ». Avoir « un crabe » comme celui de la cousine Tripoux, au hameau voisin. Chaque mois, elle va, la cousine, un sein en moins, sans cheveux, à l'hôpital de la ville. La chimiothérapie, tout le monde connaît ce mot lié à celui de « crabe ». On tait soigneusement certains termes ou visites qui portent malheur. Le malheur, « le crabe », ça peut bien s'attraper en fréquentant qui en est affligé ! On évitait la cousine Tripoux, sa maigreur flottante sous sa blouse à carreaux. On l'apercevait parfois, étendant le linge, sans son foulard. On avait peur de ce crâne nu. Il était *le signe* ; celui d'une multitude de cellules pires que le mildiou aux plantes, dévorant la vie vivante... Au début, elle avait fait croire à un zona. On ne dissimule rien en ces mondes-là. La terre, l'océan, là-bas, les chenaux, l'assaut des nuages, crevant en pluie féconde ou dissipés en ce radieux soleil, sont un langage. On sait et on se tait. La cousine Tripoux acceptait ce turban les jours où elle se rendait à l'hôpital. On l'entendait parfois crier quand la douleur fonçait sur elle, nuée de corbeaux piqueurs d'agonisants. Les capsules de morphine n'agissaient pas toujours. Elle se réfugiait dans l'appentis ou la grange. Le crâne bleui serré entre ses poings. On respectait ce retrait. On se taisait davantage. C'est un pays où se plaindre est une honte. Il est plus honorable de se jeter au puits ou de se pendre à la poutre. On ne sut jamais, quand elle gémissait ainsi, si son mari et ses deux fils avaient honte, ou peur, ou secrètement du chagrin. Un peu tout à la fois. On admirait sa résistance malgré ses quelques clameurs qui donnaient le frisson. Elle vaquait au linge, au ménage, au pré. Elle refusa la perruque dont lui avait parlé l'infirmière de l'hôpital.

— Il y a des perruques bien taillées et remboursées en partie par la sécurité sociale !

Elle, la muette, foudroya l'infirmière d'un véritable cri :

— Et l'honneur ?

L'honneur : la fierté d'accepter son malheur sans le cacher ni s'en plaindre. L'horreur du camouflage hypocrite. L'honneur... Elle lança ce mot à la manière d'un guerrier qui refuse le bandeau devant le poteau d'exécution. Elle ne cachera pas sa misère, non pour en faire une gloire, mais la forme subtile, personnelle d'un grand courage.

Ce mot atteignit-il son but ? Il avait été lancé tel un caillou à la face de ceux qui ne pourraient pas la guérir.

— La mère Tripoux a de l'honneur, dit-on, de hameau en hameau, jusqu'au bourg.

On avait aimé ce mot, ce trait. L'honneur.

Elle besognait trop dur pour sa lassitude. « L'honneur » était de quitter la vie sans cesser le travail.

— C'est lui qui m'abandonnera.

Didine était la seule à lui rendre visite. Rien n'était changé en son affection pour cette cousine qu'elle connaissait depuis toujours. Les bêtes s'éloignent de l'animal blessé mortellement. Il en est souvent ainsi des humains. Didine allait la voir, comme autrefois, avec plaisir, lestée d'une galette cuite par elle, enveloppée dans un torchon immaculé. Cette simplicité réconfortait la mère Tripoux. Didine la trouvait dans sa cuisine, contre la table à repasser. Elle pliait du linge qui sentait bon. Elles s'embrassaient trois fois, selon la coutume.

— Tu ne viens ni par pitié ni par mauvaise curiosité. Passe-moi la pile de serviettes. Tu as vu le dégât du vent, l'année passée ? On a perdu la vigne. On dirait qu'elle a péri sous un incendie ! Crois-tu ! C'est le sel qui a tout brûlé. J'ai fait du café, avec beaucoup de chicorée. Cela lève moins le cœur.

La cafetière en émail à fleurettes était posée sur la toile cirée à carreaux rouges et blancs. Elles bavardèrent un moment. Didine fut la seule à croquer un morceau de galette. Elles souriaient à d'aimables souvenirs. On oubliait la maladie.

Cette année-là, où Catherine fut grosse de Bel Ange, on trouva la mère Tripoux allongée en plein champ. Immobile sous le soleil. Paisible, son corps si léger semblait endormi contre la terre. On la mena au petit cimetière du chemin bleu ; là-bas, où beaucoup se sont connus, croisés, querellés, aimés. Sur la terre, à cause de la terre, et un jour, sous la terre.

Le cimetière du chemin bleu... Ce n'est pas celui du bourg. On l'appelle ainsi à cause de son allée de pins presque bleus, sous la lumière et sous la pluie. Il est petit, aux tombes simples, entouré de murs blancs. La grille de l'entrée, surmontée d'une croix, est peinte en bleu. Il y a quelque chose d'oriental en ce pays. Les maisons basses, le blanc des murs, les contrevents aux vives couleurs, les tuiles rondes et rouges. Une treille s'élance autour d'une porte ronde.

Les funérailles eurent lieu le matin. Didine, à l'église du bourg, récitait la prière des défunts. Il y avait peu de monde. Le silence du mari et des fils. Ce particulier silence des hommes qui ont toujours caché leur amour. Didine avait composé un bouquet de ses glaïeuls blancs. Une grande branche de romarin en signe de piété. Elle priait pour cette cousine dont beaucoup avaient oublié le gracieux prénom : Angélina.

Au bourg, aux hameaux, on ne cachait pas cette pensée qui bouleversait Didine :

— C'est mieux pour elle. Elle ne souffre plus.

Il faisait chaud. Un été indien, disait-on.

Le fourgon funéraire cahota jusqu'au cimetière du chemin bleu.

Catherine, secouée de nausées, n'était pas allée à ce modeste enterrement.

— Tata y est avec les brus, cela suffit, conclut le père Thomas.

L'idée de la mort était paisible à Didine mais effrayait Catherine.

Septembre finissait. Le temps resplendissait.

Sur cette route, courbée sur le guidon trop lourd, sa gorge se serrait. Au loin, le fleuve était jaunâtre, perdu parmi les roseaux qui semblaient brûlés. Le pont, là-bas, était ce va-et-vient de voitures. Il surmontait le fleuve infesté de moustiques. Il séparait de la ville ceux des hameaux et du bourg. Une machine en fer soutenait l'ancienne planche qui transbordait les passagers d'une rive à l'autre vers la ville. A grands frais, l'Etat entretenait cette antiquité dont s'entichait le tourisme. Catherine haussait les épaules. Elle se souvenait des matins glacés, venteux, ou brûlants, quand il fallait traverser le fleuve sur cette machine signée Gustave Eiffel. Il arrivait que des malades mourussent – ou qu'une livraison fût abîmée – parce qu'on ne parvenait pas à mouvoir à temps ce transbordeur pour rejoindre l'hôpital ou les hangars de la ville.

Catherine s'arrêta un moment. Qu'a-t-elle donc à refouler cette constante nausée ? Est-ce ainsi que la pauvre mère Tripoux avait senti les premières affres de la maladie sans grand recours ?

Au bourg, elle gara son vélo devant le laboratoire aux portes en verre qui s'ouvrent seules. Le résultat était formel : elle était enceinte. Elle oscillait entre le soulagement (vivre !) et une forte panique.

A l'entrée du hameau, elle cria quelque chose. On ne crie pas au hameau. Les poules s'agitèrent. Les chiens grondèrent.

— Je suis *prise* !

Le guidon entre ses poings, elle criait, comme si elle annonçait une étrange intempérie. *Prise*, prison, chair enfermant l'imposture d'une jeune chair. Tous levèrent la tête. Le père Thomas avait compris. Il avançait, puissant, lourd, sentant la paille, la sueur et le crottin. Il portait en arrière sa casquette sur son début de calvitie d'homme de cinquante-deux ans. Soulagé (« elle n'a pas le crabe »), bourru, inquiet, il dit :

— Moins fort, ma femme, tu énerves mes poules !

Il fit signe aux autres de continuer leur besogne.

Didine, de retour du chemin bleu, était occupée à la cuisine. Elle avait remis sa blouse à carreaux sur sa robe en toile noire où flottait la médaille bleue de la Vierge contre une croix en argent. Elle avait entendu le cri de sa sœur. Elle trottina vers elle. Elle fut la seule à se réjouir. Elle souriait, elle disait « vrai de vrai ». Elle revenait d'un enterrement et voilà qu'à nouveau la vie surgissait !

Le père Thomas suivit les deux femmes à la cuisine.

Il commença par se servir un verre de pineau blanc. Il avait besoin d'un remontant. Catherine sanglotait et cela le gênait.

— Silence, ma femme !

Elle tamponnait ses yeux pâles. Didine lui servit un petit verre de vin.

— Remonte-toi, ma sœur ! C'est une belle nouvelle ! Ça vient du Ciel, tout ça !

Le père Thomas fut au bord d'exploser.

— Du Ciel ? Tu es bien une vieille fille, Didine ! Ça vient que la graine était mouillée, oui !

Catherine Thomas ne pleurait plus. Elle sortit de son sac en skaï les papiers du laboratoire.

— Il naîtra fin mars.

Le père Thomas se mit à compter sur ses doigts.

— J'y suis ! On l'a faite, cette bêtise, à la fête des moissons !

— Il était déjà là à l'Assomption de la Vierge ! chantonnait Didine.

Un enfant prévu fin mars, cela menait le compte de sa conception à la joyeuse et fâcheuse journée, ou nuit, du 21 juin. Quand on fête l'été et les moissons. On brûle l'hiver. Le père Thomas et ceux du hameau, de tous les villages, ont mangé et bu tant et plus, les joues rubicondes, la gaieté un peu brutale. Il avait eu, il se souvenait, un soudain élan « du côté de ma vieille », ainsi nommait-il sa femme, depuis quelques années, quand il avait bu.

Son assaut sensuel venait-il parce qu'elle s'était fait teindre en blond ? Elle était allée « au coiffeur », chez Marie-Lou. Catherine, autrefois blonde, avait de beaux cheveux gris. Elle revint embellie d'un blond mêlé de mèches platine, le blond de sa jeunesse, le blond qui sera celui de Bel Ange. La coiffeuse avait taillé ses cheveux en dégradé. Ils bouclaient. Le père Thomas l'avait trouvée jolie et n'avait rien dit. On dansa le soir de hameau en hameau. Les plus jeunes s'en allaient en bande, motocyclettes, voitures aux plus aisés, à la Cagouille verte. Une boîte située au carrefour des quatre routes, éclairée d'un énorme escargot clignotant d'un vert strié d'éclairs mauves. Catherine portait une robe claire, à jupe large, sans manches, fleurie de pivoines. Une robe pour danser, une robe pour s'asseoir dans l'herbe. Elle était vive et gaie. Le père Thomas, joyeux, de plus en plus ivre, la fit beaucoup danser. Elle riait d'une belle bouche passée au rouge vif. Sa ceinture la serrait trop, elle la dénoua de quelques crans. Elle peinait à fermer son corsage aux boutons en forme de cœurs, sur une poitrine de nourricière qui enchantait le père Thomas.

— Tu es plus belle que la plus belle de tes vaches !

Elle riait, ils riaient. La plus belle de ses vaches ! C'était un compliment – les vaches de Catherine, des Charolaises, étaient célèbres pour leur beauté –, elle ne s'y trompait pas. Sans jamais le lui dire, la regardant peu, le père Thomas l'aimait depuis toujours. Didine, toute contrefaite, assise près des vieux, sur le banc au fond de la tente où l'on dansait si bien, riait de plaisir.

Les ripailles, le vin aidant, cette nuit d'été fut en effet celle « où la graine était mouillée ».

A la nouvelle « Je suis prise », excepté Didine, on ne rit pas. A table, le soir, on ne parla que de ça. Chacun y allait de son avis, surtout les brus aux cheveux courts taillés en brosse, c'était la mode, teints en rouge par Marie-Lou.

Il était trop tard, peut-être dangereux, d'envisager une interruption de grossesse. Didine allait et venait, de la cuisinière à la table. Elle priait tout bas saint Michel Archange. Ils n'allaient pas commettre ce crime de tuer l'enfant déjà formé, vivant ! Et sa petite âme, doux Jésus, sa petite âme ? Ont-ils songé à sa petite âme ? Vont-ils l'envoyer aux limbes, ce Nulle Part où même l'Archange ne pourrait rien pour lui ?

— Tata, arrête de marmonner ! grognait le père Thomas.

Catherine, le nez rougi, les yeux noyés, disait que le médecin estimait qu'on pouvait envisager une IVG, vu son âge. Il y avait des risques. Un enfant malformé, une naissance difficile. Didine se signait, allait, venait, de la cuisine à la table avec des « Mon Dieu, mon Dieu » que personne n'écoutait.

Le père Thomas ne décolérait pas.

— Qui t'a dit, ma femme, d'arrêter la pilule puisque tu *voyais* encore ?

Elle redoublait ses pleurs. Elle avait cessé d'elle-même la pilule qui la faisait grossir et lui donnait des palpitations. Le médecin lui avait assuré qu'une grossesse était quasi impensable. Il lui avait cependant conseillé de continuer la contraception. Thomas lui en voulait. Il lançait des grenades verbales. Des méchancetés, il était méchant quand il était furieux.

— Tu es aussi bancale de cervelle que ta sœur l'est de corps !

Il quitta la table avec violence ; bien sûr il n'y était pour rien ! Elle l'avait floué : arrêter la pilule sans lui dire !

— Jamais plus je ne te ferai confiance ! Je ne te toucherai plus ! Je crois même que je ne vais plus te causer de longtemps !

Il est très rare qu'éclatent au hameau des mots violents. On vit, on besogne, on mange en silence. La famille se taisait, consternée. Le père Thomas s'en alla, d'un pas violent, vers le poulailler.

Ces mots – cette grossesse, cette punition – ébranlèrent Catherine à jamais. Elle redoubla de sanglots. Les femmes la consolèrent. Didine plus que les autres. Ses fils, ses petits-enfants, gênés, attristés, quittèrent la cuisine. Ils aimaient la rude joie de la ferme. La gaieté de Catherine et du père Thomas. Cette grossesse était entrée en leur vie comme un malheur, un vent fou qui anéantit les moissons. Didine, sans rancune des mots blessants lancés contre elle par la Colère (un des sept péchés capitaux, elle prierait pour Thomas), trouvait les mots apaisants.

— Ce sera peut-être une fille ! Thomas va se calmer, et qui sait, ce sera l'enfant qui rendra heureux vos vieux jours !

Les brus renchérissaient.

On finit par mieux accepter l'événement. Le père Thomas se calma mais il y mit du temps. Oublieux de ses colères, il reprit la besogne ; il aimait ça. Quant à l'enfant, il y avait assez de femmes dans la maison pour ne pas s'en préoccuper. Ne serait-ce que cette folle de Didine, pensant que tout vient du Ciel ! Si elle voulait s'en charger, cela aiderait sa vieille qui n'en finissait pas de bouder ! Il n'aimait pas ça. On ne pleurait jamais, à la ferme. On travaillait du matin à la nuit. On mangeait beaucoup et lentement, sans parler. La nourriture, c'est sacré. On fermait ensuite son couteau, les hommes s'en allaient. Les femmes remplissaient le lave-vaisselle, épongeaient la toile cirée. Didine lavait, à part, à la main, les plats dans l'évier. On aimait ce que l'on obtenait de la terre. Blé, lin, colza et autres richesses. On se réjouissait du poulailler géant, chaque année augmenté de volailles rares et grasses. Ils étaient riches et le cachaient. Ils n'imaginaient aucune autre vie que celle-là.

— On est malheureux si on le veut bien !

Ils pensaient tous ainsi. « Malheureux », au sens de la pauvreté donc de la fainéantise. Ou d'une vague malédiction. Ne jamais fréquenter « les malheureux ». Il n'y avait que Didine pour les aimer !

Thomas s'irritait de la tristesse de sa femme. Essayant les jours suivants de la réconforter, il allait jusqu'à dire :

— Arrête de bouder, ma femme ! A ton âge, peut-être qu'il tombera tout seul avant d'être à point !

Il alla jusqu'à des propos audacieux.

— Si tu dois pleurer sans cesse, tu feras de l'enfant gâté pire que viande avariée. Tu peux l'interrompre, on te l'a dit ! C'est ton droit puisque tu as passé l'âge !

Didine sautillait comme piquée par une folle nuée de moustiques.

— Oh, Thomas ! C'est du crime, ça, Thomas, du crime contre un pauvre innocent qui...

— Je boirai de l'armoise tous les jours, sanglotait Catherine.

Thomas s'agitait. Quoi, encore des pleurs ?

Didine rougissait, pâlissait, l'enfer existait donc ? L'armoise ! Elle l'arracherait avec ses mains, son reste de dents, si elle la rencontrait, cette mauvaise herbe ! Et ce pauvre innocent qui peut-être entendait tout ça !

Les sanglots de Catherine étaient insupportables à Thomas. Il frappa du poing la table avec violence. Ses colères étaient rares et féroces. Tout le monde se taisait. Didine joignait ses petites mains déformées. Thomas jeta une bordée de vagues menaces et s'en alla à ses champs.

Les brus entourèrent Catherine.

— On t'aidera, Mamie Catherine, un enfant de plus, ça ne gêne personne.

Catherine sombra dans le silence. Son mari la retrouva ainsi. Ce silence allait durer des années. Il l'ignorait.

Elle boude, pensa-t-il, embêté de sa colère et de cette histoire. L'armoise ! Ce sont les femmes qui sont l'armoise de l'homme !

Content de sa conclusion, il alla à l'étable. L'étable, c'était l'ouvrage et le domaine de sa femme. Que lui dire avec sa crise et cette chose au ventre, son ventre de demi-vieille ? Il contrôla les deux veaux, nés dernièrement, enfermés à l'âge de trois mois dans une cage faite pour qu'ils soient enlevés par le camion de l'abattoir. Ils souffraient, serrés en cette ferraille, respirant à peine, effrayés. Leurs plaintes semblaient celles d'enfants. Ils entendaient mugir les vaches-mères.

Elle ne boudait pas, Catherine. Elle était profondément atteinte. Elle, si vaillante, si gaie, eut peur de tout y compris de l'interruption de grossesse. Thomas l'avait accompagnée en ce qu'il nommait « sa carriole », son ancienne Peugeot « en bon état ». Pourquoi se séparer d'un véhicule qui fonctionne toujours bien ? Il ménageait son 4 × 4.

Le médecin, après quelques examens, ne cacha pas certains risques.

— Vous avez un cœur trop gros, un traitement pour les veines. L'IVG est possible, à condition de ne pas attendre. Vous courez un risque de surdité.

— Bien, grogna le père Thomas, on le garde. Si le cœur lâche, on aurait l'air malin ! Et si je récupère en plus une sourde, ce serait complet !

Il démarra vite et mal, lui qui conduisait paisiblement et bien. L'antique Peugeot faisait du bruit et ne ménageait pas son inconfort. Le silence de sa femme l'irritait. Il avait oublié ses mots, sa colère. A la vie de reprendre son rythme nécessaire et fructueux. La gaieté ; ce sang mental de chaque jour, puisque chaque jour exige un rude effort. La tristesse de sa femme, cette désolante modification, l'angoissait. Il n'avait jamais connu l'angoisse. Jeune, au temps des fiançailles, il lui avait murmuré :

« Tu es besogneuse, belle fille et joyeuse, Catherine. Jamais je n'épouserai une femme paresseuse et triste ! Une femme triste, ça porte en demeure le diable en terre. »

Il lui en voulait davantage de ce visage qu'il ne connaissait pas. Lèvres serrées, regard absent. Elle avait égaré son allégresse et le plaisir de sa vie. Il eut peur d'être malheureux.

Femme qui boude c'est terre en friche et moisson gâtée… tout ça à cause de… cette chose… en son ventre trop las…

Il haussa les épaules. Il franchit un dos-d'âne sur la petite route vers le grand marais.

La naissance aurait lieu à la maternité de la ville. Une grossesse sans joie.

Où était passé son rire, jamais indécent mais communicatif, un peu dur, plein d'élan ?

Sa sœur, ses brus l'aidaient. Elle s'en voulait. Elle détestait cette grossesse. Elle acceptait à peine l'obligatoire visite mensuelle. Elle refusa de suivre les cours conseillés par la sage-femme. L'aînée des brus, Micheline, la menait au cabinet médical du bourg pour l'échographie. Elle ne voulut rien savoir du sexe de l'enfant, cette imposture qui violentait son corps et ce qu'elle nommait le reste de sa vie.

Elle regardait ailleurs pendant que la jeune femme en blouse blanche enduisait son ventre d'un liquide opaque. Elle passait et repassait un objet en acier rond et froid lié à un écran. Il se brouillait de stries ; ce tourbillon convexe était l'enfant. La jeune femme l'encourageait.

— Il est parfait... Il bouge au mieux. Vous entendez le cœur ? Voulez-vous savoir le sexe ?

Non, rien. Elle ne voulait rien savoir, sauf la fin de ce qu'elle nommait son malheur. Elle n'entendait battre que son cœur à elle, sonore, trop gros, l'étouffant. On l'aidait à essuyer son ventre, se lever, se rhabiller. Elle ne regardait jamais les clichés. Sa bru demandait à les voir.

— Si tu veux, répondait-elle, indifférente.

— Ce sera un bel enfant ! J'ai l'impression que c'est une fille !

Elle n'écoutait pas, elle n'écoutait plus. Le père Thomas n'aimait pas les clichés. Il n'avait rien dit à ce sujet quand ses brus furent enceintes. Ça regardait les maris.

— J'aime mieux voir la bête quand elle est là ! Toute cette électricité aux entrailles d'une femme grosse, ça n'a pas de bon sens ! Il est fait, ce gosse ? C'est quoi, ces radios, chercher quoi ? Qui dit que ça ne brûle pas le cerveau, les entrailles de ce qui est en ton ventre ? Ma mère, toutes les grand-mères d'ici ont mis bas ici, sans faire d'histoires ! Depuis quand les femelles ont besoin de clichés pour mettre bas ?

Didine avait aussi, à sa manière, un grand effroi des clichés. Elle refusa toujours de les regarder.

— C'est péché de toucher au mystère du ventre.

Ces clichés, ne faisaient-ils pas peur et mal à l'enfant à venir ? Les brus se taisaient, on rangeait les clichés. On les emporterait en temps voulu à la maternité. Il leur arrivait de les regarder entre elles, furtivement.

— Il a l'air bien formé. Un garçon ? On ne voit pas assez... Catherine a pris tant de poids !

Catherine se sentait devenir énorme, inutile, lasse avant la nuit, lasse avant le jour. Elle pleurait en cachette. On ne cache rien au hameau : ils épiaient ses yeux rougis. Les hameaux voisins savaient aussi ces choses. Les femmes hochaient une tête sagace et s'activaient à l'aider. Didine et les brus rassemblèrent la layette. On n'en manquait pas. On ressortit le berceau du dernier-né. On repeignit en blanc le petit lit. Catherine ne s'occupa de rien. Une fatigue sans bornes l'accablait. Elle se traînait à l'étable traire ses vaches. Les veaux avaient été vendus, les mères-vaches avaient crié comme une femme. « Attends ton tour pour l'abattoir ! » ricanait l'homme qui entassait les cages des veaux au camion d'acier sans ouverture.

Les semaines passaient. Catherine avait du mal avec son corps. Plutôt périr que de ne rien faire ! Qui sait, à force d'excès de labeur, peut-être, cette chose, en son ventre lourd, tomberait d'elle-même ? Ses petits-enfants riaient de savoir qu'elle avait un enfant dans le ventre. Leurs rires la mettaient en colère, pire, en pleurs. Ils ne comprenaient pas.

Elle, leur Mémé, si gaie, l'affection rude, constante et simple ! Le père Thomas les menaçait d'un coup de ceinture.

— Fichez la paix à Mémé ! Andouilles ! Graines inutiles !

Ils fuyaient. Que devenait leur grand-père, d'habitude joyeux, complaisant, les menant aux champs ? Tout était de la faute du bébé à Mémé.

On était nerveux. La joie simple s'en était allée. Didine, seule, besognait en paix. Elle priait en plein vent, sous le ciel, en son champ, sous son plus bel acacia.

Elle récitait la prière à saint Michel Archange. « Saint Michel Archange, défendez-nous dans le combat, soyez notre secours dans la malice et les embûches du Démon... »

Mars cinglait la terre d'un demi-gel. Un ciel tout blanc, le fouillis des premiers feuillages.

Un soir, le père Thomas ne trouva pas sa femme dans son lit. Il jura, se vêtit vite, réveilla Didine qui ne dormait pas. Ils découvrirent Catherine accroupie dans l'étable.

— Les eaux... disait-elle.

Elle avait perdu les eaux.

Elle était là, contre une mangeoire, parmi les bêtes immobiles au souffle chaud.

Peut-être avait-elle espéré accoucher comme ça ? Ainsi autrefois avait mis bas la vieille jument avant de claquer.

Chacun s'éveilla. Les brus l'aidèrent. « Ne pas oublier les papiers, le carnet de santé, les clichés. »

Une valise était prête. Didine perdait un peu la tête. Elle glissa parmi le linge une branche de buis bénit et une image pieuse. Elle ne se séparait jamais de l'Archange en son missel. « Je le prierai jusqu'à ta délivrance. »

Le père Thomas l'emmena vite, cette fois-ci en son 4 × 4. L'aîné des fils proposa de le suivre. Les ombres de la famille l'entouraient.

— Ça ira comme ça, dit le père Thomas. J'emmène Micheline. Elle l'a accompagnée partout. Ça la rassure. Je téléphonerai de là-bas. Vous, les gars, ajustez les lampes du poulailler ! Il y en a trois de claquées ! Vérifiez les couveuses !

Elle fut la parturiente la plus âgée de la maternité. Il fallut une césarienne. Didine, à genoux dans sa chambre, ne cessait de prier saint Michel et sainte Colette, protectrice des femmes en couches.

Le père Thomas avait brièvement téléphoné de son portable.

— Un garçon !

Ils revinrent à l'aube. Tout le monde les attendait.

Ses fils firent les plaisanteries d'usage.

— L'oncle sera plus jeune que ses neveux !

On trinqua, on mit une goutte d'alcool dans le café. On était soulagés ; on retourna aussitôt au travail. Les enfants riaient comme d'une bonne blague. Le bus du ramassage scolaire bruissait de questions. Le chauffeur, cigarette fichée sous l'oreille, était tout ouïe.

— Il est comment le bébé de ta mamie ?

— Une sorte de monstre ? Des doigts supplémentaires, des pieds palmés ?

Les hameaux alentour, le bourg, furent au courant.

— L'enfant de la mère Thomas est un garçon en belle santé.

Dès qu'il fut de retour avec sa mère, Didine se prit pour lui d'un amour fou.

Elle bascula en une adoption sans bornes, une passion sauvage, jamais éprouvée. Fulgurance d'amour.

— Bel Ange !

Il porterait le prénom de son saint patron, Michel, mais Didine le surnomma « Bel Ange ». Cela irritait le père Thomas.

— Bel Ange ! Tu veux le ridicule en plus de cet embêtement ?

Un surnom se répand vite.

Didine s'empara de lui. C'était l'enfant que le Ciel, en la créant quasi bossue, contrefaite, lui avait pour toujours refusé. Elle mit son berceau, puis le petit lit près du sien, dans sa chambre. Elle l'embellit de rubans, ce bleu dont elle raffolait. Le bleu de son couvre-lit à volants. Elle le veilla, le changea, lui donna le biberon.

Une nuit, il n'arrivait pas à s'endormir. Elle ouvrit timidement sa chemise sur sa poitrine plus plate que celle d'une fillette impubère, fripée en cou de dindon. Elle porta la bouche du bébé à cette source à jamais tarie. Il pleura davantage ; peut-être avait-il eu peur de cette peau rêche et âgée ? Chaque jour, elle le baignait, le talquait, l'oignait d'huile d'amande douce, l'habillait de fines brassières.

Elle le berçait de chansons simples. Il riait quand elle penchait sur lui son sourire édenté, ses rides fines. Il s'apaisait à un amour si vrai.

*

L'adoption de Didine arrangeait la mère, trop lasse, et qui avait mal vécu une aussi grave aventure. Son mari la taquinait sans finesse. Il était malheureux de la sentir basculer en une zone d'ombre loin de leur vie si bien accordée. Il lui échappait des mots méchants. C'était sa manière de dissimuler une souffrance confuse, aussi secrète que l'amour qui l'avait toujours lié à sa femme. « Ma belle femme à moi », avait-il souvent pensé. C'était fini, à cause de cet enfant-là. A cause de lui, à cause de Catherine. Leur part incontournable de responsabilité le blessait davantage.

— Le *ravisé* peut t'appeler Mémé !

Mémé ! Elle s'y plaisait à ses vrais petits-enfants, déjà cinq, mais « Mémé » à tour de bras, à la bouche de son mari, responsable de ce dégât, l'offensait. Elle devinait en la lourde moquerie un sourd reproche. Elle sombra dans la mélancolie. Au baptême de l'enfant, elle avait pleuré. « Une tête d'enterrement ! » s'irritait le père Thomas. Elle se persuada que jamais elle ne verrait cet enfant adulte. Il abrégerait ses jours.

« Il a volé ma part de vieillesse. »

Elle serait si âgée quand il aurait vingt ans !

Elle, qui jamais ne pensait à la mort, sauf sur le chemin, à vélo, dépassant le hameau de la cousine Tripoux, se mit à y songer dès qu'elle approchait de cet enfant si beau. Elle pleurait en se penchant sur lui. Elle pleurait à la manière soudaine dont elle avait traversé l'idée de sa fin et le diagnostic du médecin.

« Je suis prise. »

Une mortelle violence.

Son lait se tarit. Elle ne put allaiter cet enfant. Sa poitrine, alourdie, tombante, désormais traversée de sillons bleuâtres tel un réseau de marécages séchés, l'accablait.

« Tu vois, gémissait-elle à sa sœur, ce *ravisé* aggrave mon âge ! »

La famille s'insurgeait vaguement. Elle finit par dire « le petit Michel », puis « le petit ». Ou « il ». Plus de prénom. Son mari l'appelait « Michel », ou « mon gars », ou « eh, toi… ».

S'il lui lançait parfois « Bel Ange, » c'était pour l'humilier.

Les brus le trouvaient beau et s'en entichaient. Les hommes y pensaient peu, c'était un poussin de plus au poulailler humain. Il ne leur ressemblait pas.

— Oui, il aurait pu être une fille.

On l'aimait bien. Ce « bien » qui amoindrit si fort « aimer ». Il était l'oncle tout jeune de neveux qui s'amusaient à l'idée de l'appeler « Tonton ».

Le père Thomas devenait brusque devant le visage fermé de sa femme.

— Ça devrait te rajeunir d'avoir mis bas !

Ce fut le contraire. Elle changeait, Catherine Thomas. Elle se remettait mal de sa césarienne. Son ventre restait gros. Elle travaillait sans entrain. Qu'étaient devenus son rire et ses chansons ? Il lui arrivait de s'asseoir en plein jour. Le banc près du puits, celui de la salle. L'escabeau à l'étable.

— Ce petit signe ma vieillesse. A cause de lui, je me suis mise à compter mes ans. Ceux qui me restent.

« Compter mes ans. » Jamais elle n'avait parlé ou pensé ainsi. Ce n'était plus Catherine Thomas, jadis forte et jolie fille, rieuse, bonne mère, rude et affectueuse nourrice, meilleure grand-mère, réjouie à chaque naissance. Elle était devenue une femme sans âge, enlaidie, accablée d'un nourrisson qu'elle identifia à une sorte de malédiction.

La fatigue la prenait à n'importe quelle heure du jour.

Quand il lui tendait les bras, tout petit, en riant, elle le serrait brièvement contre elle. Elle oscillait entre la tentation d'aimer et sa frayeur. Le soulever lui faisait mal au dos, elle chancelait, elle, si solide. Elle avait des vertiges. Les murs, les arbres, l'étable tournoyaient autour d'elle. Elle reposait l'enfant brusquement. Elle serrait ses tempes, fermait les yeux. « Il m'a volé mon dû de forces. »

Il bégayait maman, mais elle rectifiait, le ton dur : « Mémé ! »

Mémé !

Cela s'était passé dans la grange. Elle trayait une vache. Il était là, tout jeune, parlant à peine, bouclé « en ange du vitrail », selon Didine.

— Mémé ! Tu m'entends ? Si tu m'appelles autrement, je ne te parlerai plus !

Elle parlait fort. Elle le fixait d'un regard soudain ivre de haine. Il recula. Il ne comprenait rien. Cette grosse femme qu'il venait d'appeler « maman » en lui tendant les bras, prit alors la forme d'une vache géante, dangereuse, meuglant « Mémé ! ».

Il s'enfuit, il trébuchait, il se rattrapa aux bras en sarments secs de Didine. Elle jeta à sa sœur un doux regard de reproche.

Il ne l'appela plus jamais maman. Il dit « Mémé », comme les enfants de la famille. Dès lors, elle se détourna de lui et en souffrit bizarrement.

Le père Thomas s'assombrissait davantage. L'enfant craignait cette forte ombre, une fourche sur l'épaule. Il ne disait pas « papa ». Il ne disait rien. Il entendait ce géant qu'on appelait le père Thomas gronder à Mémé :

— Misère ! Ce môme t'a donné plus de vieuseté qu'un coup de jeunesse !

Elle adopta la tenue sans sexe de qui a renoncé à sa féminité. Finies les robes. Sous la blouse, un tee-shirt noir, à manches courtes l'été, longues l'hiver. Un jean épais, les bottes, comme les hommes de la famille, les chaussettes en laine. Une doudoune par mauvais temps épaississait son allure. Elle cessa de se teindre en blond. Quand Bel Ange eut l'âge de comprendre son entourage, sa mère était cette forte femme âgée, aux cheveux gris. Elle les cachait sous un fichu. Elle alla au bourg chez la coiffeuse, Marie-Lou. Elle renonça à la blondeur et ces boucles qui avaient charmé – au sens maléfique, selon elle – le père Thomas. Elle repoussa le nuancier que lui tendait la coiffeuse. Elle exigea une coupe très courte.

— Une petite couleur argent, pour redonner de l'éclat ?

Pas d'éclat, rien. Marie-Lou retint un soupir, lava, proposa un soin qui fut refusé et tailla, tailla... La tondeuse, à petits bruits de souris grignoteuse, allait sur la nuque épaissie.

Marie-Lou, gentille, maniait le miroir :

— Ça a son genre !

De dos, les cheveux gris et si courts, elle avait l'air d'un homme. Une nuque engorgée. Le bourg retint le même soupir que Marie-Lou. Finis la belle Catherine du hameau, son rire, sa peau si rose, les yeux bleus et les doux cheveux clairs. Les femmes hochaient la tête. Elles parlaient tout bas, entre elles, d'un « bouc déplorable » où on reconnaissait le père Thomas.

Il détesta ce désolant aspect de sa femme. Sa rancune augmenta contre ce dernier-né. Il avait détruit sa femme. Il avait détruit leur couple.

Ses aînés continuaient d'appeler Catherine « la mère ». Bel Ange, tout enfant, ne comprenait pas. Parfois il se tournait vers ses tantes, les brus, bien plus jeunes que Mémé, et disait « maman ». Elles l'embrassaient, montraient Catherine du menton :

« Ta mère, c'est elle, Mémé. Nous, c'est Tantine. »

Elles disaient « Tantine », flanqué de leurs prénoms, pour se différencier. L'aînée des brus, Micheline, était avisée. Josiane, suspicieuse. Micheline n'insistait pas quand il détournait la tête. « Ici, il ne sera jamais heureux. » Josiane opinait mais elle gardait pour elle cette vérité.

« Par chance, il a de l'amitié vraie pour Tata », concluaient-elles.

Didine le rassurait de son infinie tendresse.

Bel Ange n'ôta pas à son père sa contrariété.

Il ne dit jamais « maman » à cette lourde femme aux cheveux gris, réfugiée le plus souvent à l'étable.

*

L'année de la naissance de Bel Ange, Didine osa s'offrir un couvre-lit en satin bleu.

Dans sa modeste chambre, il y a la Bible, les Evangiles, son missel, au chevet de son lit. Son seul luxe, participant à cette douceur de vivre qui jamais ne l'abandonnait, est ce couvre-lit en satin bleu. Elle l'a gagné avec l'argent de ses navets, ses fleurs « de belle qualité », dit-on. On entend par là point d'engrais chimiques. Le mot « bio » fait hausser les épaules du père Thomas. Lui, sulfate sa vigne. Ces jours-là, sur son dos puissant, est attelé ce gros appareil en fer rempli de sels d'acide sulfurique. Comment tuer pucerons et autres larves mangeuses des cultures sans l'aide de ces nécessaires fusillades ?

— On n'obtient rien de bien sans l'aide des engrais !

Engrais et terre forment une alchimie nécessaire.

Les meilleurs engrais sont ces nitrates, les poisons, mélange de sodium, potassium, calcium, sels de l'acide nitrique.

Le père Thomas répète ses sentences d'excellent cultivateur.

— Ces engrais sauvent les cultures. Cette pauvre Tata et beaucoup d'imbéciles croient encore à la merde et au fumier du poulailler pour engraisser la terre !

Didine se dévoue à sa terre à la façon dont, autrefois, on faisait à la main les grandes lessives. Elle y travaille avec amour. Elle bêche, elle ratisse, elle pioche, elle bine. Elle plante. Penchée, pliée, l'épaule déviée et la petite chanson aux lèvres. Elle est dans le bonheur de sa création.

A la Toussaint, ses chrysanthèmes sont appréciés. Ils sont moins chers que chez le fleuriste, lié aux pompes funèbres, modeste antenne de la ville, au coin de la place où jaillit une fontaine.

Au marché du bourg, on la nomme « Didine-du-hameau », sans aucune moquerie.

C'est un pays où règne le surnom. Sans se fréquenter – pour quoi faire ? –, on se connaît tous. Une famille entière, quand elle date de loin, est désignée par le nom du père. Les Untel, le fils Untel, etc. Les visites, comme les noms, on y recourt avec prudence. On désigne selon la profession, c'est moins intime. Cela évite les querelles inutiles. On dit : la mercière, Bébert le boulanger, le facteur, la femme de l'adjoint, la droguiste, la coiffeuse. Quelques vénérables sont appelés par leur titre auquel on accole parfois le nom. Le maire, le directeur de l'école, l'institutrice, les deux instituteurs, la pharmacienne et son pharmacien, le juge, l'avoué, le docteur. Ancienne coutume qui n'a guère changé. Ainsi en est-il du docteur Trouvent. Il entre dans les maisons, les fermes. On se rend à son cabinet médical. « Sonnez et poussez » est écrit sur une plaque, sous son nom. Les jours de visites, on attend longtemps. Il y a du monde sur les chaises pliantes. Des vieilles revues sur une table basse. Chacun guette du coin de l'œil qu'on ne lui prenne pas sa place. Il connaît le secret des corps. Il tutoie ceux qu'il a vus naître. On a le droit, sinon le devoir, de prononcer son nom. Son remplaçant est jeune. Il va et vient, au fond des hameaux, aux chemins des marais. On dit « le nouveau médecin » pour le différencier du docteur Trouvent.

Les jeunes de l'école, au collège, utilisent leurs prénoms. Le nom – privé du prénom – surgit en cas de discorde. On surnomme pour humilier. Le prénom convient aussi aux anciennes camarades du bourg. La coiffeuse Marie-Lou connaît celui de ses clientes. Sur sa devanture, on lit « Marie-Lou, Coiffure », peint d'un large élan rose et doré par son mari, Joël l'artisan, dit « Ravalement-Peinture ». Il s'occupe des façades, des volets et de l'entretien des pierres tombales.

Les clientes les plus âgées de la coiffeuse sont appelées « madame » avec uniquement leur prénom. Les autres, issues de la petite-bourgeoisie, ont droit au nom de leur mari.

— Et si on faisait une minivague, pour changer, madame Arvert ?

Madame Arvert est la femme de l'avoué.

Une implacable politesse est établie en ces incontournables rituels.

Au bourg, Didine a acheté chez la mercière le couvre-lit en satin bleu.

— Mon rêve, répétait-elle.

Bel Ange a toujours connu ce couvre-lit.

— Quand tu seras grand, je te le donnerai. Je le protège avec un drap. Quel bonheur, la nuit, de dormir en ce bleu couleur du manteau de la Sainte Vierge !

« Il est hideux », pensait Bel Ange.

Il n'eût pas hésité à dire ces choses aux autres, ceux de la famille. Mais Didine-Divine ! Il ne la peinerait jamais exprès. Elle souffrirait quand il quitterait le hameau. Il le savait mais à cela il ne pouvait rien. « Il lui restera sa joie. » Très jeune, il était décidé à s'en aller un jour, loin, longtemps. En son cœur, fermé, malheureux en ce pays-là, parmi ces autres, l'unique affection dont il était capable, il l'avait donnée à Didine.

Elle avait été la seule à s'être réjouie de sa naissance.

Elle l'aimait de toutes ses forces pures. La violence indestructible de certaines puretés. La force des saints. La force des simples, ces plantes que l'on dit « simples » n'ont-elles pas l'étrange force de guérir ? Ou d'empoisonner si on les connaît mal ?

« Un enfant non voulu, c'est qui, c'est quoi ? Une souillure non rejetée à temps... Pourquoi n'ont-ils pas demandé l'IVG ? »

Il tâtait la marque à son cou, signe d'un mystérieux égorgement ?

« M'égorger comme ils le font de leurs volailles. »

Ses frères aînés ? Leurs épouses dites les brus ? Leurs enfants, ses neveux ? Les autres ?

« Ils m'indiffèrent. A cela je ne peux rien. »

Il sourit à Didine, ce visage ingrat et radieux. Sa joie la transfigurait. La douceur de sa voix supprimait son zézaiement quand ils étaient seuls.

« Avec moi, elle parle joliment. Elle dit des jolies choses. »

— J'ai mis des années à pouvoir l'acheter !

Acheter quoi ? Il pensait à autre chose. Ah oui ! L'affreux couvre-lit bleu ! Il entendait rouler sur la grande route, là-bas, une moto, un véhicule rapide. Partir...

— La mercière du bourg a été patiente. Elle a attendu que j'aie la somme nécessaire et un jour...

Ecoutait-il l'histoire de l'achat du couvre-lit en satin bleu canard ? Didine rapportait cette modeste affaire, grand événement dans sa vie de privations, tel un beau conte dont elle ne se lassait pas. Bel Ange, assis sous l'acacia, le dos contre le tronc fragile, aimait bien cette histoire. Didine binait l'allée. Une herbe dans la bouche, son livre refermé, il écoutait son babillage, cette voix chantante qui aimait tant rappeler « le grand jour de l'achat du couvre-lit en satin bleu ». Personne à la ferme n'avait apprécié cette dépense « pour rien ». Bel Ange était le confident, même si sa lecture, ses croquis ou sa rêverie active le transportaient au loin. Elle eût tout aussi bien conté son histoire à ses acacias, ses navets, ses fleurs, les avoines en mousseline blonde.

— Ce jour-là, jour de marché, la mercière avait exposé le couvre-lit dans sa vitrine.

Elle riait de ce qui avait été « la seule folie de sa vie », l'unique « belle chose » qu'elle avait un jour osé s'offrir. Belle leçon de courage ! Après tout, lui aussi, un jour, atteindrait son véhément désir : quitter le hameau. Didine-Divine avait traversé un véhément désir et l'avait obtenu.

— Ce jour-là...

Un jour où elle avait vendu ses navets, quelques légumes rutilant de couleurs vives et une jonchée de fleurs printanières.

La vitrine de la mercière. Elle s'en approcha telle une enfant devant une pâtisserie. Il lui avait fallu trois années d'économies pour se permettre un jour de pousser la porte où grelotta la sonnette. Didine-du-hameau est entrée. De sa petite main ridée, elle désignait le couvre-lit. Il était plié, cerné de pelotes de laine, de rouleaux de passementerie, de boîtes ouvertes sur des soutiens-gorge Cœur croisé, des liseuses bleues, roses ou blanches, des napperons ourlés de dentelle. Le couvre-lit, à demi sorti d'un large carton du même bleu, sur lequel était inscrit « Mode de Paris », et en tout petit, « Made in China », semblait un gros joyau. Quelques commères étaient penchées sur le comptoir où s'étalaient leurs achats. Des fermetures Eclair, des bobines de fil à repriser, des boutons-pression cliquant à la manière dont on écrase des punaises.

Elles retenaient leur souffle.

Sans doute avaient-elles aussi rêvé du couvre-lit en satin bleu ?

Didine ne s'en apercevait pas. Elle était éblouie. Elle sortit de son cabas à carreaux son porte-monnaie de ménagère à large fermoir en acier. Il contenait le prix de son rêve. La mercière se fit aimable.

Ses clientes ordinaires ne s'en allaient pas. La mercière eût préféré négocier seule avec Didine-du-hameau. Elle avait ouvert le porte-monnaie, compté les billets. C'était un bel achat. Tout se sait dans un bourg et alentour. Didine rêvait du couvre-lit en satin bleu. Il suffisait de voir son regard, chaque jour de marché, quand elle passait devant la vitrine de la mercière ! Au hameau, elle parlait parfois de ce couvre-lit. On haussait les épaules. N'avait-elle pas, comme eux tous, un couvre-lit au crochet, fruit d'anciennes et longues veillées ? Sa réponse contenait deux vénérations d'une merveilleuse naïveté.

« C'est la couleur de la tunique de saint Michel Archange et du manteau de la Sainte Vierge. J'en prendrai le plus grand soin. Quand Bel Ange se mariera, ce sera pour son lit. »

Ce couvre-lit était la vision quotidienne « d'un beau rêve », destiné un jour à Bel Ange. Elle sut taire le mot rêve, honni du père Thomas, incompréhensible aux autres.

Tout achat en campagne est lent. On se tait, on compare, on calcule mentalement, y compris la moindre fermeture à glissière. Les commères, incapables de berner la mercière, faisaient semblant de réfléchir sur leurs menues fournitures étalées sur le comptoir. Elles disaient que les prix augmentaient. La mercière approuvait.

— Les taxes !

« Les taxes » était le mot que toutes admettaient et qui appauvrissait le pays depuis des années. La mercière se retranchait en son silence actif. Laisser mûrir le désir, laisser venir l'achat. Elle dissimulait autre chose de moins trivial : une forme secrète de compassion. Un objet inutile (le couvre-lit, une broderie, le tricot) aidait bien des femmes que la vie secouait souvent d'une main rude. Broder, coudre, tricoter... Dans des alvéoles derrière le comptoir, il y avait un lot multicolore de pelotes de laine. Que de dépressions ont été soulagées par le doux travail manuel des brodeuses, un long tricot, un ouvrage au crochet ! La peine s'endort, la peine est bercée. Quelque chose s'adoucit à mesure que l'aiguille tire un fil de couleur ou que monte un ouvrage en laine douce. La mercière le savait. Parmi ses clientes, beaucoup lui confiaient tout bas qu'un ouvrage calmerait l'invisible et lancinant poignard d'un chagrin. Une forme de paix. Les mains travaillent à des choses douces et jolies, on ne pense plus, on oublie un peu la peine. La peine des femmes.

« Ça vient de leur matrice », concluait le père Thomas.

Les clientes, ce jour si particulier, voulaient assister à la vente du couvre-lit en satin bleu.

Ignorer leur incontournable curiosité, mêlée d'envie envers un si bel objet, c'était se les mettre à dos. La mercière le savait. Aucune ne dépenserait un ticket de car, ce car bleu stationné place de la Poste, pour traverser la plaine et acheter à la ville une bobine de fil ! Ces commères étaient de bonnes clientes. Il convenait de les laisser assister à ce triomphe : la vente du couvre-lit en satin bleu à Didine-du-hameau.

La nouvelle saliverait sur bien des langues.

La mercière, agile malgré son poids, avançait une gorge lourde sous un long pull-over prune piqué d'un semis de fausses perles. Une jupe cloche, des bas de contention moulant ses jambes épaisses, elle portait haut un lourd visage poudré du même rose que celui de sa bouche à fortes lèvres, habile à sourire et compter tout bas la menue monnaie. Ses ongles étaient manucurés d'un rouge vif. Une alliance coinçait le brillant de très anciennes fiançailles. On ne parlait jamais de son mari enfui « à la ville » avec une jeunesse. Ses quatre cheveux gris empestant le parfum, grossiste en laines, il voulait « porter beau ». Sa fuite ressemblait à une disparition. On la traita ainsi. La mercière possédait son magasin et la maison. Suite à la désertion en douce du volage, à son tour plaqué par la jeunesse, la mercière devint d'une grande coquetterie, comme beaucoup de veuves aisées. Ses mains caressaient, patientes, un sautoir en boules vertes dont l'embout représentait un cœur. A ses oreilles cliquaient des pendentifs acquis, il y avait quelques années, lors d'un voyage organisé au Maroc. On n'allait plus guère en ces pays-là et la mercière, prudente comme eux tous, disait : « Le paysage, là-bas, était joli. » On clignait des yeux et on changeait de sujet. C'est à cette époque que s'était enfui le mari. On avait dit « avec une fille de couleur ». « Ces filles-là, avaient commenté les commères, font des choses qui rendent fous les hommes. » On cessa d'en parler. C'est ici la meilleure façon d'anéantir qui a dérogé et déplu.

La mercière était chaussée de sandales pour pieds fragiles, achetées chez la pharmacienne et son pharmacien. Elles étaient à talonnettes argent, ornées de fleurs du même mauve que sa permanente trop serrée. Elle était agile parmi tant d'objets délicats. Elle avait l'œil à tout. Elle savait exactement où se trouvait chaque chose. Son magasin, tel celui des droguistes ou autres, était sa terre à elle. En attendant la ruine des petits commerces, qui fermaient peu à peu, quelques-uns, au bourg, marchaient assez bien dont le Franprix, tenu par la mère Langlo, autrefois épicière. On accuse ses packs de lait d'être parfois périmés, mais on trouve de tout chez la mère Langlo si la fatigue empêche ce qu'on nomme « les courses au Grand Centre commercial ».

La mercière plaçait astucieusement son argent. Elle vendait bien, en peu de mots. Elle se contentait d'étaler la marchandise avec patience. Elle murmurait avec douceur pour endormir la cliente d'une invincible hypnose. Elle finissait par remplir, toujours en silence, son tiroir-caisse, ouvert et fermé également sans bruit. Elle avait une machine à avaler les cartes bancaires, elle acceptait les chèques, mais elle préférait l'argent liquide. Ses clientes aussi.

Le moment tant attendu était arrivé.

Elle sortit avec soin le couvre-lit. Elle y mit la lenteur voulue. Usage et politesse. Civilité. Reste de civilisation. Ruse. On était chez elle, et non au Grand Centre commercial, où disparaît toute lenteur, triomphent l'anonymat, le fracas, avance le lourd chariot trop plein ; où, vite, sur le tapis roulent les achats, que la main anonyme de la caissière, ni bonjour ni bonsoir, sans vous regarder, fait cliquer sur un écran.

Ce jour-là, il s'agissait pour la mercière de vendre le couvre-lit bleu. L'unique tentation de Didine-du-hameau. Le vent, la terre, les clientes au marché, les vieilles, assises sur des chaises basses à haut dossier, derrière les contrevents à demi clos, savaient que Didine-du-hameau allait acquérir le couvre-lit en satin bleu.

La tentation, ce démon, pourquoi, n'aurait-il pas eu chez Didine l'aspect d'une mercière au sourire maquillé exposant un rutilant tissu bleu canard ? Elle était là, la Tentation, chaque jour de marché, quand Didine vendait ses navets. Il arriva à la mercière de dire à quelques clientes, tentées surtout par la curiosité : « Il est réservé. »

Didine, ainsi ceux de la campagne, pour rien au monde ne se fût endettée. Les dettes, les traites, peuvent se concevoir pour l'achat d'une trayeuse, un tracteur, une batteuse, mais un couvre-lit ! Elle attendait, sou par sou, navet après navet, plante après plante, d'avoir la somme nécessaire. Cela prit des mois car elle plaçait à la poste, *en cachette,* sur un livret au nom de Bel Ange, quand il naquit, et dont elle fut la marraine, le reste de sa vente.

Tout le monde le savait et personne n'en parlait.

La mercière a déposé le couvre-lit sur la grande table, au coin du comptoir. Cette table servait aux ventes conséquentes. Rideaux à découper, nappes à broder, gaines (on en trouvait encore), robes de chambre « en pure laine des Pyrénées », torchons à ourler, layettes tricotées main et ce couvre-lit.

Didine-du-hameau, les clientes, toutes se penchèrent.

Il y eut un grand silence quand, peu à peu, la mercière déplia entre ses mains soigneuses les quatre volants. Didine-du-hameau osa poser un doigt sur les piqûres nouées en rubans. Elles avaient toutes hoché la tête à la manière dont on dit « c'est beau ».

La vente eut lieu et fut longue. On est respecté si on sait rabattre quelques sous. La mercière n'y perdait rien, au contraire. Didine-du-hameau eut la fierté d'avoir cru économiser trente francs. (On était encore aux francs.) Après tout le couvre-lit était là depuis des mois : il ne valait plus tout à fait la même somme.

Les commères renchérissaient :

— Depuis le temps, son bleu a pâli !

La mercière, calme, refusa de rabattre davantage. Tant pis ! Si Didine-du-hameau refusait, elle le vendrait à la femme du percepteur qui l'avait déjà demandé deux fois.

Mais Didine-du-hameau paya. Ses mains hésitaient, frémissaient. Elle souriait, elle tremblait un peu. Son zézaiement la reprenait. Elle murmurait tout bas : « Mon Dieu ! Mon Dieu ! »

La semaine précédente, elle était allée se confesser. Cet achat, que n'approuvait pas sa famille, la tourmentait. Etait-elle dans le péché du luxe, la tentation ? Ce bel objet tant espéré était-il lié à l'impur désir de la vanité ? Le curé toussait de sa bronchite chronique, il avait vomi les décoctions aux navets de Didine-du-hameau. Elle lui en avait donné un flacon. Il préférait s'en remettre aux antibiotiques. Il était épuisé d'écouter le bavardage insensé des vieilles. Plus de jeunes, en son confessionnal, hors les grandes fêtes vouées aux lourdes tablées culinaires ! Excédé d'écouter Didine pleurnicher – « Ce couvre-lit, est-ce un péché de vanité ? » – il la renvoya avec son absolution et dix Ave Maria. Elle eût volontiers ajouté la prière à saint Michel Archange. Le curé ne le lui avait pas demandé. Il n'y songeait même pas. Elle pratiquerait l'obéissance – dix Ave Maria – mais prierait tout de même l'Archange. Le curé ne lui avait pas dit de se mettre à genoux sur les dalles mais après tout, si ça lui chantait ! Il confessait au bourg une fois par mois. Tombaient parfois en son oreille quelques abominations. Faux accidents de chasse, curieuses noyades aux canaux du grand marais… Il prenait alors une douche avant de se coucher. Il se sentait sale d'avoir entendu certaines ignominies. Qu'était-ce, l'achat d'un couvre-lit !

Ainsi, Didine, l'âme en paix, l'acheta.

Elle avait posé les billets sur le comptoir, l'un après l'autre, en coupures diverses. L'œil de la mercière, cerné de mascara vert, se rapetissait à mesure que l'on approchait de la somme demandée. Les commères hochaient la tête en un mouvement de cloche à chaque billet sorti de la bourse en skaï noir. En un clin d'œil, les billets disparurent dans le tiroir-caisse, dont un petit clic prouvait une invisible sécurité de fermeture.

Le paquet, bien enveloppé par la marchande, lui-même protégé d'un vieux drap très propre, apporté à cet effet par Didine, fut déposé dans la carriole aux navets. La mercière, exception, sortit du magasin, aida à installer le paquet avec le plus grand soin. La carriole était liée au vélo noir de Didine, dont les pommettes rougissaient de joie.

Les commères la regardèrent partir, longer la rue principale, la mairie, disparaître vers les chemins de traverse. Il était temps de fermer la mercerie. La vitrine semblait singulièrement vide sans le couvre-lit en satin bleu.

La mercière avait son idée.

Quatre coussins à tapisser – un vol de canards sur des nénuphars – succédaient au couvre-lit. Ils étaient destinés à la femme de l'adjoint. Elle traversait une dépression consécutive au brusque décès de son frère jumeau, employé à la mairie. Il avait été renversé avec sa mobylette par le camion d'un marchand de ciment.

« Un bon gars, selon le bourg, pas très futé, mais gentil. A-t-on idée de conduire une mobylette en regardant derrière ? »

Il ne s'était jamais marié, capable d'un seul amour : sa sœur jumelle. Il vivait au dernier étage de leur maison d'enfance. Au rez-de-chaussée, l'adjoint avait aménagé son bureau. Ils n'avaient jamais eu d'enfants. Le frère ne dérangeait personne. La vie coulait, monotone, paisible. La femme de l'adjoint mettait le couvert, veillait au flan dans le four, quand elle entendait la mobylette. Puis, un jour, il y eut l'accident. La femme de l'adjoint avait tant pleuré ! Elle allait chaque jour au cimetière. Son frère occupait en ce caveau la place normalement impartie au mari. Le jumeau, c'était convenu, aurait dû être inhumé en son temps, avec ses parents. Sa sœur ne l'entendit pas ainsi. A l'irritation désolée de l'adjoint, accommodé de la présence discrète du jumeau et de la paix de sa maison, elle sanglotait chaque soir, au souper :

— Je veux être enterrée avec mon frère !

L'adjoint n'osait pas dire : « Et moi ? On me met où ? »

Parfois, il jetait sa serviette, claquait la porte. Les sanglots de madame l'adjointe redoublaient. Elle gémissait : « Mon frère ! Mon frère ! »

Discrètement, l'adjoint alla aux pompes funèbres et demanda à être incinéré.

— Monsieur a-t-il une idée où déposer son urne ? On n'a plus le droit de garder chez soi une urne !

L'adjoint ricana, la tête renversée. L'employé des pompes funèbres n'avait de sa vie entendu ricaner l'adjoint. Il en fut choqué. De plus, ce n'était pas une bonne affaire.

— Non, rien. Il y a bien une poubelle légale prévue pour ça ?

— Monsieur veut dire le champ du souvenir ?

Le champ du souvenir ! Pauvre espace où traînaient parfois de vieilles fleurs en plastique.

L'employé des pompes funèbres retenait une lippe de mépris et croisait ses mains pâles.

— Quelle urne Monsieur a-t-il choisie ?

— La première boîte venue fera l'affaire.

Piqué, l'employé le mena à une rangée d'urnes. L'adjoint choisit la moins chère, moins chère que celle qui avait contenu les cendres du chat préféré de son défunt beau-frère.

Il évitait son épouse. Elle pleurait sans cesse. Sa calme maison était devenue lugubre. Un jour, la femme de l'adjoint aux yeux rougis fut étonnée de recevoir l'appel de la mercière.

— Passez me voir. J'ai quelque chose à vous montrer !

Sur son catalogue, elle désigna à la femme de l'adjoint vêtue de noir les quatre coussins à tapisser.

— Quand vous les aurez achevés votre peine sera différente. Plus calme…

Ce long et doux ouvrage viendrait à bout de cette mélancolie que les cachets bleus pour le jour, blancs pour la nuit, prescrits par le psychiatre de la ville n'avaient pas soulagée.

— Essayez…

La femme de l'adjoint acheta les coussins. Elle alla mieux. Ses larmes cessèrent.

La mercière avait un grand bon sens et longtemps observé le caractère des femmes.

Le couvre-lit en satin bleu, les coussins à tapisser. Une fois encore, elle aidait en partie à calmer une douleur, à combler un désir en l'empêchant de virer à l'obsession qui empoisonne les jours et parfois mène au suicide. Quand son mari volage s'était enfui n'avait-elle pas calmé sa stupeur en brodant un service à thé, elle qui n'en buvait jamais ? Au dernier napperon, elle était devenue coquette. Soulagée. Libérée. C'est de ce temps-là qu'elle organisa son commerce de manière plus subtile.

Didine pédalait vite. Radieuse, les joues rouges. Elle entra au hameau, posa avec soin le vélo lié à la carriole. Elle se pencha, disparut et ressuscita : elle portait à pleins bras le gros paquet, à la manière d'une châsse.

Les femmes avaient deviné.

— Elle a fini par l'avoir, son couvre-lit !

Rien n'était moins sûr qu'on le lui offrît un jour, même s'il était arrivé à Catherine d'en parler quelquefois à son mari.

— Thomas ! On devrait le lui acheter à la Noël !

Il haussait les épaules.

— C'est là des dépenses de bonne femme ! Tu crois qu'avec le *ravisé* on en a fini avec les frais ? On ne manque de rien, à la ferme ! Tata perd la tête.

Les dépenses superflues – un couvre-lit en satin bleu ! – ne conviennent pas à la mentalité d'ici. Tout doit servir y compris les humains qui partagent l'économie familiale. Cet achat avait mis le père Thomas de mauvaise humeur.

— Un couvre-lit de cocotte ! C'est toujours imprudent de laisser la bourse aux femmes.

Il cessa d'y penser ; le labeur dévorait chacun. La terre reprenait en entier ces êtres-là, sans parler du soin des bêtes, l'étable, le poulailler.

Le couvre-lit en satin bleu fut une grande joie dans la vie dépouillée de Didine.

Elle ne s'était jamais sentie dépouillée. Sa vie était donnée ; une vie est toujours un don.

Le couvre-lit fut son seul luxe. Un cadeau. Elle le donnerait un jour à Bel Ange.

Lui, plus tard, se taira pour ne pas la peiner.

« Ah ! Ces volants. A vomir... »

Bel Ange, mordant sa lèvre d'un dessin très pur, retint son rejet. Quand quelque chose l'irritait, le signe sur son cou rougissait. Didine radotait de joie.

— Je vais en prendre un soin quotidien ! L'Archange et la Vierge ont permis que j'aie la force de gagner cette splendeur.

Voire ! Cet argent signifiait, par tous les temps, bien des heures à son dur travail. Nul, en la famille, n'avait mis un sou à l'achat de son modeste rêve d'ancienne enfant de Marie. Bel Ange, quoique le trouvant affreux, lui dit qu'il était beau, son couvre-lit.

« Si j'avais eu les moyens, je le lui aurais offert. *Les autres* ne lui donneront jamais rien. »

Elle riait, pauvre Didine-Divine !

— Vois ce bleu ! Le bleu de la Sainte Mère de Jésus ! Le bleu de la tunique de ton saint patron !

Elle y posait une joue, une main aimante. Prière du soir, prière de l'aube.

Elle disait, l'innocente, que ce bleu-là offrait « du bleu céleste » à ses prières.

Ce « bleu céleste », elle l'offrait tout bas avec l'immensité de l'amour dont elle était capable à Bel Ange, cet enfant né si tard, si tard…

*

Didine avait en son missel une belle image de l'archange saint Michel. Elle était annotée d'un peintre inconnu, image dite de *l'association spiritualité chrétienne.* Il était son « saint préféré », le haut protecteur, l'intercesseur suprême, vers qui elle se tournait pour convaincre les plus hautes forces divines.

Elle la montrait à Bel Ange qui, peu à peu, voyait bien autre chose en son saint patron. Il y puisa, dès l'enfance, une envie de combat et de force.

Quelle innocence, ou menace, existe-t-il en certains choix, certains noms ? Qu'en pense Bel Ange, en son regard plein de secrets ?

— Tu es beau comme ton saint patron, répète Didine.

La beauté ? Cet encombrement. Surtout ici... Ils l'ont assez dit : « Il aurait dû être une fille. » La beauté qui le tourne invinciblement vers l'Archange ? Non dans la prière, quelle prière, le Ciel, cette blague, il n'en veut pas. Il fera ce qu'ils voudront. Pour avoir la paix. Communion, etc., mais il ressent une confuse attraction envers l'Archange. Sa légende lui convient.

Il le sait violent, l'Archange, chef de la milice céleste, sous ses boucles de fille. Il a longtemps observé son image au missel de Tante Didine. Penchée sur l'image, le regard levé vers son filleul, Didine opinait. Oui ! Michel ressemblait à l'Archange sans pitié, en Divin Service Commandé. Elle effleurait l'image, doublée d'une photo de son filleul.

Quelque chose les lie. C'est une image mais cette image et son histoire plaisent à Bel Ange. La chevelure d'or bouclée, le corps à la fois d'un éphèbe et d'un CRS de vitrail. Beauté faite d'un insolite mélange de splendeur virile et de grâce féminine.

L'image de l'Archange : nudité troublante des jambes de danseur classique et de soldat fou. Il piétine le Démon avec des sandales lacées de soie, à la manière d'un délicat centurion. Les sandales laissent entrevoir un pied ferme et fin. Le mollet est charmant, la cuisse dure et bien faite. Une chair de blonde pêche d'été.

Le Damné dont il écrase le crâne trop rouge, saignant sous la force de ce pied que n'importe quelle jolie femme envierait, le Damné est voué à la nudité totale. A terre, cette âme noire, sous forme de mâle dépouillé du moindre vêtement. L'expression « mordre la poussière » prend son sens, mais quelle poussière ? Ce sont vers les flammes éternelles que l'Archange le pousse. Les formes charnelles du Damné ont quelque chose de la virilité exigée aux bordels de la terre. Aux péchés mortels de la terre. La chair rouge, le rouge mortel, péché du stupre, en butte à d'autres chairs exigeant le plaisir maudit.

Le Divin Plaisir, grand imposteur du hameau, empêcheur de travailler. Faiseur de ces enfants si tardifs qui bousculent tout l'équilibre d'une famille.

Pâleur rosée et redoutable de l'Archange, en lutte contre la souillure ensanglantée de la chair et ses pourritures...

Tante Didine vénère cette image.

— Ton saint patron t'a donné sa beauté ! Puisse-t-il y ajouter sa vaillance et fortifier ta foi.

On ne sait rien non plus de la couleur des yeux de saint Michel Archange.

Paupières à jamais baissées sur l'inlassable tâche d'exterminer le Mal.

« Un tueur ! » pensa plus tard Bel Ange.

Didine regarde l'image avec tant d'innocence ! Voit-elle le féroce et divin élan, aérien, puissant, terriblement charnel sans que le peintre inconnu s'en soit douté ? Archange armé avec ses épaules de soudard et de fille, d'où s'évadent les ailes d'un aigle. Impossible. La main droite est ce poing serré, délicat, un poing de fille amoureuse aux prises avec le plaisir. Quel plaisir en cet assaut de l'Archange ! Son poing droit manie une épée, ce fer céleste destiné à transpercer. Le poing gauche agrippe une chaîne qui maintient le Maudit au seuil de l'enfer éternel... La vraie mort : celle de l'âme piétinée, poussée vers un gouffre abominable. La soif, sans fin. Ange foudroyant, à la courte jupette argentée d'un jeune guerrier romain.

Le justaucorps est bleu pâle, où pointent, sensuels, le nombril visible et un bout de sein viril.

Le manteau pourpre de l'Archange vole, et obéit à la colère juste.

Mieux qu'une fille, mieux qu'un jeune mâle : un Archange vengeur. Qui eût séduit cet Archange-là, général en chef d'un bataillon prêt à surgir, Archange dont tout parle de sensualité et de vengeance hautement approuvée ? Tueur patenté de Dieu. Aux ordres de Dieu. Quoi de plus implacable, inquiétant, que cet Archange ?

— C'est ton saint protecteur. Et ce visage, doux Seigneur, c'est tout toi !

— Ne me dis plus ces choses, Tante Didine, ou je finirai par lui ressembler.

Quand on aime, sait-on bien voir ? Comprend-elle en quel sens il parle de « lui ressembler » ? Didine ne regarde pas son filleul : elle le contemple.

— Quand il s'agit de lui, Tata radote, se moque sans méchanceté la famille du hameau.

Image d'Archange, image du filleul : visage délicieux, fille-fleur, nez viril et bouche délicate, lèvres, selon Didine, en « pétales d'églantine ». La peau de l'Archange semble passée sous une fine poudre rosée. Fleur et rosée. Guerrier féroce. Camouflage. Garçon fleur, ange ; Bel Ange.

La peau de Michel Arthur Thomas. La peau de Bel Ange. Quel homme, en secret, ne rêve-t-il pas d'une peau digne d'un mâle pour publicité d'un parfum ou vêtement de luxe ? Cette chevelure de l'Archange, ondée, dorée, Didine s'émeut de la reconnaître à celle de son filleul.

— Tes boucles sont comme les siennes : un rayon de soleil !

Un cliché, parfois, en dit beaucoup. Quelquefois elle joint les mains quand un éclat de soleil dore davantage ses boucles. Longtemps, elle voulut être la seule à lui laver les cheveux. Une cérémonie. L'eau tiède versée au broc, le shampooing doux, frotter tendrement, rincer, sécher à la serviette nid-d'abeilles. Peigner chaque boucle. S'il fait beau, elle officie dehors, l'enfant contre elle ; l'enfant qui rit. Il a l'âge de rire, d'aimer la douce chanson qu'il entend au-dessus de lui. La tendresse des petites mains de Didine roulant ses boucles. La douceur. Elle eut beaucoup de peine, quand plus grand, Bel Ange refusa qu'elle s'occupât de son shampooing.

L'Ange, celui de l'image du peintre inconnu, a les paupières baissées lors de son œuvre effrayante.

— Quand tu dors, Bel Ange, tu as exactement ces paupières-là !

Largement cillées, pétales de rose quand rose est la rose...

Didine se souvient du baptême de Bel Ange et sourit. On la dit simplette quand elle sourit ainsi, n'importe où, en plein champ, à la lessive, en vélo, à la vaisselle. Elle a souvent les yeux remplis de belles images dont celle de l'Archange.

— Didine, un jour je dessinerai.

Elle trouvait l'idée jolie et lui acheta son premier cahier de dessin.

Un jour, il saura injecter en ses dessins les passions sous toutes les formes ; vengeance, séduction, arracheur de palissades, plaisir fou de laisser entrer la Charité (il déplore ce mot, ce mensonge) sous forme d'ennemis mortels. Il lui arrive de hisser l'Archange sur un mur imaginaire immense, où l'humanité en entier est refoulée vers les sombres trappes imparties à son rôle de toujours...

Saint Michel Archange !

Autrefois, les vieux du hameau disaient qu'il a un mont pour lui tout seul.

Il porte son nom, un mont dans une baie, dans l'océan Atlantique mais pas celui du pays. En Bretagne. Les Bretons ne considèrent pas l'océan d'ici comme le leur. Il y a plusieurs océans, la folie est multiple. Toutes ces terres dépècent l'Archange suivant leurs traditions. L'Archange est multiple. C'est là, en Bretagne, qu'il a fait choir Belzébuth et l'a enseveli sous la montagne que les Bretons appellent Tombelaine.

— La tombe de Bélial, la tombe de Belzébuth.

Didine secoue son doux profil têtu.

— Sa protection s'étend partout, surtout *cheu nous*. Si rage mauvaise fait des siennes, il y a Lui, saint Eutrope et la Sainte Vierge.

Bel Ange, assis sous l'acacia, croque au crayon un arbre à cent branches où s'agrippe un oiseau menacé, à profil humain, venu de nulle part.

— Et Dieu ? Son divin Fils ? Qu'en fais-tu, toi, la seule vraie croyante de cette famille ?

Tante Didine :

— C'est pour l'autre monde. C'est le Grand Sacré. A quoi cela sert-il d'être mort si on ne croit pas au Grand Sacré ?

Bel Ange baisse les paupières. Tant d'innocence – de sottise ? – l'invite à sa particulière fuite : cacher son regard d'un mouvement de paupières. Son crayon se bloque. Les griffes de l'oiseau croqué sont des petites mains de femme traquée. C'est bizarre, le dessin, on va quelque part et on se retrouve ailleurs. C'est peut-être comme ça, chez ceux qui écrivent ou qui sculptent ?

Les yeux de Bel Ange.

Ses iris sont d'un violet profond où s'inscrit, selon la lumière ou l'ombre, le vert changeant, la feuille de l'acacia au champ de Didine. L'œil a la forme d'une feuille de saule, des cils et des longs sourcils sombres. Mais quand Bel Ange est contrarié, l'iris pâlit en gris. Le gris menaçant du nuage annonçant l'intempérie, le vent d'ici que tout le monde redoute, les bêtes en premier. Un gris au fur et à mesure si pâle qu'on dirait soudain un regard d'aveugle. Mauvais signe quand il baisse les paupières sur ce gris-là ! Paupières baissées comme l'Archange de l'image. Il clôt son regard… Et quand il ouvre les yeux, Tante Didine et chacun au hameau s'étonnent de la couleur si rare de ses prunelles.

Michel, Arthur, Thomas, natif du hameau en l'an 1999.

« Quelle pagaille ai-je été pour eux ! Mon malheur a commencé comme ça. Sans Tante Didine-Divine, c'était à mourir le plus vite possible. La vie, un don ? Un méchant prêt remboursé par la mort. »

Didine ne se lasse pas de lui parler de son baptême. Il fait partie de ses belles images.

Le malaise du père Thomas, de Catherine, elle n'en a rien retenu.

— Ce jour-là, Bel Ange, j'avais le cœur inondé de joie.

Qu'il était beau, cet enfant, *son enfant*, tout de dentelles vêtu, folie de sa dépense ! La mercière du bourg s'en était occupée. Rien n'y manquait, y compris les délicats chaussons noués de bleu pâle, le bonnet en organdi. Son parrain fut le fils aîné du père Thomas, surnommé le Chasseur, car il adore la chasse. Il avait offert avec sa femme, Micheline, une fine gourmette en or. Josiane et son mari avaient participé à la médaille mais seulement à la chaîne en or. Didine voulut absolument acquérir la médaille qui représentait saint Michel Archange. La petite bijouterie du bourg avait tout cela. Elle fonctionnait assez bien avec les communions, les baptêmes, les fiançailles, les mariages. On y trouvait des montres moins chères qu'à la ville. Le père Thomas n'avait pas aimé ce déploiement de dentelles au baptême d'un garçon, fût-il ce minuscule indésirable ! Il bougonnait : « C'est tout de même un gars, c'est quoi cette robe et ces rubans ? » Elle avait coûté, avec la médaille, un huitième de la vente des navets de cette pauvre Tata ! Il n'aimait pas la tenue de Catherine, engoncée dans un ensemble orangé comme un potiron, et ce chapeau, qui semblait un demi-melon… Ils étaient tous allés à la ville en trois voitures. Les hommes portaient l'habit du dimanche. Les enfants aussi. Didine avait sa meilleure robe, œuvre de ses mains, en crochet bleu ciel comme son petit chapeau cloche. Les brus étaient en mauve pâle, la capeline assortie. La fille de Josiane en organdi rose.

Le père Thomas détestait s'habiller en costume et voir les siens « déguisés comme ça ». Ça l'irritait. Il oubliait qu'aux précédents baptêmes, ils étaient vêtus ainsi, mais ces baptêmes-là avaient été de vraies fêtes. Pas celui-là.

En la chapelle du baptistère, un tableau représente saint Michel Archange. Il ressemble à peu de chose près à l'image du missel de Didine. Une différence que Didine remarque en silence.

« Il a les cheveux argent et la peau moins rose. Il est moins beau que celui en mon missel. Cela ne m'empêche pas d'y mettre un cierge. »

Sous le tableau est inscrit, sans majuscules, « *L'archange saint Michel terrassant le démon* ». Six mètres environ de haut, cinq de large, cette peinture ne porte aucun nom de peintre. Didine s'approche du tableau et murmure à l'enfant, toujours dans ses bras, des mots à lui seul réservés : « Tu seras aussi beau que lui. »

C'est peut-être un péché de penser ainsi, alors elle se signe.

Il ne pleura pas, quand le prêtre versa l'eau, mit le sel, énonça les paroles d'usage. Didine, très émue, le tenait comme une châsse. Marraine et parrain prononcèrent à leur tour les promesses convenues. Didine pleurait de joie et d'émotion. Catherine se tenait un peu loin. Elle versa une larme. Sa tristesse était visible, elle porta une de ses mains sur son visage. Elle tremblait. Qui savait qu'elle priait en silence ? « Mon Dieu, si je pouvais aimer cet enfant ! »

Le père Thomas lui jetait un œil sombre. Jamais de sa vie elle n'avait pleuré à une fête de famille ! Il luttait pour ne pas s'avouer détester cet enfant. Cette imposture. Il avait hâte qu'on en finisse et qu'on passe au banquet prévu.

Ce jour-là, il y avait plusieurs baptêmes. Les cloches sonnèrent. On prit des photos. Didine les a glissées dans un album blanc au fermoir doré. Il est soigneusement rangé dans le tiroir de sa table de nuit. Elle passera des années à contempler chaque photo. Ce sera ainsi pour sa communion. A chaque fois, un si beau jour, un si grand jour ! Que Grâce soit rendue à l'Eternel ! Que veille l'Archange sur son filleul bien-aimé !

Ripailles, abondance, bons vins attendaient le retour de la cérémonie. La veille, on avait tué deux dindes et quatre volailles, grasses, magnifiques, destinées à la fête. Didine et les brus avaient beaucoup cuisiné. Les cornets de dragées entouraient un lourd dessert de plâtre crémeux, blanc et bleu, commandé à la pâtisserie du bourg. Au dessert, la famille des brus viendrait boire le champagne. On mangea et on but longtemps. Didine voulut être la seule à s'occuper de Bel Ange. Elle murmurait doucement, en lui donnant le biberon, le changeant et lui remettant sa tenue de fête.

— O mon petit chéri ! Tu es baptisé. C'est un sacrement qu'on ne reçoit qu'une fois et qui efface le péché originel, il donne la vie surnaturelle et nous fait chrétiens, disciples de Jésus-Christ, enfants de Dieu et de l'Eglise...

— Viens donc boire un coup au lieu de marmonner dans ton coin, Tata ! clamait le père Thomas, les joues rubicondes de mets et de boissons divers.

Il avait retrouvé sa bonne humeur.

Les brus découpaient la pièce montée.

La grande salle bourdonnait de rires.

Il y eut encore des cadeaux dont trois coquetiers en argent.

★

Etre malade, sauf en cas grave, c'est *fainéanter.*

— Il faut apprendre à ne jamais « s'écouter ». Au bon air, on n'est jamais malade, dit le père Thomas.

Un ton sans réplique. Le bon air, le labeur, c'est la santé.

Il fut contrarié quand ce dernier-né commença sa vie par des rudes fièvres. Elles menèrent jusqu'à sa chambre le médecin du bourg, irrité de se tromper de route malgré le GPS. Didine attendait à l'entrée du chemin. Elle le guidait au lit où moussait une chevelure d'or sur un pâle visage aux prunelles mauves. Sur le mur tapissé d'un papier à liserons, une gravure de l'Archange était destinée à le protéger. Une branche de buis était fichée en travers.

Didine joignait les mains.

— Par tous les saints, ôtez-lui sa fièvre !

Elle agaçait le médecin, à la lourde veste doublée de mouton.

La mère et le père Thomas se tenaient debout. Bel Ange détournait la tête, mordillait la médaille de son baptême. Didine avait essayé ses tisanes mais la fièvre avait augmenté.

— On l'a eu trop tard, marmonnait le père Thomas. La force est allée aux aînés.

Le médecin ordonna des antibiotiques.

— C'est normal, cette tache rouge à son cou ? s'inquiétait Didine.

Le médecin pointa la lumière de sa lampe sur la petite tache.

— Un angiome, une tache de naissance. Rien du tout. Il a une forte angine.

Son stylo brilla sur le coin de l'ordonnance. Un des fils alla au bourg, à la grande pharmacie qui ne ferme jamais le dimanche. Bel Ange fut long à guérir. Passé ces fièvres d'enfance, il crût en force et en beauté et ne fut jamais malade.

— Tes maladies ont été tes meilleurs vaccins, concluait Tante Didine.

Il ne s'en souvenait pas ; sauf qu'il comptait les liserons du papier de sa chambre, et qu'il se demandait à chaque ligne où se trouvait la coupure de la fleur qui repartait en un sens et lui donnait le vertige.

Il fermait les yeux ; ses yeux d'archange au hameau du poulailler.

Didine dut se résoudre aux médicaments. Elle manipulait les boîtes, les flacons, les flairait comme des poisons.

— Ils vont me le tuer avec leur *chimique* !

Elle disait « chimique » pour « chimie ». Elle ne croyait qu'en ses tisanes, ses décoctions, ses herbes séchées et surtout à la prière au saint protecteur.

Elle goûtait l'antibiotique en poudre dilué dans l'eau. « Je sentirai si c'est du venin. » Si c'était le cas, elle périrait avec lui. On haussait les épaules. Les brus bougonnaient « avoir soigné et élevé leurs enfants sans histoire grâce aux antibiotiques ».

Au hameau, ils se méfiaient des vaccins.

Ils croyaient à l'histoirc de cette famille morte dans les années 1950, suite au vaccin contre la variole. L'instituteur expliquait que la variole, cette famille d'autrefois l'avait déjà, d'où ce décès spectaculaire dont on se souvenait encore.

— Les vaccins, ça tue plus que ça ne protège. La preuve, cela sert pour les bêtes et ce qui sert pour les bêtes ne doit pas soigner les hommes. Vacciner la grippe, c'est la *contrarier,* c'est comme ça qu'elle devient mauvaise.

Un jour, plus tard, Bel Ange dit :

— Les vaccins ? Les maladies ? Il y a des lieux et des gens qui rendent malade. Aucun vaccin n'en protège sauf la fuite. J'ai commencé ma vie dans un hameau. Il me rendait malade. Ceux qui l'habitaient me rendaient malade. Né d'une vieille et d'un père que ma vue seule accablait, j'ai été élevé, secouru, par la plus âgée. Sa bonté m'a fait vivre... Sa bonté.

Il n'aimait pas ce mot. Il réfléchissait : il n'y en avait pas d'autre. La bonté de Didine.

Ainsi parlait-il de la seule qui l'aimait tant et que malgré lui, il avait aimée : Tante Didine qu'il baptisa pour lui seul :

Didine-Divine.

Tante Didine dissimule, par amour pour lui, d'aimables petits secrets. N'a-t-elle pas mis, à la banque postale du bourg, sur un plan épargne, à son nom à lui, une grande partie de ce que rapporte la vente de ses navets ? Il le sait et doit le taire ; il sait qu'il doit le taire. Cela arrange le père Thomas. Les autres ont la ruse au ventre. Lui aussi connaît la ruse, mais d'une autre manière. Il sait, d'un sûr instinct, hors d'âge, que de sa brave marraine viendra la possibilité de quitter le hameau.

— Le hameau, isolement terrible où cependant chacun surveille chacun.

Parfois, il surprenait au regard de Didine une lueur tenace et douce comme si elle eût compris son dilemme intérieur.

Qu'il est lent le temps à l'enfant qui ne peut rien faire qu'attendre…

La satisfaction de partir – quand ? où ? – ressemblera à celle d'une fugue.

Si son courage ne défaille pas, il ira dans le monde, autour de cette terre si ronde, impassible sur son axe, menacée de toutes parts, probablement volant un jour en mille éclats. Les hommes s'en chargeront. Le temps d'une vie se doit d'être le temps d'une petite distraction.

« La mort nous doit bien ça. Que possède-t-on hors une coudée de vie ? »

Le hameau, ses espaces que l'on pouvait trouver immenses, gorgés de soleil, noyés de pluie, craquants sous le gel, à nouveau resplendissants de lumières diverses, lui furent un tombeau.

Il y pensa très jeune, à cette mort, dont chacun évitait de parler comme si ça portait malheur. Seule Tante Didine savait l'évoquer avec lui. Elle en parlait en se penchant sur ses navets, en les brouettant, en ramassant les fleurs d'acacia, en liant les dahlias. Il puisait un repos hypnotique à écouter son babillage.

— Il n'y a pas de mort, Bel Ange, il y a la vie éternelle. La mort est un passage… La séparation de l'âme et du corps… Comment craindre quand on sait le Royaume qu'Il a promis ?

— Qui ? disait-il, incrédule.

Incrédule, il le fut tout enfant. Il était le seul, en cette famille, à n'avoir jamais cru au Ciel. Même son père pensait « qu'il y avait peut-être quelque chose, mais qu'il était mieux de travailler que de perdre son temps à y penser, manie de femmes ». Bel Ange, instinct, raison, ne crut jamais au père Noël. Cette croyance l'offusquait. « Prend-on les enfants à ce point pour des imbéciles ? » Il reçut de son père une correction pour avoir fait éclater en larmes sa nièce (« elle ressemble à une dinde ») en lui prouvant que « le bonhomme Noël n'existait pas ». Il avait six ans. Elle se bouchait les oreilles. « Menteur ! Menteur ! » Il ouvrit la grosse armoire où les mères, les tantines dissimulaient les cadeaux. La petite hurlait, les autres, ameutés, se mirent aussi à crier et le père Thomas défit sa ceinture.

— Qui t'a permis d'ouvrir l'armoire ? Mauvaise graine !

Il reçut trois rudes coups sans broncher. Didine accourait.

— Oh, Thomas ! Pas ça !

Le père Thomas se borna à disperser les enfants agités, « ça vous apprendra à jouer aux curieux ! ». Il rajustait sa ceinture et criait à Bel Ange, immobile, la prunelle gris acier :

— La prochaine fois, tu passeras la nuit au poulailler !

Il partit de son pas lourd, rythmé, de gros travailleur. Il partit, mécontent de lui, mécontent des enfants. Au fond, quelle sottise, leur père Noël ! Il partit furieux d'avoir engendré un *ravisé* qui faisait toujours le malin ; furieux de l'avoir frappé, lui qui presque jamais n'avait porté la main sur un enfant. « Mais celui-là est impossible ! Finasser comme ça ! »

Didine entraînait Bel Ange, l'œil sec, vers ses jardins. Dans l'allée des acacias, elle le gronda doucement.

— Pourquoi leur as-tu volé leur rêve ? Qui te dit qu'il n'y a pas un ange qui mène parfois un cadeau là où personne n'y a pensé ?

Ce jour-là, il parla beaucoup.

— Personne, Tata !

Il dit « Tata » quand on l'a contrarié.

— C'est toi qui m'achètes à Noël ma collection de motos. Mon parrain les commande sur Internet. Je t'ai vue choisir le modèle. Je l'ai entendu dire que ça coûtait cher, une collection comme ça. Tu sors de la poche de ta robe, sous la blouse, ton grand portemonnaie noir et des billets. L'argent de tes navets…

Il prend les billets, il les recompte. Il dit :

— Tu te rends compte du prix ? Mais tu ris, si contente que moi aussi je suis content. Quand la poste amène le paquet, tu accours... J'adore les motos, Tante Didine !

Elle se signait.

— Tais-toi, Bel Ange ! On n'adore que Dieu !

Elle ployait son dos voûté, elle l'embrassait. Elle tâtait ses mollets à longues chaussettes rougis par les coups de ceinture. « Je te mettrai de l'huile de millepertuis. » Elle collectionnait en haut du buffet des herbes et des fioles de plantes dont elle connaissait les vertus. Elle cueillait au bord des chemins, à l'arbuste sauvage, le millepertuis, au feuillage d'un vert intense, aux larges fleurs jaunes. Elle faisait macérer les fleurs dans de l'huile pendant un mois. L'huile devenait brune, rouge. Elle servait à cautériser les écorchures et brûlures diverses.

— Tu ne veux pas que je t'adore ? insistait Bel Ange.

— Aime-moi bien, c'est déjà si doux ! Ne bouge pas, que je t'arrange. Avoue qu'il y avait de quoi fâcher ton père ! Quand cesseras-tu de jouer au plus fin avec les autres !

Elle avait dit « les autres ». Il sourit et se laissa faire. Elle le moucha, elle prit un petit peigne et arrangea ses boucles « en rayons de soleil ».

Il rêva très jeune d'une moto splendide, un engin-tempête où il irait, vite, loin.

— Un jour, quand tu seras grand, chuchotait Tante Didine, tu en auras une.

Il l'embrassait. En attendant, elle continuait à lui offrir, à chaque Noël, une petite moto de collection. Il en avait déjà quatre. Un jour, il aura une moto. Une belle, une grande, une vraie ! Comme celle qu'il a vue un jour, au bourg, chez le marchand de cycles.

Il lui confiait ce qu'était pour lui une moto.

— Autrefois, on s'en allait à cheval. Une moto, c'est un cheval rapide, qui va loin, on sent l'air autour de soi, on fend le vent, on va...

Il redevenait muet, presque sombre.

Fendre le vent... Les ailes de cet archange dont Didine lui parle sans cesse, c'est pour lui, une moto fantastique. L'archange est le dieu des motards.

Le hameau, les uns, les autres, *ces autres*, avaient ancré en lui, de manière définitive, le refus du religieux et celui de la moindre légende. Didine n'arriva pas à le mener vers la foi. Sa conviction fut l'ailleurs. Rejoindre l'Ailleurs, indicible Terre promise, où grouilleraient des mondes qui enfin le tireraient de cet enclos, cet entourage confondu au poulailler. Il était attentif à quelques drames locaux. Ce petit fermier ruiné, si seul, guetté par une parenté avide, avait fini par se pendre à la poutre de la grange. « Je le comprends. » Il avait dissimulé une forte envie de pleurer. « S'il avait eu une moto pour s'en aller... »

Aller où ? soufflaient le vent, les nuages, les marais, la clôture d'un consensus de vie.

Il gardait pour lui beaucoup de ses pensées. Avec Tante Didine, il retrouvait une forme d'épanouissement. Il l'écoutait avec patience et affection.

Elle lui parlait longuement. Elle désignait le ciel, le grand marais, le pré, le bois penché, nommé ainsi suite à une forte tempête – il y a parfois, ici, un vent terrible. Ses arbres, des pins, n'avaient pas été arrachés, comme des centaines d'autres, mais poussaient toujours penchés.

— A leur façon, ils sont solides, penchés mais solides. Comme toi, Tante Didine !

— Eh oui, disait-elle, sans tristesse. Comme moi… Le bon Dieu m'a voulue ainsi comme il a épargné ces arbres.

Sa voix d'enfant continuait ce murmure qui apaisait Bel Ange. Il n'osa pas la peiner davantage. Pendant des années, il garderait pour lui ses convictions.

« Ni Dieu ni diable en tout cela, pauvre Didine ! Tu es née à demi bossue, mal formée, et ces arbres ont poussé dans un axe que le vent n'a pas entièrement dévasté. Moi aussi, je suis né d'un imbécile hasard. J'aurais pu être mal formé, trisomique. Cela se voit aux mères trop âgées. » L'envol des oiseaux, le frôlement furtif d'un renard blond, les chemins en lacets liés, déliés. Là-bas, cette forte ligne de lumière intense. L'océan.

Qui décourageait Didine quand il s'agissait de sa foi ? De sa main qu'un début d'arthrite déformait, elle balayait l'espace.

— Tout est Sa création. Un royaume éternel et doux.

Il lui accordait son bonheur de parler de la foi. Il ne fuyait pas, il la laissait dire. C'était, sans doute, sa manière de l'aimer. A qui, à la ferme, en parlait-elle sinon à lui ? Cette douceur d'une légende que l'on conte au coin du lit de l'enfant qui va s'endormir ou mourir. Le son des mots le berçait, mais quand il levait les yeux, il ne voyait que des nuages, un ciel si vide, la boursouflure d'un soleil trop vif, la courbure d'une branche sous l'envol d'un héron affolé.

Peut-être est-ce à ces moments de douceur dérobée qu'il se mit à réfléchir au Temps. N'était-ce pas le seul créneau où le divin – quel divin ? – rejoignait sans cesse le terreau du trivial ?

Le Temps ! Qu'était-ce, au fond, le Temps ?

Qui étaient ces gens-là, ces autres, autour de lui, auxquels il ne parlait presque jamais ?

De quel « temps » avaient-ils surgi, créatures du sol, imprévisibles comme lui, qui fut imprévisible à sa mère désolée et son père mécontent ?

Bel Ange aime à remonter le temps. Loin, très loin. Toucher aux confins des anciennes frayeurs. Comprendre. Entendre. Renier. Il déteste le hameau. Les solitudes de la campagne. Cet isolement forcené, entre ciel et marais.

« A cela, je ne peux rien. »

— Ici, c'est le bon air, dit sentencieusement le père Thomas.

Le bon air ?

« Quel bon air ? J'étouffe de ne rien pouvoir partager avec eux. »

La férocité de l'ennui. Non qu'il fût paresseux. Il détestait les travaux de la ferme. L'école, où il excellait, le sauvait de cette désolation froide qui l'inhibait ; mauvais brouillard où tous les chemins s'emmêlent. Il est des êtres comme des plantes ; certains sols les tuent.

Il l'eût volontiers imaginé à moto, son archange, pourchassant le démon ! Une moto fantastique et noire ou rouge, une moto plus vibrante que des ailes inutiles, écrasant tel un insecte ce que les hommes nomment « le Démon ».

« A cause de son conte d'archange, Didine a fait naître en moi le désir d'une moto. Les ailes d'une moto… »

*

Les Noëls, au hameau. Bel Ange avait à peine troublé ce qui était leur force à tous : un bloc de labeur où festivités et bombance étaient la grosse récompense. Noël ! Au hameau, presque partout, chacun en aimait non ce « sacré » si cher à Didine et ce non-sens à Bel Ange mais l'étalage de babioles rutilantes, de cadeaux chers, vite inutiles, de fortes ripailles bien arrosées. Dans la salle, contre le buffet, grimpait un grand sapin coupé au champ de lin, accablé de guirlandes, de boules multicolores, d'angelots pailletés, d'étoiles dites filantes. Autour de lui s'étalait la mare des cadeaux.

« Une décharge de luxe », selon Bel Ange.

Le regard de Tante Didine resplendissait quand elle sortait de son armoire, sous la pile de draps bien repassés embaumant la lavande, « chasseuse de mites », une boîte à chaussures où elle rangeait pieusement sa crèche. Elle organisait sur une table pliante, nappée d'un napperon blanc, la crèche de son enfance. Les enfants se ruaient sur le sapin, personne ne songeait à la modeste petite crèche, logée sous une branche de houx qu'elle ramassait au bout du champ de navets. On disait « la crèche à Tata ». Bel Ange l'aidait à disposer les personnages en modeste poterie. L'Enfant, *il est né le divin Enfant,* bras ouverts, était couché, nu, sur un croisillon de paille, les reins minuscules entourés d'un linge argenté. La Vierge, à genoux, penchée, voilée de bleu, vêtue de blanc, Joseph le saint, en bure sombre, la barbe noire, quelques bergers portant un mouton autour du cou. « Ils vont probablement le tuer pour leur réveillon », pensa un tout jeune Bel Ange. Il y avait le bœuf, une vache, semblable à celles de Mémé, couchée comme un grand chien brun et blanc, un âne gris aux yeux peints en noir, des doux yeux ronds, des yeux d'âne, une bande d'ânes… Didine, au tendre regard, « elle a les yeux de l'âne de la crèche », observait Bel Ange, Didine, radieuse, en cet esprit d'enfance qui rarement l'abandonnait, laissait Bel Ange disposer les animaux, les bergers. Il aimait placer l'étoile en bois doré sur le toit penché de la petite crèche.

Il dédaignait le tournis des enfants autour de l'arbre rutilant, engorgé de paquets. L'heure sacrée, l'heure bénie n'était pas pour les autres la cloche lointaine de la messe, mais le moment de dépecer les papiers multicolores, arracher les ficelles dorées, exhumer leurs cadeaux. Des robots, des engins volants, rampants, des dinosaures hideux, articulés, vus dans des séries télévisées. Tout cela finissait vite à la casse. La petite fille se lassait des poupées pour exiger un portable, un ordinateur, une minirobe et les bottes assorties.

Le père Thomas n'aimait pas Noël. Il grognait sur une dépense inutile, ces gadgets dont se détournait aussitôt sa nombreuse descendance. Il répétait à chaque fois :

— Ce serait plus malin de mettre *le sou* à la caisse d'épargne, sur un compte à chacun !

Les brus se récriaient ; où voyait-on un Noël sans cadeaux sinon chez *les sans-le-sou* ?

Seule Tante Didine accordait à Noël la pureté de son vrai sens. Certes, ils allaient « en troupeau », selon Bel Ange, à la messe de minuit avancée à vingt heures pour ne pas fatiguer les enfants. Ceux-ci trépignaient à la joie du retour, des cadeaux. Didine, elle, eût volontiers soupé d'un bol de lait, de lectures pieuses et de douces chansons transmises à la radio.

Le père Thomas savourait la certitude d'un long et grand repas.

Les dindes fourrées de farce et de marrons, les boudins blancs, le foie gras, les larges plateaux d'huîtres rapportées en camionnette, le matin même, du village près de l'océan… Une foule de pâtés en croûte, les fromages en tout genre, les bûches, chacune nappée d'une crème différente, pistache, vanille, chocolat, praliné, cloutées de personnages expressifs, nains, pères Noël, biches, étoiles en praline. La pyramide de fruits étincelait d'oranges et de mandarines.

Bel Ange quittait la table. Il alignait sur l'étagère de ses livres de classe la nouvelle moto. Didine devinait le sens de son goût pour ces engins. Un jour, il s'en irait sur les routes qui vont droites ou tournent brusquement, incompréhensibles, vers des villes, des pays dont elle ne sait pas le nom.

La moto supplémentaire sur l'étagère de Bel Ange serrait le cœur de Didine. La famille le trouvait raisonnable, peu exigeant. A la moto s'ajoutaient une boîte de crayons de couleur, un album à dessiner… Il aimait tant dessiner ! Il est vrai que la moto de collection, commandée par Internet par son parrain, coûtait cher, mais on ne voyait pas la qualité mais la modestie d'un seul jouet. Bel Ange et Didine savaient que ce n'était pas un jouet de plus, mais le sens d'une idée fixe. Cette moto de plus, aux roues en rayons, marquait l'obstination d'une pensée qui traçait ses routes, à un rythme que personne, un jour, ne saurait arrêter.

Une moto de plus, c'était encore une distance entre cette famille et Michel Arthur Thomas, dit Bel Ange.

*

La passion de Didine pour Bel Ange augmentait.

Bel Ange ! Le père Thomas détestait ce surnom. Un surnom de fille, une idée de cette folle de Didine ! Plus tard il lui arrivait de lui lancer « Bel Ange » mais c'était une moquerie ou le frôlement d'une insulte.

Bel Ange était fier de la marque sur son cou. Un signe, une différence si légère et pourtant si profonde. Que de filles, plus tard, de femmes, de garçons tentés même, voudraient mordiller cette petite marque. Il se dégageait d'une tape, parfois d'un coup, ou il laissait faire. Il gardait sa pensée au sujet de cette marque.

« Toute naissance est une marque au fer rouge. Combien d'imbéciles y voient un défaut de la nature à faire ôter au laser alors que c'est mon signe à moi. Les autres ont horreur de la moindre différence… Elle les inquiète. Inquiétons alors ! Ici, c'est le seul jeu qu'on me laissera. Didine, pauvre Didine-Divine ! Je l'ai mise malgré moi dans le ravissement. Je tiens à elle. C'est beaucoup pour moi, de tenir à un être humain. »

Il pensait « tenir », jamais « aimer ». Il se méfiait de ce verbe.

« Aimer, c'est banal, on aime, on n'aime plus, on n'aime pas, on aime le fromage et la plume de ma tante, gaver les champs de fumier… "Tenir". Il y a en cela quelque chose de plus précieux, de plus secret. Je "tiens" à Didine. Elle le sent très fort. Quand elle noue une écharpe à mon cou, elle effleure cette petite marque rouge, elle y pose un doigt qu'elle porte à ses lèvres tel un baiser. »

Didine s'exclamait, l'embrassait. Cet amour faisait grand bruit en elle et autour d'elle. Bel Ange contenait un soupir d'apaisement quand il l'apercevait, en son champ de navets ou sous les acacias, partout au hameau. Didine allégeait en lui cette constante angoisse qui ressemblait à l'abandon.

— Quel est ton vrai prénom, Didine ?

Il fut le seul à qui elle confia l'histoire de son prénom.

— Ludivine.

Personne ne l'appelait ainsi, pas même sa sœur.

— Didine fut le surnom que me donna ma mère.

Tout est affaire d'apparence. Ludivine ne lui allait pas. Autrefois, sa mère s'aperçut vite des malformations de sa fille aînée.

Elle lui dit :

« Ludivine n'est pas un prénom pour toi. Je me suis trompée. J'aurais dû le donner à ta cadette, Catherine. Un joli brin de fille, celle-là ! N'empêche que tu es bonne fille. Le travail ne te fait pas peur et on t'aime bien *quand même* ! »

Sa mère hochait la tête. Elle disait sans méchanceté ces mots qui marquent à jamais une vie. Elle l'appela « Didine » pour ne pas dire « Ludivine ». Un si beau prénom à cette enfant qui poussait si peu, si mal, arbrisseau penché ! Elle ne dépassa jamais la taille d'une fillette de douze ans. Son épaule gauche, rentrée, créait une bosse. Sa maigreur, sa surprenante vigueur étonnaient. Ses mains fripées, osselets solides et visibles, les ongles en dures petites cornes, étaient celles d'une enfant. Elles abattaient une grande besogne. Une maigre chevelure roulée en un chignon rabougri semble une boule de cendre. Un profil de brebis, un nez en bec de poule, un léger zézaiement. Des yeux ronds, noirs, doux et naïfs, sous les paupières aux maigres cils décolorés.

Un jour, elle bêchait son potager. Bel Ange grandissait. Il l'avait soudain appelée « Tante Ludivine ». Elle se redressa vivement, comme piquée par une guêpe. Elle mena à ses paupières un coin de sa blouse. Elle pleurait. Il ne l'avait jamais vue pleurer. Il écarta ses mains, baisa ses joues.

— Ne pleure pas, tu vaux toutes les Ludivine du monde, Tante Didine-Divine.

— Divine, moi ? C'est trop beau ! Nous n'avons rien de divin, nous, pauvres gens en ce monde... Ludivine, hélas, m'as-tu bien regardée ?

— Il n'y a que toi, ici, que j'aie envie de regarder. Didine-Divine...

Bel Ange comprenait en silence bien des choses, dont ces larmes. Il écarta ses petites mains crevassées. Il l'embrassa.

— C'était pour te faire plaisir, tu as un si joli nom. Ludivine est doux comme toi.

Ludivine-Didine sécha ses pleurs et lui sourit.

— Je suis bien bête, Bel Ange, de m'en faire pour une sottise pareille, tu ne trouves pas ?

Non, il ne trouvait pas.

— Didine... Divine...

Elle reprit sa besogne en souriant. Elle chantonnait. La tristesse n'avait quasiment aucune prise sur elle. Son beau prénom, une peine de Bel Ange, les souffrances d'autrui auxquelles elle ne pouvait rien, la touchaient vivement. Elle se tournait vers l'Archange et reprenait son mystérieux courage. Un délicat mystère l'habitait, incompréhensible à presque toute l'humanité : elle était heureuse. La joie ne l'abandonnait jamais. Elle pouvait pleurer, cela arrivait, mais sa joie était intacte, ainsi ces pierres précieuses logées aux inaccessibles profondeurs.

Bel Ange la regardait avec gravité.

Il la regardait avec tendresse, lui qui n'en avait presque jamais éprouvé. Il offrait le plus souvent un dur et beau profil impénétrable. Dès sa petite enfance, il se sentit proche d'elle. Son excès de beauté, la distance de ses parents, son rejet instinctif du hameau et de la terre, la brutalité à l'école, puis le désir des filles, l'offensaient et l'isolaient. Les disgrâces de Didine l'avaient moins mise à part qu'il ne l'était. La famille, les gens du pays aimaient bien « Tata ». Sa gentillesse était proverbiale.

« C'est une simple », concluait le père Thomas, au sens d'une légère débilité.

Bel Ange et Didine allaient souvent seuls, à travers son potager, son champ de navets, l'allée des acacias. Ils longeaient les avoines, le maïs, le lin, le colza, champs grevés l'été de coquelicots, l'orée du grand marais. Nulle clôture aux terres de ce pays ; chacun sait ce qui lui appartient. Au loin, ce vent parfois trop vif, une très grande lumière, des pluies violentes, signalaient l'océan. Avec Bel Ange, le langage de Didine atteignait une fine poésie. Elle en oubliait son zézaiement.

— Regarde ! On habite un pays vert, brun, argent... C'est beau...

L'océan ne faisait pas partie du travail des gens du hameau. Ils en parlaient comme d'un incontournable familier et lui incriminaient les tempêtes. « Nous n'avons rien à y faire. » Ils avaient le pied marin sur leur terre, les marais, rien que là. Ils en avaient acquis une science très ancienne. Une sagesse impartageable. Ils en savaient les secrets, les ressources, les vengeances.

— Cette année, les betteraves sont perdues. Tata, tes navets n'ont pas l'air de pointer le nez !

Le père Thomas achevait sa critique.

— Ça t'apprendra à refuser mes engrais.

Leur terre, comme eux, pouvait parfois se faire féroce. Une soudaine absence d'avenir, la pourriture d'une moisson. Didine n'ignorait rien de la rébellion des sols.

— Si ta moisson est perdue, c'est que tu as désolé la terre.

Ils en parlaient (y compris ceux des hameaux alentour) comme d'une déesse dont la maladresse avait offensé le rude culte. Ils avaient à son sujet un beau langage, une inconsciente poésie. Ils y usaient leur vie, leurs forces, la retraite existe, c'est soixante ans, un faible revenu, mais ils ne se couchaient que pour mourir.

Les terres du hameau, dans l'ensemble, prospéraient.

Les navets de Didine, ses fleurs, ses quelques acacias, son potager, ses plantes médicinales qu'elle appelait « fées guérisseuses », pour les distinguer de celles qui empoisonnent, prospéraient.

Bel Ange, disait Didine, était « la prunelle de ses yeux ». Le voir la remplissait d'une immense tendresse. Cette tendresse allégeait la douleur qu'il avait éprouvée dans l'étable quand sa mère l'avait repoussé : « Appelle-moi Mémé. »

Tout enfant, Didine le gâtait furtivement.

— Veux-tu à ton goûter des beignets à l'acacia ? La pâte est prête.

Il devenait soudain joyeux, battait des mains.

Les beignets à l'acacia ! Les beignets de Didine ! Il en raffole.

Il lui prend la main avec emportement.

Elle en rit d'aise. Elle se tourne vers la cuisinière.

Depuis le matin, elle a laissé reposer la pâte. Elle travaille en chantonnant. Elle est si heureuse de le gâter ! La casserole, le verre d'eau, une cuillère de beurre frais, quelques grammes de sucre, la pincée de sel. L'eau bout. Elle y verse, avec le même verre, deux fois la dose de farine. Elle tourne, lentement, la cuillère en bois, avec soin, toujours en chantonnant. Elle obtient la belle consistance d'une pâte qu'elle va laisser sécher au coin de la plaque chaude. Elle la retire, elle sort d'un bol quatre œufs frais du poulailler géant. Elle incorpore à la pâte les œufs, l'un après l'autre. Elle a mis à part, avec soin, le blanc du dernier œuf qu'elle monte en neige. Le temps est venu de battre la pâte avec soin et longtemps. La petite chanson aux lèvres. A ces moments-là, elle a presque une jolie bouche. Pauvre Didine aux trois quarts édentée. Elle a réussi une pâte lisse, parfaite, légère.

Des beignets, il en restera pour les autres enfants mais ceux-là, les plus croustillants, sont pour lui et uniquement pour lui.

Le tendre rituel des beignets à l'acacia.

Elle et lui, lui qui va se régaler ; elle qui va le contempler, lui, si beau, se régalant. Il est assis sur la chaise en paille. La meilleure de la cuisine sur laquelle elle a posé un coussin au crochet. Dans un plat blanc comme une crème fraîche, il y a, plus blanc encore, les pétales d'acacia.

Didine jette dans la friture chaude la fleur d'acacia préalablement trempée dans la pâte. Bel Ange regarde gonfler le beignet odorant. Il a pris la belle couleur dorée de ses boucles. Didine le retire avec la passoire à friture. Le beignet tout chaud est saupoudré de sucre fin. Elle a ouvert un pot de ses confitures de groseilles. Elle lui verse un bol de lait chaud.

Son regard à lui est d'un mauve délicieux. Ses gestes gracieux. Il est recueilli devant la fine gourmandise. Il sourit.

Elle le regarde manger. Le bonheur du don.

Il l'a faite mère, *sainte mère d'archange,* par son regard mauve et la tendre cérémonie des beignets issus de ses toutes petites mains crevassées ; les beignets, comme autant de perles fines...

Ils partageaient le plaisir du silence, une délicate gourmandise, le repos pour lui. L'amour inconditionnel de Tante Didine lui était plus léger que les nuages et l'air, et l'eau des sources.

★

Le temps était venu à Bel Ange d'aller à l'école.

Le bus scolaire ramassait les enfants des hameaux, jusqu'à l'école, puis le collège et le lycée au bourg. Bel Ange fut tout de suite un bon élève. Il ramenait les meilleures notes. Cela provoquait chez les siens, surtout chez son père, une réflexion entre le dédain, une secrète admiration et le vieux complexe des gens avalés par l'exigence forcenée de l'agriculture. Les livres, les études, c'était presque du luxe.

— Il n'est pas comme nous. L'instituteur dit qu'il ira loin.

Loin, ça veut dire loin d'ici. Subtile trahison. Son père ne ménageait pas ses réflexions.

— A part suivre Tata sous les acacias, je ne l'ai jamais vu l'aider aux navets ! Il est incapable du *vrai* travail d'ici.

Il savait bien qu'elle lui interdisait d'abîmer ses mains, et le priait de continuer sa lecture ou ses dessins. Il crayonnait beaucoup sur un calepin. Sa présence, un brin d'herbe entre ses lèvres au modelé très pur, enchantait Didine.

Elle reprenait sa petite chanson, sa Joie, que la terre entière eût pu lui envier.

Vivre la comblait. Il s'y passait toujours un bonheur. Un ciel radieux, son potager fructueux, l'éclosion de ses fleurs, le carré de ses plantes médicinales. L'abondance des pétales d'acacia. On vantait, bonheur de plus, la succulence de ses navets, indispensables au pot-au-feu réussi, à la soupe des grands hivers. On faisait bien des choses avec les navets de Didine. Ils ne servaient pas qu'à la cuisine. Leur pulpe, cuite, pelée, devenait des cataplasmes souverains aux démangeaisons, aux piqûres de moustique, à certaines inflammations. Didine avait soigné un eczéma d'une des brus avec ses décoctions de navets. Généreuse, elle livrait les secrets médicaux de ses navets qu'elle vendait bien au marché du bourg. La pharmacienne et son pharmacien haussaient les épaules, mais en secret utilisaient les recettes de Didine.

— Je les vends avec leur racine. On fait de la racine, bien lavée, une décoction. On la mêle à une infusion de sauge sucrée au miel. Bon remède pour les grippes et les bronchites !

Quand arrivaient les premiers froids, elle avait une autre manière de « fortifier » l'organisme contre les rhumes. Elle creusait un navet. A Bel Ange échouait le plus beau, choisi comme une rareté. Elle le remplissait de sucre de canne, de miel et d'un clou de girofle. La famille du hameau n'hésitait pas à sucer « le navet guérisseur » de Tata. Ils se méfiaient des médicaments. Au bourg, au marché, on écoutait ses recettes. On lui en demandait d'autres.

— En cas de coliques – elle disait « coliques », jamais « diarrhées » –, on se met à la diète. On fait bouillir trois navets et leurs racines. Vous buvez six fois par jour un bol de ce bouillon. Tout l'intérieur est nettoyé !

Quelques femmes, ennuyées d'une peau çà et là ridée, à points noirs, écoutaient son chuchotement. Didine avait créé un nettoyage de peau avec ses navets.

— Vous lavez le visage avec du lait cru. On sèche et on tamponne avec une tisane de romarin. Dans un bol, mélangez la pulpe du navet cuit avec un blanc d'œuf. Vous aurez la peau de Blanche-Neige !

On l'écoutait. Il y avait parfois de jolis résultats. Elle riait de joie, Didine.

Oui, ses navets étaient, selon elle, « du bel or tout simple comme le bon Dieu aime en fournir aux hommes. Il suffit de comprendre et d'aimer les dons de la terre ».

A ces moments-là, elle parlait joliment. Bel Ange ne refusait pas de sucer « le navet guérisseur ». Ne pas la peiner, pas elle.

La vie vient du bon Dieu, dit Didine.

C'était si doux d'adorer ce Ciel dont elle clamait l'ineffable bonheur ! C'était merveilleux de se sentir sous la protection de l'Archange qu'elle invoquait plus que « la Sainte Vierge ».

On ne pouvait que remercier de vivre.

— C'est un grand cadeau.

— Tu trouves, Didine ? murmurait Bel Ange, tâtant la marque de son cou.

— Oui, le malheur c'est de n'avoir pas pris le temps de regarder ce qui est bon et beau.

« Je suis sans doute né aveugle à ce qu'elle nomme le bonheur. »

En silence, il reprenait sa lecture ou ses croquis. Il aimait bien dessiner les plantes, chercher leur origine en ses livres. Quelquefois, il dessinait Didine plantée au milieu des navets, petite fée vêtue en capucine, dont le chapeau était une amanite tue-mouches, rouge, piquée de points blancs. Il ne montrait à personne son carnet de croquis. Il signait ses dessins de la marque à son cou. Il la modifiait selon son humeur. Non ce trèfle banal, mais une fleur des champs illisible, une bestiole inconnue à trois petites ailes...

« On peut être tout entier en un signe de la peau. On ne choisit jamais son nom. Comment aimerais-je mes deux prénoms, puisque je n'ai rien choisi ? On devrait s'appeler X ou Z à la naissance, on est tous un peu des “accouchés sous X”. Fils de Mémé ! A chacun, plus tard, de choisir son prénom. Mon nom de famille ? Ce Thomas, ce géniteur qui régente le hameau et dissimule à peine son rejet ? La chance s’est amusée à graver ce signe sur mon cou à mesure que j’allais vers ce qu’ils nomment “la vie” ! »

Il arracha la page et donna son dessin à Didine, sous lequel il avait écrit : « Didine-Divine ». Elle avait battu des mains.

— C’est comme ça que tu me vois ? Cette fleur en chapeau rouge ?

— Oui, c’est comme ça. Cache ce dessin, ça ne regarde pas les autres.

Elle fixa un moment l’étrange signature. Une fleur, une bestiole, un trèfle ? Elle le plia, le glissa en son missel qui ne la quittait jamais.

Quand il s’agit de lui et de ses atours, Didine est intarissable. Son langage frôle une poésie ; sinon, tels ceux du hameau, elle se tait.

Partout, dans les campagnes, les hameaux, on partage la sentence du père Thomas.

« Le silence garde mieux que la parole. »

Parler le moins possible ; *vivre dans sa tête,* loi en cette famille et alentour.

Le bourg aussi sait *faire le silence.*

*

Didine est seule, en son champ, sous la bruine, ou un dur soleil sans ombre, à cultiver et, à l'automne, à arracher ses navets.

Une petite chanson révélait une voix claire et douce. *Nous n'irons plus au bois, les lauriers sont coupés.* Elle aimait bien cette chanson. Elle fut la berceuse au coin du lit des enfants de sa sœur.

La berceuse, destinée un jour uniquement à Bel Ange.

Tante Didine emmène partout, dans la poche de sa blouse sombre à fleurettes grises, son chapelet en nacre usé, son missel qui contient l'image de l'Archange et celle du filleul bien-aimé. De sa poche, soigneusement divisée par une grosse couture, débordent des outils de jardin. Le sécateur, le plantoir, un cordeau. Aux matines, à l'angélus, où qu'elle soit, elle s'arrête. Elle n'a pas besoin d'entendre la cloche lointaine ; elle n'a jamais eu de montre. Il lui suffit de lever les yeux, de regarder l'horizon. A la couleur du ciel, de la terre, elle sait l'heure. Elle sort le missel, lit une prière, égrène son chapelet, baise l'image de l'Archange.

En début et fin de journée, si menace quelque orage qui ploie les acacias, qui risque de noyer ses navets, ça s'est vu, une moisson ratée, le navet spongieux, l'arbre rompu en un bruit de verre brisé, elle récite par cœur la prière à saint Michel :

O Vous, prince de la Milice céleste, repoussez en enfer, par la vertu divine, Satan et les autres esprits malins qui errent dans le monde pour la perte des âmes. Amen.

Bel Ange la rejoint en son champ ou son potager. Il longe l'allée des acacias. Elle en a ramassé les fleurs, soigneusement entassées dans le sac à cet usage. Elle cueille ses légumes, place le tout en sa brouette qu'elle mène, minuscule ânesse courbée. Elle a prié tout haut. Bel Ange rit :

— Sainte Divine !

Il saute d'un pied sur l'autre. Il la trouve drôle, démodée comme une ancienne image. Bonne comme une boule de pain chaud, bonne comme ces beignets qu'elle lui confectionne. C'est la seule dont il ne moque pas la bonté. Quelle bonté ? Lui, le *ravisé*, responsable du dégât de Mémé et de l'hostilité du géniteur ? Oui, c'est vrai, les brus parfois le gâtent, ses frères aînés s'en moquent un peu – « Tu es plus joli qu'une fille ! ». Ils ne remarquent jamais le soudain froncement de ses sourcils, si parfaits qu'on les dirait peints. De quel droit, ces railleries qu'ils pensent innocentes, avec leurs faces de porcs échauffés ? Il fuit « ses neveux », qui veulent jouer avec lui, sa nièce aussi.

— Tu joues à la marelle avec moi ?

Pousser du pied un caillou de case en case jusqu'au « ciel » ? Non, il n'aime pas jouer. Il est, grotesque situation génétique, le jeune oncle des enfants des brus. Des enfants criards. « Des enfants de brutes », pense-t-il. Gros poings, têtes carrées, cheveux en brosse, ou nattés serré, ils s'amusent à l'enlèvement de la vache épouvantée, à l'égorgement des volailles, au ballon parfois, mal lancé, l'étourdissant à moitié... Il les fuit. Quelle prouesse à fuir les baisers goulus des brus ! Elles s'accroupissent quand elles le croisent, ouvrent leurs bras de laborieuses, désignent une joue qui tourne plus au violet qu'au rose de la pêche dont elles n'ont pas le velouté.

— Qui vient faire un bibi à tantine ?

Un bibi à tantine ! Il abaisse ses paupières, tel un rideau de fer.

« Ces baisers-là, ça fane, ça souille. Ça empeste le poulailler. »

Quand il était tout petit, elles l'attrapaient, comme une volaille, l'embrassaient à bruits de ventouse avide.

Il s'essuyait les joues – elles n'en épargnaient aucune –, il subissait son étrange supplice, il serrait les dents. Un jour, lors d'un interminable flot postillonné de bibis-à-tantine, il urina. Mi-riantes, mi-mécontentes, obligées de passer un autre tablier, les brus le tancèrent :

— Tu ne pouvais pas demander ? Viens qu'on te change !

Il s'enfuit du côté des acacias, du côté de Tante Didine. Elle n'était pas loin. Tout ce qui le touchait l'interpellait comme une télépathie. Elle accourait, mécontente de cette emprise emportée des brus. Elle soliloquait des mots incompréhensibles. Elle s'occupait de le laver, le changer. Les brus haussaient les épaules, oubliaient l'incident, le résumaient ainsi :

— Il est trop chouchouté par Tata.

Elles n'eussent pas, pour rien au monde, formulé une redoutable réponse :

— Il ne nous aime pas.

Elles disaient :

— Il est spécial.

« Spécial », formule qui repousse l'inquiétant, admet l'étrangeté. Jusqu'à quel point admise ? Ainsi, au poulailler, la naissance d'une portée de volailles noires, inattendues, proches de curieux corbeaux, mena à tous le mot « spécial » et mit en branle la machine à décapiter. Y compris la poule qui semblait échevelée, courant en tous sens...

Le père Thomas bougonnait. Perdre une si bonne pondeuse coupable d'avoir pondu six affreux avortons noirs !

— C'était trop *spécial*, et le spécial, ça finit par contaminer ce qui est normal. Il faut savoir supprimer le mauvais, conclut le père Thomas.

La poule et sa ponte spéciale allèrent au fumier.

Bel Ange, rescapé des bibis-à-tantine, tout jeune, frissonnait.

« Peut-être finiront-elles par me passer à la machine à décapiter ? »

Devenait-il le vilain petit canard dont Tante Didine lui avait conté l'histoire ?

Certains regards de son père, l'implacable mélancolie de sa mère... Elle refuse qu'il reste près d'elle pendant qu'elle trait ses vaches. Il se souvient : tout petit, il errait vers cette lourde femme qui était sa mère. Il entrait dans l'étable, tentait d'approcher l'escabeau, où débordait une large croupe. Elle feignait de ne pas le voir, lui jetait un regard sombre. Elle le bannissait du geste et du mot :

— Va voir Tata ; laisse Mémé tranquille !

Elle baissait un regard pâli, embué, strié de fibrilles rouges. Il basculait en une vérité qui ne devrait jamais être comprise d'un jeune enfant : sa mère n'arrivait pas à l'aimer. Il avait été une grave anomalie en sa vie rieuse, laborieuse et simple. Elle grondait quand il hésitait à quitter l'étable.

— Tu es encore là ? Tu vas me faire rater la traite !

Il s'en allait, un curieux pincement au cœur.

Il souffrit d'être rejeté de l'étable par sa mère. Il apprit vite à cacher ses larmes et ses sentiments. On le trouvait dissimulé. Spécial.

Il évitait le poulailler. Il se bouchait les oreilles aux cris des enfants, ses neveux. Il courait du côté du champ de navets, du potager de Tante Didine.

« Avec elle, j'oubliais le hameau, le poulailler, les autres. Je lui dois ma survie. »

Grâce à elle, à ses dons simples et doux, il supportait le joyeux patriarche qui bousculait ses boucles d'une main dure, sentant la paille et les vasières.

Une rude caresse, à la limite d'un coup, mêlée d'un bougonnement entre la gaieté et un sourd malaise.

Il apprit vite à fuir cette femme vieillissante, aux cheveux mal taillés et gris, qui l'évitait aussi et lui disait de l'appeler « Mémé ». Il ne pouvait échapper, çà et là, aux bibis-de-tantine, mais ils s'espaçaient. Il vivait mieux, il vivait seul.

Tante Didine lui suffisait. Les livres, l'école. Ses dessins.

★

Longtemps, avant la naissance de Bel Ange, Catherine s'était occupée de ses vaches avec plaisir.

L'étable a une saine odeur de bois, de foin, d'urine. Petit escabeau sous la croupe solide, Catherine, avant cette naissance, trayait ses vaches en chantant *Cerisiers roses et pommiers blancs*... Nature joyeuse, amour du travail bien fait, amour de ses vaches. Où est passé ce temps occupé et heureux ? Elle s'y traîne, maintenant, à l'étable. Ses vaches : deux blondes, neuf blanches à taches noires. Ses vaches la reconnaissent ; à l'heure de rentrer, l'heure de la traite, elles quittent le marais. L'une après l'autre, mâchouillant un reste d'herbe, elles n'ont pas besoin du bâton pour rejoindre chacune sa place. Elles savent l'heure de l'étable et entendent la voix de Catherine : « On y va, on y va ! »

Elles rentrent par habitude. Elles n'entendent plus la voix plaisante de la belle meneuse aux cheveux blonds.

Chaque jour, les seaux de lait sont ramassés par la camionnette du bourg. Ce lait va à la crémerie et donne un beurre blanc, exquis, à goût de noisette.

Quand une des vaches est trop vieille, tarie, inutile, la férocité naturelle reprend ses droits. On vient la chercher pour l'abattoir. Tout doit servir à la ferme. Elle le sent, la vache trop vieille qui tremble sur ses pattes amaigries. Elle pousse des cris lamentables ; on la tire, le cou serré par une grosse corde. Elle résiste, parfois elle tombe à genoux. Il arrive désormais à Catherine de traverser un cauchemar : la vieille vache, en son rêve, à demi étranglée, c'est elle.

L'homme de l'abattoir et le père Thomas s'en mêlent. Brutalité. Corde suffocante. La bête résiste. Les enfants se massent à la porte de la grange. Ils rient.

Bel Ange, tout jeune, est pétrifié.

On insulte la vache, on lui donne un coup de pied au ventre. Bel Ange a vu parfois des grosses larmes aux yeux de la bête qu'on va assassiner. Des yeux de femme en pleurs. Des yeux de femme. On la bat encore pour la hisser en ce van où elle peut à peine respirer. Un veau tout neuf la remplace. Son dernier veau. Trop vieille, désormais. Trop vieille, la vache. A tuer. On a dû l'aider à mettre bas avec la lampe-tempête ; dépenser la visite du vétérinaire. Se défaire de ce qui coûte sans rapporter. Le veau ira comme les autres, enfermé dans la cage trop étroite. Si on écoutait les vaches, ce serait la ruine !

— Ça ne pense pas, les vaches !

Pourtant, elle reconnaît son champ, la voix de Catherine, sa place à l'étable. L'heure de la traire. La vache condamnée. La vache et son lait. Mamelles d'or. Pendant des années, elle a enfanté des veaux. Assassinés, les veaux. Assassinée, la vache. Bel Ange dit :

— Elle pleure, la vache. Elle pleure son enfant... Elle a peur... On va lui faire du mal...

On a ri, même Mémé avait ri.

Didine se penche vers l'enfant.

— Ça ne pense pas, les bêtes.

Toutes les vaches de Catherine, âgées, taries, ont subi ce sort-là. L'abattoir. On ne leur laissera jamais finir leur vie aux champs. C'est l'impensable. Une dépense absurde. Même la brave Didine comprend ces choses. La vache aux cris lamentables. Didine console Bel Ange à sa manière :

— Les bêtes ne vont jamais au Ciel. Dieu les a créées pour nourrir les hommes. Elles ne pensent pas, elles ne souffrent pas.

La vache qui ne pense pas... On lui prendra sa chair usée, ses os pilonnés, sa peau servira à quelque usine et deviendra des sacs, des valises. A l'abattoir, des hommes aux lourdes blouses ensanglantées l'insultent encore. Il est interdit depuis peu de les tuer sans les anesthésier d'un étrange coup de pistolet à la tempe. L'abattoir s'en moque ; on la pousse, que de coups, au bord d'une fosse atroce, amoncellement d'un magma de pattes, de chair, de sang, elle, la vache, la bête, la vieille, qui sent, qui devine. Un dernier coup de pied au ventre, le coutelas lui tire un cri d'épouvante, un cri humain.

Les lapins sont assommés, les uns à côté des autres, cou passé en un étrange cercle d'acier. Les volailles, au poulailler, sont décapitées à la chaîne quand le père Thomas reçoit une importante commande pour Noël et Pâques, les communions, les mariages, les repas des funérailles, où s'amassent les familles.

Un grand repas fait partie des usages. Un grand repas donne du plaisir.

Les volailles sont pendues par les pattes liées ; une sorte de tranchoir électrique se met en route, un va-et-vient atroce et tout est dit. Le sang est recueilli en une rigole à cet effet. Les petits-enfants du père Thomas s'amusent de cette opération. Leurs parents les initient à ce qui sera un jour la continuation du labeur.

On s'était beaucoup moqué de Bel Ange, tout jeune, qu'on avait trouvé évanoui devant la grille du poulailler où jaillissaient le sang et le cri. L'épouvante.

Le père Thomas était irrité.

— Pas même une fille ! Ma femme, qu'il a rendue vieille, Tata, mes brus, mes petits-enfants ne font pas tant de manières !

Il haussa les épaules et s'en alla phosphater sa vigne plantée entre deux champs.

Tante Didine ne voit pas le mal en ces choses. Egorger une volaille est naturel, cela se fait sans états d'âme. Cela est juste, normal à la ferme, et participe à la nourriture des hommes. « Le manger », c'est sacré, c'est le fruit du labeur quotidien. *Notre Père qui êtes aux cieux, donnez-nous notre pain quotidien.* Ce terme « pain quotidien » contient la chair des bêtes. Ce n'est pas le mal. Egorger la truie est une fête même si la bête a aussi l'air et la clameur d'une assassinée. « Le pain quotidien. » Didine s'est beaucoup inquiétée du dégoût de Bel Ange pour la chair des bêtes.

— Bel Ange, il te faut de la bonne viande pour te fortifier !

Il supportait à peine le blanc de poulet ; il aimait les fruits, les légumes. Il mangeait, au potage du pot-au-feu, les navets de Didine fondant sous la langue, pleins d'une saveur délicate. Elle remplissait son assiette « à calotte », carreaux rouges et blancs, destinée à la soupe, d'une large louche de carottes, de pommes de terre, de poireaux émincés, de navets finement coupés. Elle confectionnait surtout pour lui une terrine d'asperges. Il s'en régalait. Le père Thomas n'aimait pas qu'on chipotât le menu collectif. Adorant les viandes et les charcuteries, il appréciait peu ce genre de plats.

— C'est juste bon à nourrir une fillette ! Tu veux quoi, Tata, en faire une mauviette avec tes beignets, tes soupes à la semoule, tes flans ? Tu crois que je n'ai pas les yeux pour voir ? Et toi, mon gars, si tu veux devenir un homme, mange comme nous, sinon, va te promener !

Il s'échauffait, le père Thomas. Les repas furent à Bel Ange un supplice. La terrine d'asperges, heureusement, était appréciée des brus, de Catherine et des autres enfants. Didine préparait avec dévotion ce plat qu'aimait Bel Ange. Quand elle chantait, tôt dans la cuisine, *Les lauriers sont coupés,* on savait qu'elle préparait une nourriture appréciée de Bel Ange. Deux kilos d'asperges, bien lavées, épluchées, égouttées, douze œufs les plus frais pris au poulailler, deux verres de crème fraîche, le sel et le poivre...

Bel Ange, enfant, hissé sur la chaise en paille, la regardait. Il se souviendrait longtemps des doux gestes de cuisiner les plats qu'il aimait. Les asperges cuisaient dans la grosse marmite rouge au couvercle qui chante quand l'eau bout. Si petite, Didine n'avait besoin d'aucune aide pour déverser au tamis les asperges cuites et cette eau, qui, mal versée, aurait pu la brûler. Tous ses gestes étaient étonnamment sûrs. Elle chantonnait toujours en passant les asperges au tamis puis au mixeur. Dans la grande terrine en faïence crémeuse, elle mélangeait la crème, les œufs battus au fouet, la purée d'asperges. Bel Ange s'agenouillait sur la chaise pour ne rien perdre d'un spectacle qui l'apaisait. C'était rare, cet apaisement ! Cela venait de cette vieille femme, bossue, quasi naine, à la tendre voix qui confectionnait pour lui un plat dont il raffolait. Elle beurrait une grande terrine.

— Aussi grande que toi, Didine-Divine !

Elle riait, il riait. Elle faisait couler le mélange dans la terrine, le tout allait en un long plat solide, rempli d'eau. L'ensemble cuisait à bain-marie pendant une demi-heure dans le four bien chauffé.

Elle prenait un vieux journal, *Le Petit Sud-Ouest.* Elle avait grand soin d'en plier une feuille en quatre, entre le plat et la mystérieuse terrine. Une odeur délicieuse embaumait la cuisine.

Parfois, Micheline entrait.

— Ça sent bon la terrine d'asperges !

Elle le disait gentiment, pas sûre qu'à la table du soir il n'y eût quelques réflexions désagréables du père Thomas. Mais, glissait-elle tout bas à Didine :

— Il n'est pas méchant, il faut savoir le prendre, il l'aime bien, ta terrine... Dis au petit de faire effort sur la viande.

Cet effort-là, il n'y arrivait pas. Pas ici, pas avec ces gens-là. Ces dévoreurs de bêtes qu'il avait entendues hurler de terreur, il les identifiait à des ogres. Ils mangeaient comme des ogres. Même sa brave Didine mâchait lentement et longuement, l'air heureux et abêti, ces morceaux de viande de toutes sortes. Bel Ange se souviendrait toujours, au moment des repas, non de visages précis – ils avaient disparu – mais de ces mâchoires broyant les mets. Des gueules ouvertes, rouge, rose, langues rouge, rose, langues et dents de vaches, des bêtes dont ils savouraient l'atroce agonie. Il entendait le bruit des couteaux racler les carcasses. La pièce de porc était cernée d'un chapelet de boudins odorants. Le cochon avait hurlé longtemps, pendu par les pieds. A table, règne un silence religieux. Manger, cette messe basse, au début de laquelle Didine n'oubliait jamais de tracer une croix sur le pain à découper.

Elle était la seule à réciter un très court bénédicité.

Un jour, à table, le père Thomas se fâcha.

Il coupa et mit d'office un gros morceau de viande dans l'assiette de Bel Ange qui avait alors huit ans.

— Tu ne sortiras pas de table sans avoir fini ! On y passera le jour et la nuit s'il le faut !

Il avait l'air d'un ogre. Il cria à Didine effarée :

— Toi, tu me laisses en faire un homme !

Le supplice fut long. Bel Ange crut s'étrangler.

— Avale !

Il portait la fourchette armée d'un épais morceau à la bouche de l'enfant. Sa gorge se bloquait. Des larmes coulaient le long de ses joues ; tout le monde faisait silence. Une bouchée ne passa pas. Les yeux mauves, gris, s'ouvrirent démesurément. Didine poussa un cri sauvage, introduisit ses doigts dans la bouche de l'enfant. Elle retira le morceau qui l'étouffait. Le père Thomas jeta sa serviette, sortit avec violence et une bordée d'injures. Il ne rentra que le soir et cessa, aux repas, de parler à Bel Ange.

Didine fut bouleversée. Bel Ange lui confia tout bas qu'il avait du mal à manger la chair des bêtes. Elle tenta de l'apaiser. Sans elle, il eût peut-être péri étouffé.

Elle lui dit que le Démon ne se mêle pas des bêtes, sauf à faire périr un troupeau de maladie mystérieuse. Le Démon gît « au mauvais cœur » de certains hommes qui jettent un sort aux bêtes du voisin ou empoisonnent leurs puits. C'est contre cela qu'il faut prier, lutter ; contre « le mauvais cœur des hommes ».

— Le mauvais cœur du père Thomas, murmure Bel Ange.

— Ne dis ni ne pense pas cela ! Il a cru s'occuper de toi.

Didine se signe. Ah, mon Dieu, son bel enfant menacé...

Quand les vieux, ici et là, évoquent, à la veillée, les anciennes histoires des envahisseurs, réalités, légendes, ce genre d'affreux prodige (un être né de la semence du Démon), Didine se signe.

Elle se signe beaucoup. Quand elle dit « le Ciel », elle lève très haut son doux regard.

— *Tata*, ne fais pas tes yeux blancs ! s'amuse Bel Ange.

« Tata » pour la contrarier un peu. Elle dit « oh ! » et porte son tablier aux yeux. Il l'a mise au bord des larmes.

— Ça me peine quand tu as de la malice avec moi !

Pardon, ma Didine-Divine !

Jolies sonnailles ! Tendresse avec nul autre partagée.

Il trouve grotesque, athée instinctif, cette manie de lever les yeux quand elle dit « le Ciel ». On devine la superstitieuse majuscule, Ciel, en ce mot où lui, Bel Ange, ne voit que les menaces d'orage, de soleil ardent, de vent terrible, de solitude. Parfois le bref plaisir aigu de voir passer très haut, très loin, le trait argent d'un avion... Partir ! Loin, sur la route. Il entend le roulement merveilleux d'une moto. Il eut, tout jeune, l'amour des motos. Sa jolie collection sur l'étagère entre ses livres. L'amour du cheval Pégase. La belle image dont Didine comblait sa petite enfance.

Sentir le vent autour de soi, fendre les chemins, s'envoler en ne quittant pas les routes…

La voix des tantines, épluchant des légumes.

— Il aime Tata, c'est déjà ça ! Il faut dire que la pauvre Catherine n'y a pas mis du sien. Et Thomas, le pauvre, domine mal son… mécontentement…

— Il essaye d'en faire un homme. Quand on l'appelle « Bel Ange », Thomas tourne au violet. Avec les autres, ça a été facile, mais lui… et cette pauvre Catherine !

Ces mots, répétés trop souvent, l'offensaient.

Faire de lui un homme ! Pourquoi, il n'a pas une quéquette de garçon ? Un homme, une brute comme son géniteur aux mâchoires de chien ? Ce langage *plus sot que la sottise* lui était un supplice, une mise en accusation, une punition.

N'avait-il pas failli l'étouffer avec sa viande de cannibale pour « en faire un homme » ?

« Ma faute a été de naître, c'est ce qu'elles clabaudent, ces deux oies-là. On devrait les passer au tranchoir ! »

Il fuyait vers Didine. Elle n'était jamais loin.

Ils sont sous les acacias. Il croque un dessin. Didine sous forme d'une fleur, toute petite, au loin une vache ornée d'ailes comme l'Archange.

Que dit-elle, Didine qui renifle en son gros mouchoir à carreaux ? Elle ne s'est jamais faite aux mouchoirs en papier – du gaspillage –, même si lessives et repassages reviennent plus cher. Ah ! La revoilà avec ses histoires de « Ciel ».

— Le Ciel, tu m'écoutes, Bel Ange ? C'est là qu'on se retrouvera un jour.

Elle se signe, elle a, dit la famille, « la foi du charbonnier ». On compte sur elle pour multiplier les chapelets à leur place.

Il ne dira pas ce qu'il pense. Le Ciel ? Il dissimule la répulsion que suscite cette folle idée. Se retrouver tous au Ciel, troupeau plus minable que celui des vieilles vaches assassinées ?

— C'est déjà pénible sur terre mais là-haut ?

L'enfer, peut-être existe-t-il : *Se retrouver tous un jour là-haut.*

Il riait tout seul à l'idée de leur inventer un supplice dans l'au-delà. Il tourna une feuille de son cahier et entreprit le dessin que lui inspirait cette idée.

« Le Diable les condamnant à bouffer à s'en péter la panse, devant un rang de bêtes rieuses qu'ils ont massacrées pour les dévorer… Etouffer de mangeaille… Et du côté du ciel, disons en satin bleu ciel, il y aurait, agenouillée sur son couvre-lit en satin bleu, Didine-Divine priant pour l'Eternité au salut de ces cochons-là… »

— Pourquoi ris-tu, Bel Ange ? Tu as l'air si dur quand tu ris tout seul !

Il gardait ses pensées et mordillait une herbe. Il ferma son carnet.

Le Ciel selon Didine ! Il l'écoutait avec sérieux, quoique ce sujet l'assommât. Son « Ciel » comporte ce peuple mystérieux que les images, celles de son missel, les peintures, les statues, ont rendu visible à l'imaginaire humain.

Le père Thomas se moque à sa manière de tout ça mais ne verrait aucun mal « à retrouver là-haut » son poulailler, ses moissons, sa famille. Ses biens. Il hausse les épaules. Quand il lève les yeux au ciel, c'est à ses biens qu'il pense. Pleuvra-t-il assez ou trop ? Le soleil sera-t-il une fournaise ou d'une modération nécessaire ? C'est ça le ciel ; la seule bénédiction du ciel : bonne pluie et bon engrais. Prospérité. La commodité utile aux semailles, aux graines à lever, au bétail.

Il respecte les rituels mais il se moque « de ces histoires de bonnes femmes ».

Il est fier de sa prospérité. Son monde à lui est matériel. Sa belle Catherine était un bien à lui. Une belle plante, aux doux cheveux de miel... Sans ce petit salaud... La réussite matérielle est la seule bénédiction. Quant au Ciel, celui de la pauvre Tata, il préfère se taire là-dessus. En dire trop, c'est blasphémer et il n'aime pas cela.

Le silence est une bonne chose.

Il économise les mots, évite les sottes querelles – toujours déclenchées à cause du *ravisé* –, les querelles affaiblissent les forces donc la fortune.

Les humains sont aussi des outils à savoir ménager quand on mène une grosse ferme.

Didine « ne se dispute jamais », cela se sait et c'est bien comme ça.

Bel Ange et elle sont les étranges exceptions de cette famille.

Ils sont spéciaux.

A propos de la nécessité des silences : quand, par les informations, télé et *Le Petit Sud-Ouest* – Bel Ange avait deux ans –, il y eut plusieurs épisodes d'attentats, de tours explosées aux Etats-Unis puis d'autres folies, le père Thomas interdit d'en parler.

— Les silences sont les meilleurs gardiens. Cause tout haut du mal et il frappera à ta porte.

— Mais ces gens-là, s'ils viennent jusqu'ici faire du dégât ? Ça s'est bien vu, jadis, pendant les guerres !

Il jetait un œil à ses fusils de chasse, coincés sur le mur, au-dessus du grand buffet. Il tonnait dans la grande salle.

— Qu'*ils* viennent par ici et je saurai les recevoir !

Ils, ces autres, et leur religion qu'il trouvait absurde, ces autres, la peau et les idées sombres, les femmes sous des voiles – on n'en a jamais vu, au hameau –, il les considérait tels ces nuages de criquets qui abattus sur une moisson l'exterminent. Mais les criquets crèvent en même temps.

Depuis toujours, il votait pour un parti d'extrême droite, comme bien des gens du hameau. Le bourg, à ce sujet, était très discret et d'opinions à peine variées. Didine n'avait jamais voté de sa vie et avait une obscure horreur de la politique.

— Des menteries, disait-elle.

Chez lui, le père Thomas ne cachait pas son opinion, partagée par les siens.

— C'est le seul parti qui aime la France, les vrais Français, les agriculteurs, les ouvriers. Se laisser envahir ! Lâcheté et malheurs !

L'Europe ? L'euro ?

— Deux misères de plus ! Que chacun garde ses vaches en son pré et tout irait mieux !

Le silence revenait.

Silence labeur, argent, la bonne nourriture, la grande tablée des dimanches.

Savoir et se taire. Taire à quel point il en veut à Bel Ange d'avoir ôté (volé) les atours de la « belle femme » qui était la sienne.

Renier la viande, cette viande gagnée à la sueur de sa vie, l'avait violemment mortifié. Pourquoi est-il si différent ? Sa famille et lui ont la même façon de vivre, travailler, traverser l'épais et quotidien bonheur. Partager la récompense de manger et boire longuement. Une mauvaise graine est venue en cette abondance : cet enfant tardif qui ne leur ressemble pas. Il y a des choses, comme ça, ici, en pleine campagne, cernée du grand marais, des choses qui se savent et ne se disent pas.

Les mots, ici, comme des graines, ça peut faire pousser une sourde racine qui détruit tout.

Didine et ses chansons tendres et ses prières à l'Archange, ça ne gêne personne.

Bel Ange. L'ignorer, c'est éviter l'explosion. On n'aime pas évoquer les tempêtes quand elles foncent sans prévenir. La chance du hameau et des terres de la famille est son exposition. Un mystère. Mais on ne sait jamais comment tournent les forces naturelles. Elles peuvent un jour détruire complètement un tel labeur.

Ne jamais en parler.

Ne jamais convoquer.
Bien comprendre cela.

Bel Ange demande à Didine :

— Pourquoi, là-bas, au bout du champ de lin, y a-t-il ce bois qu'on appelle « le bois penché » ?

— Une tempête l'a rendu comme ça depuis des années. Il y a très longtemps. Ça ne l'empêche pas de prospérer mais courbé. Ses pins fournissent du bon bois. Il sert de barrière contre le vent. Il est utile. Le bon Dieu nous l'a donné.

Bel Ange a appris à ne plus répondre si la solution heureuse – ou non – selon Didine venait du Ciel.

Il aima très jeune à se promener au bois penché. Aller vers cet épais rectangle, d'un vert profond, mordoré l'automne et une grande partie de l'hiver.

Un puissant taillis, des herbes pointues, piquant les jambes et les bras nus, des troncs sinuant comme des bêtes inidentifiables. L'été, il y avait des guêpes, des mouches. Parfois, il trouvait la mue d'une couleuvre sur le sol très doux. On eût dit du sable. Une clairière spacieuse, inattendue, était piquée de fleurettes mauves et blanches. Une minuscule source traçait un rond cerné de violettes sauvages. Le sol était mystérieusement odorant. Un mélange de sel, d'iode, de fleurs, de sève. C'était le refuge de Bel Ange, un endroit naturel, brisé, à la fois étouffant et soudain radieux et frais. « Il me ressemble. A la fois brisé et dissimulant sa richesse. »

Une image de conte de fées où n'importe quel ogre peut surgir mais aussi, autour de la petite source, des fées et des lutins danser en rond.

Il dessina le bois penché. Il y viendrait souvent.

Personne n'allait le chercher là-bas. Didine savait cependant toujours quand il y était.

C'était son refuge. Sa paix.

*

Excepté le mardi et le dimanche, jours de marché ; le Franprix, et quelques petits commerces, les gens d'ici font leurs courses au Grand Centre commercial.

Ceux du bourg et des hameaux ont un grand plaisir à aller au Grand Centre commercial. Une puissante distraction. La Grande Sortie. Tout le monde comprend l'expression : « aller au Grand Centre ».

— Y vas-tu samedi ?

— Ça se peut.

Jamais de réponse trop nette. Les dépenses ne regardent personne. Le père Thomas y va rarement. Sauf pour faire le plein d'essence. Dix centimes de moins au litre. Il trouve ce dont il a besoin à la ville, à la grosse coopérative. Tracteurs et autres engins, caissons pour les veaux, outils nécessaires au poulailler, en d'autres lieux précis, organisés à cet effet. Les fermiers des hameaux s'y retrouvent, comparent les prix, surveillent du coin de l'œil. Il y a aussi les engrais par paquets si lourds qu'il faut le camion et un des fils pour aider.

Le Grand Centre commercial est surtout l'affaire des femmes.

La seule fois où Didine avait accompagné sa sœur et les brus, elle fut prise d'une grande panique. C'était trois ans avant la naissance de Bel Ange.

Elle étouffait, toute petite parmi les chariots, moquée gentiment par Catherine et les brus.

— Eh bien, Tata, que crains-tu donc ?

On rit, on lui proposa de l'asseoir à l'avant d'un chariot comme on le faisait des plus jeunes neveux.

Elle gémissait : « Je vais me perdre, ces choses, ah, ces choses… je n'y vois *mie.* » Elle bégayait l'ancien mot *mie* qui signifie « rien ». Elle fut prise d'un tremblement quand, en guise de plaisanterie, on accéléra le rythme. On l'abandonna « pour rire » en une allée, au pied d'une montagne de boîtes. Un mur géant, sans issue. Elle resta immobile tel un criquet menacé aux champs. Allait-on l'écraser, l'oublier là ? Qui appeler ? Des haut-parleurs tonitruaient des annonces. Les trois chariots menés par les brus et Catherine avaient disparu. Elle entendit rire. Catherine et Micheline venaient vers elle. Elles se regardèrent. Didine frissonnait, minuscule contre ces boîtes, une larme sur la joue. Les lourdes poussettes en fer, aux roues grinçantes, débordant d'objets multiples la bousculaient. *Elle n'existait plus.*

— Allons, Tata, il n'y a pas de quoi pleurer !

— Menez-moi à la voiture. J'attendrai. Ce n'est pas honnête, cette plaisanterie… Non, vrai, je n'aurais pas cru ça possible de me laisser là !

Un tout petit visage, des mains tremblantes qu'elle pétrissait, luttant pour retenir ses pleurs.

Elle attendit longtemps dans un des 4 × 4, nécessaires aux grandes courses. La chaleur tapait dur sur le toit. Elle avait soif. Elle voyait les allers et retours de tant de monde. Elle reconnaissait quelques personnes qui achetaient ses navets. Qu'ont-ils besoin de tant et tant de choses ? Au hameau, chez eux, ils avaient tout ce qui était nécessaire.

— Quand il y a quelque manque, il y a ce qu'il faut au bourg.

C'était une des rares fois où elle avait perdu son sourire, sa joie. Sa belle humeur. C'était peut-être un péché d'aller en ce lieu où les choses dominaient l'humain ? Seule contre le mur des conserves, elle avait capté au regard des gens une cécité absolue. Personne ne s'inquiétait de son air égaré. Ils fixaient les choses, ils entassaient les choses. Ils l'eussent écrasée sans y prendre garde. Ils n'avaient plus de regard humain, ni politesse, ni un peu de gentillesse. Elle masquait sans le vouloir une rangée de sauces tomate. Une famille du hameau voisin qui la connaissait – qui n'a pas croisé Didine-du-hameau ! – ne prit pas garde à elle. Personne ne la voyait, elle, l'être humain, née, liée à ce pays depuis des années. Ils étaient fascinés par un monde si matériel qu'elle avait disparu. Un grand froid gela son cœur. Ce jour-là, elle ne sourit pas, ne rit pas. Une angoisse indicible.

— Ici, on perd son âme.

Le Grand Centre commercial était peut-être un des appeaux du démon ?

Le père Thomas, au courant de sa panique, haussa les épaules.

— Tata est un peu folle, laissons-la à ses navets.

Toute foule, les villes, excepté une belle cérémonie à l'église, l'effaraient. Pensait-elle si faux que cela ?

— Les choses en excès, ce que j'ai senti au Centre augmentent le péché d'avidité. C'est une passion basse qui fait oublier ses frères, le bon Dieu et ses saints.

Elle demeura mélancolique pendant quelques jours. Son angoisse avait été extrême quand, abandonnée en cette allée, elle n'arrivait plus à se souvenir de la prière à l'Archange. Elle était venue là sans sa blouse, dans la poche de laquelle il y avait son missel et la prière à l'Archange. Elle les emmenait partout. Le Grand Centre l'avait séparée de ce livre et cette image essentiels à sa Joie.

Les brus, Catherine, bien coiffées, en jupes colorées, allaient au Grand Centre commercial comme à une fête. Didine en blouse au Grand Centre ? Il n'en était pas question.

— Allons, Tata, tu ne vas tout de même pas aller au Centre en blouse ? Au bourg, ça passe, tu vends tes navets. On te connaît. A la messe, tu ôtes bien ta blouse ? Au Centre, c'est pareil. On rencontre des gens qui nous achètent des volailles ! On ne va pas là-bas en blouse ! De quoi aurions-nous l'air ?

Ainsi donc, le « Centre » méritait autant d'égards que la messe ! Le mieux, selon Didine, était de ne plus y aller.

— Je suis gênée et je gêne. Je préfère travailler ici ou au marché.

— Tu avais besoin de savon noir ? On peut t'en acheter un gros kilo.

— J'irai le choisir à la droguerie du bourg. Il y a de tout, à la droguerie, et ce n'est pas plus cher qu'ailleurs. Il faut voir comme ils sont patients ! Ils font comme la mercière, ils me laissent prendre mon temps !

Le Temps, Didine-Divine, lui dira un jour Bel Ange, le Temps, c'est du luxe.

« Le temps ! Tu as des idées de luxe, Didine-Divine, et tu ne le sais pas. C'est pour ça que j'ai pour toi de l'amitié vraie. »

Didine n'alla plus jamais au Grand Centre commercial. Bel Ange était né.

C'était un rare moment où la mélancolie de Catherine s'estompait ces samedis-là. Le Grand Centre commercial répandait son bas opium, distrayait, engourdissait la peine de Catherine. En avant les quatre chariots, et le plaisir de la grande promenade !

Elles emmenaient Bel Ange, long éphèbe de six ans, huit ans. Elles pensaient lui faire plaisir. Ce n'était pas tout à fait faux. Quelle jouissance puisait-il en cet endroit, qu'en réalité, au contraire de ses cousins ou neveux, Mémé et les brus, il détestait ? Il partageait ce rejet avec Didine. Il méprisait le Grand Centre, cette foule abêtie par les choses. Personne ne s'en doutait. Dès le parking, il devenait apathique, les yeux gris sous les paupières baissées. Une des brus, parfois, s'en apercevait.

— On se demande à quoi ça sert de vouloir te faire plaisir !

Il suivait en dernier, le dernier des chariots. Les fruits exotiques l'attiraient : sauf les oranges et les mandarines à Noël, on n'en achetait jamais. Le verger du hameau abondait. Bel Ange ne réclamait rien mais la vue de ces mangues, ces litchis, ces dattes, la multitude des fruits secs, ces pastèques, des kiwis en vrac et en filets, des figues de Barbarie, signifiait l'ouverture des mondes, les autres mondes. Son regard, lentement, redevenait mauve, vert. Ouvert. Pleinement ouvert. Ces fruits aux couleurs si vives entrouvraient des pays, des belles images, des ports, des cargos, des avions… *L'ailleurs.* Il avait saisi entre ses mains une tranche de mangue. Il était loin, loin des chariots, des tantes, de Mémé-aux-cheveux-d'homme, loin des uns, des autres. Loin.

Dans l'allée des assiettes, couverts, verres en plastique, les brus s'étaient affolées.

— Où est Bel Ange ? Dites, les enfants, vous ne l'avez pas vu ?

Non, enivrés par le rayon des smartphones, ils l'avaient oublié.

On le fit appeler au haut-parleur. Il ne répondait pas. Il n'écoutait pas. Il porta à ses lèvres la tranche de mangue. Il ferma les yeux. Il voyageait ; ce goût, savoureux, désaltérant, sucré, ne lui rappelait aucun fruit. Il suscitait en lui un paysage entrevu dans son grand album d'images, prix de l'année passée. Une orangeraie, des palmiers, un soleil aux rayons comme ceux qu'on lui faisait dessiner à l'école maternelle…

Il ne dit rien quand il reçut la gifle de Micheline, qu'il entendit les cris d'un homme, en costume sombre, qui exigea des choses désagréables. On s'attroupait, les brus parlementèrent, payèrent. L'affaire s'arrangea, le hameau n'était pas loin, c'était là une clientèle connue malgré la foule.

— On ne t'emmènera plus jamais ici ! menaçait une voix de bru, une voix de brute. Tu nous fais honte !

Il y eut, au retour, des palabres dans les voitures. Coincé entre deux neveux, sanglés de ceinture, il n'écoutait rien. Mémé conduisait. Il voyait une nuque grise, assez proche de celle du père Thomas. On décida de ne pas lui parler de cet incident.

— Il risquerait de « faire la colère ».

« Faire la colère », « faire l'amour ». Ajouter au mot « faire » un lourd sentiment et son contraire.

Bel Ange baissa ses paupières sur son regard gris, morne.

Il avait bourré une poche d'une figue destinée à Didine-Divine.

En arrivant, elle était si écrasée qu'il la jeta à travers le grillage du poulailler.

On l'emmena pourtant à nouveau au Grand Centre commercial. Bien sûr, les neveux avaient ricané :

« Bel Ange a volé un fruit ! » Le père Thomas fit les gros yeux.

— C'est-y vrai qu'il vole, maintenant ? Dis, mon gars, tu nous donnerais la honte ?

Il rougissait, signe de colère. Didine respirait trop vite, le cœur battant visible sous la blouse. Les brus arrangèrent la chose.

— Il y avait une présentation de fruits coupés, les gens se servaient.

Le père Thomas haussa les épaules.

— Si tu amènes des histoires là-bas, tu n'iras plus !

Il grondait et se détournait. Il avait, avec les gendres, les champs à fumer, longue et dure besogne. Il cria pour le principe.

— A vous, les filles et toi, la mère, de mener mieux que ça votre monde ! Les gosses, c'est un troupeau de veaux. Si vous êtes mauvaises gardiennes, je chaufferai leurs oreilles !

Il lança un dernier trait à Bel Ange, impassible, les yeux trop pâles.

— Tu n'es pas normal, mon garçon ! Oui, c'est ça, *Bel Ange* ! Cours au giron de Tata !

Au Grand Centre commercial, on le surveilla davantage. On avait besoin de lui pour l'achat des fournitures à la rentrée des classes.

Les brus avaient en main la liste nécessaire : cahiers, blocs, classeurs, stylos feutres, cartables que l'on tire comme une valise (eh puis quoi encore, celui de l'année passée est en excellent état !), des classeurs colorés, ornés de figures volantes vues-à-la-télé...

Bel Ange éprouva une secrète satisfaction à dérober un paquet de chips qu'il s'amusa à éparpiller dans un chariot débordant de papier hygiénique.

Les brus le trouvèrent sage, habile à choisir le nécessaire pour la rentrée des classes. Elles s'étonnèrent de payer sur le tapis roulant un excès de trousses transparentes et de classeurs colorés. Bel Ange faisait ses yeux d'ange.

— Mais, tantine, pour le prix d'une trousse on en a deux !

C'était rare qu'il dise « tantine » d'un ton si doux.

Elles jaugèrent l'avantage, ou le désavantage, un long moment avant de passer à la caisse.

— Dans le fond, il a raison, puisque « pour le prix d'une trousse on en a deux ».

Il détestait les trousses transparentes dont raffolaient les neveux. Il s'amusait, sans réelle gaieté.

Son seul plaisir était un stylo à plume que Didine lui avait acheté au bourg, chez le marchand de journaux qui vend des cartes postales où on voit l'océan, les îles, des marais, un bel arbre, une vigne…

Il y avait aussi, au Grand Centre, le papier à dessin, les crayons de couleur. Il savait les choisir. Il mettait à part ce qu'il entendait se réserver. Un classeur à couverture sobre, unie. Didine ne manquerait pas de lui acheter un calepin à dessiner, les crayons qui peignent, chez le marchand de journaux qui avait de meilleures fournitures. Il entassait au chariot des fournitures ordinaires pour ses neveux.

Le Grand Centre commercial l'initiait davantage sur son originelle répulsion des autres, aggravée par les choses.

— Des porcs devant l'auge.

Il se souviendrait toujours des changements d'attitude au Grand Centre commercial. Ses tantes, si pondérées, s'agitaient. La fixité avide des regards, le frémissement des narines, un frisson cupide ?

Plus tard, il lut et relut *Les Choses* de Georges Perec. Ce livre lui rappelait la modification humaine devant l'abondance des choses. Rien que les choses. Oui, ces gens-là, l'humanité devenait folle devant les choses ; le bas rêve sans issue. Le Rien.

Le rayon « Votre été » avec des parasols et des tables en plastique hideux. La lessive, une foule de marques, toutes « lavant plus blanc », en gros paquets vendus en double avec réduction. Le rayon « Bébé » l'écœurait. Quelque chose du gavage des veaux, ou des poules et des oies destinés à l'égorgement. Manger entraîne le lot des couches jetables, par paquets, par tombereaux. Combien de tonnes de bouffe et de merde constituent une seule vie humaine ? De quoi « fumer » tout un département ?

« Gaver l'humain, gaver les bêtes : pour mieux les utiliser. »

Un chariot entier suffisait à peine aux rouleaux de papier hygiénique.

Jadis, les ancêtres de tous ces gens étaient ces êtres à demi morts de faim, rampant sur les terres du seigneur qui les faisait pendre à la plus haute branche si la terre ne donnait rien. Utilisés, comme des choses, pauvres choses humaines.

Désormais, le père Thomas est devenu le « seigneur » de son carré de fermes et de terres.

Le Temps modifie les différentes manières de tuer.

— Eh bien, Bel Ange encore en train de rêver ?

Les apéritifs attiraient beaucoup de monde ainsi que ces croquettes, comme celles des chiens et des chats, destinées à mieux savourer les alcools, une foule de bouteilles colorées dont certaines avaient le ventre barré par le mot qui rassurait les foules : Bio.

« Bio ou le grand *biotisier* général. »

Le rayon des bêtes l'intéressait. Au hameau, on nourrissait les chats et les chiens de restes des repas. Jamais on n'eût dépensé ce genre de nourritures-là. Croquettes, pâtées pour angoras, poils ras, bâtonnets pour fortifier et blanchir les dents des chiens. Graines pour souris blanches.

« C'est affectueux, une souris blanche ? Je croyais que ça servait à la vivisection. On les découpe vivantes pour trouver des médicaments, soigner soi-disant ces bêtes sur pieds pousseuses de chariots... »

Des paquets de graines pour des belettes.

« Au hameau, si on en croise, on les tue ! »

Il y avait des produits d'entretien au litre. Le sucre, le café, mille choses envahissant les maisons, les fermes, entre le nécessaire et les tentations incontournables dont ces grosses boîtes de gâteaux secs, sans finesse mais en forte quantité. On bourrait les chariots, on allait bourrer, au retour, les congélateurs, les placards. On adorait la longue station au rayon des fromages et de la charcuterie.

Les brus en achetaient après quelques longues palabres.

— Le père Thomas mange un camembert par jour. N'oublie pas le roquefort. Tâte un peu ce chaource... trop mou... Ah, le gruyère, le cantal... On a encore huit paquets de beurre au congélateur. Le lait ? On a tout ça... Ces cartons de huit ont des dates périmées. On me l'a dit. Je me demande s'ils ne trafiquent pas les étiquettes.

Les brus se penchent, elles respirent l'objet suspecté. Elles ferment les yeux. On ne les trompe pas aisément.

— On sent si ça va tourner en yaourts.

— Quant aux yaourts, Tata les fait. Elle a le lait de tes vaches, Catherine, de la levure, toujours. Peut-être faut-il plus de sucre en poudre ? Il y a une promotion...

Le plaisir d'une telle promenade continuait. Bel Ange observait. Ouvrir les énormes congélateurs, contempler sous des housses en plastique des cuisseaux de veau, des rôtis, des escalopes, des steaks hachés, non hachés, au kilo, entassés en blocs saignants. Les brus clignaient un œil fier en examinant les sacs remplis de cuisses de volaille.

— Quand on pense à nos belles volailles à nous !

La fierté. Une grande fierté. Bel Ange :

— Quand elles se redressent ainsi, on dirait des dindes.

Elles ouvraient le congélateur géant des poissons.

— Tu trouves que ça ressemble aux crabes et aux soles qu'on vend sur la jetée ?

— J'ai remarqué dehors la camionnette du boucholeur de là-bas. C'est là qu'il faudrait prendre de quoi faire une matelote. C'est du frais, c'est du bon.

Une dernière rangée de congélateurs claquait sans cesse. Beaucoup de monde s'attroupait là. Ils étaient bondés de pizzas, de pâtisseries, et tant de diversité que cette sensation d'ivresse reprenait, mêlée d'une obscure et indéfinissable frustration.

Les brus revenaient à l'essentiel, ce qui manquait au hameau, mais elles flanchaient devant l'excès.

Entasser, au litre, les shampooings, les après-shampooings, les produits pour la douche.

— Prends ce lot de deux, il y a une réduction de 50 % sur le second !

Les crèmes et les laits bon marché pour la peau, les paquets de savonnettes et cette infinité de rouleaux en papier argent, transparents. Au rayon « Pour vous Madame », les brus perdaient un peu la tête devant les vernis à ongles.

— Il y en a des bleus et des verts, maintenant !

Les rouges à lèvres, les fonds de teint et cette crème-là, dont une démonstratrice, visage peinturluré, offrait d'enduire le visage et un échantillon.

— Un maquillage gratuit pour l'achat d'un kit à maquiller ! En six mois plus une ride !

Les brus se méfiaient. Le dur bon sens originel reprenait le dessus. Une gêne profonde d'être assises, là, à se faire maquiller devant les gens ! La honte d'être vues par des gens qui les connaissent ! Un coup d'œil à leurs mains de dures travailleuses, aux ongles courts... Un vernis rose pâle, c'est décent, pour le dimanche ou les fêtes, ça dure longtemps si on sait s'en servir, les ongles sont limés court. Les mains sont des outils, pas des objets à parade.

Vaillantes, elles tournaient leurs chariots, d'un geste de soldat en manœuvre, du côté des collants, des chaussettes pour enfants.

— Ce qu'ils en usent !

La plus âgée hochait la tête.

— Ça vient de Chine. Il n'y a plus la qualité d'avant sauf chez la mercière, au bourg, mais c'est trop cher. Seule Tata tricote et va chez la mercière. C'est sa chimère.

Ce mot « chimère » avait quelque chose d'insolite en leurs propos, en cette cathédrale de la médiocrité : le Grand Centre commercial.

Les voitures garées sur le parking, le cliquetis d'acier des roues des chariots. Un chariot, deux chariots, souvent trois quand on va en famille. L'achat de choses vues à la télé. Les promotions, les chariots bourrés, un lardon assis à l'avant. L'esprit se délassait-il – la bourse aussi – à tant de choses ? Pour beaucoup, le Grand Centre commercial était la seule « sortie » de la semaine. Le comble du plaisir était de déjeuner au snack. On pouvait y siroter une boisson, sur des tables rondes, trop hautes et sans sièges. Serveurs, serveuses, certains issus d'une lointaine Afrique, d'autres d'un proche Maghreb, debout devant un comptoir d'acier, en calots et blouses couleur du Centre, étaient jeunes. Ils gagnaient peu ; ils mangeaient là, c'est toujours ça. Pizzas, flûtes bourrées d'une saucisse (certains hésitaient à cause de leur religion), ils se rabattaient sur les pizzas dites végétariennes ou les cartons de frites. Ils avaient droit à un seul plat et un café. Ce n'était pas facile d'en prendre davantage, des caméras suivaient tout le monde, du plafond au comptoir. La clientèle raffolait des viandes à trois niveaux entre des pains ronds, l'arnaque des plats dits « bio », les desserts variés, style américain, des glaces en tortillon qu'une blondinette servait d'un geste mécanique avec un « et avec ça ? » qui lui faisait la bouche sèche et les yeux vides.

On buvait du Coca-Cola, le café giclait dans des verres en carton dur.

Le plaisir se poursuivait devant les vitrines de fleurs maintenues fraîches par un air glacé. Il y avait, plus loin, un second espace, aussi grand. Le rayon des télés, les engins ménagers, les portables en tout genre, plus loin encore, les photomatons, un pressing, une pharmacie, une serrurerie, un cordonnier-minute... Un rayon de magazines, des tourniquets de petits romans à couvertures trop colorées, des cartes postales, lié à un « tabac » tenu par un Chinois.

Une boîte à lettres était fixée sur le côté.

Oui, il y avait un grand plaisir à se rendre au Grand Centre commercial.

Les gens du pays ne cessaient de s'y croiser, l'air faussement distant.

Les uns, les autres, remplissaient le coffre de leur voiture, un petit salut du menton. Tout le monde croisait tout le monde et jetait un œil oblique, sournois, sur les coffres pleins. En quoi aurait-on eu besoin de la ville quand tout le bonheur terrestre, l'indépassable bonheur *des choses,* était empilé au Grand Centre commercial ?

Bel Ange traversait ces mondes, content s'il avait réussi à dérober une proie : une rose, dans la vitrine à fleurs, qu'il portait, la tête en bas, et qui fâchait la bru responsable de la carte liée au compte de la dépense collective.

— Qui vole un œuf, vole un bœuf ! Ne recommence plus !

— Ce n'est ni un œuf ni un bœuf mais une rose pour Tata, disait-il, l'œil mauve, gris, bleu ciel.

— Tata en cultive de bien plus belles ! Remets ça en place !

Il lui arrivait – c'était rare et il savait son risque – de la dissimuler si bien, la rose, qu'amollie, effeuillée, elle passait l'ultime portillon de la sortie de cette lourde messe où la communion était *les choses.*

— Il n'a peut-être pas dérobé la rose par affection pure.

Il déteste le mot « pur ». Il ne comprend pas ce mot. La vie est un brouet où il faut bien du purin pour obtenir ne serait-ce qu'une rose.

Une rose offerte à la seule qui est pour lui un être humain et non une chose parmi les choses.

*

Les fleurs de Didine sont plantées parmi d'autres, épanouies selon les saisons. Elle a la main verte. Elle soigne ses roses. Blanches, rouges, roses, et ces jaunes, en courts massifs, corolles plus dorées que les brèves renoncules d'avril, là-bas, près des massifs des dahlias d'un rouge presque noir. L'hellébore de décembre et sa nacre s'ouvrent au soir de Noël. De l'ensemble s'exhale un mystérieux parfum de jasmin, de foin coupé et de menthe fraîche. « Odeur de sainteté », dit-elle de ses fleurs. Au flanc de son jardin, il y a son potager. Il regorge, selon la saison, de courgettes orangées, de tomates, rondes ou en grappes, de ce rouge véhément des cerises en juin. Un peu plus loin, les fèves, que l'on mange crues comme une friandise avec le beurre et la pincée de gros sel. Viennent ensuite les rangées de petits pois, grosses perles vertes. Elles sonnent doucement dans la cuvette en émail quand Didine les épluche en été, assise sur l'escabeau devant la porte ouverte. A chaque plante, arbuste, une verdure différente ; une multitude de nuances vertes, du vert presque bleu à celui plus tendre que l'amande et la soie. Les feuilles de l'acacia ont une doublure de soie argentée.

Il y a l'asperge, sa tige verticale, ses rameaux écartés qui lui donnent l'aspect d'un petit sapin. Comme Didine sait bien les accommoder à la sauce blanche ! Bel Ange a toujours aimé la voir cuisiner. Est-ce ainsi qu'il sait fort bien, sans le dire, avoir retenu les précieux gestes de Tante Didine ? Les asperges, lavées, épluchées juste ce qu'il faut, sont cuites dans la marmite en émail, sans en faire du poireau mou. Jeter dans l'eau frémissante un peu de gros sel, puisé au pot en terre sur la cheminée, et une cuillerée de vinaigre « pour en ôter le fade et le ver sournois qui ne manque jamais d'y rôder ». En tout ce que fait Tante Didine, il y a l'obligation secrète d'écarter le Mal sans cesse rôdeur ; y compris au fond de ses casseroles. A-t-elle tort quand à la campagne, tout est menacé, sous terre, sur terre, du ciel ou de la mer ou dans l'entrelacs des racines des arbres, repaires de mulots, de rampants divers ? Ne pas rater la sauce blanche ! Elle requiert une grande attention. Bel Ange est un être dont la vertu – qui peut, à l'occasion, le rendre dangereux – est son don d'observation. Observer, à la manière de ceux qui se sentent menacés et ont choisi le silence. Belle menace que d'avoir si bien retenu la confection de la sauce blanche, comme il a retenu sa manière de réussir les beignets à l'acacia ! N'empêche ! Il est le seul garçon en cette famille à savoir cuisiner sans la moindre erreur... La sauce blanche mérite une attention subtile. Il a tout retenu des gestes de Tante Didine. Il n'a pas le goût des fortes ripailles mais des plats en finesse. Tante Didine a pesé soixante grammes de beurre placé dans l'assiette en faïence d'un blanc aussi crémeux que la sauce à venir. Son soliloque interloquerait le doyen de la paroisse mais où, en son étrange raisonnement. Didine voit-elle le mal ? Au contraire !

— Soixante grammes, Bel Ange ! Pas un de moins, pas un de plus ! On croit qu'un gramme ne gâte rien, on se trompe. Un gramme en trop c'est comme un amour de trop dans un ménage. Tout se gâte… Un gramme en moins, c'est l'absence de goût et tout se gâte aussi. Tout est pesé dans le Ciel, tout doit l'être sur terre, en ce qui concerne la belle nourriture.

Elle a dit « la belle nourriture » comme on dit « la belle créature ». Sa bouche un peu tordue par le dilemme des dents absentes se transformait grâce à ce sourire mystérieux qu'elle voue à Bel Ange, la messe, ses plantes, l'Archange de son missel, la cuisine.

La sauce blanche ! Dans la casserole moyenne, en émail elle aussi, elle a mis la moitié du beurre si ferme. Trente grammes ! Il doit fondre « à blanc », ce qui permet d'ajouter deux cuillerées de farine, la plus blanche, la plus fine, réservée aux beignets et aux pâtisseries.

Beurre et farine cuisent à feu doux.

— Quelques minutes, Bel Ange, ça y est, c'est suffisant ! C'est pour ça que je remue sans cesse pour que ça « ne prenne pas méchante couleur ».

Elle verse doucement le pot d'eau bouillante, qui chauffait à mesure. Parfois, Bel Ange s'en charge :

— Doucement, Bel Ange ! Verse « au filet ». N'arrête pas de remuer, sinon il y aura du grumeau comme ces vieilles crottes de la revêche parmi mes navets !

On sale, on poivre. Six grains, c'est bien, sept grains et revient l'odeur du purin.

— Laissons faire le bouillon...

Par petits morceaux, avec autant de soin qu'un marchand d'or pesant la moindre pépite, Didine, solennelle, y incorpore les trente grammes du beurre restant. Elle retire aussitôt la casserole.

— Cela suffit ! Ne plus rien cuire, pour conserver au beurre son vrai goût qui est celui de la noisette croisée de crème.

Quel joli langage a Didine quand il s'agit de tout ce qui la touche, l'émerveille, lui fait répéter « qu'il n'y a pas un seul jour où ne resplendit quelque chose ou quelque belle âme ».

Bel Ange s'apaise à ces moments-là. Il en serait presque à croire que le monde, le hameau, la terre, tout est un ensemble de merveilles qu'il s'agit de comprendre ou à défaut (que comprend Didine ?) d'engranger comme des trésors à ne jamais oublier. Les beignets à l'acacia. Les asperges à la sauce blanche. Suivre Didine parmi les plantes et les fleurs de son jardin... Mais Michel Arthur Thomas, au fil des ans, s'il envie parfois ce qu'il nomme en secret « la céleste imbécillité de Tante Didine », serre les dents sur ces enclos – même si immenses semblent les marais, ces chenaux, le bois penché, et visible, à l'âpre odeur du sel et des coquillages, l'océan si proche où jamais il ne va. L'océan, barrière de plus, il sait, il sent, où qu'il soit, quand volent en tous sens ces canards sauvages égarés, et que le plomb des chasseurs réduit à cette chute en chandelle, ou ces corbeaux, perchés où bon leur semble, il sent, il sait, Michel Arthur Thomas, que de partout il est observé.

L'océan, peut-être, mais sur un navire l'emportant très loin, très loin...

Les yeux mi-clos des fermiers, tous, dont son père, sous le béret ou la casquette, les femmes à la tâche, les gros chiens faussement assoupis, épient et savent. Seul et jamais seul ! Combien de temps pour enfin arpenter une ville puis une autre, où il se fondrait, passant heureux et sans attaches ? Libéré de ces espaces que tant de citadins ignorants de la vraie campagne lui envieraient, il respirerait ce souffle âpre, si loin de la sauce blanche, ce souffle âpre des libertés impensables sans l'anonymat.

Tout enfant, Tante Didine, pour l'aider à s'endormir les soirs de fièvre, s'asseyait contre le petit lit blanc. Elle ouvrait le vieil album doré, et de sa jolie voix chantante dès qu'il s'agissait de lui, lui racontait l'histoire du cheval Pégase. Elle l'avait autrefois lue aux enfants de la famille mais jamais avec cette tendresse et cette poésie insoupçonnées.

Il mordillait sa médaille et, peu à peu, sa respiration s'apaisait.

— C'est une légende, mais pourquoi les légendes seraient-elles fausses ? Vois-tu, ce beau cheval tout blanc, aux grandes ailes, est aussi le fils de l'Eau ;

il est né aux sources de l'océan… Pas loin d'ici… Il est aussi beau qu'un nuage qui apporte les eaux nécessaires à la fécondité des jardins.

— J'aimerais partir avec lui ! Pégase…

Il s'endormait, calme.

A cheval sur Pégase !

Il apprit, plus tard, en ses livres, que si Pégase fait jaillir les sources *il est lié aux orages.* L'orage ! Il porte le tonnerre et la foudre pour le compte de Zeus, roi des dieux.

Pégase ou le mystère des désirs bien cachés. Pégase, ou la fuite, Pégase, source aux ailes blanches, la sauce blanche de Didine-Divine, moins blanche que les ailes de Pégase ! Faire corps avec lui, s'ajuster de manière païenne à l'Archange aux ailes si proches de celles de Pégase ! Pégase-Michel-Archange ! Pourquoi piétiner le Démon ? Devenir Pégase, mi-homme, mi-monstre ailé, aller, si loin plus loin ; consentir au bref arrêt, au tendre monde de Didine, sorte de fée des jardins, des beignets à l'acacia.

Un jour, à l'orée de la route bleue, il entendit et vit passer un bolide. Une moto magnifique, chevauchée d'un être tout en cuir ; la moto filait vers le grand pont et la ville. Il sut que « Pégase » serait ce genre de moto… Un jour…

Tante Didine est sans doute innocente sur certains sujets mais capable d'intuitions fulgurantes, comme si un être supérieur, indicible habitait cette âme simple et bonne. Son intuition : il se souviendrait toujours de cette intuition-là, le jour de sa communion solennelle. Il avait onze ans. Ils sont tous allés au catéchisme ; il y a la semaine de « retraite », c'est l'usage. La communion solennelle donne l'occasion de grandes ripailles.

La communion solennelle de Bel Ange. Une bure incommode, un ennui qui le menait au bord de la somnolence. L'absence mentale. Tante Didine, ce jour-là, quand mai éblouit les champs et les jardins, toute menue en une robe bleu clair, chapeautée de blanc, pleurait de joie, baisait son front. Elle lui avait offert un chapelet dont les grains étaient de la nacre, liés à une petite croix et une médaille de la Vierge en or.

— Dix kilos de navets ! s'exclama le père Thomas.

Pauvre Didine ! Avait-elle deviné sa crise d'absence mentale pendant la cérémonie ? Son aisance exceptionnelle à être ailleurs ; offrir sa fallacieuse présence, ses boucles dorées, un sourire immuable, une gentillesse d'exception qui menait à ses joues cet excès de baisers dont les femmes aimantes sont peu économes.

Quatre rangs entiers à l'église ! Il les sentait derrière lui. Leur haleine liée à celle de l'étable et du poulailler, leur odeur que les femmes avaient inondée de l'entêtant parfum à bon marché.

Les gestes machinaux, debout, à genoux, assis, à genoux… L'éclat du vitrail où la barbe de saint Pierre semblait une nuée argent. Une main pâle, issue d'un surplis plus pâle encore, çà et là grevé d'or, livra d'un calice éblouissant un petit cercle à goût farineux qui fondit entre ses lèvres entrouvertes. Il ne se souvient de presque rien si ce n'est, encore une fois, la table interminable, lourde de mets, de rires, d'une famille aggravée de parenté multiple.

« Ce n'est pas la sainte table, mais la sainte bouffe. »

Il reçut les cadeaux d'usage, dont un cadre en étain exhaussant le profil de la Vierge. Bien sûr, il y aurait les vêpres et encore une fois, l'église échauffée par l'excès de lis et de roses et encore une fois, la table, la table païenne, comblée de pâtisseries et de volailles en pâté, rôties, longuement cuisinées depuis les jours d'avant. Le champagne et les vins – blanc, rosé, rouge – coulaient. Il fut charmant avec tout le monde. Il se leva soudain et alla embrasser « Mémé », si rarement égayée, rassurée par la tablée. Il l'embrassa, ce qui la fit fondre en larmes. Elle ne voyait pas entre ses cils merveilleux, au fond de l'iris mauve, l'éclat gris acier, plus dur qu'une faux aiguisée... On se récria sur sa tendresse, sa gentillesse. Même le père Thomas fut content. Le champagne et un gâteau à étages, signant deux heures de mangeaille, y étaient pour beaucoup.

Etrangement Tante Didine ne dit rien, ne sourit pas, s'esquiva à la cuisine. Il la rejoignit. « Je vais aider Tante Didine. » Du coin d'un torchon, elle essuyait une larme. La paillette si dure du regard de Bel Ange s'éteignit. Ils ne dirent rien. Qu'y avait-il à dire, exiger ? Où est la faute de ne pas avoir la foi et de ne pouvoir aimer ? Didine pleurait sur ce malheur particulier, cette solitude étrange. Elle avait capté le gel de son regard quand il embrassait sa mère, une implacable ironie. Un jour aussi sacré ! Elle parla :

— La Grâce peut tomber sur n'importe qui, n'importe quand. Je prierai pour que la Grâce éclaire un jour ton cœur... Ton dur petit cœur d'incroyant... Ton dur petit cœur n'aime ici quasiment personne. Crois-tu que Dieu abandonne Ses créatures ? Tu te veux abandonné. Ton orgueil se plaît en ce que tu crois être l'abandon. Tu jouis de cet abandon qui te donne, crois-tu, tous les droits... Les droits atroces du non-amour... Tu crois nous avoir abandonnés mais c'est toi que tu abandonnes. Si tu fermes comme ça ton cœur, tu perdras le plus grand des trésors : la Joie.

Elle se tut. Jamais elle n'avait parlé autant ni si bien. Elle était mal à l'aise devant la machine à café électrique. Il l'aida. « Laisse-moi faire. » Elle lui sourit. Elle avait repris cet air simplet, d'une infinie douceur dès qu'il se posait sur lui. Lui, immobile devant la machine à café et son voyant rouge, lui, dans sa bure à plis, une croix en bois finement travaillé, piquée, côté gauche, d'une goutte d'or, autre cadeau de Didine...

« Elle ne devine pas, c'est pire. Je ne puis rien lui cacher mais elle m'aime... Moi aussi, je l'aime. C'est ce troupeau rassemblé pour boire et manger qui me rend malade. Qu'y puis-je de ne pas croire et ne pas les aimer ? »

Les mots de Didine la dépassaient elle-même. Ces mots prononcés en ses rares crises de devineresse.

Elle plissait son front ridé pour rassembler ses rares et étranges discours qui parfois s'échappaient d'elle, telle une jonchée de fleurs rares, lourdes d'un secret venin. Ils surgissaient d'une zone mystérieuse, un état d'antique pythie qui, parfois, la traversait quand il s'agissait de Bel Ange. Dépassés ces mots-là, ces mots d'Ailleurs, indicibles, elle rejoignait la rive ordinaire de leur vie.

Elle porta la main à sa gorge.

— Ah, ma mémoire n'est plus ce qu'elle était. Qu'est-ce que je t'ai dit ?

— Rien. Qu'il va y avoir les vêpres. Ils attendent le café et le cognac.

On entendait le claquement du gros buffet, les brus alignaient les tasses. Il y eut le rire du père Thomas. « Une chanson ! » réclama une voix. En toute fête, explosion de nourritures et de vins, le père Thomas chantait une rengaine qui datait de son aïeul.

Les cloches des vêpres sonnaient. Comment fuir du côté de la fraîcheur du bois penché ?

Il eût tout donné pour s'en aller dormir là-bas. Les cloches sonnaient. Son corps devenait lourd. Il traverserait à nouveau ce « coma debout ».

Une fatigue hors d'âge. Une petite main déformée caressa ses boucles. La main de Didine. « Allons, Bel Ange, allons… »

Apaisé, il se blottit contre elle dans le 4 × 4 de l'oncle chasseur. Son parrain l'aimait bien, il le sentait, il était à l'aise avec lui mais loin de partager une réelle affection. Le père Thomas n'alla pas aux vêpres. Un peu ivre, un flux violet aux joues, il réclama une sieste. Il faudrait bien que quelqu'un s'occupe des vaches. Les vêpres ? C'était l'affaire des femmes. A son fils et aux tantines de les conduire. Au retour, il y avait les galettes blondes, les jattes de crème, le café et le pineau de sa vigne.

Le souper n'aurait rien à envier au grand déjeuner.

*

Tante Didine était radieuse de savoir Bel Ange toujours en tête de la classe. Ni en retard ni en avance, mais toujours excellent élève.

L'année de ses douze ans, après sa communion solennelle, quelques grandes disputes recommencèrent avec son père. Il griffonnait sa signature en bas d'un éblouissant carnet de notes.

— N'empêche, disait le père Thomas, l'argent bien gagné, ça vient de la force des muscles et du courage.

Il n'arrivait jamais à classer les réussites scolaires dans ce qui était pour lui, pour eux, « le courage ». Retourner à la bêche un champ de trèfle, parfois on travaille à la bêche, en voilà du vrai labeur ! Ses livres lui feraient un sang aussi pâle que les navets de sa « Tata » ! Ce n'était pas tout à fait vrai : long, mince, virilement quoique délicatement bien fait, il avait un teint vermeil, une force soudaine à lever quelque gros poids. Son père s'étonnait de cette force qui aggravait son mécontentement.

— Tu ferais mieux d'occuper tes muscles, puisque tu en as, à nous aider au poulailler et aux champs !

On entendait le frémissement de l'immense poulailler, sous la chaleur des lampes. Bel Ange fermait ses yeux violets, pailletés de gris et de vert. Tante Didine, plus voûtée que jamais, ramasse les œufs. Il ne l'aidera pas, elle ne le souffrirait pas.

Il l'accompagna un dimanche au bourg. Elle savait pourquoi : il s'émerveillait du magasin de cycles, le Paradis des deux roues. Il y entra comme on entre dans une première demeure qui compte. Il y avait là, de l'autre côté d'un buisson rutilant de vélos, les merveilles encore inaccessibles, les scooters brillants, les motos sombres et luisantes comme des insectes géants ; et ces casques, ces vestes, ces accessoires qui sentaient le cuir, le harnais, le fer neuf, la brute et bonne odeur des routes à parcourir à toute vitesse !

— Avec un petit scooter, disait le vendeur, du hameau au collège, tu en as pour un quart d'heure. Les pneus sont antidérapants...

— Un jour, je te l'achèterai, chuchotait Didine.

Joie ! Aller ainsi par tous les temps à travers les routes bleues. Emprunter, si vite, le chemin de traverse qu'il connaît par cœur, malgré le brouillard gris où jamais il ne s'égare. Il a un sens inné des chemins, des routes, des sentiers. Fuir. Quel beau mot en frôlement de couleuvre en pleine mue ! De la fuite il a une idée d'envol ; les ailes de l'Archange imbécile de Tante Didine ! Oui, ces ailes-là, à la rigueur il les ajusterait, il franchirait les espaces, comme ça ! Il avait vu à la télé le film *Easy Rider.*

Que ces types finissent mal lui était égal, il les avait méprisés. Comment devenir ces vaincus quand on roule, que dire, quand on vole, s'envole, sur ces motos-là ? Il suivait chaque mouvement des roues, la forme oblongue, le siège où l'on se tient, à demi couché, les fortes lunettes foncées, l'acier qui brille, mais ça, c'est l'Amérique. Comment peut-on mal finir quand on domine, qu'on serre entre ses jambes, entre ses poings, mieux qu'un être, un engin aussi vivant, aussi véhément, mené par sa seule volonté ?

Tout véhicule fermé l'indiffère. Il lui faut le goût du vent ; le vent a un goût, ce sel, cette eau, ces pétales d'acacia. Il doit à Didine d'aimer cette fleur-là. Il préfère à tout le vent en ses boucles blondes. Il ôte d'un seul coup son bonnet de laine tricoté par Didine. Il n'a jamais froid, seul sur les chemins. Tout enfant, déjà, il quittait la tablée du dimanche pour atteindre la route du grand marais... Il souhaitait l'envol. L'indifférence majestueuse des grands oiseaux, pattes repliées, par-delà le marais et les routes.

« Bel Ange, où es-tu ? »

C'était le cri de Tante Didine. « Qu'il aille au diable ! bougonnait le père Thomas. Didine, ôte son couvert. »

« Bel Ange, où es-tu ? »

Sur le seuil de la cuisine, Didine, en sa robe du dimanche presque pareille à son tablier de ménage, doublait l'appel.

« Petit ! Reviens ! »

« Petit » ! N'est-ce pas ainsi qu'elle rassemble les volailles égarées ? Il dépassait le grillage de l'immense poulailler. Il allait, enfin, sur le chemin, le sentier... mais toute petite, vaillante, courant aussi vite que pour rattraper la volaille qui ne veut pas qu'on l'égorge, et tente, désespérée, un grotesque envol, Didine le tirait par la manche, la main.

« Reviens ! Tu pourrais tomber au fossé des roseaux, ou dans la mare cachée sous les branchages. Ton père n'est pas content... »

Le dimanche quand tous sont attablés si longtemps autour de la lourde table carrée, il s'en va souvent. « Ote son couvert ! » est la rituelle sanction du père Thomas. A mesure du temps, il choisit le mépris. Une place vide. « Je t'ai garni un quignon de beurre et de saucisson, chuchote Tante Didine. Ne dis rien ! Tout à l'heure, tu auras des beignets... »

Bel Ange étouffe à ces heures. Autrefois, son père le frappait d'un coup de ceinture, maintenant il laisse faire depuis que Didine, interposée, avait reçu le coup à la place de son favori. Ils mangent, ils mangent à s'en faire crever la panse, et le poulailler aux mille volailles clabaude au rythme de la famille rassemblée.

Son père rieur et dur, sa mère, lourde, triste, trop âgée... Les autres, ivres de mangeaille et de vin et de labeur.

Il penche sous le ciel un front délivré. Il respire. Il aime l'hiver quand tout dort, quand tout frémit sous la terre, cette terre où tous besognent. Il boit le vent, ou reçoit un soleil dru entre les champs de luzerne, de lin, de maïs. Il veut fuir : panthère, couleuvre, archange, ses ailes à lui sont dans sa tête, depuis si longtemps.

Il va, il ira ! Il rejoindra un jour la grande route. D'autres gens, d'autres mondes, un lieu, des lieux où on peut aller, venir, user de l'inconnu plaisir de liens qui composeront tant de jeux qu'il ne connaît guère, le jeu des échanges et des rapts, à la manière de ces jeux d'échecs où s'entrechoquent les fous, le roi, la reine, les tours en forme d'humanoïdes dressés pour il ignore encore quel plaisir. Le grand jeu de vivre ne peut être que celui du plaisir et ses dégâts... Vivre, à la vitesse d'un engin qui n'aura rien à envier à la moto plus belle qu'un coursier d'élite. Vivre, sur un échiquier qu'il saura composer, un échiquier où s'entrechoquent les vivants, ces fous menés à son gré à lui. L'échiquier l'attend, forcément, un jour, quelque part.

Le plus difficile en ces années qui l'obligent à l'attente est cette patience qui ici, au hameau, est leur ténébreuse supériorité.

La patience, pour lui, fut l'exercice de l'échiquier, avec ce qu'il attendait de la vie : quitter le hameau.

A la fin de cette année-là, il s'accrocha gravement avec son père.

Les livres vinrent à mesure, par alluvions, dans la chambre de Bel Ange, « bon élève » selon l'instituteur. Lui, qui jamais ne demandait rien à son père, cet homme plus carré que la grande armoire de la salle, lui fit une demande d'adulte.

— J'aimerais aller en pension au lycée de la ville.

— Ah çà, mon garçon, es-tu fou ?

Le père Thomas lui parlait de haut. Il avalait un verre de vin avant de reprendre sa fourche et son labeur. Juin brûlait les marais, assoiffait bêtes et gens. Le soir, il fallait fermer porte et fenêtres à cause de l'assaut redouté des moustiques. On ouvrait, plus tard, à la nuit. Quêter la fraîcheur ; les hommes fument et parlent un peu, les femmes s'activent à ranger. Il y a ensuite l'incontournable besoin de dormir, jusqu'à cinq heures trente du matin.

Le père Thomas s'irrite. La salle semble s'échauffer comme si un feu inconnu y prenait.

— Payer une pension alors qu'il y a le collège et le lycée au bourg ? Je ne dis pas que je suis contre les études mais ici, chez nous, si tu avais du bon sens, tu aurais de quoi t'occuper avec les tiens !

« Les tiens ». Bel Ange plisse les yeux. Non, ces « autres » ne sont pas les siens. Tante Didine avait surgi ; le ton du père Thomas contenait quelque chose de violent que son ouïe d'insecte fin avait perçu. Le père Thomas se tourna vers elle. Il désignait l'enfant qui baissait les yeux, non par crainte mais pour ne pas le voir. L'entendre suffisait.

— Il veut nous quitter ! Oui, oui, aller en pension ! On est sans doute trop gueux pour lui !

Il s'en alla brusquement vers ses champs.

— Tu veux nous quitter, Bel Ange ?

Elle lui parlait de cette voix d'enfant triste qui cache ses larmes.

Les paupières baissées, c'est la manière de Bel Ange de clore son âme. Nul ne peut y déchiffrer ses fureurs, ses envies. Un beau visage sans regard.

L'Archange piétinant le Démon. Le Démon ? C'est, quoi, le Démon ? « Une famille qu'on abhorre. » Plus de regard, plus de regard ! Il lui venait à l'esprit, si jeune fût-il encore, l'expression « Je ne peux plus les voir ». Un dialogue intérieur lui serrait les tempes.

— Que t'ont-ils fait ?

— Rien !

« Rien » au sens si fort de l'absence la plus absolue. Rien !

« Il y a Tante Didine… Elle m'aime, et je l'aime. Mais que devenir entre ses beignets à l'acacia, son amour et ce *rien* ? »

Son regard mauve devenait gris. Signe de contrariété, signe de violence. La violence retenue. Il s'enfuit du côté du bois penché. « Ma maison sous le ciel. » Un havre, un tombeau bien à lui ? C'est peut-être la même chose. Un endroit où, si rarement, il versa parfois une larme et traversa l'aigu plaisir d'être loin, quasi invisible aux autres. « C'est si dur de leur échapper, ce qu'ils ne voient pas, ils le devinent. » Un peu plus bas, entre les herbes hautes, il apercevait la route bleue.

« La route va vers le pont et vers la ville… Après la ville, d'autres villes… »

Au dîner, la famille parla à mots brefs de son idée de pension. Le père Thomas expédia l'affaire. Son teint, mauvais signe, tournait au violet.

Bel Ange est assis au bout de la table. C'est sa place, à côté de Didine. Craintive, elle va de la cuisinière à la table, plante la louche dans la grosse soupière. En toutes saisons, le soir, il y a la soupe.

Elle ne quitte pas des yeux le père Thomas. Mémé baisse les yeux sur son assiette. Le bruit lapé de la soupe. L'enfant ne mangeait pas, observait son père. Toute décision importante était de son fait, jamais des femmes. Le père Thomas détestait cette intense manière qu'avait Bel Ange de le regarder. Il confondait ce regard-là avec de l'insolence.

Il respirait fort, entre deux larges cuillerées, le dos penché comme à une tâche importante. Le mérite, la récompense du manger et du boire.

« Il n'a pas des narines mais des naseaux. Quand il souffle, il en sort de la buée. Il devrait coucher à l'étable avec Mémé. »

Le père Thomas se tailla une tranche de pain. Il parlait sans regarder personne ; en maître.

— Tu poursuivras (il disait « poursuivre », il n'ajoutait jamais le mot « études »). Je ne suis pas contre, mais tu iras au bourg. Les autres y sont allés jusqu'à seize ans. Quel temps perdu ! Ça ne les empêchait pas, au retour, de travailler ici pour de vrai ! Autrefois, on arrêtait à quatorze ans. J'ai mon certificat d'études, et je suis arrivé à avoir le sou ! Personne, sauf toi, n'est mécontent de vivre et travailler ici !

Tante Didine osa une proposition :

— Je suis prête à toucher mon compte sur la vente de mes navets pour lui payer le pensionnat de la ville. C'est peut-être mieux pour lui ! Il est si intelligent !

— Et nous si bêtes ! cria soudain le père Thomas. Non, non et non ! Il y a un lycée au bourg que je sache ! Ce qui veut dire qu'il sera logé, nourri, blanchi gratis jusqu'à dix-huit ans, pour faire quoi, au bout de cette affaire ? Il n'est pas bien, ici, au bon air ?

Il répétait « ici, au bon air ». La volonté d'un enfant de douze ans de s'en aller au loin était pour lui une trahison. Le sourd rejet qui le rongeait depuis la grossesse de sa femme de plus en plus taciturne et souffrante. Il éclata.

— Poursuivre ! Il n'est bon qu'à ça et encore ! Il faudra voir. Ici, c'est un bon à rien. Non, non, Tata, ce n'est pas la peine de renifler, tu ne m'ôteras pas mes idées ! Il est incapable de tenir une fourche, de mener le tracteur, de s'occuper des volailles ou de traire les vaches de sa mère à qui il a volé ses ans et sa santé ! Je ne l'ai jamais vu t'aider à ramasser tes navets ! Tu l'as gâté, pourri ! Poursuivre en pension ? Cela veut dire s'en aller loin, loin de nous, coûter des sous, les sous du travail d'ici !

Il cria longtemps. Réfugié dans sa chambre, Bel Ange comptait les liserons de la tapisserie. « Quand j'étais petit, malade, ces liserons dansaient comme des mouches bleues. »

Il entendait renifler Tante Didine et son père beugler.

— Tant pis pour son dîner ! Ici, chacun mange à l'heure et à table !

Il perçut encore quelques cris.

— Tata, je t'interdis de lui porter le manger ! Le manger, ici, c'est pas pour ceux qui veulent partir !

A nouveau le silence, épais, lourd d'éclats contenus.

Tout ça pour avoir demandé à poursuivre des études au lycée de la ville ! Il choisit sa manière de fuir : il s'endormit. Il entrait à l'épaisseur du sommeil en un univers d'espaces lumineux, d'aurores boréales, de demi-songes, l'oubli des uns et des autres. Il biffait mentalement la famille entière, sauf Didine, petite lumière en sa particulière détresse. « Plus tard, murmurait son double sans âge qui ne dormait jamais ; plus tard, tu iras, sur tes chemins, tes aventures, ta liberté. Loin... »

Il y eut encore la douce voix impubère de Didine.

— On doit en être fiers ! Le meilleur de la classe !

Le père Thomas se leva à grand bruit.

— On en perd du temps avec ce *ravisé* ! J'aurais préféré un brave travailleur ici comme nous tous.

Une voix de femme – celle de Didine ? – plaida :

— Il est né si tard ; où est sa faute ? Il a toujours été le premier de la classe...

— Au fond, il aurait dû être une fille !

Ainsi concluait toujours le père Thomas quand quelque chose dérapait avec ce fils qu'il avait du mal à comprendre, à aimer. Le père Thomas sentait qu'une colère plus grave l'eût mené à la maltraitance. Il l'avait rarement frappé. Il l'avait cinglé d'un coup de ceinture sur les reins parce qu'il avait un jour enfermé un des neveux au poulailler. Le neveu, qui avait alors huit ans, courait, effrayé, poursuivi par un jars redoutable. Bel Ange riait quand soudain le père Thomas surgit, débloqua le loquet, vit l'enfant en larmes, le traita de « poule mouillée » et défit sa ceinture. Didine était accourue, douée d'antennes de sauterelle dont elle imitait les bonds à chaque coup de ceinture sur les reins, les mollets, le dos du coupable qui ne bronchait pas. Elle sautait, pauvre Didine avec des « ho ho ! » comme si ce fût elle qui eût reçu la correction.

Le père Thomas remit sa ceinture et lui cria quelques menaces.

— Si jamais tu recommences, tu coucheras à l'étable.

Il ne dit rien, replia ses ailes invisibles, en un monde bien à lui où nulle brèche ne permettait de pénétrer.

Le père Thomas l'évitait, cachait mal son mépris. Il le classait comme Didine : une sorte de handicapé, un peu trop beau peut-être, surtout pour un homme, cela ne lui plaisait pas. S'il menait au mieux ses études secondaires, il serait apte à « avoir une bonne situation » ? Au fond, c'est ce qui comptait, rien de pire « qu'un feignant ». Parfois, quand il le croisait, nimbé de cet air d'absence qu'il détestait, ou « dans les jupes de sa Tata », il avait une irritation mêlée d'une vague anxiété. Tout en lui marquait la subtile trahison de son monde à lui. Sa beauté le gênait ; il ne s'y reconnaissait pas. Il détestait son surnom « Bel Ange ». Il disait « Michel », privé du *le* marquant le sceau affectif de sa tribu. Il retournait à son aigre ritournelle qui piquait Bel Ange à la manière du taon le flanc d'un cheval.

« Il aurait mieux fait d'être une fille ! »

Il bougonnait ces mots à mi-voix entre ses dents de gros mangeur. Une indicible contrariété gonflait son ventre de buveur d'apéritifs. Mais quoi ! Un enfant de vieux, c'est toujours un peu anormal.

Il ne restait à Bel Ange qu'à supporter le Temps. Il est long, il est lent, le temps quand on est dans l'enfance, l'adolescence... Un temps interminable où lui se vivait, à sa manière, en être achevé.

Loin, loin du hameau.

Loin.

Là où il naîtrait à part entière.

Les hameaux faisaient silence sur un drame, ces choses arrivaient quelquefois.

Le fils d'un agriculteur qui peinait s'était jeté au fond d'un chenal. Il avait quinze ans.

Il ne supportait plus ces solitudes ; un monde sans issue pour lui où nulle place n'était taillée pour la compassion. Ce décès accabla de honte sa famille qui décida de ne plus jamais en parler. Il eut des funérailles furtives, sans l'église. Ils n'étaient pas dix derrière cette caisse en bois blanc. Didine y alla. Elle est la seule à prier sur ce tumulus de terre, au coin le plus reculé du cimetière du chemin bleu. Elle y dépose régulièrement ses chrysanthèmes. Elle arrache furtivement les mauvaises herbes et murmure : « Pauvre petit ! »

A force de prier, le Ciel prendra pitié.

Bel Ange secrètement bouleversé.

« Non, le Ciel n'y peut rien. Il n'a pas eu la force de partir et a manqué de l'amour d'une Didine. »

Il regarde le quadrillage sans fin des marais. Bonheur, malheur, vie, mort, tout se réduirait-il à un espace géographique, un climat insupporté ? La maltraitance à l'école ? En famille ? Ou l'insoutenable et brutale envie du noir repos ?

« J'aurais pu, plus d'une fois, sombrer. » Il savait posséder la chance d'une force à lui. Une confiance aveugle, bornée en cet ailleurs, loin…

*

La manière dont Didine disait « Bel Ange » impliquait ces majuscules. Excepté Didine, il détestait qu'on l'appelât ainsi. Michel, Arthur, Thomas. On l'appelait Michel à l'école ; mais tout le monde connaissait son surnom. Il n'était pas le seul à en avoir, mais Bel Ange, la grâce implacable de son visage et de sa silhouette, provoqua la maltraitance en sa première jeunesse. La maltraitance à l'école.

— Ouh, la fille ! Pédé !

On l'avait insulté ainsi, souvent. Des mots orduriers s'enchaînaient. Il n'y a pas d'âge quand la haine se déchaîne. Une cour d'école, c'est la société. La force, la faiblesse, la hideur, l'instinct de haïr les pauvres, envier, maltraiter si on le peut, ceux dont on devine *le sou.* Les filles chuchotent pour mieux isoler l'une d'elles, méprisée par ses vêtements trop modestes. L'orphelin et sa rude famille d'accueil, même si c'est une famille de ses parents disparus, basculent dans le dédain. C'est comme ça, depuis si longtemps. Sans autre raison que l'aigu plaisir du mal. La jouissance du mal. Une forme de basse sexualité rougit les pommettes, délie les langues et groupe la hargne. Une cour d'école ! Il y a rarement la grâce, une belle amitié, l'échange. Les groupes se forment avec les minables petits complots. C'est ça, une cour d'école, ce qu'on nomme à tort « les enfants », imaginant que le jeune âge suffit à absoudre ces bassesses qui croissent pis que ronces.

Le bus scolaire se garait à l'entrée de chaque hameau. On le rejoignait à pied. Les brus et leurs enfants n'excitaient personne. Ils étaient dans la norme des enfants du ramassage scolaire.

Un jour, Bel Ange décida de ne plus prendre le bus scolaire.

Il s'était passé un événement qui impliqua un tel changement.

Il supportait mal le bus scolaire. Trop de moqueries. Qu'était-ce quand la pauvre Didine l'accompagnait ! Didine et son épaule penchée, portant son cartable, agitant sa vaillante petite main abîmée. Elle lançait à l'imprudent : « A ce soir, Bel Ange ! Serre bien ton cache-col ! »

Ces mots d'amour tombaient dans l'oreille de la méchanceté. « Bel Ange ! Sa tata l'appelle Bel Ange ! » ricanaient les plus hostiles. Elle attendait devant le grand tilleul. Elle souriait à ces têtes ricanantes, loin de l'idée de leur moquerie. Bel Ange ne répondait jamais à ses signes d'amitié. Elle ne comprenait pas. Mais lorsque les garçons du bus apercevaient le père Thomas, un grand silence tombait. On le craignait, on le savait riche. Les hameaux voisins enviaient ses terres, son marais, ses labours, le bois penché, ses bêtes et son immense poulailler. Les brus faisaient monter dans le bus leurs plus jeunes enfants, en fin de scolarité. Elles disaient à Bel Ange de se presser. Il ne voulait pas s'asseoir avec eux. Plusieurs garçons observaient. Un instinct aigu, malveillant, leur soufflait que le père Thomas n'aimait guère ce dernier-né. Vent, pollens, mots éparpillés çà et là, du bourg aux hameaux, indiquaient les attitudes.

« Naître pétris, souillés de mal, d'un péché indélébile », ainsi parlait le pasteur, et ces mots entrecroisaient la parole du prêtre aux églises à demi vides…

La violence humaine commençait dès le bus scolaire où quelque voix au bord de muer ricanait ; un œil rond, à la manière des pies, clignait. On jaugeait le vêtement. Certains, les plus arrogants, portaient la montre trop chère offerte à quelque fête, les baskets hors de prix. D'autres jouaient avec leurs smartphones. La voix du riche piaulait au miséreux, ce qui désole, coupe la langue et les forces : « On sait bien que chez toi t'es fauché ! »

Un rire détestable suivait. Le pauvre, le silencieux, penchait vers son blouson trop léger en hiver, les chaussures jamais ressemelées, écaillées, un regard sans âge. La désolation jointe à une surdité mentale – parfois, à mesure des ans, il égarait la définitive envie d'aimer. Ou se jetait au chenal comme le malheureux et ses quinze ans. Bel Ange alla longtemps vers le bus, sac sur le dos, paupières baissées, regard absent.

Un jeune garçon, à profil de mulot malingre, souffre-douleur des autres, lui faisait des signes d'amitié. Bel Ange devinait ce qu'il disait, front contre la vitre embuée.

— Monte, Michel ! Monte !

Mais il ne bougeait pas.

Agacé, le chauffeur klaxonnait. Il avait encore deux hameaux « à ramasser ». Les brus étaient déjà retournées à l'ouvrage. Didine frissonnait sous son châle au crochet.

Bel Ange ne monta pas dans le bus, malgré l'aigre klaxon. C'était un pâle jour d'hiver où les champs, les marais, les bois sont ces nappes brunes, liées au ciel sombre. Le chauffeur baissa la vitre, lança un appel bourru. L'enfant restait immobile ; paupières baissées, absent. Le bus partit trop vite, cahotant au tournant du chemin creux.

Depuis quelque temps, Bel Ange avait prié Didine de ne plus l'accompagner. Ses yeux se mouillèrent.

— Tu as honte de moi, Bel Ange. Je resterai sous le tilleul. De là, on ne me voit guère.

Il la regarda de ses yeux les plus mauves.

— Laisse, Didine, c'est mieux que j'aille seul.

— Ils ne sont pas gentils avec toi dans le bus ? Il y a tes neveux...

— Tu ne comprends pas la méchanceté. Mes neveux ? Ça fait partie de leurs moqueries.

La méchanceté, premier cactus heurté aux cours d'école. Bien des enfants, en groupe, atteignent souvent cette boule de haine si proche de l'originelle antipathie humaine. Soudain, Didine se souvint de son enfance où la moquerie était son lot en une modeste cour d'école. « Il y en avait des gentilles. » Partout, en tout, elle entrevoyait une pépite d'or, un doux regard, une complaisance. Une joie. Un doute perturbait sa paix. Bel Ange était malheureux en ce bus, et sans doute à l'école malgré ses excellentes notes. Ainsi, la beauté, l'intelligence soulevaient aussi la maltraitance ? Oui, il aurait un vélo, une mobylette. Elle y veillerait. Elle revoyait avec la pitié qui jamais ne l'abandonnait le garçon à profil d'oiseau, son pauvre visage écrasé contre la vitre, grimaçant comme s'il allait pleurer. La victime parmi ces corbeaux nains. On devinait ses appels : « Monte, Michel ! » Elle revoyait la tombe en tumulus où gisait un enfant de quinze ans, mort d'avoir été mal aimé.

Bel Ange ne monta pas. Il apprenait la perte de la compassion. La nécessité de préserver quelque chose qui ne porte pas de nom. L'accord avec soi-même, cette incompréhensible cohabitation ? Il n'aimait pas le malheureux à profil d'oiseau. Il le défendait en s'asseyant à ses côtés. Il apprenait que l'on peut soutenir un être humain sans l'aimer. « Je suis aussi seul que lui. » Il apprenait aussi l'art tranchant de la soudaine lucidité. « Quelque chose en lui est définitivement condamné. »

Il lança à Didine, affolée, un long regard sans âge. Elle craignait tout pour lui, la colère du père Thomas, le mécontentement du chauffeur, celui du professeur. Elle était prête à l'accompagner dans la carriole de son grand vélo noir.

Il était déjà loin et elle se tourna, comme toujours vers saint Michel Archange. C'est une journée où elle ne chanta pas, seule en son champ, une journée où elle vaqua sans joie à ses tâches. Elle le revoyait seul sur le chemin. Il était donc malheureux ? Bien sûr, il n'avait pas été le bienvenu à sa naissance et sa mère le fuyait sans cesse. N'était-elle pas là pour l'aimer avec une force si décuplée qu'il aurait dû se sentir consolé, protégé, unique ?

A pied, ce grand jour d'hiver. Ses souliers cloutés martelaient le chemin et gagnaient la route bleue. Il se sentait bien. Quatre kilomètres n'étaient rien à sa souplesse physique et mentale.

Didine, seule, brouettant ses légumes, tentait de se rassurer.

« Bel Ange a beaucoup de force. Je vais voir à lui quérir une mobylette. »

Elle la liait, cette force, à la protection de l'Archange. Elle parla au père Thomas de cette affaire afin de diminuer son mécontentement.

— Bel Ange a préféré aller à pied. Un vélo, un vélomoteur peut-être l'aiderait ? Il y en a dans la remise.

Le père Thomas, armé d'outils tel un fruste guerrier d'autrefois, haussa les épaules.

— Tous nos gars ont pris et prennent ce bus sans histoire ! Avec celui-là, il y a toujours une affaire. C'est lui qui emmène tout ça. Il me fera perdre des clients… Il me chauffe les oreilles ! Il veut en faire à sa tête ? Il a honte d'aller en bus ? C'est gratuit, le bus ! Qu'il aille à pied ! Tu m'entends, Tata. A pied !

Bel Ange ne demandait rien que d'aller seul sur la route, liée au ciel mouvant de tous les gris, des bleu sombre. Il aimait la pluie, encapuchonné, les pieds au chaud en ses bottes. Il aimait cette force soudaine de l'eau à goût salé. Didine ne vivait plus de le savoir seul sur la route. Quand il s'agissait de lui, elle eût affronté les foudres du ciel.

Un épisode l'effraya et ébranla la famille. On s'était habitué à le laisser rejoindre le collège à pied. Il avait douze ans. L'année de sa dispute avec son père. L'année où il eût aimé aller en pension.

Le malheureux garçon au profil de mulot, cou maigre, jambes un peu torses, un œil à demi clos, un nez de travers, excitait la joyeuse cruauté collective. La peur le saisissait. Il peinait en classe. Son nom, Lemulot, collait hélas à sa disgrâce, on le surnommait « le Mulot » en détachant les syllabes. Supplice quotidien. Personne désormais pour le défendre, lui parler. Il besognait dur aux champs du hameau voisin, chez des parents accablés d'enfants. Beaucoup d'agriculteurs n'arrivaient plus à gagner leur vie, cette famille en faisait partie. Jeannot Lemulot aussi était un *ravisé*. Né trop tard, mais au contraire de Bel Ange, il était laid, effrayé, malheureux, souffrant, comprenant mal le travail en classe. Dos au mur du préau, lors d'une récréation, il excita ce jour-là un besoin de violence. Une mise à mort. Bel Ange entendait crier, mais on criait souvent en cette cour. Le groupe d'enseignants n'y prêtait pas toujours attention. Bel Ange observait la lâcheté humaine ; son dégoût accentué des autres.

C'était un jour d'avant printemps où menaçait au loin un vent d'océan. Point de pitié en ce vent-là. Point de pitié en ces excitations dites d'enfants. Quatre brutes au crâne carré, plus âgées, entourèrent Lemulot dont l'œil clignait de peur. Ils commencèrent à le frapper à coups de poing. Il criait, il tomba. Les coups de pied continuaient.

— Un mulot, ça s'écrase comme ça !

On s'attroupait. L'instituteur n'avait d'abord rien vu venir. Une querelle de plus, les jeux souvent brutaux. Chez les filles aussi, il y avait des violences, différentes, sournoises. Cerner la plus belle, exiler la plus laide, chuchoter en petits groupes. Elles repéraient celles qui étaient mignonnes et celles qui ne le seraient jamais. Jeunes femelles en voie vers leur destin que seul l'inconnu modifierait... Du côté des filles, la pauvreté soulevait également le dédain.

Lili, la fille des droguistes du bourg, se souvint longtemps de la scène où les coups pleuvaient sur Jeannot Lemulot. Quand soudain surgit Bel Ange avec son regard mauve, la finesse de ses membres et leur violence insoupçonnable. Ils étaient quatre garçons, petits démons ordinaires. Ils étaient de la race de ces gens qui jadis, pour rien au monde, n'auraient manqué, sur la place du bourg, le spectacle d'un supplicié lié sur une roue.

— On va casser ta gueule de fille ! hurlait le plus gros des quatre à l'étrange défenseur.

Ils avaient oublié le malheureux, à terre, tremblant.

Une des quatre brutes avait arraché des cheveux à Bel Ange.

— Tes cheveux de fille !

A coups de pied, de poing, Michel Arthur Thomas était devenu une tout autre créature. Il avait envoyé de tels coups qu'il en écarta trois dont un qui glapissait, plié en deux sous de gros poings fermés.

La bagarre – son triomphe – continuait. Il n'avait plus rien du bel enfant faussement fragile, aux paupières closes, aux boucles dorées. Le regard mauve, traversé d'éclairs d'acier, il frappait, cognait, empoignait à la gorge la pire des brutes. Il le jeta au sol. Il serrait son cou et l'eût sans doute étranglé à mort si n'étaient enfin arrivés à coups de sifflet un enseignant et ses collègues. Ce fut difficile de les séparer. L'enfant maltraité pleurait, les mains sur son visage en sang. La haine de ces garçons de quatorze ans, contre le malheureux, répétait le nom de Michel Thomas. On l'avait longtemps méprisé parce qu'on ignorait son étrange force. Sa capacité de défendre le faible.

Elles n'en revenaient pas, les filles, Lili, les garçons attroupés, de l'incroyable violence du « fils Thomas ». Personne n'eût alors osé se moquer en disant « Bel Ange ».

Les professeurs avaient eu peur.

— A un moment, au sol, quand il serrait le cou du plus mauvais – il faut reconnaître que ce sont des brutes –, j'ai bien cru qu'il allait le tuer...

Il y eut des plaintes. Le père Thomas, convoqué au collège, pour une fois approuva son fils. Le malheureux qu'il avait défendu eut pour Bel Ange une reconnaissance éperdue. On avait dû l'emmener à l'infirmerie. Il témoigna, en larmes, de la violence dont il avait été victime. Il répétait sans cesse :

— Sans Michel Thomas, ils m'auraient tué !

On renvoya les quatre brutes pour une semaine. Cela leva des murmures, des mécontentements. Quelques parents les punirent « d'une bonne volée » et de l'obligation d'aller aux champs par tous les temps. Obscurément, ils en voulaient « au fils Thomas ». Les parents de l'enfant maltraité lui en voulurent aussi. Le directeur les avait convoqués et ne leur cachait pas son ennui de l'avoir en son établissement.

— Il n'est pas méchant, votre petit Jeannot, mais il est devenu la bête noire des autres. Je ne vous cache pas que ses notes sont trop faibles. Bien sûr, la scolarité est obligatoire jusqu'à seize ans, mais il serait mieux à travailler chez vous.

Ses parents, qui déjà ne l'aimaient guère, furent mortifiés. Le père lui donna un coup de ceinture. Il criait :

— Un faible ! Du rien !

Ils le firent travailler après l'école aux dures besognes. Ils détestaient que par sa faute, lui, déjà si laid, faible, quasi inutile, eût provoqué ce que l'on abomine à la campagne : un scandale.

Le père Thomas accepta que Bel Ange ne prenne plus le bus scolaire. A cause de lui, il allait être brouillé « à mort » avec quatre familles, mais *son fils* avait eu le courage de défendre *un malheureux*. Il disait si rarement « mon fils » quand il s'agissait de lui ! Ainsi donc, ce *ravisé*, qui, à sa constante irritation, avait « l'air d'une fille », avait été capable de mettre à bas quatre petits salopards de deux ans ses aînés ? Il perdit un peu de son dédain irrité.

— Bon, grogna-t-il, j'ai comme l'idée qu'ils te laisseront tranquille. On va voir pour le vélo… si Didine te fournit une mobylette, j'ai rien contre. Souviens-toi que je n'aime pas les histoires.

Didine s'était affolée à ce récit.

— Ils auraient pu le tuer !

Les brus hochaient la tête.

— C'est drôle, avec nos enfants, il n'y a jamais eu d'histoires !

Plus que jamais, Didine fut convaincue que saint Michel Archange, divine fulgurance, était intervenu dans l'âme et le corps de sa créature adorée.

— Il te prête sa force contre la mauvaiseté !

Bel Ange haussa les épaules. Il voulait la paix. Sa paix. Oublier. Il accepta l'huile de millepertuis sur ses genoux – on l'avait tout de même blessé –, il but une tisane d'herbes-à-Didine, pour lui faire plaisir, et lui dit :

— Didine, les plus mauvais sont dans le bus. Ils s'excitent… Un jour ça recommencera contre tout ce qui est différent. Moi aussi, je suis différent, mais j'ai la chance de savoir me battre. Non, pas de mobylette, pas maintenant. J'aime assez aller à pied. Je pense, je respire, je rêve un peu. C'est si bon, au fond, d'être seul ! Toi aussi, tu es souvent seule. Garde ton argent, Didine-Divine. Plus tard, peut-être, tu m'aideras à avoir une moto…

Il alla, avec plaisir, un long moment à pied. Un premier espace de liberté. Il partait tôt. Il aimait traverser des chemins, des routes peu fréquentées, son sac en bandoulière. L'hiver, il portait au cou une lampe de poche. Phare modeste qui l'enchantait. Quelque chose en lui s'exaltait. La forme, la force d'une liberté, âpre, liée aux solitudes, comme toute liberté. Le bus scolaire le dépassait sur la route droite qui traversait le bourg. Les fenêtres étaient éclairées ; certains contrevents n'étaient pas encore ouverts. Les droguistes n'avaient pas levé leur rideau de fer. Lili habitait près de l'école. Elle allait, sac à dos fluorescent aux épaules, queue-de-cheval rousse dansant sur le dos.

La grille du collège était ouverte. Il y avait un espace où poser les vélos, les vélomoteurs. Certains venaient ainsi. La cantine était un bâtiment adjacent. Bel Ange y restait le moins longtemps possible. La cantine tenait d'un self-service. Chacun poussait son plateau. La corbeille de pain tranché était à l'extrémité avec les bruyants couverts en inox. Des assiettes contenaient des entrées diverses. Le yaourt, un fruit, ou une tartelette, étaient préparés. A grandes louches, des femmes en blouses remplissaient les assiettes en pyrex. Les plats variaient selon les jours de la semaine. Le poisson du vendredi était souvent de la brandade. De grands pichets d'eau sur les tables, les jus de fruits étaient payants.

Bel Ange se tenait souvent seul. Il n'avait pas d'amis ; il n'en voulait pas. Les filles se taisaient quand il frôlait leurs tables ; Lemulot, plus maigre que jamais, les mains rougies, un cou de poulet affamé, le suivait comme une ombre. Il ennuyait Bel Ange comme une mouche mais celui-ci continuait sa bizarre protection. Il refermait ses paupières. Il lui faisait signe de s'asseoir près de lui. Il parlait, le malheureux, il chuintait, l'œil mouillé, le nez reniflant sans cesse. Le dimanche, il nettoyait l'étable. Bel Ange n'écoutait pas.

Un jour, il crayonna sur son carnet à croquis Lemulot lié aux diverses scènes de violence à l'école. Il commença ses croquis par la noyade du pauvre garçon de quinze ans.

Il ne fixe plus sa mémoire sur ce temps-là. Excepté un événement qui le toucha. Le père Thomas avait consenti à ce qu'il eût une mobylette neuve, non pas une vieille conservée dans la remise. Didine la lui avait achetée chez le marchand de cycles. Elle avait voulu qu'elle fût « bleu ciel » mais le marchand, un peu moqueur, dit qu'il n'avait que du noir ou du bleu foncé.

— Les jeunes préfèrent le noir.

Elle riait, Didine, quand le marchand emporta en camionnette l'engin au hameau. Elle riait de bonheur. Elle avait retiré de son livret une partie de ses économies.

Le père Thomas ne dit rien mais répéta : « Plus d'histoires, là-bas ! »

Il la gronda :

— Ça t'a coûté ton huitième de champs, pour le moins ! Comme s'il ne pouvait prendre à nouveau le bus comme tout le monde ! Ils ont bien vu qu'il sait flanquer une raclée quand on l'embête ! Mais non, monsieur n'aime pas faire comme les autres !

Les brus hochaient la tête.

— Tata lui passe tout, à ce môme.

Au cours des années, l'école, le collège, le lycée, la cantine engrangeaient une population nouvelle. Des filles portant un voile dès qu'elles quittaient l'école, à la cantine, visage libre, elles ne touchaient jamais aux charcuteries. Quelques Noirs, plus grands que les autres, dévoraient, parfois évitaient le porc et riaient volontiers. Ils occupaient les mêmes tables. Ils logeaient aux trois immeubles hors du bourg. Ils excellaient au stade, à la course, au basket. Ils disparaissaient en ces immeubles. Personne ne les invitait ; on ne les voyait jamais se hasarder aux hameaux. Les pères travaillaient sur des chantiers alentour. Les courses avaient lieu au Grand Centre commercial. Ils s'entassaient dans des véhicules exténués. On voyait parfois, très tôt, les mères en djellabas se rendre au marché, au petit Franprix.

Un air furtif, les yeux baissés évitaient le regard des vendeurs.

Elles promenaient toujours un enfant nouveau dans une poussette.

Les plus jeunes suivaient.

*

Bel Ange atteignit quatorze ans. Le père Thomas, en dépit de ses soixante-six ans, montrait qu'il était toujours le chef de la famille. « Je ne m'arrêterai qu'au jour de ma mort, vous attendrez que je sois crevé pour prendre ma place ! » Il avait tonné ces mots quand son fils aîné avait parlé de le remplacer aux grandes moissons. Personne n'avait osé soutenir son regard.

Ses neveux travaillaient à la ferme. Sa nièce avait réussi un concours, employée à la petite poste du bourg. Elle partait à mobylette et rentrait chaque soir. Elle aidait au ménage, à la cuisine. Elle plaçait son argent sur un livret. Le père Thomas exigeait une participation à sa nourriture et au logement.

— On n'apprend jamais assez tôt le coût de la vie. Vivre ici te permet d'économiser quand tu te marieras.

« Elle fréquentait », chuchotait Josiane sa mère, un employé de la poste. Josiane dont Bel Ange remarquait ses rondeurs aggravées par la tenue laborieuse. Micheline avait aussi beaucoup grossi. « Elles épaississent du derrière comme les vieux cordonniers... et ces cheveux taillés comme ceux de Mémé ! Didine est bien plus belle. »

Le poulailler exigeait beaucoup. Depuis longtemps, on n'obligeait plus Bel Ange à s'y rendre.

« Il n'y fait que des bêtises ! » avait tranché le père Thomas.

Il n'oubliait pas qu'un jour, un tout jeune Bel Ange avait saisi une poule destinée au tranchoir et l'avait lâchée au bois penché... d'où la malheureuse était revenue, caquetant, tranquille jusqu'au poulailler et son égorgement.

Le père Thomas, en dépit des clameurs de Didine, l'avait frappé d'un grand coup de ceinture. Pas une larme, pas un cri. Les paupières fermées sur une prunelle grise.

— Ne recommence jamais !

Il parla de lui à la troisième personne comme s'il n'était pas là.

— Si on le laissait faire, il nous ruinerait ! Qu'il aille dans les jupes de Tata !

Il avait initié à la chasse ses fils et petits-fils quand ils atteignaient quatorze ans.

Bel Ange entendit la sentence tomber sur sa nuque bouclée.

— Tu viendras avec nous à la chasse, dit le père Thomas.

La chasse ! Grand plaisir du père Thomas et de sa descendance mâle.

Il lui arrivait, ces jours-là, de boire un peu trop. Il buvait depuis la grosse tempête de l'année passée qui avait détruit un quart de son poulailler, arraché des tuiles, déraciné une partie de ses cultures. Didine et ses pauvres navets ! Le bois penché portait bien son nom. Deux acacias déracinés, la porte de la grange arrachée. Le père Thomas criait, faisait travailler « tout son monde » plus que jamais. Plusieurs jours furent nécessaires pour remettre d'aplomb de tels dégâts. Le poulailler demanda un dur labeur. Sans un mot, il fallut livrer au fumier les œufs brisés, une partie des volailles.

Bel Ange fut employé comme les autres. Il aida Didine à entasser la moisson perdue. Elle disait « Mon Dieu ! Mon Dieu ! ». Il se taisait, courbé avec elle, brouettant, ramenant au tas de broussailles ces racines qui faisaient son gain et sa joie.

On brûlait ce qui devait l'être. Le hameau ressembla un moment à un espace dévasté par la guerre. Le beau tilleul, par miracle, résista. Le père Thomas pensait à ses gains ; la ruine est toujours possible. Les fermes alentour ne vivaient plus que du nécessaire. Tout se remit lentement à fructifier. Le père Thomas ne songeait pas à son âge ni à celui de sa femme dont trois vaches avaient péri au grand marais. Lui aussi avait grossi, les pommettes violettes traçant le signe d'un cœur trop gros, niant sans cesse les mots, ici jamais employés : la fatigue, la maladie.

A la chasse, il tirait avec violence et parfois sans raison. Bel Ange avait horreur de la chasse. Son père, ses frères, les neveux, l'emmenèrent un matin d'automne. Son frère aîné, son parrain surnommé le

Chasseur, obtint la permission du père Thomas d'initier Bel Ange.

— J'avais ton âge quand le père m'a montré à tirer.

C'était un rituel. Le passage vers « ce qui fait un homme ».

Bel Ange haïssait ce groupe de mâles, fusils et besaces à l'épaule. Les chiens, enivrés, hargneux, flairaient le sol, le bousculaient. Au loin, on entendait des coups de feu. Un oiseau tombait, tourbillon rougeoyant. Bel Ange les entendait piailler, affolés, cachés dans les arbres. Le soudain silence rejoignait son silence à lui. Les lièvres se terraient. Les bêtes des bois froissaient les branches. Leur épouvante était palpable. Bel Ange entendait cet indicible. Il avait envie de se boucher les oreilles. Il n'y avait plus rien d'humain, d'affable, au regard de ces autres qu'il côtoyait quotidiennement. « Des gueules d'assassins. » Son frère, le Chasseur, lui dit :

— Je vais t'apprendre à tirer, mon gars. A ton âge, pas de permis de chasse, mais tu dois apprendre le minimum.

Pétrifié, il ne bougeait pas. Le père Thomas, un peu ivre, le bousculait, l'injuriait.

— Tu vas t'y mettre, femmelette, ou je te flanque une volée !

— Laisse ! Je vais m'en occuper, dit le Chasseur.

Les autres n'écoutaient pas, tout au plaisir de tirer. Ils étaient, eux aussi, passés par le dur enseignement de la chasse : ils avaient adoré ça.

Le père Thomas :

— Tu as intérêt à regarder et écouter !

Il avait un fusil de chasse à canons superposés, basculant à deux coups. Un solide acier bleu. Les calibres étaient puissants, allant en ordre décroissant : le 8, le 4...

Le Chasseur expliquait :

— Tu vois, Michel, le chiffre indique le nombre de sphères du diamètre du canon... On a d'excellentes cartouches, du plomb cuivré. Du bon calibre 12 transparent... des plombs n° 8... On peut y aller jusqu'à 70 % des plombs à l'intérieur du cercle.

Les cartouches à plombs brillaient sous ce ciel à lambeaux d'été.

— Cette enveloppe en plastique, la base en acier laitonné, c'est ça qu'on nomme le culot, continuait l'initiateur.

Il lui parlait doucement mais tenait ses bras d'une poigne dure.

Il y eut un clac, il ouvrit le fusil. Il injectait les cartouches.

— Regarde ! Juste au-dessus de l'amorce, à son contact, il y a la poudre... Pour séparer la poudre des plombs, tu vois cette pièce en plastique ? C'est la bourre. Tu m'écoutes ?

Bel Ange comprenait mal mais retenait tout. Il entendait la voix de plus en plus exaltée, le donneur de la grande leçon de tuer. « Même un gibier, c'est de la tuerie », songeait Bel Ange.

— L'idéal, mon gars, pour devenir un bon chasseur c'est d'obtenir une gerbe de billes le plus large possible. De quoi abattre proprement du petit gibier...

Pour une oie ou davantage, on change « le patron ». Le patron, c'est la gerbe de plombs… A répartir de manière uniforme. Considère bien l'étranglement, ce petit resserrement de la bouche du canon… La densité des plombs s'amenuise…

Il lui montra plusieurs fois comment ouvrir le fusil, enfiler les cartouches, refermer l'arme. Il fallut recommencer. Ses mains tremblaient.

Son père, forte ombre, s'approchait, surveillait l'initiation.

— Tu peux tirer jusqu'à cinquante mètres, ici ce sont mes terres ! Vise cette branche, là. Tire, nom de Dieu !

Le père Thomas s'était éloigné vers les branches qu'il indiquait. Les chiens le menaient du côté du gibier. Michel Arthur Thomas s'exécuta. Il eut l'impression qu'on lui arrachait l'épaule. Qu'il devenait sourd. Qu'il allait tomber. La voix du frère perçait son tympan.

— Recommence !

Il visa si bien qu'il manqua de tuer son père.

Deux coups partirent vers cette ombre forte qui tirait avec violence vers le bois penché. Les balles le frôlèrent. Les chasseurs s'arrêtèrent net.

— Tu fais n'importe quoi ! cria son frère. Qui t'a dit de viser si bas ?

Il lui arracha le fusil des mains. Il avait envie de le frapper ; il avait eu peur.

On prit ce qui frôla un mortel accident pour de la maladresse. Le père Thomas avançait, le fusil chargé. Il jeta à Bel Ange un curieux regard. Il bougonna son mécontentement. Il parlait, mauvais signe, d'une voix enrouée, presque basse. La colère ? Une angoisse ? « Un centimètre de plus je prenais les plombs dans la nuque, le dos. »

— Tu n'es bon qu'à contempler les navets de Tata !

Avait-il deviné quelque chose de plus grave ?

— Tire ! Recommence ! avait clamé l'initiateur.

Il avait recommencé. Il avait failli provoquer l'irréparable.

« Le pire, songeait Bel Ange, les jarrets tremblants tel un cheval emballé, le pire c'est cet étrange plaisir... »

Même si l'initiation était dure, Bel Ange comprit qu'il saurait manier une arme.

Têtu, refusant cet inavouable, son père l'obligea à suivre la chasse. Sans fusil. Il le punissait ainsi et tentait d'effacer ce doute.

« Au début, ils ont tous fait des bêtises, mais pas un ne m'a frôlé d'une balle. Pas un ! »

Les besaces débordaient de pelages et de plumes ensanglantés. A la ferme, on ne parla pas de l'incident. De l'accident ?

— Il n'est pas doué, dit brusquement son père. Inutile de l'emmener chasser. Tata, garde ta créature, plus utile à ses rêveries et ses barbouillages sous tes acacias !

Il nommait ainsi sa passion des livres, empruntés à la bibliothèque du bourg, et ses longs moments au côté de Didine. Il nommait ainsi sa manière (« sa manie », selon lui) de crayonner un album. « Des barbouillages. »

Bel Ange détestait la chasse mais avait goûté une étrange volupté à manier le fusil à deux coups. « Et cette balle qui a failli… qui aurait pu… »

Il osa tirer encore mais à sa manière. La ferme est souvent vide, les femmes aux champs, à l'étable, tous au labeur. Bel Ange décroche le fusil bleu. Le plus dangereux. Le plus délicat et subtil. Il puise les cartouches dans les boîtes adéquates. Au niveau du bois penché, il installe un mannequin qu'il a découpé dans un large carton. Il croise des branches. Il se fabrique des cibles. Il a mieux retenu la leçon de tir qu'on ne l'eût soupçonné. Il vise, il tire. Il ne rate jamais ses cibles.

Le père Thomas hurlait : « C'est encore ce petit salaud qui s'amuse là-bas ? »

— Je me suis exercé, disait-il, sûr de recevoir un grand coup de ceinture sur les mollets ou le dos.

Il s'en moquait. Il aimait savoir tirer. Ne pas broncher sous un coup. Didine sanglotait dès « qu'on touchait à un seul de ses cheveux ».

Il traversa ainsi sa première adolescence. Il fermait ses paupières quand, parfois, le regard de son père s'appuyait sur lui, illisible.

Son frère aîné et parrain ne parlait plus de cette histoire et se mit à l'éviter.

Bel Ange ne toucha plus au fusil. L'initiation avait ouvert en lui une étrange brèche : l'endurance étrange à un enfant, un adolescent à survivre entre un père et une mère qui n'ont pas supporté sa naissance.

L'étrange endurance à supporter un monde, un enclos qui l'étouffent.

Les autres ? « Ils sont si bien ici, entre eux. Je suis de trop. » L'idée de saisir un des fusils et de tirer contre lui l'avait effleuré.

Le bruit d'une moto rapide, un ailleurs pensable, le chagrin de Didine… Quelque chose l'attendait ailleurs, un jour. Attendre est un supplice à un être jeune qui n'a pas les moyens de gérer un départ, une fuite.

Il apprit la patience. Il avait hérité en ses gènes ceux de cette famille qui connaissait plus que tout ce qu'exigent la terre, les semailles, la chasse, les bêtes à livrer à la boucherie : la puissance bornée d'une authentique patience.

Les départs, tous les départs, seraient les siens, un jour, à son gré.

Sa force était sa facilité scolaire. Oui, c'était mieux de lire, croquer des dessins, assis sous l'acacia, que d'aller à la chasse ou de tirer sur des cibles. Les colères et la méfiance de son père compliquaient sa vie. Economiser ses forces. Puiser du plaisir, même si cela l'irritait, à l'approche des filles – Lili, la fille du droguiste, s'était entichée de lui –, il lui fallait mener une vie plus simple, un camouflage, afin de mieux fuir. Il sourit beaucoup, il parle peu. Il donne un coup de main si on le lui demande. C'est toujours un bon élève.

Il déteste le hameau. « Quelle mortelle solitude si on n'aime ni y travailler ni y vivre ! » Il n'aime pas ces autres, si unis entre eux, où il se sait, se sent, se veut exclu. Sa force fut d'avoir un jour montré sa violence contre quatre brutes du ramassage scolaire. Sa force fut cette brusque froideur en maniant le fusil de chasse qui eût pu blesser (tuer ?) le père Thomas. Il se sentait patient comme une bombe à retardement.

Il devenait indéchiffrable sauf à Didine. « Elle m'a appris la possibilité d'un lien. » Elle le regardait parfois d'un doux œil brun, embué d'une larme. Elle lui souriait ; il s'apaisait. Il avait vers elle des élans de gentillesse qui la comblaient.

— Tu es un bon petit et un beau petit, disait-elle tout bas.

Elle reprenait son labeur.

Il crayonnait ses dessins où apparaissait la scène de la chasse.

Les années lentes, Bel Ange les a senties passer comme une éternité. Les années lentes de l'adolescence. « Aussi lent qu'un temps de bagne. » Les chaînes et les boulets partout, en ces solitudes, parmi ces laborieux, ces autres, où il se sent au-delà des solitudes. Bel Ange va, en jean, pull ou tee-shirt moulant le buste où se devinent plus de muscles qu'on ne le pense. Il porte, presque toute l'année, un blouson noir. Il aime la couleur noire. Il va au bourg avec Tante Didine ; elle l'habille à son goût à lui. Un blouson de cycliste, de motard. On en trouve chez le marchand de cycles. Un blouson pour le vent, aller, poussé par le vent, ami du vent qui le mène plus vite dans le sens de ce qu'il souhaite. Voler, s'envoler. Un Archange seul contre les forces inquiétantes qu'il sait mater.

Ils, les autres, sont toujours en rude habit de labeur. Toile grise, toile bleue. La botte est aussi indispensable qu'un outil. De loin, les femmes du hameau ont la même silhouette que les hommes. Tante Didine est vêtue de laine noire, bas compris, été comme hiver. Sa petite robe bleue aux fêtes religieuses et familiales. Au champ qui lui appartient, bordé de sa culture potagère et de quatre acacias, elle va aussi en bottes rouges. Les acacias ! Elle en avait vingt, toute une allée ! Le vent, parfois si véhément, les a rompus. Il en reste quatre. Elle sourit.

— Un miracle ! Vois ce feuillage et les fleurs qu'ils donnent aux beaux jours !

L'Archange les a protégés du vent. Elle le croit, elle le dit. Ses jambes d'enfant malingre perdues dans les bottes trop larges, elle regarde ses quatre arbres avec une joie profonde. Cette joie éclaire son regard d'un noir d'étang. La Joie. Les fleurs de ses quatre acacias survivants sont destinées aux beignets dont elle régale Bel Ange. Elle l'a souvent promené, bébé, dans la poussette aux roues si hautes, au long de l'allée sous ses arbres. Au cours de son enfance, banni de l'étable par « Mémé », il se tenait à sa blouse, il tenait sa main, il la suivait sur ce chemin, jusqu'à son champ. Il se souvient.

Il ne l'aidait jamais, elle ne voulait pas. Qu'il n'abîme pas son dos et ses belles petites mains ! « Tu en fais une poule mouillée », bougonnait le père Thomas. A mesure du temps, il s'asseyait pour lire, ou rêver, une tige à la bouche, ses longs bras croisés contre ses genoux pliés. Il eût détesté se pencher aux ravines noires de la terre lourde de navets, engloutissant à demi la silhouette de Tante Didine. Au bout du champ, elle disparaissait. S'il pleuvait, l'eau pénétrait ses bottes mais rien n'arrêtait son labeur. Le soir, sa moisson entassée au bout des sillons était ramassée dans la grande remorque accrochée à un des tracteurs. Un des fils menait l'ensemble à la remise.

Bel Ange n'attendait pas le soir. Il revenait à la ferme, de son pas lent et souple, comme endormi.

Quand on entre dans les maisons, on ôte les bottes. On va en chaussons ou en savates. Il ne faut pas salir le carrelage noir et blanc et le plancher des chambres où l'on se rend uniquement pour dormir.

Bien sûr, il y eut autrefois, modestes sur ces lits peu à peu modernisés, ces défunts et ces défuntes, aux portraits jaunis, enfermés au grand album dans l'armoire de la mère Thomas. Les aïeules, les aïeux, l'oncle et cette tante d'autrefois, dont on dit que Bel Ange a la chevelure ; ceux qu'on n'a jamais connus, qui vécurent et moururent là.

Les photos des enfants qui naissent, qui ont grandi, sont encadrées et fixées aux murs de « la salle » ainsi que celles des mariés en grande pompe. Bel Ange les a en horreur, y compris son portrait agrandi, le regard levé vers un ciel invisible, une peluche entre ses durs petits poings.

Le poulailler a parfois envahi certains de ses cauchemars, lui qui ne rêve jamais. Quand la vieille femme aux cheveux blancs, Mémé, le poursuivait d'un pas lent et lourd d'homme menaçant il l'esquivait, fuyait vers le champ de navets.

Appelle-moi Mémé.

Auprès de Tante Didine, il se rassurait, devenait l'enfant roi. Un roi enfant. Il fut vite imprégné de cette royauté d'enfance qui mena sa vie et ses routes.

*

Il a seize ans.

A son cou, la médaille de son saint patron, cent fois mordillée. Depuis la scène de la chasse, il avait besoin de rappeler ses prénoms. Il les disait tout bas.

Parcourir encore son identité.

— Michel, Arthur.

L'usage en cette famille était de donner « Arthur », prénom du père et du grand-père, en second prénom aux fils.

« Michel, Arthur… »

« Thomas », nom patronymique. Cela lui rappelle son père ; ce coup de chevrotine. Il lui arriva, plus tard, d'user à sa guise d'un des trois noms. Michel, ou Arthur, voire Thomas, utilisé comme prénom. Un jeu, où s'injectait un fiel inguérissable : « Thomas, le *ravisé* du père Thomas et de Mémé. » Cela dépendrait, on peut s'amuser, en ce monde, au jeu des noms. A lui de savoir jouer de ce que la vie lui avait imposé : Michel Arthur Thomas. « Bel Ange », c'était une autre histoire. Quelque chose à part qui pouvait l'offenser et aussi le sauver d'une ombre noire qu'il ne nommait pas : l'originel manque d'amour. Le sien, surtout.

« Hors Didine, quel mal ai-je à aimer ! Lili ? Ce n'est pas aimer, c'est la chute nécessaire… Elle dit désormais "Michel" quand je la serre contre moi. D'autres femmes diront "Michel" de cette drôle de voix à laquelle je préférerais le beau silence. »

On n'est pas tout à fait la même personne selon le prénom. Qui sont les autres pour oser prétendre savoir ce que l'on comprend à peine au profond de soi ? Il tolérait mal, hors Didine, d'être Bel Ange. Bel Ange ? Cela participe aussi au jeu de vivre. Il ferait quelque chose de « Bel Ange », mais quoi ?

Un jeu, qu'était-ce qu'une existence sinon un jeu dont il s'efforcerait qu'il tournât à son avantage ? Son avantage à lui. Le tirer des lancinantes années au hameau. Quelle prouesse de jouer, de contourner en ces mondes les pièges des sentiments ! Il apprendrait à déjouer, vaincre, s'amuser, s'effarer de ces inconnus qu'un jour il croiserait. Il serait alors loin de l'univers du hameau, de ces autres desquels, dès sa petite enfance, il s'était vécu exclu. Sa mère le repoussant en cette étable avait brisé quelque chose ; la fragile coquille d'un être qui eût peut-être aimé.

« Il y a Didine… Mais plus tard ? »

Un regard sur ses carnets de dessin le consolait bizarrement. Il avait donc toujours eu besoin d'être consolé ? Il supprima les bulles au-dessus des personnages. Le silence en dit tellement davantage ! La scène de la chasse lui sembla réussie. Son géniteur, ombre puissante, casquette en arrière, lourdes bottes, dessus des mains envahi de poils que l'on devinait aussi sous la chemise en pilou, et soudain la bouche en O, ce O de la surprise ou de la peur... Il fignolait cette scène, les oiseaux abattus prenaient sous son crayon une expression d'épouvante plus véhémente que celle de ses personnages.

Ses neveux, sa nièce, la petite postière et son fiancé bien assorti, donnaient lieu à un quart de page narquois. Son crayon se souvenait de tout ; dès qu'il refermait son album, ces personnages, qu'il lui faut bien nommer sa famille, s'évanouissaient comme s'ils n'avaient jamais existé. Les tantines ? Ses aînés ? Il avait du mal à rendre vivace leur présence. Dessiner le poulailler l'aidait à les situer. Il les plaçait, exprès, parmi les volailles assassinées. Il les avait si souvent entendus moduler à son sujet, secouant ces visages que burinaient tous les temps : « Il est *spécial*. Il n'est pas comme nous. » N'avaient-ils pas senti que ce jugement-là avait biffé à jamais sa confiance et la possibilité de les aimer ?

Une ombre rousse, rose, aux yeux clairs le frôla.

Lili ? L'indispensable première chute. Il pensait « chute » et non « amour ».

Lili, la chevelure traversée de blond au soleil... Opulence soyeuse, retenue par des barrettes trop brillantes. Ses tee-shirts à paillettes. « Ah, la vulgarité du toc ! » Lili, la peau criblée d'éphélides, bien faite, un peu lourde de la croupe, les yeux si pâles qu'il s'amusait à lui dire « je vois à travers ta tête ». Ils se connaissaient depuis la maternelle. Il savait la faire pleurer, la faire rire, danser quelquefois à la Cagouille verte. On pouvait y aller à seize ans, on n'y servait pas d'alcool. Il la regardait se trémousser sur une piste violemment éclairée. L'été, ils allaient parfois à la plage de Belle Anse. L'odeur des pins l'apaisait. Si la marée montait, ils se baignaient. Il choisissait l'heure, le moment où peu de monde était là. Il abominait les plages gavées de foule. « Le syndrome du troupeau, les vaches de Mémé se tiennent mieux... » L'impudeur, l'impudence de ces chairs dénudées, mal faites, gonflées de gras, les fesses lourdes, les jambes à varices. Jamais de silence, les cris, les bouées en forme de canard. Pour une nymphette, ou un garçon bâti tel un bronze parfait, que de hideurs ! La hideur tenait surtout de la naïveté vulgaire du rassemblement en ces eaux qui lui semblaient soudain avilies, polluées. Les plus belles plages de la région le hérissaient davantage. Se baigner ? Tant pis pour Lili, se baigner, oui, mais tard le soir, au dernier crépuscule, ou tôt le matin. La pollution ? Elle était là, la pollution, en cet amas de chairs agglutinées. Et la bouffe, la sainte bouffe sous la canicule ! Ces glacières grevées de sandwichs, de papiers gras contenant la mangeaille, suintant l'huile solaire et la mayonnaise tournée. Les uns à côté des autres... Lili aimait ça mais il imposa ses moments à lui. Il nageait bien, loin. Sur la plage à demi désertée, elle faisait des grands signes. Reviens ! Il feignait de disparaître au loin, très loin.

« Pourquoi me fais-tu peur ? »

Il ne répondait pas. Elle se taisait devant ce corps parfait, tout en longueur, cette peau que le soleil ne mordait jamais à la manière de ces chairs couleur de homard cuit. Amoureuse, patiente, elle acceptait son dédain avec une humilité de femme éprise.

Lili et ses seize ans au fond du bois penché... Lui aussi a seize ans. Classe de première. Ni en retard ni en avance, excellent en tout, surtout en sciences naturelles, en maths. Il accumule les carnets de dessin. Son parrain lui a promis de lui faire passer son permis moto et voiture.

— A tes dix-huit ans.

Le père Thomas n'a rien contre, à la campagne, au travail, on doit savoir conduire. Y compris les grosses batteuses à blé. « Tant qu'il est avec nous, il doit aider. »

En attendant, son parrain lui enseignait la conduite sur les petits chemins alentour. Bel Ange apprenait vite. Il conduisait d'instinct et avait appris sans peine le code. Lili avait un petit scooter. Elle le lui prêtait, elle s'accrochait à lui, la joue contre le tee-shirt noir. Elle le laissait conduire, elle, la joue posée contre son dos. Surprise, souvent, de la dure musculature de ce dos.

Didine murmure à Bel Ange :

— Un jour tu l'auras, ta moto, celle dont tu rêves.

Après son brevet, Lili avait quitté le lycée. Elle travaille à la droguerie de ses parents. Elle n'envisage pas d'autre avenir, pas d'autre bonheur que la grande droguerie, le bourg, les balades du dimanche. Calculant bien, sachant où se trouve chaque chose, sa vie n'avait pas d'autre sens, que de continuer le chemin de ses parents. Elle se plaisait, fille unique et choyée, de loger à l'étage de leur grande maison, où jamais le confort n'avait manqué. Comblée de gadgets chers, sûre d'avoir sa voiture à dix-huit ans, dansant le dimanche, libre le lundi. Sa jeunesse s'assombrissait d'un sentiment trop lourd : amoureuse obstinée de Bel Ange, elle s'amusait moins, elle pensait à lui. Elle le rejoignait du côté du hameau. Il ne la recherchait pas, mais n'évitait pas la rencontre. Il la surnommait, non sans ironie, « petite drogue ». Il jouait sur le mot : « drogue » pour « droguiste ». Un frisson le parcourait. « Passer ma vie chez la droguiste… Les autres y pensent… » Il avait entendu son père dire : « La petite Lili passe bien souvent par ici… Elle est gentille et elle a *le sou* ! » Elle pouvait approcher ses terres sans crainte. Il ne demandait pas mieux de caser ce fils-là du côté d'un avenir qu'il estimait enviable. Les brus, jambes épaisses en des pantacourts en grosse toile, secouaient la tête. Un gros bon sens leur dictait la réalité : il partirait.

Didine, elle, ne disait rien.

Il s'irritait de cet assaut silencieux des autres dès qu'il s'agissait de Lili. Il tâtait la marque de son cou qui semblait le brûler sitôt qu'une image désagréable ouvrait un scénario détesté.

Certains dimanches, on entendait le scooter de Lili, sur la petite route cabossée. Elle l'attendait à l'orée du bois penché. Parfois, il ne venait pas.

Parfois, il allait vers elle d'un pas lent.

Il lui semblait qu'un nuage de chaleur s'abattait sur le bois penché, qu'un danger trouble l'attendait contre lequel il ne lutterait pas. Il la mena, une fois, cette fois si grave, cette première fois à tous deux, aux herbes soyeuses autour de la petite source. Sa peau de rousse rougissait sous la lumière trop vive. Sur le sol doux, l'ombre des pins faisait d'elle une blonde au teint clair. Il aimait ses cheveux, ses yeux plus foncés sous les feuillages. Il se rappelait une phrase lue dans *Les Frères Karamazov.* C'est le père Karamazov qui parle : « On n'aime jamais une femme en entier, mais un morceau d'elle, une cheville, un poignet, une joue... » Il ne se souvenait pas exactement des mots mais du sens profond de cette phrase qu'il partageait.

« Lili, sans ses cheveux, sa peau et ses yeux clairs, qu'en ferais-je ? »

Ce long après-midi d'été, ils s'étaient longtemps caressés. Elle avait le tort de dire des mots d'amour. Ces mots le heurtaient plus que ses gestes. « Tais-toi », murmurait-il.

Elle ne comprenait pas mais se taisait. Il s'en voulait de l'avoir menée à la source du bois penché.

« Ce lieu appartenait à ma paix. C'est ma faute, on aurait dû faire ça dans les pins, derrière Belle Anse. Au fond du grand champ... »

Ses camarades de classe ne faisaient pas tant de manières. Ils se vantaient tout haut, les filles aussi. On allait à la Cagouille verte, on couchait dans les voitures, ou plus loin, sur la plage la plus proche, chez l'un ou chez l'autre. Il y avait des filles plus belles que Lili, des filles qui s'offraient tranquillement à lui, comme ça. Il s'éloignait, secrètement choqué. On n'était plus au temps des fiançailles obligées, des longues attentes. Personne n'y songeait, les filles encore moins. Avaient-ils égaré la jeunesse ? Ils s'inquiétaient d'un avenir incertain, ils réservaient à l'amour, si on appelle ça « l'amour », une part charnelle, vite expédiée, vite recommencée. Il y avait parfois l'accident d'aimer. Une noce s'ensuivait, où dansait le voile, où la traîne ramassait la poussière du parvis quand sonnaient les cloches.

Le bois penché, son refuge, atténuait cette angoisse virile liée aux premiers gestes de l'amour. « Les garçons aussi ont peur. »

La première fois d'un garçon de seize ans ! Il se tançait tel un cheval qui redoute l'obstacle. « Allons, il le faut ! » Une chute, oui, entre la suavité, la douleur, un monde soudain obscur et une voix de fille, de femme, méconnaissable, montant du sol, sous la frondaison des feuillages. Un tourbillon de chair moite, à couleur et goût de brique chaude, le bourdonnement d'une guêpe, la ronde des libellules corsetées d'ombres mauves... Le monde bascula en une crevasse, un gouffre lisse et dur, un mur de marbre et de terre friable. L'étourdissement comme un début d'agonie. Le frisson comme la fin d'une agonie. La chute et la résurrection. Son étonnement devant la fille aux seins si roses, aux baisers exigeants. « Pourquoi a-t-elle l'air aussi contente ? C'était un moment grave. »

Il eût souhaité la pudeur, le silence, une forme de recueillement.

Elle riait et toucha son visage d'une longue herbe. Il rabattit sa main avec une certaine violence. Elle le regardait, étonnée, frottait sa main.

— Tu m'as fait mal, brute !

— Rhabille-toi, dit-il simplement.

Pour un peu, il l'eût chassée du bois penché. Il s'en alla avec la célérité d'un sylphe. Elle pleurait ; des larmes humiliées, non liées à la première grande aventure d'une fille de seize ans. Elle ignorait encore que ce genre de pleurs sont ceux de l'abandon.

« Il est spécial », pensa-t-elle.

Il dessinait davantage de scènes de sa vie au hameau, au bourg, au champ de Didine, à la tablée des dimanches. Sa bande dessinée comprenait l'inquiétante scène de chasse où la chevrotine avait frôlé son père… Les volailles égorgées… Didine, toute petite, florale, en champignon délicat. Lili ? Il n'arrivait pas à dessiner quelque chose à son sujet. Une étrange rigueur agitait son crayon au souvenir du rire de Lili, chatouillant son visage d'une herbe longue.

Il était si absorbé, crayon bloqué, qu'il ne sursauta pas quand Didine prononça le nom de Lili. Didine et ses innocences dangereuses !

— Elle t'aime bien, cette petite…

Il referma brusquement l'album. Didine avait-elle deviné le trouble et secret moment dans le bois penché ? Non, ce n'était pas ça.

Perdre Bel Ange ! Qui donc le lui garderait au pays sinon cette jeune créature, fraîche, à la manière d'un animal terrien, sans finesse, éclatante de santé, ayant partagé l'école, quelques sorties, souvent la plage, ses visites au bout du grand champ ?

— La pauvre petite cuit sous le soleil. Elle est là-bas, au coin du bois penché… Va la voir !

Pour rien au monde, Didine eût imaginé autre chose qu'une chaste amourette.

Il riait.

— Qu'elle cuise !

— Que tu as l'air méchant en disant cela !

— Je suis méchant si par là on entend disposer de moi sans mon avis. Non, je n'ai pas envie d'aller la rejoindre.

Il ouvrit à nouveau son carnet. Son crayon allait, rageur, rapide ; il dessinait une saynète que n'eût pas supportée Didine. Pensait-elle seulement à ces choses ! Pour elle, on se fréquentait, on se respectait, on se fiançait, on… Son dessin allait, allait. Il ne le montrerait à personne. Il y avait, écartée comme une grenouille aux flancs larges, une Lili aux cheveux dénoués, ouverte, offerte. Il crayonnait avec une sorte de fureur et remplaça le crayon noir par quatre autres de teinte rouge, cuivre, jaune, et ce vert des herbes hautes. Il crayonnait les épaules de Lili, ce qu'elle a de plus gracieux, épaules reliées à des bras ronds, bien faits, le serrant avec une violence femelle qu'il avait écartée d'un léger coup de poing. Il crayonnait ce moment plus proche d'une lutte que d'un accord. Le dessin suivant modifiait le bois penché. Une terre grouillant d'insectes et d'une végétation piquante, quelques feuilles venues de nulle part. Son crayon ne cessait plus. La sueur d'un corps de rousse, c'est cela qu'il voulait exprimer, la proie, c'était lui, disons cet archange à demi nu, bâillonnant d'un baiser proche d'une morsure la bouche ouverte en O de la femelle, une démone ?

La famille du hameau s'apercevait des allées et venues de Lili. On ne disait rien.

Lili et sa droguerie seraient-elles un bel avenir à Bel Ange ? Les brus se taisaient, le père Thomas, non sans finesse, secouait la tête.

— Il est trop méchant pour cette brave petite. Enfin, si elle y tient, elle saura y faire. Les femelles sont plus fortes que nous à ces choses.

Ses personnages avançaient en sa vie particulière et en son carnet. Il choisit définitivement le silence à ses dessins.

Il regardait avec attention l'image de l'archange saint Michel. Il avait une place en sa bande dessinée.

« Il est aussi détestable que beau. Quelle force en ses mollets ! »

Il eût horrifié Didine de telles réflexions.

Il pensa très vite que son prénom, Michel, et l'obsession pieuse de Didine au sujet de l'Archange avaient joué un rôle.

« Fabrique-t-on un être avec un prénom lié à une forte image ? Une image pieuse, c'est peut-être pire que tout ? Tous ces prénoms liés à des images pieuses désignent dans la réalité tant d'êtres abjects. Didine est un bel être, on lui a ôté son beau prénom, Didine privée de grâces physiques, quelle importance ! Dans mes dessins, elle a le charme d'un elfe. »

Oui, il continuerait son étrange bande dessinée, croquée souvent sur le vif, crayonnée d'une main sûre, fantasque et précise.

Les enfants du ramassage scolaire, sous son crayon, étaient devenus une ribambelle bestiale. Il les lotissait chacun d'un profil de bête de ferme. Il n'arrivait pas à oublier la huée contre le malheureux Lemulot.

« Ils l'avaient condamné et c'est moi qui leur ai appliqué la peine capitale. Je les dessine ainsi, tels qu'ils sont : cochons, oies, dindons, et Lemulot qui a eu besoin que je le protège. Un gamin aussi triste que moi mais pour d'autres raisons. Il est laid, son œil pleure tout seul, il a peur des autres et ils le sentent. Sa famille le méprise. Ici, on n'aime pas les faibles. »

Il sait bien qu'on l'a cru faible à cause de sa blondeur, sa minceur qu'ils prenaient pour de la fragilité. Son drôle de regard. Ils se sont trompés. Ils le savent depuis le jour où il a cogné au sol le gros rouquin qui attaquait le malheureux Lemulot. Il a vu leur haine quand ils tapaient sur le faible. Quelle surprise quand il les avait matés ! L'instituteur suait d'angoisse. On n'arrivait plus à le détacher du plus gros, du plus mauvais… « Je voulais le tuer. L'étrangler. Lili dit que c'est ce jour-là qu'elle m'a aimé. Lili ! »

Il fronçait son front où dansaient des boucles. Penser à Lili le contrariait de manière compliquée.

« A trente ans, elle aura trois gosses, les hanches de la mercière, et l'allure des tantines. »

Il réfléchit à la couverture de son album. Il utilisa l'image de son saint patron. Il le ficha sur une moto à ailes qui ressemblait à Pégase. Lui, sur la moto ? C'était cette forme svelte, cette adolescence radieuse, camouflée en cuir noir. Quelques boucles échappaient d'un casque à ailerons de jeune aigle. L'Archange lui plaisait pour deux raisons : sa beauté, en connivence avec la sienne, loin des autres, et son obéissance à tuer.

« Didine dirait à quel point son Archange est là pour nous débarrasser du Démon mais il tue. C'est un tueur. Au fond, que sait-il du Démon ? Il est aux Ordres Supérieurs. Comme la déplorable masse humaine. Alors il tue. Saintement, mais il tue. »

Il quitte l'acacia.

— Didine, j'ai des devoirs.

Il travaillait vite et bien, une mémoire sûre, il retenait sans peine. A l'ordinateur, il excellait. Les maths lui étaient un jeu. Que ferait-il après son bac ?

Ce jour-là, le père Thomas le suivit, entra dans la chambre où Bel Ange s'activait à l'ordinateur sur un devoir de physique. Il se sentit oppressé. Il enregistra le texte, tourna la chaise vers son père. Celui-ci n'était pas à l'aise ; il resta debout, il remplissait le quart de la chambre. Il jetait un œil méfiant aux étagères grevées de dossiers et de livres. La tapisserie des liserons avait pâli.

— Après ton bac, je te paye deux ans d'études ; pas plus. Je me suis renseigné. Il y a à La Rochelle l'institut universitaire de technologie. L'informatique. Les réseaux télécoms. Il y a sur place une cantine, tu peux loger chez l'habitant. On verra tout ça, mon gars. Ce n'est pas ici que tu feras quelque chose de bon… On le sait tous les deux. Tu es comme ça mais tu n'es pas bête. Ta nièce se débrouille bien à la poste. Mais elle aime vivre avec les siens et va se fiancer avec son collègue. Un bon gars, lui ! L'affection n'est pas ton fort. Tu ne vas pas rester dans les jupes de Tata. Tu veux quitter d'ici depuis longtemps. Je me fais vieux, ta mère aussi. Du sou, j'en ai pour la suite de tes études. Il n'y a que là où tu ne fainéantes pas. On va être justes : le sou que tu vas me coûter pendant deux ans sera retiré de ta succession.

Michel ne disait rien. Il se leva face à ce géniteur, face à ce double échec du non-amour. La succession ? Il n'y avait jamais songé. Le poulailler, les champs, les fermes, le marais, les remises ?

Peut-être blessa-t-il davantage son père en une phrase :

— Je laisse volontiers ce que tu nommes « ma part » à ta famille… Je ne veux rien, sauf ces études-là. Oui, je rembourserai dès que possible.

Rien ! Pas une lutte, pas une saine âpreté ! « Rien » ! Ce « rien » fut plus pénible au père Thomas que les quelques scènes où chacun détestait en l'autre un aspect fondamentalement différent. « Rien » ! Ce mot bafouait ce qui faisait l'orgueil du géniteur et des siens. « Rien », cette injure réduisait en nullité le poulailler, les cultures, les champs, le marais, l'immense et quotidien effort collectif.

Le père Thomas s'en alla, les joues marbrées d'un violet foncé. Son « rhumatisme au cœur » le reprenait. Ses bottes claquaient sur le sol trop sec. Il entra dans la grange.

Sa femme écumait le lait.

Jamais elle ne l'avait vu s'effondrer ainsi sur un escabeau, en cette grange, où il y avait quelques années, elle était là, perdant les eaux de cet enfant non voulu.

— Qu'as-tu, Thomas ? s'inquiéta-t-elle.

— Le *ravisé* ne veut rien de rien d'ici ! A part deux années d'études, qu'il compte rembourser, il refuse tout ! Pas de succession, rien de rien ! Ni un champ, ni un bout de marais, ni la terre à Didine ! Rien !

Il parlait d'une voix cassée, comme dans un mauvais rêve.

Elle reprit sa besogne en silence.

— C'est peut-être mieux comme ça, dit-elle sans se retourner.

Il vivait pour la première fois un étrange malaise : ce « rien » biffait sa profonde fierté d'avoir réussi la difficile richesse agricole. Ce « rien » flanquait définitivement Bel Ange à la porte de sa vie. Il dit très bas :

— Il n'en finit pas à me faire offense…

Il s'étonnait d'en souffrir.

*

Dix-huit ans !

Bel Ange eut son bac et ses deux permis : voiture et moto. Celui de la moto était difficile et enivrant. Il y avait l'obligation de conduire plusieurs heures auprès d'un moniteur exigeant. L'élève dépassait le maître. Il voyait de moins en moins Lili. D'invisibles ailes d'archange lui poussaient, à toute vitesse. Partir… En silence, il embrassait Didine, au chemin des acacias. Elle souriait. Il l'aimait et cela mettait sur cette âme tendre un baume amer et doux à la fois. Il se pencha vers elle, si petite, si radieuse. Il l'embrassait, une émotion inhabituelle faisait trembler ses mains. « Didine-Divine ! »

La Rochelle, où souvent il s'était rendu seul, en stop, à chaque fois l'enchantait. Un grand souffle maritime, une étape qui mènerait sa vie vers les espaces convoités. Il y alla, accompagné de son parrain, qui le laissa conduire, pour son inscription à l'institut universitaire de technologie. Le génie biologique le tentait. Les sciences naturelles aussi.

Il y avait un restaurant universitaire, un monde organisé, laborieux, radicalement différent du hameau. Remplir des dossiers, payer ses droits. Le chèque, dûment signé du parrain, entrait dans la convention dont il avait souffleté son père : « rien », il abandonnait aux autres la moindre de ses parts. Il avait signé ce papier le dépouillant – le soulageant ? – à son père qui regardait ce document comme une insulte.

Son œil mauve a tout vu, ces filles nouvelles, ces garçons si loin des brutes du bus. Un monde, préface des autres mondes vers lesquels il tâtonnait depuis si longtemps.

Sa bande dessinée en avait établi les préliminaires.

Ce même soir, le père Thomas brandit *Le Petit Sud-Ouest*.

— J'ai du nouveau et du bon pour toi. Il y a à Grand-Bourg, à cinq kilomètres de La Rochelle, une veuve qui loue chez elle une chambre, petit déjeuner, et dîner si tu y tiens, pour six cents euros. Sans le dîner, c'est moins cher.

Le père Thomas s'était engagé à lui faire parvenir pendant deux ans neuf cents euros par mois.

— Le reste, débrouille-toi, puisque tu ne veux rien me devoir ! Pour le transport, j'ai téléphoné : il y a un bus. C'est bien organisé pour se rendre à l'IUT. Tu peux emporter un vélomoteur, ton parrain le mettra dans le coffre. Je ne suis pas en peine de savoir que tu te débrouilleras loin d'ici.

Surgit une surprise qui suffoqua le père Thomas.

Dans l'allée du hameau, les chiens grondèrent. Le camion livreur du marchand de cycles s'arrêta. Aidé d'un jeune homme, il descendit un engin rutilant.

Le père Thomas, intrigué, avançait. Le marchand dit qu'il fallait signer la livraison, au nom de Michel Arthur Thomas.

Et Bel Ange se trouva en face de Pégase. La plus somptueuse des motos du marchand de cycles était devant lui. Couleur argent, étincelante sous la lumière. Deux roues avant. Une roue arrière. Le vendeur démontrait à Bel Ange, aux brus, étonnées, au parrain, ébloui, les avantages d'un tel engin. Il souleva la selle en cuir lisse. Il y avait un casque et de quoi ranger des affaires, un portable. Un coffre à l'arrière permettait de loger ce qui était nécessaire à un voyage. Le pare-brise était teinté, les freins, redoutables. Un petit coffre, à l'avant, contenait des gants, un blouson de motard, d'une texture légère, où la pluie et le vent ne pénétraient pas.

On entendit le rire enfantin de Didine.

— C'est pour toi, Bel Ange !

Le père Thomas coassa :

— Comment ? Ça coûte une fortune, cet engin-là !

Il respirait trop vite, un flux de sang aux joues.

Elle battit des mains comme une enfant ravie de son cadeau.

— Tu peux le dire, Thomas ! Une petite fortune !

Elle avait vendu son champ de navets à l'agriculteur dont les terres touchaient les leurs.

Le père Thomas poussa un feulement terrible. Vendre leur terre ! A un voisin empiétant désormais du côté de leur espace ! Un tel crime pour cette chose de luxe, destinée au *ravisé* ! Maudite Tata, plus finaude que son air de demeurée ! A moins que le *ravisé* ait su la convaincre ! Maudits ! Maudits !

— Ce champ était à moi, Thomas. J'ai gardé le jardin et l'allée des acacias.

— Je ne te parlerai plus jamais ! hurla le père Thomas.

Le marchand de cycles empocha les papiers signés, livra la housse destinée à protéger l'engin. Il démarra si vite que le poulailler s'agita.

Bel Ange regardait Didine, stupéfait de sentir rouler sur sa joue une goutte chaude, sensation jamais éprouvée. Une larme, ronde, pure, qu'il frôla comme un grain de blé.

II

DU CÔTÉ DE GRAND-BOURG

« Je n'en suis qu'à étancher une soif optique
de pureté dans les transparences qui l'évoquent,
dans les bulles, l'eau massive,
et les sites imaginaires retranchés,
hors d'atteinte, au sein d'un épais cristal. »

COLETTE
Le Pur et l'Impur

*

Elle s'appelle Rose Lechant. Elle habite rue du Petit-Commerce, en tournant au bout de la principale, rue du Commerce. De part et d'autre, quelques pavillons de même style. Certains sans jardin. On se connaît sans se fréquenter. Les habitants sont âgés, les enfants sont partis. Il y a surtout des veuves. Quelques couples qu'on ne voit presque jamais. On sait qu'ils sont vivants parce qu'ils ouvrent et ferment leurs volets à la même heure. L'ambulance de la ville emmène régulièrement pour sa dialyse la dame du dernier pavillon. Son mari l'accompagne. Ce sont les personnes les plus anciennes du quartier, autrefois instituteurs. La Rochelle, où se trouve l'IUT, est à cinq kilomètres. L'océan n'est pas loin, on s'en aperçoit quand le vent parfois secoue les arbres et que flotte un goût de sel.

Grand-Bourg, ainsi le bourg, près du hameau, a ce qu'il faut pour se passer d'aller à la ville. Le marché du mardi, quelques commerces indispensables, un Franprix de taille moyenne. Une épicerie-dépannage a un rayon droguerie. Un pressing, deux coiffeurs dames, messieurs, une maison de la presse, la poste, la pharmacie, un cabinet médical dont deux kinés, un dentiste, un notaire, un cinéma à quatre salles. Une école et un lycée, non loin de la gendarmerie.

Longtemps, à l'entrée de la rue du Commerce, il y eut la petite entreprise d'Aimable Lechant, le mari de Rose. Serrurerie en tout genre qui, à mesure des années et d'une société inquiète, avait prospéré. Ses parents, qu'il perdit jeunes, père maçon, mère couturière, s'étaient rencontrés lors d'un bal où jouait l'accordéoniste Aimable. A quatorze ans, Aimable avait commencé à travailler chez un serrurier. C'étaient alors de simples serrures. Un tour de clef suffisait, y compris aux portails des maisons. Des crochets aux volets, une clef ordinaire aux garages… Ce fut longtemps ainsi.

Puis Aimable Lechant remplaça son patron et ses affaires prospérèrent. Grand-Bourg, la France changeaient. Une peur diffuse se répandait. On s'enfermait. La petite entreprise d'Aimable ajouta à ses compétences des extincteurs, des coffres blindés, des volets roulants et des clefs nouvelles, solides, différentes. « Mieux qu'une armure », riait-il.

Il riait beaucoup. Sa gaieté était proverbiale. On l'aimait bien.

Dans les rues de Grand-Bourg, où les volets se ferment d'un seul mouvement à 19 heures, des ombres nouvelles, voilées, accentuaient l'inquiétude. Il y avait beaucoup de chômage.

On s'adressait souvent à Aimable. Chacun voulait la serrure la plus perfectionnée, les volets et le coffre inviolables.

Aimable avait l'honnête bon sens de dire que si les anciens systèmes de fermeture sont dérisoires, on peut toujours forcer n'importe quelle serrure. Il avait bien équipé sa maison. Il avait établi un compte commun, à son nom et celui de Rose, dont un plan Assur et une assurance-vie. Elle était inscrite sur sa mutuelle. Il pensait sans cesse à la protéger. Quand Rose eut soixante ans, sa retraite vieillesse était dérisoire. Cent euros ! Elle l'avait pourtant beaucoup aidé en tenant sa comptabilité. Ils avaient ensemble choisi de ne pas la déclarer, afin d'alléger leurs impôts.

Ils ont deux enfants, Fernand et Eliette. Ils sont mariés et ne vivent plus à Grand-Bourg. Fernand, trente-cinq ans, est assureur à Bordeaux, père de deux jeunes fils. Eliette, trente ans, est cadre dans une banque à Angoulême. Ils viennent à Noël, et chacun occupe sa chambre d'autrefois.

Aimable et Rose ont tout fait pour les aider à améliorer leur situation. Dès sa retraite, Aimable a vendu son entreprise à son apprenti bien formé. Il a vendu à perte mais assez vite. C'était l'essentiel. En accord avec Rose, il a donné un tiers de la vente à chacun de leurs enfants qui peinaient à obtenir un crédit pour leur habitation. Le notaire avait hoché la tête.

« Vous avez une retraite convenable mais si vous partez le premier, ce qui reste suffirait à peine pour aider votre épouse. Il y aura les impôts et autres désagréments. Elle toucherait moins d'une demi-retraite, à peine neuf cents euros. Il serait plus sage de conserver en entier cette réserve. Vos enfants et leurs conjoints travaillent. Ils peuvent se débrouiller sans vous. »

Ils hochaient la tête. Ils ne pouvaient faire autrement que venir en aide à leurs enfants.

La moitié de la somme restante, dont ils se rendirent compte qu'elle n'était guère importante, fut placée au groupe Assurance à leurs deux noms. Le dernier vivant en héritait. « Tu auras de quoi faire face », répétait Aimable. Il voulait se rassurer. La rassurer. Elle avait un modeste Livret Bleu, composé de sa retraite vieillesse. Aimable tenait absolument à ce que leurs dépenses soient prélevées sur le compte commun. Discrètement, comme ça, par amour, il versait de temps à autre une petite somme sur le Livret Bleu de Rose. Elle s'émouvait. « Oh, Aimable ! » Il prenait un air innocent et l'embrassait. Ils étaient heureux et ne pensaient pas au malheur. Aimable, quoique très adroit manuellement, dépensait beaucoup pour améliorer le pavillon.

« Quand j'aurai soixante-dix ans, je m'occuperai d'un contrat obsèques. »

Ils riaient. Ils n'imaginaient pas l'imminence du malheur.

« Nous avons le temps ! disait Rose. Tu as à peine soixante-neuf ans et moi soixante-quatre. »

Elle soupirait. Que le temps passait vite !

Chaque matin, elle ouvrait les volets de la cuisine, œuvre d'Aimable. Le jardin embaumait. Elle beurrait les tartines, ouvrait les confitures faites par son mari, mettait en route la cafetière. Ils déjeunaient ensemble.

Aimable sifflait, retournait à ses incessants bricolages. Il améliorait le sous-sol dont il comptait faire une pièce supplémentaire. Rose ne s'ennuyait jamais à s'occuper de la maison, du jardin et du potager. Elle cuisinait bien.

Rose a encore ses parents. Henriette et Herbert Faucheux. Quatre-vingt-huit ans chacun, valides, autonomes, si ce n'est une canne que porte son père, suite d'une opération de la hanche. Cela ne l'empêche ni de conduire, pas loin, il est vrai, ni de s'occuper de sa volière. Ils étaient tous les deux clercs chez le notaire du bourg de l'époque. Ils habitent au fond d'une venelle, du côté de la place au monument aux morts. Une étroite villa, fin XIXe siècle, à deux étages, effritée, au perron usé. La mère de Rose en avait hérité de ses parents. Dès leur mariage, ils vécurent chez les parents d'Henriette. Herbert, d'origine modeste, louait en ces temps-là une chambre chez le notaire. Son père était ouvrier maçon, sa mère entretenait les belles maisons de Grand-Bourg. Ils « avaient fait des sacrifices » pour que leur fils unique fît des études à la ville. Sa capacité en droit lui permit d'entrer comme clerc chez le notaire de Grand-Bourg où il rencontra Henriette. Mariage de raison ? Herbert Faucheux fut heureux de vivre chez ses beaux-parents, dans la villa au perron usé. Ses parents, épuisés par une dure existence, étaient morts depuis longtemps. Herbert, Henriette et ses parents trouvaient cet arrangement normal, avantageux à leur esprit économe. Ils cohabitèrent ainsi vingt années. Assis contre la fenêtre du fond, l'un en face de l'autre, sur des chaises Henri II, les parents d'Henriette ne parlaient pas. Ils semblaient deux vieux oiseaux déplumés que le temps rognait en silence.

La villa a un jardin où les arbres mal entretenus créent une ombre constante. Une architecture différente de la maison de l'artisan. Les parents de Rose avaient eu pour leur fille aînée plus d'ambition. Ils ne s'étaient jamais consolés du décès de leur cadette Marinette, âgée de sept ans. Un accident de voiture. Cela assombrit la jeunesse de Rose, pétrifia ses grands-parents jusqu'à obscurcir leur mémoire, ralentir leur cœur, leur souffle. Ils ne mangeaient presque plus. Aimable était le seul à savoir consoler Rose.

Ses parents méprisèrent son futur mari. Un serrurier ! Heureusement, marmonnait Herbert Faucheux, ses grands-parents ne virent pas cette « chute sociale ». Rose aurait pu épouser le fils de l'huissier, gras mais bien loti, ou l'avoué, plus petit qu'elle, mais dont la villa touchait la leur. Les deux vieillards, immobiles, fixaient Rose sans la voir. Son père était devenu acariâtre. Sa consolation était une volière en son jardin. Sa mère ne quitta plus le deuil après le décès de Marinette et de ses parents, trouvés un soir, raides, chacun sur leur chaise Henri II. Elle renonça à toute coquetterie. Le chagrin blanchit et raréfia sa chevelure, jadis d'un roux doré. Le chagrin creusa ses joues, courba son dos. Elle ne parlait presque pas. Elle faisait des coussins au crochet, d'interminables tricots gris. Elle se dévouait aux œuvres de la paroisse. Rose se souvient de ces repas en silence, où les seuls soupirs, la seule conversation possible tournaient autour de Marinette. « Elle aurait dix ans, onze ans… » Rose comprit très jeune l'expression « avoir le cœur serré ». Ses parents lui jetaient un regard de reproche. On eût dit que tous lui en voulaient d'être en vie. Elle porta longtemps du noir et du bleu marine. Chaque dimanche, aux fêtes, ils allaient au cimetière, se recueillir sur une tombe avec un grand ange blanc.

Rose devait aller à la pompe, remplir l'arrosoir, nettoyer la tombe.

A dix-huit ans, elle fut reçue au bac. Son père ne voyait pas d'autre avenir pour elle que la capacité en droit. Une place chez le notaire.

Le soleil était entré un beau matin dans sa vie de jeune fille qui plus d'une fois avait pleuré dans sa chambre au papier fané. Aimable était venu, Aimable l'avait quasi enlevée à la triste villa du deuil éternel. Il avait changé une serrure chez eux. Rose avait ouvert au joyeux serrurier et ils eurent ce qu'on nomme dans les feuilletons « le coup de foudre ».

Un modeste mariage mais si heureux ! Ses parents, outrés, résistèrent longtemps avant de donner leur accord. Ils n'allèrent pas à ce mariage « méprisable ». Son père fit à sa fille un cadeau empoisonné : le piano sur lequel Marinette faisait ses gammes. Il était accompagné d'une photo des deux sœurs et d'un mot écrit sur du papier de deuil. « En souvenir de ta sœur. » Aimable n'attachait pas d'importance à ce qui était mortifère. Un piano est un piano. Rose n'y avait-elle pas fait aussi ses gammes ?

Il entraînait Rose vers sa nature rieuse, étouffée depuis des années.

Non, pas de cimetière, pas de contrat obsèques, la vie avant tout, la belle et bonne vie avec sa femme au teint clair, aux cheveux opulents, d'un roux presque rose. Le rire et la joie revinrent dans la nature foncièrement lumineuse de Rose. On l'avait brimée, culpabilisée. Aimable la mena tout droit vers le plaisir de vivre, la lumière. Leur fils, Fernand, naquit dix ans plus tard. Rose avait trente-quatre et lui trente-neuf ans quand vint au monde leur fille Eliette. Rose et Aimable se suffisaient-ils ? Leurs enfants l'avaient parfois pensé. Ils leur en voulaient inconsciemment d'être nés si tard. Ils n'aimaient pas les surprendre à s'embrasser comme de jeunes amoureux. Une ombre flottait entre eux et leurs parents. Pourtant ils s'occupèrent au mieux de leurs enfants. Ils eussent été étonnés de leur jalousie, la jalousie envers leur couple trop uni.

Rose voit chaque jeudi ses parents. « Ton devoir hebdomadaire ! » plaisante Aimable. Elle y va seule. Ils reçoivent si mal Aimable qu'il a renoncé à l'accompagner. Ils ne l'invitaient pas à ce pénible déjeuner, mais juste à prendre le café. Un café noyé de chicorée, réchauffé du matin. Ils le nomment « ton aimable », « aimable », sans majuscule.

Ils ferment très tôt leurs volets. Tout est noir dans leur maison où le chauffage est rarement allumé.

Rose Lechant pleure, assise sur l'escabeau de la cuisine.

Outre son récent veuvage, elle pleure l'indifférence accrue de ses vieux parents, mais surtout le délaissement de ses enfants. Leur manière trop brusque de décider de son sort à sa place. Ils ont tenu un conseil de famille, sans écouter son avis.

Elle avait trouvé son mari au sous-sol, à demi couché, le nez en avant. Il vernissait des étagères. Le pot de vernis renversé, il était immobile, une partie du visage bleui. Elle a crié, appelé de son portable les secours. « Apoplexie foudroyante », ont dit les pompiers. Soixante-neuf ans, heureux de vivre, une douce retraite avec sa bien-aimée Rose. Assise au sous-sol, en attendant les secours, elle disait : « Mon Dieu, mon Dieu ! »

Elle se tordait les mains. Elle resta longtemps ainsi. Peu à peu les ombres entraient dans sa maison. Un décès se sait vite dans un petit quartier. Sa voisine, madame Yvette Lecruche, retraitée des PTT, fut la seule à l'embrasser. Ses consolations la perturbaient. « Ah, ma pauvre amie, je suis passée par là ! »

Celle-ci racontait, encore une fois, la mort de son époux, six ans auparavant. Elle le savait maniaque de sa pelouse. Il maniait la tondeuse depuis si longtemps – le déjeuner refroidissait – qu'elle avait ouvert la fenêtre et crié :

« Tu n'as pas fini de faire l'andouille ? »

L'« andouille », maigre petit homme, trois cheveux gris au milieu du crâne, se tenait debout, le buste en avant sur la tondeuse qui faisait du surplace.

« Arrêt du cœur », avait conclu le SAMU.

Elle le fit incinérer. Tout le quartier était allé aux funérailles. Il y eut des fleurs, des condoléances. La plupart frémissaient pour eux-mêmes : ils avaient l'âge du défunt. Madame Lecruche s'accrochait au bras de Myriam, sa fille unique. Elle racontait, au crématorium, comment son époux était mort sur sa tondeuse. Quelques femmes portaient un mouchoir à leur bouche pour camoufler une terrible envie de rire.

Le chagrin de Rose s'était aggravé, précisément, au moment de parler des funérailles. Eliette, le gendre, Fernand, la bru et leurs enfants, étaient allés voir Aimable au funérarium de la ville. Il reposait, vêtu de son beau costume, dans un cercueil décent, doublé de violet. La tête posée sur un coussin du même violet.

Madame Lecruche n'avait pas résisté à cette visite et ses commentaires.

— Il a l'air tranquille. On voit qu'il est parti, comme monsieur Lecruche, sans le savoir. Il a toujours cette expression aimable.

Elle déposa une gerbe d'œillets rouges. Les parents de Rose n'y allèrent pas. « Nous vous rejoindrons à l'église. » On retourna à la maison.

La voix du fils se fit entendre :

— Papa et toi n'aviez pas un contrat obsèques ?

— Non, on ne pensait jamais à la mort.

Un brouhaha s'éleva.

— J'espère que papa sera incinéré. C'est moins cher.

— Non, dit Rose de sa nouvelle voix voilée. Il sera inhumé après la cérémonie à l'église, mercredi à quinze heures. Une petite tombe pour tous les deux quand viendra mon tour. J'ai choisi un modeste « Ci-gît ». Une dalle grise, une simple croix, son nom…

Elle avait vidé pour cela son Livret Bleu, à l'exaspération de son fils.

— Cet argent te fera défaut ! On ne peut pas t'aider, tu le sais.

Rose supporta cette ambiance délétère pendant deux jours. Ils dormaient tous à la maison. Eliette et sa bru l'aidaient à la cuisine. Ses mains tremblaient. Elle pleurait sans cesse. Dans la salle, les enfants, enfoncés dans le canapé, jouaient sur leurs tablettes. Ils étaient silencieux. Ils aimaient bien leur papy. Ils n'avaient jamais vu pleurer mamy Rose. Le malheur, l'agitation de leurs parents les angoissaient.

Le passage à la petite église où Rose et Aimable s'étaient mariés, l'enterrement, tout fut pénible. Rose se sentait terriblement seule même si Eliette la soutenait, lui prenait le bras. La demoiselle à l'harmonium, une amie de sa mère, jouait faux, le curé fit un éloge du défunt. Un seul enfant de chœur, une entêtante odeur d'encens…

Bru, gendre, fils, fille, petits-enfants, l'ombre de ses parents, aggravaient sa peine. Rose ne se sentait pas aimée.

Il y avait pourtant assez de monde ; les voisins du quartier, d'anciens clients. Des braves gens dont les artisans, amis d'Aimable. Il y avait l'indéfectible madame Lecruche et sa fille.

On aimait bien Aimable.

Les enfants s'étaient cotisés pour acheter une couronne de pensées en plastique, traversée d'un ruban violet : *A notre père regretté*. Les parents de Rose étaient au banc du fond. Seule sa mère trottina au moment où chacun bénissait le cercueil enfoui sous un drap noir, les œillets de madame Lecruche et la couronne en plastique. Il y avait aussi quelques bouquets des voisins. Au cimetière, Rose sentit à travers ses larmes un peu de chaleur. La gentillesse silencieuse d'Eliette. Ses voisines l'embrassaient, psalmodiaient la banale consolation : « Le pauvre monsieur n'a pas souffert. » Madame Lecruche, mouche du coche, saisit le bras de Rose.

De retour à la maison, Rose, de noir vêtue, fille et belle-fille, et madame Lecruche, firent du café, ouvrirent une boîte de gâteaux secs. On eut du mal à éloigner la voisine, la seule à fréquenter régulièrement Rose Lechant.

On se retrouva en famille.

La discussion était si pénible que Rose sentit soudain un voile bloquer sa voix. Une voix voilée, la voix de ceux qui traversent un violent choc émotif.

— Sur combien d'argent peux-tu compter ?

Voix mâle et femelle, les uns, les autres.

Les deux enfants reprirent leurs écrans et tablettes.

Rose avait mal à la tête, des papillons noirs sur les yeux.

— J'ai de quoi faire face.

— Il faudra aller chez le notaire.

Elle entendait, çà et là, des mots pénibles : « pas assez de moyens », « les frais d'entretien », « une demi-pension », « à peine neuf cents euros avec de la chance... ».

Quelle chance ? Elle avait si longtemps travaillé pour les siens ! Elle avait élevé ses enfants, tenu la comptabilité, noté les commandes.

Voix de la famille, sauf celle d'Eliette.

— Comment vas-tu faire avec les impôts, les taxes locales, le chauffage, l'entretien ? Tu ne pourras jamais y arriver ! Il te manque au moins six cents euros et encore ! La retraite de papa vous permettait de vivre convenablement, mais maintenant ?

Des pleurs se mêlaient aux siens. Eliette aimait son père, elle avait fondu en larmes. Rose devinait, au fond de son marasme, que jamais ses enfants ne lui avaient pardonné la force aimante de son couple. Ils auraient pu se passer des enfants. Ils vivaient un tel amour fusionnel. Ils avaient été de bons parents, mais cette réunion avait quelque chose d'un ancien règlement de comptes.

Ses pleurs redoublaient. Non pas à cause des difficultés à venir, mais de la dureté des propos alors qu'elle avait tant besoin de consolation, d'un peu d'espoir.

Voix de son gendre Bruno à peine audible :

— On a des années de traites pour le crédit de notre appartement.

Eliette répond à son mari :

— Bruno, laisse ma mère tranquille !

Murmure acide de la belle-fille :

— Nous aussi, on a les traites du pavillon !

— On vous a tous aidés, balbutiait Rose.

Même voix acide :

— Tu le regrettes ?

Le fils proposa une solution.

— Vends la maison. On verra tout ça avec le notaire. Tu pourrais acheter un studio, dans l'immeuble neuf au bout de la grande rue. C'est moins cher qu'une maison de retraite et la dépense du pavillon. C'est plus sécurisant pour une personne âgée.

Agée ? Ils la voyaient ainsi ? Agée, elle, riant avec Aimable, lui faisant encore l'amour ?

Son fils :

— Cela te permettrait de vivre aisément et de nous donner notre part.

Elle se sentit étourdie. Une menace où la cernait une bande de corbeaux, elle, seule, démunie, au milieu de nulle part.

Leur part, ils réclamaient leur part. Ils savaient bien qu'elle était mariée sous le régime de la communauté universelle. La part de son mari lui revenait jusqu'à son décès à elle. A leur façon, ils la chassaient d'ici. Vendre... Un studio...

— Et mes meubles ? Mon jardin, le potager, les travaux de ton père, mes souvenirs, ma vie, quoi ?

Elle voyait à travers ses larmes la dureté de ses enfants. « Que leur ai-je donc fait ? Peut-être est-ce leur manière de dissimuler leur chagrin ? Leur inquiétude pour moi ? » Elle sentait la froideur du gendre, la cupidité de sa bru à grande bouche aux lèvres fines.

Elle était en zone ennemie. Elle fit silence sur une réserve, modeste mais suffisante qu'Aimable avait placée au nom du dernier vivant au groupe Assurance. Bien sûr, le notaire se trouverait en position d'en informer les enfants. Peut-être pas ? Elle avait de quoi faire face, mais combien de temps ?

Elle ne pleurait plus, ne parlait plus. Sa voix s'en allait. Madame Lecruche était, en son genre, plus affectueuse.

Elle priait intérieurement son mari, elle priait tout court. « Donne-moi une idée, aidez-moi, mon Dieu. »

L'idée déboula quand elle entendit ses petits-enfants rejoindre le jardin.

« Si je prenais un étudiant en location, cela m'aiderait. Je vais mettre une annonce dans *Le Petit Sud-Ouest.* »

Elle décida de ne rien leur dire. Elle se rassura un peu. Si elle faisait face, on ne pouvait la chasser d'ici.

— On voudrait un souvenir de papa.

La bru convoitait l'argenterie, cadeau d'Aimable pour leurs dix ans de mariage. Le fils voulait le service à verres rouges. Ils laissaient errer un regard insistant sur la salle, le buffet. Eliette, elle, demandait juste une photo de son père. Où Rose puisa-t-elle la force de leur résister ? S'ils avaient marqué de l'affection, elle eût volontiers satisfait à leurs désirs. Jamais, en un moment si pénible, où l'amour des siens eût été le seul adoucissement, elle n'avait été aussi bousculée. Sans Eliette, c'était à sangloter sans fin.

— Vous attendrez ma mort pour ces choses.

Un silence, morose.

Le rendez-vous chez le notaire devait avoir lieu le lendemain.

Rose monta se coucher sans dîner ; sa peine était trop forte. Elle entendait en bas le murmure de leurs voix, parfois haussées jusqu'au ton de la querelle. Elle avala un cachet blanc, finit par s'assoupir. Un poème de Victor Hugo traversa sa mémoire, ce poème où le poète rejoint à l'aube la tombe de Léopoldine, sa fille bien-aimée, morte noyée.

Vois-tu, je sais que tu m'attends…

Aimable et elle aimaient ce poème et tant d'autres ! Autodidacte, aidé en ses lectures par Rose qui, à son mariage, avait emporté ses livres, surtout des poètes, Aimable compilait au sous-sol, sur un mur d'étagères, recueils de poésie, romans, Hugo, Balzac, Zola, Flaubert, Simenon, et au hasard des brocantes, des livres plus récents. C'est en peignant une étagère de plus qu'il était mort, une pile de livres près de ses outils.

Oui, demain, dès l'aube… Elle s'endormit.

L'épreuve du notaire n'arrangea rien. Prudent, de sa voix lente, enfoncé dans un large fauteuil qui eût mérité un ravalement, voire un élargissement, il confirmait que le tiers de la vente, de l'entreprise, était du ressort de « madame veuve Lechant ». Ses comptes – quoique modestes – étaient à son nom. Si les difficultés s'avéraient trop grandes, une vente s'imposerait mais avec son accord. Le reversement de la pension de feu monsieur Lechant demanderait un peu de temps. Elle pourrait compter en effet sur neuf cents euros. L'urgent était une visite aux impôts, écrire à l'EDF et autres engeances mortificatoires.

Rose entendait plus qu'elle n'écoutait. La fatigue, oh, la fatigue. L'effarant supplice des administrations.

Sa famille resta déjeuner. Rose, levée tôt, avait apprêté un poulet, des légumes cueillis au potager, une tarte. La visite de ses parents, venus exceptionnellement pour le café, lui serra le cœur. Son père alla tout de suite au piano fermé. Il regarda intensément la photo. Rose savait qu'il fixait Marinette. Sa canne toquait le sol d'un rythme funèbre. Il appuyait l'opinion du fils : vendre la maison pour un studio. Sa mère hochait la tête, on ignorait dans quel sens. Soutenir sa fille ou la dureté de son mari ? Elle tamponnait ses yeux embués sous des lunettes à verres teintés.

Son père avait tranché.

« A Rose d'être pour une fois raisonnable. »

Il ne l'aiderait pas ; son épouse n'oserait rien. Il se leva, boutonna sa veste à carreaux autrefois bien coupée mais usée. Il fit signe à sa femme qui avait tout d'une souris grise et noire. Elle embrassa vite les enfants, un peu plus longuement sa fille, détourna les yeux et trottina derrière lui. On entendit gronder le moteur d'une voiture usée.

Les enfants partirent à leur tour. Ils avaient leur travail, de la route à faire. Non, non, ils n'avaient pas le temps de passer au cimetière. Eliette : « On peut partir un peu plus tard. » On ne l'écoutait pas. Oui, ils viendraient à Noël, peut-être à la Toussaint.

Eliette embrassa sa mère plus gentiment que de coutume. Rose les accompagna au portail. Elle entendit démarrer les voitures. Les enfants lui faisaient des signes amicaux par la lunette arrière.

Elle eût souhaité être seule. Les voisins firent silence, mais madame Lecruche surgit aussitôt. Elle acheva un reste de café et de biscuits et raconta, une fois de plus, le décès de son mari sur sa tondeuse à gazon. Elle voulait tout savoir de ce qui s'était dit. Rose murmura qu'elle souhaitait se reposer. Madame Lecruche devint un flot de paroles que Rose n'écoutait pas. C'était une personne serviable, mais envahissante et d'une curiosité insatiable, y compris pour la vie de Myriam, sa fille unique.

— Madame Lechant, dit-elle, vous pouvez compter sur moi.

Elles se connaissaient depuis des années, se vouvoyaient et s'appelaient par leurs noms.

Ces paroles furent à Rose une douceur. Elle savait que c'était vrai même si l'indiscrétion de sa voisine l'irritait souvent.

Les jours suivants furent étranges. Une sorte d'amnésie remplaça la souffrance, biffa les heures. La douleur fonçait sans avertir. Elle pleurait dans sa cuisine, assise sur un tabouret. Radio Nostalgie diffusait une chanson de Gilbert Bécaud, *La solitude, ça n'existe pas*... A soixante-quatre ans, en jean et tee-shirt, elle ne se sent pas vieille. Quelle terreur de quitter sa maison, son jardin, le potager cultivé avec amour ! Certes, elle a parfois pleuré en cachette le peu de visites de ses enfants, la sécheresse de ses parents, mais Aimable écartait tout cela.

« Viens jardiner, ma Rose ! Ce soir, on fera une soupe de nos légumes ! A moins qu'on aille déguster un plat d'huîtres au bord de la mer ? »

Comme il savait la rassurer, Aimable !

— Les veuves, les mères, tant de femmes, sont tout à coup seules, les mains vides.

Elle a dit ça, seule, à haute voix, assise sur le tabouret de la cuisine.

Elle se redresse. Elle va au téléphone. « Je le ferai couper, mon portable suffira. » Elle contacte *Le Petit Sud-Ouest,* côté annonces.

Elle louera à un étudiant, une étudiante, une chambre de sa maison.

Cette annonce était tombée entre les mains du père Thomas.

*

En moins de trente minutes, Bel Ange atteignit Grand-Bourg. Un bout d'autoroute lui fournit le plaisir de monter son compteur à cent trente. Il dépassait tout le monde.

Grand-Bourg. Il ralentit. La rue du Commerce. La rue principale. Son engin vrombit. Des trottoirs étroits, de rares passants se retournent sur ce cavalier noir et sa monture argent. La maison qui l'attend est dans une rue silencieuse. Rue du Petit-Commerce. La maison est modeste. On s'était étonné au hameau qu'il ne voulût pas visiter l'endroit où il allait passer deux années. Il s'était contenté, sur son portable, de l'appel de sa logeuse. Madame Rose Lechant. Une voix douce, voilée, expliquait ce qui était convenu. Son petit déjeuner et son dîner seraient prévus ainsi que les serviettes de toilette et les draps. Il pourrait faire tourner son linge quand bon lui semblerait. Elle lui a précisé que sa chambre était à l'étage, « de proportions honnêtes, avec une douche ». Il acquiesçait brièvement, confirmait son arrivée le 10 septembre. Il parla davantage de sa moto. Y avait-il un garage, un endroit où la garer ? Sa logeuse lui dit qu'il y avait un hangar que feu son mari (feu son mari ! elle parlait ainsi !) avait construit à côté du garage. Il y avait de la place depuis la vente de la camionnette. Il choisirait à sa convenance le garage ou le hangar. Elle avait gardé leur voiture, une Renault, dont elle se servait pour ses courses. Il n'en demandait pas tant. Sa moto serait à l'abri. C'est ce qui importait.

La rue du Commerce : des maisons basses reliées les unes aux autres, parfois divisées par une venelle. Quelques rares magasins, moins qu'au bourg. Sur une petite place à pelouse banalement fleurie, se dresse un monument aux morts, au socle criblé de noms. Un grand soldat de bronze (1914 ? 1940 ?) brandit un long fusil, un drapeau, au-dessus d'un fatras de casques. Un café Au Bon Coin avait encore sa terrasse ouverte. Quelques jeunes fumaient devant des bières.

Il se gara devant la maison, dont le portail bas, en simple ferronnerie, était grand ouvert sur un jardinet. Des géraniums fleurissaient les deux fenêtres du rez-de-chaussée. Cette fin d'été était chaude. Il aperçut, à l'arrière, un jardin, une allée, deux arbres dont un acacia.

Une femme attendait devant le portail. Il ôta son casque. Elle s'approcha. Elle portait des lunettes à fine monture sur des yeux noisette, où dansaient des paillettes plus claires. Sous ses yeux, la trace nacrée des larmes longtemps versées.

Une bouche sans maquillage, bien dessinée, à peine striée. Un sourire presque timide révélait deux dents trop blanches. Un bridge ? Elle se nomma, lui demanda de la suivre. Elle était petite, ronde sans disgrâce. Elle portait un pantalon blanc, des espadrilles, un haut noir, taillé en biais, bariolé d'oiseaux gris. Soldes, troisième démarque. Il trouva son visage agréable. Une mousse de cheveux blancs, mi-longs, bouclés de manière naturelle, étaient retenus par une grosse barrette. Une peau piquée de taches de rousseur tel un abricot assailli, çà et là, de piqûres d'insectes. Quelques fines rides barraient le front à la manière d'un Pierrot triste. Une autre, plus profonde, dite « collier de Vénus », creusait le cou, entouré d'une chaîne en or à laquelle était glissée une alliance. A son annulaire, la même alliance, plus mince, bloquait un modeste diamant. Ses mains lui ressemblaient. Un peu courtes, gracieuses, criblées d'éphélides rousses où se mêlaient quelques taches brunes. Des ongles passés au vernis naturel. Elle embaumait l'eau de lavande et le linge frais.

Préférait-il loger sa moto au garage ou sous le hangar ?

Il choisit le hangar pour sa profondeur et la facilité à rejoindre l'allée.

— Quel bel engin !

Elle le précédait, à pas rapides.

Une voix presque enfantine. Quelque chose du timbre de Didine.

Il prit ses affaires. Elle proposa de l'aider. Il refusa d'un sourire. Ses gestes étaient sûrs, souples. Elle le regardait, étonnée de la grâce de ses traits, de son mètre quatre-vingts, tout en harmonie.

Il y avait en elle une gêne. Cette crainte issue d'un deuil qui bizarrement culpabilise et souvent entraîne l'abandon de la famille.

L'allée du jardin, la pelouse entretenue, l'acacia, un magnolia, un beau laurier-rose, un buddleia, un laurier-sauce, une haie épineuse de mûriers encadrant le tout, parurent à Bel Ange à la fois mesquins et infiniment rassurants par rapport aux terres du hameau. L'étouffement des terres. Au fond du jardin, elle ouvrit une petite porte sur un potager. La hampe des tomates, les rangées de petits pois, haricots verts, un carré de pommes de terre, des poireaux, des salades... Au fond, un cerisier dit « cœur-de-pigeon » donnait bien ainsi qu'un prunier. C'était, dit-elle, le plaisir de feu son mari et le sien. Ils se détendaient à entretenir ce potager. Rien ne les distrayait autant que de cultiver ensemble ce jardin. Quels beaux dimanches avaient-ils passés là ! A ce plaisir se joignait l'utilité, ainsi des mûres dont son mari faisait des gelées délicieuses ainsi que des confitures de cerises et de prunes. Il aimait aussi conserver en bocaux les fruits en leur entier.

— Il chantait en faisant les confitures et nos conserves de légumes. Nous jardinions ensemble...

Elle joignit brièvement ses mains en prononçant ces mots. C'étaient des mots d'amour, il ne s'y trompa pas. « Moi sous l'acacia, Didine à ses cultures, nous jardinions ensemble. »

La nacre sous ses yeux s'accentuait mais son sourire aussi.

Il respira comme si son souffle atteignait enfin une légèreté inconnue. Qu'importait ce modeste jardin, un acacia trop maigre, le potager !

Il entrait dans ce premier espace, cette promesse que personne n'entraverait. Ici, il serait Michel Thomas, jamais Bel Ange.

Il réservait Bel Ange à Didine et à la signature de sa bande dessinée.

Le hameau, sans Didine, avait failli l'enliser vivant. La tendresse de Didine, il l'emportait partout avec lui. Un secret. Bel Ange et Didine-Divine. Une pure histoire d'amour. Il n'avait même plus besoin de la revoir. Elle était comme ces défunts qui prennent à mesure du temps la place d'un amour unique. On ne dérange pas ces racines-là, porteuses des fleurs les plus délicates qui sans cesse refleurissent à la moindre sollicitation.

Didine savait qu'ils se reverraient peu. Son lot à elle était désormais le silence, les tâches ménagères, son bout de jardin. L'interminable bouderie, l'interminable quarantaine du père Thomas. Son irritation à entendre ce tracteur inconnu labourer ce champ de navets, les arracher, transformer le terrain en luzerne. Au bruit du tracteur, il avait envie de décrocher son fusil. Tirer sur l'homme et son engin ? Il traînerait le fardeau de cette haine jusqu'à sa mort. Quand il entendait le tracteur, ses joues violacées indiquaient une augmentation de ses palpitations.

Qui pouvait voler la Joie de Didine ? Donner n'est rien, tout donner a un vrai sens. Cela faisait partie de sa joie. Le jour du départ de Bel Ange, elle lui avait murmuré qu'il était sans cesse dans son cœur. « Personne ne t'en ôtera. »

Elle avait glissé dans sa sacoche, sans qu'il ne s'en aperçoive, une enveloppe contenant dix mille euros. Toutes ses économies. Elle n'avait plus rien que sa Joie, l'Amour sans défaillance, son couvre-lit en satin bleu et sa modeste culture.

Avant qu'il ne s'éloigne, dans un tonnerre de fer et de vent, elle était restée longtemps sous le grand tilleul. Il regarda dans le rétroviseur la petite silhouette qui peu à peu prenait la dimension de cette fée florale qu'il avait dessinée. Elle devint un point que la lumière dorait. Elle disparut ; il l'enferma dans son esprit. A jamais.

Il était parti, il avait fui avec une tendre image.

Il décida d'oublier la famille du hameau.

Il entra dans la maison de Rose Lechant.

*

La maison était plus grande qu'il n'y semblait au premier regard.

Chaque demeure a son odeur, cette fragrance particulière des gens qui y vivent. Au hameau, c'était un mélange de savon noir, de chaux, de sulfate, mille odeurs de cuisine, le souffle extérieur de la terre et de ses abondances. Les effluves du poulailler, le bétail, les herbes salées, la sueur du labeur.

La maison de Rose Lechant exhalait cette discrète odeur de lavande dont elle usait, mêlée au bois neuf, au café frais, aux tissus repassés. Michel ferma les yeux. Quelques secondes. Un apaisement. Le rez-de-chaussée était conçu en salle commune. La cuisine encastrée, placards vert et rose, laissait deviner que la cloison avait été abattue pour obtenir cet espace que l'on nomme « la salle ».

— Aimable, feu mon mari, savait tout faire ! Les placards, les peintures, les fenêtres, les planchers…

Elle perdait de sa timidité en l'évoquant. Aimable ! Il s'appelait Aimable, ce brave homme souriant sur le buffet, en son cadre en nickel barré d'un ruban noir contre un petit vase où s'ouvrait une rose rouge. *Nous jardinions ensemble. Il chantait en faisant les confitures...*

— Il m'avait laissé des économies. Entre les funérailles, les impôts, le partage avec mes enfants, il ne m'est pas resté grand-chose.

Elle baissait la voix, à nouveau intimidée. Ce voile – le chagrin ? – annonçait la buée des larmes. Il ne s'y trompait pas. Il écoutait davantage le son de la voix que les paroles. Elle ne pouvait lui dire qu'avec neuf cents euros de retraite, exactement huit cent quatre-vingt-quinze euros et soixante centimes, elle était presque acculée à vendre la maison. Malgré le potager, le plan Assur, la petite assurance-vie laissée par l'aimable Aimable, et comme aucun de ses enfants ne pouvait l'aider, elle avait alors trouvé cette idée de location.

Michel captait tout l'espace, repérait chaque détail. Une maison de la classe moyenne, un monde d'artisans, habiles de leurs mains, liés d'un bel amour et dont le deuil était au bord de fracasser la survivante... Ce parfum de lavande... Le papier du mur, d'un rose pâli, eût nécessité d'être changé, ou repeint. Aimable l'eût sans doute fait. La propreté de chaque chose était le luxe de cette maison.

Le buffet, bien ciré, datait des années 1960, loti d'un grand napperon fleuri de coquelicots à gros points. Sur le napperon, un plateau en laque présentait en rond un service de six verres à pied, en cristal rouge. A côté, le portrait d'Aimable. Bibelots et photos s'alignaient, dont celle d'une chienne rousse à douces oreilles et poils bouclés, yeux dorés, éperdus d'affection.

— C'est Mirza, ma douce Mirza, morte l'année dernière.

La voix voilée de Rose Lechant.

— La loi des séries, Mirza, Aimable…

« Cette chienne lui ressemble. Je la dessinerai ainsi si je continue ma bande dessinée. »

Les bibelots : chats, chiens, dauphins en verroterie. Une réplique des Trois Grâces en faux marbre savonneux comme on en trouve aux boutiques des musées de province. Sous un petit globe, un ensemble artistique en porcelaine blanche fascina Michel. Deux personnages se donnaient le bras. Lui, en smoking, portant gibus, elle, en tailleur cintré, talons aiguilles, chapeau cloche. Là s'arrêtait l'aspect humain.

Ils avaient une tête de grenouille.

Ils riaient largement, laissant paraître une langue bifide. L'homme-batracien brandissait une courte épée. Sa femelle s'appuyait sur une ombrelle.

— Un cadeau d'Aimable. Il l'avait trouvé dans une brocante. Un rare et bel ensemble, n'est-ce pas ?

— C'est très gai, dit la voix neutre de Michel Thomas.

A travers la vitrine, luisait un service à café doré, orné de marquises roses, sur des escarpolettes que poussaient des marquis de la même couleur. Au long de la table en bois clair, carrée, cernée de chaises à haut dossier, tapissées de faux Aubusson, glissait un chemin de table en dentelle. Un vase en étain contenait un bouquet séché à rondelles en forme d'hosties dites « monnaies-du-pape ». Au plafond, un lustre à pendeloques en gros cristal (ancien cadeau de noces ? trouvaille de brocante ?) était trop vaste pour les proportions de la pièce.

Côté jardin, le canapé, du type « clic-clac », aussi était rose. Des coussins bien rangés étaient brodés de pivoines. Œuvre probable de Rose Lechant. En face, une télé. Un ancien piano droit était fermé. Au-dessus, une reproduction des *Jeunes filles au piano* d'Auguste Renoir. Une photo en noir et blanc sur laquelle une très jeune fille tenait la main d'une petite fille.

— Ma petite sœur Marinette et moi.

La voix de Rose Lechant, à peine audible.

Une lampe sur pied éclairait le soir un guéridon en verre sur lequel s'entassaient des revues. Un panier tressé contenait des pelotes de laine, un fouillis d'étoffes. Toujours cette odeur de lavande…

Côté jardin, une fenêtre avait probablement été agrandie, cernée de rideaux saumon. On devinait un volet roulant. La lumière était douce. Les deux arbres apaisaient le regard. De là, on apercevait le hangar et la moto.

Rose Lechant parlait, continuait la visite.

Elle regardait Michel, de ce même regard étonné quand il avait ôté son casque. « Je n'ai jamais vu un si beau jeune homme. »

Ces boucles blondes, ce regard pers, ce corps élancé, grand, cette force et cette souplesse, ce sourire… Il était loin de ce qu'elle avait imaginé. Elle pensait alors qu'il devait ressembler, issu d'un hameau, avec sa moto, à ces jeunes qui allaient et venaient rue du Commerce et se retrouvaient au café Au Bon Coin. Cheveux drus, tee-shirts et jeans semblables. Mais son locataire n'avait rien de ces jeunes-là ni de son fils Fernand, autrefois morose adolescent, le cheveu châtain comme son mari. Michel regardait les photos du buffet commentées par sa logeuse. Les traits de Fernand sont équilibrés mais ordinaires, la silhouette moyenne. Fils moyen, Fernand est devenu un homme de trente-cinq ans, moyen en tout, moyen en affection, moyen en son métier d'assureur multirisques, dans la banlieue de Bordeaux... Tout est moyen en cette maison, cette famille. Michel se sentait bien.

« Quel repos ! Rien à admirer, rien à détester, personne à qui se heurter. Une brave femme vaincue par la vie. »

Elle continuait à présenter sa famille, la brave femme. Portrait après portrait. Fernand avait épousé Laurence qui lui ressemblait comme une sœur jumelle. Michel écoutait, regardait : même âge, même physique, coiffure à la garçonne, même situation dans la même société d'assurances multirisques où ils s'étaient rencontrés. Ils ont deux enfants, deux garçons, deux ans d'écart. Ils ont vingt ans de crédit pour leur pavillon Kaufman et Broad. Leur pavillon est collé à un autre, c'était moins cher mais ils ont un jardinet et un garage encastré. Un pavillon situé en ces zones, où, intérieurs, extérieurs, convenances, tout se ressemble. Même les gens. Au crédit de la maison s'ajoute celui de la voiture. Quand ils viennent voir leur mère, pour les fêtes, ou un événement comme fut la mort de leur père, ils se garent sous le hangar, au garage, ou sur le minuscule parking prévu devant la maison.

Rose Lechant, de sa voix si douce que Michel Thomas prend plaisir à entendre plus qu'à écouter, parle beaucoup comme les personnes qui ont traversé des jours et des jours de silence.

Sa fille Eliette est de cinq ans plus jeune que son fils.

— J'avais vingt-neuf ans et trente-quatre ans quand ils sont nés... Je me suis mariée jeune. Un si grand amour, qui sait, empêche parfois les enfants de venir trop vite ?

Michel souriait, souriait... Sa naissance, ce désastre, cauchemar de ses géniteurs ! Aimable et Rose se seraient peut-être passés de leurs enfants ?

— Mes parents avaient tellement détesté mon mariage. Peut-être est-ce leur rejet qui a retardé ces naissances ? Ils ne s'étaient jamais remis de la mort de ma petite sœur. Ils m'en voulaient. Surtout mon père.

Elle rougit, troublée à la manière des rousses ; le teint envahi d'un rose assorti à ses coussins.

Elle s'attarde sur les photos de sa famille. Elle en soulève une, souffle sur un grain de poussière.

— Ma fille Eliette, mariée à Bruno. Elle est gentille.

Ils travaillent dans une banque, à Angoulême. Ils habitent un appartement au bout de la ville, « dans un bon quartier ». Ils ont aussi des années de traites à rembourser. Ses enfants, sauf Eliette, ont compté sur la vente de la maison pour soulager leurs crédits mais cela, Rose Lechant ne le dit pas.

Ce dur moment la fait encore souffrir. Sa voix s'était brisée à la suite de ces malheurs. Dès qu'elle les évoquait, on la comprenait à peine.

Angoulême n'est pas très loin de Grand-Bourg, mais voilà, les enfants, c'est comme ça ; avec le temps, les mères souffrent de la séparation, avant d'entrer dans la résignation.

— Vous avez raison, les mères souffrent toujours, glissa Michel.

Il a ce ton neutre, le regard plus gris que mauve. Il regarde les photos de mariage, celle d'Eliette et de son employé de banque. De sa mère, elle a la chevelure bouclée, mais roux clair ; un regard noisette. Une mariée classique, « moyenne », c'est le terme ici qui surgit à chaque chose, chaque histoire. Une mariée à long voile retenu par un diadème fleuri. Une robe à traîne, piquée de fleurs en fausses perles. Sa belle-sœur Laurence, aux cheveux très courts, a opté pour une tenue droite, unie, courte, sans voile. Une grande bouche sans sourire. Quelque chose de la femelle grenouille sous la cloche en verre ? De même taille que Fernand son époux, aux cheveux taillés comme ceux de sa femme ; on dirait un couple de jumeaux. Les autres photos, plus petites, d'une grande banalité, sont celles des enfants à tous les âges.

Elle parle, Rose Lechant. Parfois clairement, parfois trop doucement, à la limite d'un bégaiement. Sa fille Eliette traverse le malheur de ne pas avoir d'enfant. Elle passe une série d'examens. Elle en veut à son mari qui se fâche quand on aborde ce sujet.

— Bruno répugne à certains contrôles médicaux. Il dit que c'est aux femmes de consulter.

Michel s'étonnait souvent à quel point les gens se racontent aisément.

« Peut-être est-ce plus facile de parler à des inconnus ? »

Il était loin des silences du hameau. *Leurs silences étaient pires, ils savaient tout, même ce que cachent les entrailles.*

— Je vais vous montrer votre chambre.

Ils montèrent un petit escalier en colimaçon. La rampe était une corde passée dans des anneaux en cuivre et les marches recouvertes d'un linoléum.

A l'étage, du parquet flottant comme en bas. Trois chambres. La banalité du confort moyen, le repos de la banalité. Le repos de l'absence des regards. Le repos d'avoir affaire à Rose Lechant : une bonne personne. Il est aisé de lui parler ou de se taire, de ne pas l'écouter, de l'écouter, d'aller, de venir. Elle l'aida, malgré lui, à porter une partie de ses bagages. Il consentit ; cela lui faisait plaisir et ne le dérangeait pas. Il ne lui laissa ni la sacoche de ses dessins ni son ordinateur.

— Et vous, Michel, vous permettez que je vous appelle Michel ? Vous regrettez vos parents, votre mère ? Avec une moto pareille, ce n'est rien d'aller les voir. Je connais le bourg où se situe votre hameau. J'y ai déjà accompagné Aimable pour poser des alarmes à la grande droguerie. La lumière est belle sur ces grands marais. Notre plaisir, ici, est la proximité de La Rochelle. Une si jolie ville. La mer est toute proche. Une fois par mois, nous faisions nos grandes courses au Grand Centre commercial. Il y a aussi, tout près, un Géant Casino. Je n'y suis guère allée depuis la mort d'Aimable. Sauf une fois avec ma voisine. Il y a le marché de Grand-Bourg, mon potager...

Les trois chambres ressemblaient au rez-de-chaussée. Les portes à poignée dorée, œuvre d'Aimable, étaient ouvertes. Les couvre-lits en satin clair, un gros coussin assorti (Oh, le couvre-lit bleu de Didine !), les chevets encastrés, les lampes chapeautées de tuyautés assortis aux rideaux en tissu fleuri. Etagères, commodes en bois verni.

Une poupée ancienne, en organdi d'un blanc passé, était assise sur un petit guéridon de la chambre de Rose Lechant et son mari. « La poupée de ma sœur Marinette ; ma mère me l'a donnée. » Dans la deuxième chambre, des lits superposés.

— Pour les enfants. Leurs parents nous les laissent aux vacances scolaires. J'ai cousu tous les rideaux et les coussins de la maison !

Un sourire sur les lèvres fendillées, qu'elle passait furtivement à la pommade Rosat, tube glissé dans sa poche.

La chambre du fond était réservée à son locataire. Il fut soulagé qu'elle fût séparée des autres par un petit couloir. Un lit confortable, une place et demie. « Le matelas est en pure laine ! » Un bureau ordinaire, à tiroirs. Un vrai siège de bureau, rescapé de l'entreprise, des étagères, une penderie encastrée dont la porte faisait miroir... Une lampe à bec, moderne, éclairait bien. La porte du fond, blanche, à glissière, s'ouvrait sur une douche, un lavabo. Les serviettes étaient prévues, pliées sur une étagère.

— Aimable a tout fait ! C'était autrefois un cabinet qui servait à sa comptabilité. Il a eu l'idée d'en faire une chambre, quand les petits-enfants grandiraient. Il avait déménagé ses dossiers au sous-sol. Il l'a peint, arrangé, y a ajouté un divan de secours...

Elle se tut et s'assombrit. Il était mort au sous-sol. Elle y allait parfois comme on descend dans une crypte.

— Bien sûr, il s'est occupé des clefs de la maison. A propos de clefs, voici les vôtres. La première ouvre le portail, c'est automatique, il suffit de presser ce bouton-là, l'autre est celle de la porte en bas et la toute petite, c'est la boîte aux lettres. J'ai fait ajouter votre nom. Qui, de nos jours, reçoit des lettres ? Quand on est étudiant, des dossiers peuvent vous arriver. Mes courriers à moi ? La banque, la sécurité sociale, les impôts. Mes enfants ont plus vite fait d'envoyer un SMS ou un coup de téléphone.

Il dit :

— C'est bien, c'est très bien.

— Vous avez votre douche mais si vous préférez la baignoire ?

Elle lui montra la salle de bains. Elle se redressa, prise d'une véritable fierté : « Le chef-d'œuvre d'Aimable ! »

Rose fuchsia ! La réplique de la salle de bains d'un film qui avait troublé et fasciné Bel Ange, *Harry, un ami qui vous veut du bien.*

Rose Lechant sourit et baissa le ton. Elle murmurait d'admiration.

— Les serviettes sont assorties.

Tout y était d'un rose éclatant, même les waters. Les robinets étaient des cols de cygne dorés.

— Cette année-là, Aimable avait bien travaillé. Il m'avait dit : « Tu as toujours rêvé d'une belle salle de bains, comme on en voit à la télé, tu l'auras. »

A nouveau, la voix voilée, la nacre sous les yeux.

— Avez-vous faim ou soif ? J'ai préparé un quatre-quarts, des sodas. A moins que vous ne préfériez un café ?

Il sourit. Il déposa ses affaires et la suivit. Il sauta d'un bond, souplement, les trois dernières marches. Le coin cuisine avait une table ovale, en marbre, des tabourets vert et rose.

— Je prends mes repas ici. Je vais vous servir dans la salle.

Il se récria. Non, non, il aimait les cuisines ! Oh, Didine et les beignets aux fleurs d'acacia ! Il aimait le café, le quatre-quarts, le tabouret, la table ovale, où refroidissait le gâteau sur un plat à fleurettes. Il huma avec plaisir la bonne odeur. Le café passait goutte à goutte. Rose se sentait bien. Ce jeune homme, qui de lui-même décrocha deux tasses fleuries suspendues au-dessus de l'évier en zinc, l'apaisait. Quels yeux magnifiques ! On ne dit pas ces choses à un jeune inconnu.

— Vous ne voulez tout de même pas prendre vos repas ici ?

Mais oui ! Il lui sourit. Rose aussi sourit, apaisée, elle qui avait tant pleuré, elle, qu'aucun de ses enfants ni ses vieux parents n'avaient consolée.

« A part Eliette, qui me téléphone ? » Elle sentait se dénouer l'étau qui depuis des semaines serrait sa gorge, abîmait sa voix. Il y avait tant de jours qu'elle mangeait désormais seule ! Un couvert unique. Qu'il est dur le moment de la vie où on ne pose à table qu'un seul couvert ! Aimable et elle, chaque jour, si longtemps, avaient été heureux à cette table en marbre.

— A propos de repas...

Il la mit à l'aise. Il déjeunerait à la cantine de l'IUT. Il ne promettait pas de rentrer aux heures qui étaient les siennes. Qu'elle se contente de lui laisser quelque chose au frigo, il se débrouillerait.

— Le micro-ondes est là.

Elle découpait le quatre-quarts, lui en servit une large tranche et remplit sa tasse de café. Ils goûtèrent avec plaisir. Il devinait sa gêne de parler argent.

Il sortit le chèque déjà préparé, un RIB, et ce fut Rose Lechant qui eut l'air confuse.

— Voici six cents euros, comme convenu. Vous pouvez tirer cette somme maintenant, puis le premier de chaque mois. C'est simple, nos rapports doivent être simples. Ma famille a prévu tout cela.

Il déposerait à la banque les dix mille euros de Didine. Il devinait sa joie quand il avait découvert, à peine surpris, son immense générosité.

« Donner n'est rien, c'est tout donner qui importe. »

Rose Lechant souriait, se resservit du café. Son locataire était courtois, beau à voir, agréable à entendre. Ce qui la bouleversait le plus était sa gentillesse. Une gentillesse que Rose, depuis le décès de son époux, n'avait plus jamais rencontrée, excepté chez Eliette et sa voisine madame Lecruche. Mais quelle lourdeur, la gentillesse de sa voisine !

Elle parla, les joues de plus en plus empourprées. Ses enfants l'avaient davantage désolée qu'encouragée lors de son deuil. Ses vieux parents avaient tant méprisé son mariage avec « ce petit serrurier » qu'ils la recevaient peu et mal, le jeudi, à midi. Un rituel ? Une punition ?

— Ils m'en ont tant voulu de la mort de Marinette !

Elle entrait comme une coupable dans la villa triste, au fond de la sombre venelle.

— Le piano vient de chez eux. Marinette y faisait jadis ses gammes.

En le lui donnant, son père avait eu cette odieuse réflexion : « Que cela te rappelle ta criminelle imprudence ! »

Aimable avait haussé les épaules, failli rapatrier le piano dans la villa hostile. Il réfléchit. A quoi bon une querelle avec ce vieux père hargneux ? Il sut tarir les larmes de Rose en ramenant les choses à une juste mesure. « Ce n'est qu'un piano. Traite-le ainsi. Sinon, je le mets à la salle des ventes et on oublie tout ça. »

La salle des ventes ?

— Je n'ai pas osé et, après des années, le piano ne me gênait plus. Nous étions si heureux...

« Mes géniteurs du hameau étaient si heureux, avant ma naissance. Qu'ont-ils tous avec la folie du bonheur ? Didine seule en est digne. »

Rose, éprise d'un charmant Aimable Lechant venu un jour changer la serrure de la maison de son père, dont la méfiance tournait à l'obsession.

Rose, qui jamais n'avait fait de mal à quiconque, s'était longtemps vécue punie. Sa mère ne lui parlait presque pas. Son père lui reprochait encore la mort de leur cadette.

— J'avais quatorze ans, ma sœur, sept ans.

Chaque matin, Rose la menait à l'école voisine du collège. Elle adorait Marinette ; plus blonde que rousse, joyeuse, espiègle. Ses parents et ses grands-parents avaient un grand faible pour la cadette et une sorte d'indifférence pour l'aînée.

— Un jour d'hiver, Marinette a voulu me faire « une petite blague »... Elle était si petite.

Elle lâcha sa main, lui fit un pied de nez et traversa la rue. Une voiture la renversa. Morte, Marinette !

— C'était horrible...

Son père hurlait, elle n'avait jamais vu son père, si réservé, hurler ainsi. « C'est de ta faute ! On te l'avait confiée, on ne te pardonnera jamais ! »

Sa mère sombra dans le silence. Ses grands-parents ne la regardaient plus. A l'enterrement, personne ne parla à Rose. Seule sa mère lui prit le bras pendant la messe.

La voix cassée, les yeux cernés. Une jeunesse lugubre. Le père se consola en installant une volière de perruches dans son jardin. Il en achetait d'autres à mesure qu'elles disparaissaient. C'était sa grande distraction. Il n'y avait pas une fête, un dimanche où il ne se rendait sur la tombe de Marinette. Il obligeait Rose à venir la nettoyer.

— On m'a fait porter du noir et du bleu marine jusqu'à mon mariage.

Un rituel s'établit ensuite. Le jeudi, depuis des années, elle déjeunait chez ses parents. Sans Aimable. « Il venait pour le café, surtout pour abréger ce moment-là, cette punition. » Un déjeuner médiocre, toujours le même, des poireaux vinaigrette, un gratin de pommes de terre au lard, une salade exténuée. Un flan où nageaient des pruneaux, gonflés comme des ventres de noyés. La chicorée trop pâle rassemblait, sur le canapé si dur, le père, la mère et la fille. La mère, muette, reprenait son tricot, les yeux baissés. Son père ouvrait solennellement « l'album de Marinette ». Les photos de la petite sœur défilaient. Il racontait, à chaque fois, le jour de son décès. L'enfant aux boucles blondes, morte, la jambe droite pliée, semblait étonnée et souriante. Les visites au cimetière ne cessaient pas. Oh, cet ange blanc sur cette petite tombe !

Elle tressaillit.

— Marinette était douée. Elle suivait des cours au petit conservatoire. Ce piano, je n'ai jamais pu en jouer ni l'ouvrir. Personne n'y touche.

Soudain, elle parla fort. Une telle histoire la bouleversait toujours. Ainsi donc la cruauté des familles était partout.

« Pourquoi ne se défait-elle pas de ce vieux piano ? Comment peut-on, à son âge, être aussi soumise à un vieux père sadique ? »

— Il y a ma vieille mère, je sens qu'elle a besoin de me voir.

Il serra les dents. Sans Didine-Divine, aurait-il eu la force de résister à son géniteur, à l'indifférence brutale de sa mère, aux uns, aux autres ?

« Ils n'étaient pas méchants avec moi, les autres, mais rien n'était possible. »

Les familles avaient toutes leur genre d'oppressions. Rose Lechant, à son âge, en subissait toujours le poids. Parents rancuniers, injustes, enfants sans chaleur, menace d'être obligée de vendre sa maison où elle avait été heureuse avec Aimable, le serrurier qui chantait toujours.

Il se leva.

— Je vais à l'IUT. Merci pour le gâteau, le café.

Il voulut l'aider à ranger mais elle refusa.

— Le travail manuel m'apaise. Allez à vos affaires.

Elle redevint silencieuse, intimidée. Elle s'en voulait d'avoir trop parlé de sa famille. Il y avait si longtemps qu'elle avait été privée d'une bonne visite ! Il y avait bien Yvette Lecruche, mais elle la fatiguait de son bavardage et de son insatiable curiosité. Et cette manie de raconter sans cesse le décès de son époux sur sa tondeuse à gazon ! Quand Rose allait la voir, Yvette ouvrait l'armoire et parlait longuement à une urne funéraire rangée entre deux piles de draps. « Mon mari restera toujours dans mon armoire. »

Au temps d'Aimable, ils en riaient. Ce n'était plus le cas depuis que Rose était veuve. Elle ne supportait plus la vue de l'urne de monsieur Lecruche.

Mort, cendres, solitudes, pourriture.

Quand Michel avait garé sa moto, Yvette Lecruche avait soulevé un rideau en dentelle mécanique d'où elle apercevait le jardin et la grille de sa voisine. Elle entendit démarrer.

Rose lava les tasses, épongea la table.

La solitude retombait, telles ces nuits de novembre où tout est sombre à cinq heures.

Elle embrassa la photo d'Aimable et rejoignit son potager.

Sa voisine était à sa fenêtre. Son pavillon, plus petit que celui de Rose, était du même genre. A soixante-dix ans, plus large que haute, les cuisses lourdes, Yvette Lecruche portait un jean confortable, une longue tunique à rayures rouges et blanches. Elle avait l'agilité de certains obèses. Elle était chaussée de baskets sans chaussettes. C'étaient celles de son défunt qui avait, selon elle, « des pieds petits ». La malveillance de la rue prétendait tout autre chose. Madame Lecruche n'aimait pas le gâchis. Elle chaussait une pointure suffisante pour utiliser les vastes baskets de son mari. Toutes les chaussures qui lui avaient appartenu. Les cheveux permanentés étaient teints d'un brun trop sombre. Sous les verres en hublots, roulaient des yeux noirs, que la curiosité agitait. Elle parlait volontiers de son annuelle cure thermale pour ses rhumatismes. Elle n'était jamais contente de ses cures, qui « ne guérissaient ni son cholestérol, ni son foie, ni ses rhumatismes et accentuaient son poids ».

« La nourriture est frelatée. Le cuisinier utilise du Viandox en guise de sauce sur les viandes trop dures ! Ils recongèlent les restes. Sinon pourquoi aurais-je autant de gastros ? »

Elle oubliait de souligner sa boulimie.

Elle regardait sans cesse son téléphone portable, pendu à son cou par un cordon. Elle était maladivement liée à sa fille unique, célibataire de trente-trois ans. Celle-ci habitait un studio à Aytré, non loin de La Rochelle. Elle était aide-soignante dans une maison de retraite. Sans répit, sa mère l'appelait et lui envoyait des SMS. Quand Myriam venait chaque dimanche, ou pendant son jour de congé, voir sa mère, elles dormaient ensemble. Myriam, grande perche sans poitrine, au visage plat. Les cheveux d'un brun indécis, en maigres mèches flottantes, étaient attachés par un élastique. Elle avait l'œil rond de sa mère, la bouche un peu avalée du père. Elle portait des robes si ressemblantes à ses blouses de travail qu'on pouvait s'y tromper. Elle affectionnait les lainages superposés sur des caleçons noirs. Sa coquetterie était des souliers vernis à talons carrés. Elle parlait peu, voix sans cesse couverte par celle de sa mère. Elle riait d'un petit éclat soudain et bref. « Elle ressemble à monsieur Lecruche », admirait sa mère.

Madame Lecruche, penchée à sa fenêtre, croquant des bonbons, parlait à Rose. Elle ne modérait pas le son de sa voix. Quelques ombres dans les pavillons voisins bougèrent.

— Alors, madame Lechant, êtes-vous contente de votre locataire ?

Rose lui fit un signe amical et se sentit obligée de lui donner une salade.

*

Michel atteignit sans difficulté l'IUT de La Rochelle. Il dépassa le rond-point des Justes, enfila la rue François-de-Vaux-de-Foletier, tourna rue de Coureilles, et se gara au parking prévu pour les motos. Les cours commençaient dans une semaine. Il avait encore un dossier à déposer et souhaitait visiter l'endroit. L'IUT était situé près du restaurant universitaire. L'unité de génie biologique jouxtait celle du génie civil. Un grand bloc carré, des larges fenêtres, un ensemble dont le ravalement était satisfaisant. Il était censé passer là deux années. Atteindre le bac +2. Il se savait apte à étudier davantage. Il aurait pu s'inscrire à des études plus longues à l'université de Poitiers mais il ne voulait pas dépasser un temps assez bref ; devenir, si son projet secret, la bande dessinée, ne réussissait pas, technicien supérieur dans le domaine des analyses biologiques et biochimiques. S'assumer, loin, dans une autre ville. Il savait ce qui l'attendait en première année. L'abstraction apparente de ce genre d'études lui convenait. Acquérir l'approfondissement en sciences : mathématiques, physique, biochimie, chimie, biologie et microbiologie. Il avait aimé ces matières. La littérature l'envoûtait trop pour qu'il s'y adonne, sauf à lire. Mieux que lire, son observation du monde passait par le dessin.

Avant d'ôter son casque, il toucha la marque de son cou. Elle le gênait. Elle avait rougi, c'était ainsi quand une émotion le perturbait. Le café et le gâteau pris avec sa logeuse lui avaient rappelé Didine. Il revoyait la ferme et ses habitants, les terres fumées, le fumier des bêtes… Il s'en voulut de sentir la gêne du petit trèfle à son cou. Cela signifiait, ô faiblesse !, le sournois rappel des années où l'activité terrienne l'avait condamné à une mise à l'écart. Il se morigéna. Pas de faiblesse ! Didine le voulait heureux loin du hameau.

Il relut ses documents. Les sciences précises lui étaient un apaisement, un oubli. Le génie biologique menait à savoir transformer et analyser les produits d'origine biologique. La seconde année (« Où serai-je dans un an ? ») orientait la formation sur la science du vivant : végétaux, bactéries, animaux, levures. « Savoir transformer et analyser les sous-produits et déchets de l'activité humaine et industrielle… » Avoir observé l'activité de la ferme du hameau servait-il à ce genre d'analyse ?

« Les déchets de l'activité humaine. »

« Pour mes géniteurs, le déchet, c'était moi. »

Son portable vrombit et le numéro de son parrain apparut. Il hésita mais choisit de répondre. Son parrain lui demandait s'il était satisfait de son logement, de la nourriture. Il répondit « Oui, c'est très bien ». Il dit devoir se dépêcher pour achever ses inscriptions. Les cours étaient quotidiens, du matin au soir. Son parrain dit qu'il pouvait venir les voir le dimanche.

— Ton père s'énerve quand il entend le tracteur de l'autre… Tata est à sa petite culture.

Il raccrocha ; la marque à son cou l'irrita davantage.

« Qu'ils me laissent ! »

Allaient-ils le poursuivre ainsi ? « Tata est à sa petite culture. » Ce rappel, la vision de Didine courbée sur ses fleurs, ses légumes, accélérait les battements de son cœur.

N'y plus penser. Arguer du travail, des cours.

Le dimanche ! Il revit la tablée de ce jour-là, d'où avait disparu Didine.

« Elle a le tact de ne pas appeler ; elle m'aime vraiment. Pour les autres je suis un animal de leurs troupeaux, un animal qu'ils endurent et leur coûte quelques sous même si l'essentiel vient de Didine. »

Il ferma son portable. Il était temps de régler aussi ses rapports avec sa logeuse. Pas d'appels intempestifs s'il rentrait tard. Il n'avait pas aimé savoir que Rose avait donné son numéro à madame Lecruche.

« En cas de besoin, sait-on jamais, elle ne manquerait pas de vous rendre service. »

Ainsi donc aucune créature humaine n'était entièrement libre. Il y avait toujours quelqu'un, quelqu'une, pour savoir où vous étiez, où vous joindre ? Sans parler de Lili qu'il avait quittée sans lui dire au revoir !

Il tourna sa pensée vers l'IUT et reprit son indifférence insondable.

Il y avait du monde. Un va-et-vient de filles et de garçons de son âge, certains plus âgés. On remarqua sa moto. Il pénétra dans le bloc carré où un vaste escalier le mena à certains bureaux. L'enregistrement de son inscription sur ordinateur prit du temps. Il y avait la queue ; des femmes, comme on en voit à la sécurité sociale, derrière des ordinateurs, enregistraient divers renseignements. C'était son tour.

Les tickets de cantine s'achetaient en bas, à l'intendance. Quelques salles étaient fermées, l'amphithéâtre, non. Il aima sa courbe, l'agencement des bancs, des tables. Cela sentait l'étude d'adulte, plus du tout le lycée ou l'enfance. A travers la vitre d'un laboratoire, il se plut à observer les longues tables, les éprouvettes, les instruments brillants.

Les cours commençaient le lundi suivant. Chaque journée était chargée, sauf le jeudi.

Immense distraction de pénétrer en ces mondes précis, scientifiques, où l'émotion est mise de côté, n'existe plus.

« Au fond, ici, c'est ma cure de repos, de vrai silence. »

Ces études-là ne lui parurent ni ardues ni ennuyeuses. Il eût moins aimé suivre l'institut d'administration des entreprises. Tout voisinait ; une résidence universitaire déversait un flot de monde. La faculté de droit était en bas, vers le boulevard de la République.

Tiendrait-il deux années chez la brave veuve ? Deux années ! Peut-être, mais en lui bouillonnaient d'autres certitudes.

Atteindre quelque chose qui n'avait pas encore de nom mais l'habitait avec une telle force que parfois ses mains, oisives, dessinaient dans le vide...

Il voulut tracer cet espace de liberté par la ville, le port. Non que La Rochelle fût une grande ville mais il y avait des distances infinies avec le hameau et les bourgs. Ses découvertes le mèneraient plus loin, là où s'exaltait sa vraie nature.

Lundi, à neuf heures, commençait son premier cours de génie biologique.

Quand il revint vers sa moto, il y avait du monde autour. Des garçons, des filles, quelques Noirs, deux filles portant un léger voile. On lui sourit, on admirait la moto et les filles (certains garçons aussi) s'étonnaient de son visage, sa silhouette. Il avait l'habitude de créer cette surprise un peu cannibalesque. Il pratiqua, comme souvent, le silence. Une fille lança :

— C'est génial, un engin comme ça !

Elle ressemblait à bien des filles du lycée, au bourg. Avec quelque chose en plus ou en moins ? Un jean, un tee-shirt, un blouson, une série de petites boucles en or pinçaient ses oreilles. Jolie ? Les autres aussi étaient jolies. Se présenter brièvement était échapper plus vite à la curiosité.

— Je suis en génie biologique et génie civil. A plus !

« A plus », c'était les termes à dire. Pas un mot du hameau, du bourg ni de Grand-Bourg. Il sourit à la jolie fille qui voulut à tout prix regarder le compteur.

Le casque enfilé, il démarra en trombe. Il entra dans La Rochelle empêtrée de sens interdits.

Il roula à travers ses rues anciennes, longea la rue du Palais, ses arcades. Il déboucha au niveau des parcs. Quai Duperré, il eut du mal à se garer. Il s'assit à un des cafés bondés, savoura une bière. Il regardait le port, ses voiliers, leur balancement scintillant, les deux tours. Il y avait des touristes. « Une ville de riches, les pauvres, comme toujours n'habitent pas là. » Il dîna d'un sandwich. Il était plus de vingt heures. Des lumières scintillaient, d'autres s'éteignaient. Il vérifia le ticket du parking où était sa moto. Il s'aventura à pied dans plusieurs ruelles dont une s'ouvrait sur un cabaret à lanterne rouge, les Boucaniers. Un genre d'endroit où tourne la chair en quête de la chair. Rien à voir avec la Cagouille verte. On dansait sur une petite piste. Une musique fade tombait du plafond. Une femme d'une trentaine d'années, aux jambes de soie très découvertes, l'entreprit au bar et lui offrit un cocktail. Sa lucidité était extrême, peut-être est-ce ainsi, le début d'une ivresse un peu trouble ? « Je ne bois jamais ou si peu. » On le regardait, la femme, dont le maquillage avouait bien plus que la trentaine, voulut lui offrir du champagne. « Comme vous voulez », dit-il. Il lui tourna le dos. Il toucha à peine à sa coupe. Coucher avec elle ? Une répulsion l'envahit, une bizarre chasteté. Fuir de là. Retrouver la nuit, la ville, le scintillement du ciel. La délicieuse liberté, celle qui n'a rien à voir avec l'isolement. Il sortit. Il respirait. Il respirait une incompréhensible légèreté. Coucher avec cette femme aux belles jambes et au visage trop maquillé, c'était biffer la joie pure d'un moment qui n'était qu'à lui. Lui et sa moto. Lui et ces rues qu'il parcourut comme s'il avait toujours vécu là... Il se retrouva du côté du Mail, vers la plage de la Concurrence.

La marée était haute. L'odeur iodée, l'océan, sa divine solitude, le comblaient.

Il était très tard quand il rejoignit le pavillon de Rose Lechant. La maison était éteinte sauf le globe au-dessus de la porte d'entrée. Une autre fenêtre était allumée : celle de madame Lecruche dont il aperçut la lourde silhouette. Elle baissa le rideau aussitôt qu'elle le vit lever les yeux. Il haussa les épaules. « Cette grosse araigne n'en a pas fini de surveiller. » Il savait sa faculté de rayer mentalement quiconque l'envahissait. Dur exercice qu'il avait longtemps mené. Il avait envie d'ouvrir son nouveau carnet, intitulé « Grand-Bourg », suite de « Le hameau ». Il commencerait par madame Lecruche, guettant à sa fenêtre. Ensuite il entrerait, par ses dessins, dans la maison de Rose et ses personnages. Il savait par quel animal exprimer la curiosité de madame Lecruche. « Un furet femelle obèse. » Il n'avait pas du tout sommeil et envie de la dessiner. « Une furette avec des lunettes en hublots, une chevelure si mal teinte qu'on dirait qu'elle a renversé un encrier dessus. Un tee-shirt à rayures rouges et d'immenses baskets d'homme. »

Il songea que l'annonce de cette location eût très bien pu être passée par la voisine. « J'aurais fui aussitôt. » Il ne se demandait jamais où menait la fuite. La fuite, par rapport aux années interminables au hameau, lui semblait d'une légèreté merveilleuse.

Il parqua sans bruit sa moto. Il s'assit un moment sous l'acacia. C'était une belle fin d'été comme on dit une belle fin de vie. Trop de douceur vers un automne où là-bas, au hameau, les prunes avaient été cueillies, les confitures cuisaient… Mais Michel Thomas attendait autre chose des saisons. Autre chose de la vie et de ce nouveau brouet qu'était une famille où il était entré par le hasard d'une annonce.

Dans la cuisine, il y avait son couvert, deux plats soigneusement disposés, une cuisse de poulet, une macédoine de légumes du jardin, du fromage, une corbeille de mirabelles. Un petit mot contre le verre : « L'eau et l'orangeade sont au frigo. » L'écriture de Rose lui ressemblait, ronde et lisible, sans pointes aiguës. Il grignota un peu de poulet froid, quelques fruits. Il but de l'eau. Il lava son assiette, ses couverts et son verre, rangea le tout. La salle était dans l'ombre. Il avait toujours su se diriger dans l'obscurité. Il devinait le buffet, le piano. Il entendait le léger craquement des choses que les bruits du jour étouffent. Cette odeur de lavande… Il monta d'un pas léger.

Aucune lumière ne filtrait sous la porte de sa logeuse.

Il se sentait bien. Il prit une douche rapide, s'enveloppa d'un long tee-shirt et ouvrit le second carnet. La petite lampe allumée, un rayon de lune contre le carreau... Il apprécia que Rose Lechant ait eu le tact de ne pas fermer le volet roulant, en un mot de ne pas entrer « chez lui ».

Son crayon allait tout seul : la furette obèse levait un rideau à la fenêtre d'une maison, qu'il croqua, exprès, de forme naïve. La furette obèse tirait une langue avide de bavardages vers un jardinet entouré d'une grille. Dans le jardinet se tenait Rose Lechant, telle qu'il la dessinait à traits rapides et sûrs : en Mirza, la douce chienne, avec haut fleuri et collier où pendait une laisse brisée et auquel était glissée une alliance, chaussures délicates, petites pattes onglées, tendues telle une prière, une larme sous l'œil aux longs cils, une crinière argentée. Il s'arrêta à la crinière argentée, retenue par une barrette. Il ferma son carnet. Plus rien ne venait, l'inspiration est liée à un lien tenace, secret, avec les réalités. Les réalités soudain rendent aveugle ; c'est ça, aveugle ; cécité du monde.

Les personnages surgiraient à mesure. La patience ; quelle création se passait de la patience ? Il rangea son carnet.

Il s'endormit quand le ciel, déjà, oscillait vers l'aube.

Il ne ferma pas le volet roulant.

*

Il était neuf heures, son café était prêt. Il remarqua un tabouret de la cuisine posé à l'envers, un pied dévissé. Il était seul. Il aimait ça, boire seul son premier café. Il croquait une biscotte tartinée de confiture quand elle entra par la porte de la cuisine.

Rose était levée depuis longtemps. Elle revenait du potager avec un cageot de légumes. Il l'aida aussitôt à les ranger. Il lui proposa de boire un café avec lui. Quelque chose se dénouait en elle ; sa voix était plus claire. Il était gai, vif, aimable. La petite médaille de son baptême heurta un rayon de lumière.

— C'est joli, cette médaille. Saint Christophe ?

— Non, non, saint Michel…

Il n'ajouta pas « Archange » et glissa vivement la médaille sous son tee-shirt. Il l'aidait comme s'il avait toujours vécu là. Elle lui demanda si ses inscriptions s'étaient bien passées. Il parlait vite, sans mentir. Oui, tout était en règle ; il commençait lundi. Il ne dit rien de son escapade à La Rochelle. Elle voulut en savoir plus sur ses études. Elle eût tant aimé que son fils ou sa fille fissent ce genre d'études ! « Nous ne serions pas séparés par les distances. » Il ne répondit pas. Il savait que bien d'autres distances séparent les familles. Il lui montra le tabouret boiteux.

— Ah ! dit-elle, j'ai oublié de le réparer !

— Laissez-moi faire !

Il l'examina.

— Une vis à remettre, quelques clous.

Où était la caisse à outils ?

— Au sous-sol.

Ils y allèrent ensemble. Il portait le tabouret, il sifflotait.

Ils discutaient gentiment. Les solitudes s'éloignaient. Quelle gentillesse de lui réparer ce tabouret ! Au milieu de la salle, elle ouvrit la porte, dûment tapissée, qui menait au sous-sol. Ils descendirent quelques marches couvertes de linoléum.

Sur un établi, les outils d'Aimable, dont une foule d'objets nécessaires à son métier. Sur des étagères, s'alignaient des bocaux de confitures, de fruits et de légumes du potager. Ils portaient des étiquettes, une date, l'écriture soignée de ceux qui n'ont pas fait de longues études. Sous l'escalier, l'astucieux Aimable avait aménagé un espace d'étagères qui contenaient des livres de poche. La lumière du soupirail n'était pas suffisante. Elle alluma la grosse lampe sur l'établi contre le mur. Michel sifflotait toujours. Il répara le tabouret.

— Si vous voulez, je peux vérifier les autres. N'hésitez pas si vous avez quelque souci de ce genre. Au hameau j'ai appris bien des choses pratiques.

Il lui sut gré de ne pas lui rappeler qu'on était samedi et qu'il pouvait y aller si bon lui semblait. Ce sous-sol lui plut. Un divan bas, cet établi bien calé, ce bureau, là, sous le soupirail. Il y avait même une douche et un lavabo. Aimable avait prévu d'en faire une chambre supplémentaire. Michel y eût volontiers logé, mais la voix de Rose susurra le lugubre rappel.

— C'est ici que je l'ai trouvé mort.

Il réprima une sorte d'agacement. Mort, mort, qu'importaient les milliers de morts, en milliers d'endroits sur cette terre, en ces mers, eaux diverses, au fond des crevasses, au sable des déserts, aux lieux si appréciés de supplices divers, derrière ces murs, sous ces murs, partout ?

Il était trop tôt pour oser cette rude consolation. Il sourit.

Ils remontèrent. Derrière lui, il sentait le pas de Rose plus lourd, celui du chagrin.

« Quel fardeau, le chagrin… grâce à Didine et sans doute à ma nature, j'ai su tendre les bras contre la peine. Composer un barbelé d'indifférence. »

Cette indifférence – jusqu'à quel point ? – agissait en lui de manière étrange. Elle biffait à mesure les dures images. Il avait besoin d'une sorte d'amnésie. La peine des autres, trop souvent, conforte l'égoïsme. Il n'aimait pas la peine des autres. Mais celle de Rose Lechant ne lui était pas totalement indifférente. Pourquoi ployait-elle à la moindre sollicitation du chagrin ? Fallait-il devenir dur, l'interrompre dès qu'elle évoquerait son deuil ?

— Aimer, est-ce une bêtise ?

Ça, c'était la voix de Rose. Sa soudaine froideur ne lui avait pas échappé.

— Comment oublier qui on a aimé ?

Elle eut un geste vague, enrobant la salle, la cuisine, la maison. Les lieux, les objets, le rappel de ce qui fut et n'est plus. Il s'interdit de raconter sa longue lutte en un milieu hostile. Il gardait Didine en lui comme un trésor. Une source pure qui l'abreuvait. Il ne partagerait pas Didine. Il l'évoquerait peut-être à la manière dont on évoque une fraîche eau unique.

Ils étaient dans la cuisine.

Il changea de sujet.

— Je me suis levé tard, je vous ai mise en retard pour le déjeuner. Je vais vous aider.

Vivement, il se mit à peler des pommes de terre de belle qualité. Le portable de Rose sonna. Elle s'éloigna dans la salle. Elle allait, venait. Il entendait glapir une voix d'homme. Elle disait : « Je suis libre de faire comme il me plaît, non ? »

L'échange fut bref. Elle s'assit en face de lui, saisit un couteau et une pomme de terre. Ses mains tremblaient.

Il la regardait, il lui souriait. « Ses cernes apparaissent à nouveau. Ne pas oublier de les dessiner. Ils sont la preuve de sa sensibilité heurtée. Une bonne personne qui ressemble décidément à sa douce chienne. »

Il imaginait la tendre chienne dévouée, proche du sanglot particulier des chiens quand on les maltraite ou qu'on décide de les faire piquer. Rose-Mirza serait dans sa bande dessinée un bon et beau personnage. Elle posa son couteau, la pomme de terre. Sa contrariété était visible. Elle désignait le portable.

— Mon fils a su que j'ai pris un locataire. Madame Lecruche n'a pu s'empêcher de lui téléphoner, en commençant par mon père. Fernand me reproche ce qu'il nomme « une fourberie ». Ils sont tous contrariés. Sauf ma fille.

— Ils n'ignorent pas que cela peut vous aider ?

— Ils veulent savoir qui vous êtes, combien vous louez la chambre. Ils sont mécontents. Ils disent que c'est un manque de confiance.

Il revit le rideau levé de madame Lecruche quand il était rentré si tard.

— Votre voisine est d'une rare curiosité, n'est-ce pas ? Je l'ai déjà vue lever son rideau quand je vais ou reviens. De la curiosité au bavardage, du bavardage à la malveillance, il n'y a qu'un pas. Un mauvais pas, d'ailleurs.

Il planta brutalement le couteau dans une pomme de terre à la manière d'un poignard.

— Elle est terriblement curieuse. Les gens du quartier l'évitent, mais elle est dévouée et me porte de l'amitié.

— Ce que vous nommez son « amitié », son « dévouement », est l'obsession constante de satisfaire son infect défaut. L'amitié, c'est aussi la discrétion.

Commençait-il à perdre madame Lecruche dans l'esprit de Rose ?

Il souriait. Sa bande dessinée prenait une forme, une force chevaleresques : débarrasser sa trop tendre et soumise logeuse de tous ceux qui l'encombraient. Les personnages surgiraient au fur et à mesure, y compris cette envie de dénouer ces chaînes dont il devinait Rose-Mirza accablée.

« Depuis le hameau, je ne puis supporter l'oppression, l'intrusion, les injustices, l'arrogance. »

Il se sentait bien dans cette maison. Qu'avaient à y faire une voisine envahissante, des enfants ingrats ! Il ne connaissait pas les parents de Rose mais l'histoire du piano l'horrifiait vaguement. Cette même horreur quand son géniteur avait manqué le faire s'étouffer en le forçant à manger de la viande. La voix de Rose était à nouveau voilée. Elle taillait sur une planche les pommes de terre, des carottes et des légumes du jardin.

— Madame Lecruche n'a pas cru mal agir. Elle leur a téléphoné au cas où il m'arriverait quelque chose. Elle a pensé bien faire...

— Vous les avez vexés, peut-être contrariés dans leurs projets.

Il s'arrêta. Ne pas trop en dire, conserver cette réserve que le père Thomas haïssait et qu'il avait cultivée comme une armure.

— Vous mangerez bien ma salade de betterave, du jambon, du fromage ? Le dessert est du riz au lait ! Je l'ai fait moi-même !

— J'adore le riz au lait !

Il rit comme un enfant. Elle se sentait mystérieusement rassurée par ce très jeune homme, sa délicate autorité, sa simplicité, son adresse.

La beauté de son visage, son sourire étaient radieux.

Il mettait le couvert quand madame Lecruche frappa à la porte de la cuisine. Elle entra sans attendre d'y être invitée. Elle croquait des fondants à la menthe. Volubile, l'œil errant partout, surtout sur le jeune homme, qui, instinctivement, lui tourna le dos, elle partit dans des explications sans fin sur son appel au fils de Rose. Michel lui fit face brusquement et elle balbutia. Il la salua d'un signe de tête.

« Oui, c'est bien la furette obèse. Aujourd'hui, elle porte une tunique à rayures mauves. Elle est vouée aux rayures, une bagnarde de la curiosité. Sa langue, rayée de mille ragots ! Elle parle et dévore sans cesse. Un mélange de furette et de truie. »

Il avait l'air absent, les paupières baissées. Son dessin devait mettre en évidence la langue de la furette obèse. Une langue « à rayures » qu'il changerait suivant les situations où elle apparaîtrait.

« Une langue à la fois bifide comme celle d'une vipère, il y a toujours du venin dans le bavardage, une langue parfois humaine comme à cet instant où sa bouche n'arrête pas de s'ouvrir... C'est curieux qu'elle sorte sa langue entre deux phrases. Parler l'assoiffe et se taire accroît sa soif. »

— Comme ça sent bon ! disait madame Lecruche.

« Pourvu que la pauvre Rose-Mirza ne l'invite pas. Le dressage doit commencer maintenant. »

Madame Lecruche avait vu le riz au lait et elle espérait partager le dessert et le café avec eux. C'était dans ses habitudes. Rose se sentait obligée d'y consentir et d'aller la voir le dimanche. Mais elle avait désormais un locataire qui prenait ses repas avec elle. Rose hésitait, troublée, mal à l'aise. Michel, plus souriant que jamais, trancha le dilemme.

— C'est impossible, aussitôt après déjeuner j'emmène madame Lechant faire un tour à moto.

La voisine eut une exclamation comme devant une indécence.

« Ses yeux tournent comme des billes. »

— La moto ! Mais c'est très dangereux, la moto ! Vous n'avez pas de la famille à visiter ? piaulait madame Lecruche. Sinon, je vous invite de grand cœur à prendre le café chez moi !

Au sujet de « la famille à voir » il devint sourd et muet, sans regard.

Il reprit son sourire quand le four clignota.

— Nous irons vous voir, dit-il.

— Demain dimanche, dans l'après-midi ?

— Une autre fois.

Il marchait vers elle.

— Au revoir, madame Lecruche.

Elle recula par la porte ouverte, trébucha, et s'en alla vite comme saisie par une soudaine averse.

Rose hésitait entre le rire et une forte gêne. Ses joues rougissaient.

— Vous l'avez vexée. Elle a une langue à faire brouiller la terre. Elle a de l'affection pour moi. Elle va conter à sa façon la manière dont vous l'avez reçue à sa fille, à mes enfants, à mes parents...

Elle le servit abondamment. Il se rendit compte à quel point elle était en état de soumission. Elle avait échappé à cette soumission en le prenant comme locataire.

« Sinon, ils l'auraient envoyée de force en quelque mouroir ? Un studio, pour elle, c'est un mouroir. »

Il revit les dimanches au hameau, les rituels des repas, les visites des cousins. L'équipée mensuelle au Grand Centre commercial. La province enferrait son monde dans son quartier, sa venelle, sa maison, son jardin. Les habitudes. Les vêtements, les fréquentations en faisaient partie. Changer les habitudes, les vêtements, les fréquentations, changer d'ennemis, c'était s'exposer à des commentaires sans fin. Beaucoup étaient allés en Chine, en Thaïlande, en ces voyages organisés de dix jours, où on suit, en groupe, un guide tel un troupeau d'oies effarées de se perdre. On s'entasse dans un bus, les tablettes regorgent de photos banales à pleurer. Au retour, les us et coutumes reprennent leur joug. Un changement brutal d'habitudes, surtout lors d'un deuil, entraînait une sourde hostilité. Si le changement perdurait, dont des fréquentations nouvelles qu'on n'était pas convié à connaître, l'hostilité pouvait devenir de la haine. La mauvaise petite haine, derrière des rideaux en dentelle mécanique. La haine répandue dans les bavardages au marché, à la sortie de l'église, à coups de silences ostentatoires si on croisait l'indignité. Ces silences-là qui au hameau, autrefois, terrifiaient un tout jeune Bel Ange.

Une petite voix. Une voix de coupable. La voix de Rose.

— Je pensais aller cet après-midi au cimetière.

— Pourquoi ?

Il la choqua.

— Comment, pourquoi ? J'y vais seule, en semaine. Chaque jeudi après-midi, j'y accompagne mon vieux père. C'est le jour où je déjeune avec mes parents. Il conduit encore, je ne puis le priver d'aller sur la tombe de ma petite sœur.

— Pourquoi ?

Il se resservait du riz au lait.

— C'est ainsi depuis des années. Ils sont vieux. Je ne puis briser cette tradition qui est, surtout pour mon père, une consolation. J'aide à nettoyer la tombe.

— Vous n'en avez pas assez de la nettoyer, cette vieille tombe ? Vous nettoyez quoi ? Un remords ? C'est ce rythme, le leur, leur joug, qui vous assombrit sans cesse. Votre époux vous a assez aimée, me semble-t-il, pour vous l'avoir déjà dit. Son souvenir doit suffire.

Elle le regarda et se demanda s'il manquait de cœur. Une certitude imprévue l'éclaira, lumière dans un ciel sombre. « Cet impitoyable enfant a raison, Aimable m'a parfois parlé ainsi. »

— J'ai laissé au hameau une tante très bonne, très pieuse, très aimée de moi, qui m'a dit : « Laisse les morts avec les morts. » Je ne crois en rien mais cette phrase est très juste.

Elle rencontra son beau regard attentif, dans un visage d'homme fait, plus du tout celui d'un jeune homme, qui savourait avec un plaisir enfantin son riz au lait.

Elle avait obéi à tant de monde autour d'elle ! Aimable, seul, lui avait laissé un grand goût de vivre, de liberté à deux.

— Non, dit Michel. Il n'y a pas de liberté à deux. La liberté est l'aptitude à toutes les solitudes et de s'en trouver bien.

— Alors j'en suis loin !

Elle avait ri. Un pauvre petit rire, l'aveu d'une modeste vie heureuse, brusquement tronquée.

« Quand elle rit, sa peau rosit, elle semble presque jeune ; une tendre Rose-Mirza. »

— J'ai un second casque, un coupe-vent. Des lunettes en double. Restez en jean et baskets. Nous roulerons au bord de la mer.

— Mais j'ai une peur horrible de votre moto ! Je ne suis jamais montée sur un engin pareil !

— Vous n'avez rien à faire que de vous laisser conduire. C'est très confortable, sans danger, et je n'irai pas vite.

Le portable de Rose sonna à nouveau ; encore son fils. Madame Lecruche lui avait dit qu'elle allait sortir à moto avec son locataire.

— C'est de la folie ! criait Fernand ; et si tu as un accident ? A ton âge, à moto, avec ce type que nous ne connaissons même pas ! Laurence est outrée ! Nous allons avertir grand-père !

Michel Thomas ne bougeait pas. Indifférent. Il lui sourit quand il l'entendit presque crier : « Laissez-moi tous tranquille ! »

Rose-Mirza secouait sa chevelure d'où avait glissé la grosse barrette.

Elle coupa brusquement l'appel et éteignit son portable.

— Allons-y, dit-elle. On est samedi, ne prenez pas l'autoroute du côté du Grand Centre commercial ou du Casino. Ils y vont tous. Il y a de si belles routes vers la mer… Certaines traversent des villages fleuris. Aimable m'y menait souvent, j'aimais beaucoup ces promenades.

— Je connais aussi de jolis chemins. Vous tremblez, n'est-ce pas ? Vous avez peur des vôtres, de la voisine, de vos parents, du quartier ?

Elle ne répondit pas mais il la vit soudain fermer avec une certaine violence les volets roulants du rez-de-chaussée. Il sortit la moto et l'attendit sur la route.

Elle claqua le portail. Elle vit madame Lecruche porter des mains épouvantées à sa bouche enfin fermée.

*

Elle se souviendrait toujours de cette promenade. A la première peur succéda une sorte d'ivresse. Au début, elle s'appuya contre le dos de Michel. Un dos si vivant, rassurant sous le cuir ! Il y eut une route entre des champs où flottaient des herbes dorées. Il tournait en douceur le long d'anciens chemins sous des peupliers dont le vent transformait les feuilles en grelots délicats. Quelques feuilles tombaient ; la fin de l'été approchait. Ces routes-là débouchaient sur des villages. Un parfait silence, des murs bas chargés de feuillages, de fleurs. A un moment, il s'aperçut qu'il n'était pas loin du grand marais, vers le hameau. Il bifurqua brusquement vers la mer, tourna le dos aux chemins trop reconnaissables. Il allait alors très vite. Il sentait derrière lui les mains de Rose s'agripper fortement. Il ralentit quand apparut le bord de mer. Il s'arrêta à une plage, face à une île. Une brasserie à larges vitres ouvrait sur une terrasse fleurie. Il faisait doux.

— Allons boire quelque chose.

Il eut soin de garer la moto non loin, de ranger leurs casques.

Ils goûtèrent de thé et d'une part de tarte Tatin. Il voulut une boule de glace sur sa tarte. Elle hésita et fit comme lui. La mer se retirait doucement. Des barques penchaient, attendaient là. Il y avait encore du monde, plus loin, sur la plage. Elle se sentait bien, elle respirait sans difficulté. Le nœud de sa gorge se défaisait. Ce manque de force qui l'accablait depuis des jours se dissipait. Ce n'était donc pas impossible de retrouver un plaisir tout simple de vivre, de reléguer les ombres ? Une compagnie aimable, une belle promenade insolite, à l'écart de ceux que la désaffection, l'égoïsme ou les usages endeuillaient davantage. Elle frissonna en songeant à ses dimanches chez madame Lecruche, aux jeudis chez ses parents. Elle frissonna quand un nuage sombre, sourd, encombra à nouveau sa mémoire.

« Ah oui, il y a qu'Aimable est mort... »

— Buvez votre thé !

Elle secoua le nuage bas comme un plafond étouffant. Sa voix s'enrouait. Elle but le thé. Le jeune homme feignait de contempler la marée basse. Le vol rapide des mouettes. L'assaut de cette tristesse ne lui avait pas échappé.

Etait-ce l'âge, les soucis traversés, la dérogation à ses mortifères habitudes, qui pesaient sur sa voix, son corps, son esprit sans beaucoup de répit ? Elle aussi avait eu une dure jeunesse mais Aimable était venu, généreux, lui restituant la gaieté, la comblant de tous ses sens.

Elle lui en voulut soudain d'être mort.

— Au fond, un mort, c'est quelqu'un qui vous plaque.

Il ne répondit pas. Il craignait de la peiner en l'approuvant.

On allait rentrer, le voisinage, madame Lecruche ne manqueraient pas de manifester à leur manière une aigre petite indignation au sujet de ce minuscule scandale.

— Et puis je m'en fiche ! fit-elle soudain à haute voix.

— C'est bien, dit-il. C'est ce qu'il faut.

Elle voulut payer les consommations mais il l'avait déjà fait. Sa carte entamait une première ponction dans la réserve si généreuse octroyée par Didine. « Elle serait heureuse de me savoir là, avec Rose-Mirza... Une femme douce qu'on traite mal. Il y a tant de façons de maltraiter ! »

Il était dix-neuf heures quand ils arrivèrent au pavillon. Un grand silence régnait. Certains volets étaient déjà fermés. Le rideau de la voisine était baissé. « Elle doit bouder, la grosse belette, mais sa langue n'a pas dû rester inactive. »

Il restait encore quelques heures de jour. Septembre allait vite biffer l'été, avancer ses nuits. Rose hésitait à ouvrir les volets roulants. Michel le fit d'office.

— Pourquoi s'enfermer si vite ?

Il vérifia le tabouret, satisfait de sa solidité.

— Avez-vous faim, Michel ?

Oui, il avait faim.

— Tant mieux ! dit-elle.

Elle était rose du grand air, rose de la promenade, rose comme son prénom.

Elle prépara une soupe, une compote de pommes et de poires. Elle oublia de rallumer son portable. Elle refusa d'être aidée.

— Je monte un moment.

En haut, il ouvrit son carnet de dessin. Il croqua la moto-Pégase menée par l'Archange vêtu en motard. Derrière lui, habillée comme une fée, Rose-Mirza... Son crayon allait vite et bien. L'inspiration, cette drôle de fièvre, affluait. Une foule d'individus en forme de belettes, de renards, d'hyènes, poursuivait la moto-Pégase. A coups de dents aiguës, de griffes comme des épines, ils tentaient d'enlever Rose-Mirza par sa robe légère. La dépecer vive. En un nuage argenté il déploya des ailes à la moto-Pégase. A un tournant, sous des peupliers chargés de fleurs inconnues, il y avait une rivière. Une coulée bleutée, qui peu à peu virait au plomb. Pégase, l'Archange-motard et Rose-Mirza entraînaient dans leur élan leurs poursuivants au fond de la rivière... Bel Ange modifia leurs formes, ils devenaient aussi petits que de noirs insectes, des punaises affolées, portant chacune un tee-shirt à rayures mauves. Il croqua quelques bulles où on devinait des hurlements épouvantés. Il n'eut pas le temps d'achever son croquis, il entendit en bas claquer une porte et un dur éclat de voix.

Il posa son crayon, enferma son album. Il s'assit, en retrait, sur la dernière marche de l'escalier. Il regarda et écouta.

— Qu'est-ce que j'apprends ? chevrotait un vieil homme long et sec.

Il frappait une canne au sol.

« Il a l'air d'un héron, un héron au bec tronqué avec un cou de vieille poule maigre. »

C'était le père de Rose.

Le vieil homme portait une veste à carreaux. Sa voix était éraillée, comme celles de certains vieillards. Elle tournait à l'aigu dans sa colère. La canne frappait, frappait. Un bruit sec, dur. « C'est elle qu'il aimerait frapper. »

— Tu fais n'importe quoi. On t'a vue partir à moto avec cet individu. Tu l'as pris chez toi sans nous consulter. C'est peut-être un voleur, qui sait, un assassin ! Madame Lecruche, que tu as offensée, m'a appelé et ton fils l'a fait aussi. Impossible de te joindre. A moto ! Tu n'as pas honte ? Une veuve de soixante-quatre ans ? Une fille en deuil de sa sœur ? Qui t'a appris ces inconvenances ?

Il s'approcha du piano, le caressa d'une main aux osselets visibles. Son index pointu, à l'ongle jauni, désignait la photo de Marinette et de Rose.

Il sortit une petite clef de sa poche et ferma le piano.

— Si jamais cet individu osait y toucher !

Un piano fermé à clef, un cœur – quel cœur ! – levé en strapontin contre un mur d'indifférence hostile. L'intrusion chez sa fille, traitée de manière injurieuse et infantile. La voix voilée, à nouveau la voix voilée, de Rose Lechant.

— Je n'ai rien fait de mal et je suis encore chez moi !

— Il y a des comportements qui frôlent la démence, cela peut se prouver.

La colère glacée de Bel Ange, aux paupières baissées. En trois gifles il pouvait faire sortir durement cet homme méchant. « Le tuer serait facile et agréable ; serrer ce cou atroce... » Le père de Rose exhalait une hostilité différente de celle de son père à lui.

« Mon géniteur n'était pas dans ce genre de rejet. Il n'a jamais supporté ma naissance, ma personnalité. Ici, c'est différent. C'est peut-être pire... »

Il descendit l'escalier et s'approcha vivement du vieillard dont le coin de la bouche mince bavait légèrement. Il poussa un gloussement effrayé.

— L'individu, c'est moi. Je suis étudiant à l'IUT. Cette location arrange votre fille et me convient. Vous pouvez emporter le piano, si vous voulez. Je puis le traîner avec une corde jusqu'à votre tanière.

— Comment ? Comment ? balbutiait le héron.

Une nuée de pellicules s'éparpillaient sur ses maigres épaules. Il déglutit avec peine et regardait, choqué, indécis, ce beau jeune homme souriant, sans déceler l'éclat de son regard.

— Qui êtes-vous ? D'où venez-vous ? De quoi vous mêlez-vous ?

— Il est question de moi puisque vous m'accusez d'être un voleur voire un assassin... Vous grondez madame Aimable Lechant de m'avoir pris pour locataire, et suite à j'ignore quels renseignements, d'avoir accepté une promenade à moto.

— A moto ! A son âge, c'est une folie, un danger et une inconvenance.

Il pâlissait et, curieusement, la tonsure de son crâne rougissait.

— J'emporte la clef du piano, tu entends, Rose ? Je t'attends jeudi comme d'habitude ; et vous, jeune homme, j'aimerais en savoir davantage à votre sujet. Passez jeudi à deux heures. C'était l'usage du temps de ce pauvre serrurier. Il était si malappris qu'il a cessé de venir. Je vous convie sans plaisir mais ainsi ma femme et mes petits-enfants seront rassurés sur votre compte. Ce serait plus convenable pour ma fille. C'est le jour où elle doit m'accompagner au cimetière.

Aller chez lui ? Son premier mouvement fut une immense répulsion mais il croisa le regard de Rose-Mirza. Il pensa alors plus égoïstement qu'accepter cette injurieuse injonction, c'était protéger sa paix, celle de sa logeuse et surtout enrichir sa bande dessinée.

« Il me faut voir le héron chez lui. »

Il sourit froidement au vieil homme dont la glotte, avec son mouvement d'ascenseur, lui faisait horreur. « Dessiner ce maigre cou, le reste viendra. »

— C'est une chance, monsieur, que le jeudi je sois à peu près libre de cours. Je voulais en profiter pour travailler à la bibliothèque.

Travailler à la bibliothèque. L'IUT. Les cours... Herbert Faucheux cligna un œil qui pleurait sous ses lunettes aux verres sales.

Il ouvrit un portefeuille craquelé et y glissa soigneusement la clef du piano.

La canne toqua jusqu'à la porte. Pas un regard, pas un mot. Rose resta un moment immobile face au piano fermé. Elle mordillait sa lèvre pâlie, luttait contre les larmes, respirait avec peine.

On entendit crachoter le moteur d'une voiture bruyante et lâchant des gaz.

Il était temps d'allumer les lampes et de descendre les volets roulants. C'est ce que fit Michel. Par pudeur, il la laissait se remettre.

« Encore quelqu'un que le père a jeté. »

Dans la cuisine, sur le tabouret réparé, Rose tamponnait vivement ses yeux. Elle souriait, les lèvres encore tremblantes. La soupe était un peu brûlée. Michel ôta vite la casserole de la compote qui tournait en caramel. Il mit le couvert. Elle n'avait pas faim. « Goûtez votre compote, elle est bonne ! » Il lui dit que ce serait très bien si ce piano retournait chez ses parents.

— Quel bon débarras, vous ne croyez pas ?

Il songeait à la dureté d'apprendre la liberté.

« J'y ai passé ma jeune vie, mais elle ? »

Elle ralluma son portable.

Plusieurs messages l'encombraient. Ses enfants, son père. Le reproche était le même : madame Lecruche l'avait vue partir à moto avec son locataire. Elle avait été outrée par ce jeune homme qui l'avait « presque mise à la porte ». L'attitude de sa voisine, en croupe derrière lui, sur une moto « qui allait comme le vent », l'avait choquée. On ne savait pas où il l'avait emmenée. Les hoquets indignés de madame Lecruche avaient surtout pour fondement que sa voisine traversait une crise d'émancipation et l'excluait de sa vie, elle, la dévouée voisine de toujours.

Jusqu'où pouvait aller cette crise-là, avec ce jeune homme sous son toit ? Cela s'était vu des aventuriers qui dépouillent voire assassinent une *vieille* dame.

C'est ce que madame Lecruche avait laissé entendre au vieillard de la villa au perron usé, qui s'empressa à son tour de joindre ses petits-enfants, déjà renseignés par la voisine.

Eliette fut la seule à prendre la défense de sa mère.

« C'est plutôt bien qu'elle essaye de s'assumer sans papa ! »

Les voix faisaient un chœur hostile.

« Elle se fait exploiter et les effets secondaires tomberont sur nous. »

Ils avaient insisté auprès de leur grand-père pour qu'il aille « jeter un coup d'œil à la maison ».

La maison de Rose, une maison qui sentait bon la soupe aux légumes et la compote de pommes et de poires. La maison où Rose, remise, égayée par les propos de son jeune locataire, avait les joues animées, le sourire et un petit chant aux lèvres.

Pour la première fois depuis le décès d'Aimable, elle eut envie d'un bain parfumé dans sa belle baignoire rose fuchsia.

*

Bel Ange pense à Didine.

Il la voit, bêchant son jardin, saluant l'homme au tracteur quand il avance si près. Elle le salue d'un sourire et d'un petit coup de tête. Pourquoi lui en voudrait-elle de la bouderie haineuse du père Thomas ? Son champ de navets était à elle, cette vente a permis de combler, de libérer son bel enfant. Elle plaint le père Thomas d'être ainsi. La haine est un venin ; il empoisonne. Le sang, la tête, l'âme. Une maladie mortelle. La haine, un péché mortel. Une peine mortelle. Certains meurent d'amour, d'autres de haine. Didine sait ces choses. A force de prier l'Archange et saint Eutrope, la Vierge et son divin Fils, cette haine s'en ira. Thomas reprendra son rire, sa vivacité, sa voracité joyeuse de vivre, d'aimer la vie, sa vie. Son teint perdra ces dangereuses fibrilles, ce réseau violet et rouge sang… Sans haine, il cessera de maudire, la maudire, maudire l'homme au tracteur, maudire le *ravisé*. Maudire. Quelle malédiction ne retombe pas sur qui ressent cela sans répit ?

Que fait Didine ?

Bel Ange la suit mentalement. Elle a quitté l'allée aux acacias. Elle soupire en regardant le bois penché que la pluie de septembre et son soudain soleil font étinceler comme une étrange fontaine... Elle va, elle est dans la cuisine. Elle lave la vaisselle, elle chantonne *Nous n'irons plus au bois,* elle épluche des légumes. Elle rassemble ses fleurs dans sa carriole. Elle soupire. Le père Thomas a encore hurlé qu'il décrocherait le fusil si approche le tracteur de l'imposteur « qu'elle a osé introduire chez lui ». Le soir, l'angélus sonne, quelque part, au loin. Didine abandonne sa tâche, redresse son épaule voûtée et prie. Radieuse, calme. Il est temps de rentrer, de vérifier ses herbes guérisseuses. Elle dîne avec la famille, à sa place, à ce banc-là depuis toujours. Elle va et vient à la cuisine. Elle sert la soupe, retourne en son silence ; un silence bruissant du vent délicat dans les acacias, du vent délicat sur le bois penché. La délicatesse du vent. La délicatesse de certains cœurs. La furie des hommes. La furie du vent. Elle ira demain à la première messe. Elle passera au cimetière du chemin bleu. Fidèle à ses quelques tombes, ceux qu'elle a aimés, connus, ou qui sont morts dans la pire des solitudes. Elle ira ensuite au marché du bourg, vendre ses fleurs et ses légumes. On ne lui demande plus « Et vos navets ? ». Le bourg et les hameaux alentour savent l'histoire de la vente du champ. Pourquoi et pour qui elle s'en est séparée. Un grand silence sur cette affaire. Un blâme secret, ce blâme qui fustige qui ose brader *sa* terre, pour aider qui ose quitter le hameau, le bourg, la vie ici.

Les brus, ses neveux lui parlent gentiment mais brièvement. « Passe-moi le pain, Tata. » Ils craignent de déplaire au père Thomas s'ils lui montrent quelque affection. Seule sa sœur « Mémé » a changé. Ce fils inquiétant, qu'elle a vécu destructeur de sa vie, n'est plus là. Elle laisse repousser ses cheveux. Elle a repris un peu d'élan, de santé. Il lui arrive de rire avec ses petits-enfants. Son rire irrite son mari.

Didine… Bel Ange sait que chaque soir, dans sa chambre au couvre-lit en satin bleu, elle ouvre l'album blanc de son baptême et de sa communion. C'est un de ses plus doux moments. Elle s'émerveille toujours de ces photos. Elle feuillette religieusement l'album. Elle ouvre lentement la boîte où rutilent la chaîne et la médaille offertes par son parrain. Un brave garçon, son parrain ! Bel Ange lui a tout confié avant de partir. Il n'a voulu, à son cou, que la médaille de l'Archange. Elle a rangé, avec la même piété, les petites motos de collection qu'elle lui offrait à Noël.

« Garde-les, Didine-Divine », avait-il dit avant de partir.

Elle regarde les images de « Pégase, le cheval merveilleux ».

Elle ouvre son missel. Elle en sort une feuille pliée en quatre.

Le dessin que Bel Ange a fait d'elle : une fleur juponnée, chapeautée en capucine en un champ délicieux. Le dessin est signé « Bel Ange » et d'un petit trèfle rouge, réplique exacte de sa marque de naissance.

Il est temps d'éteindre la lampe à trop faible ampoule. Demain, à cinq heures elle sera la première levée.

Didine s'endort, une fois de plus, un sourire aux lèvres. Il est heureux, son bel enfant, elle le sent, bien plus heureux qu'ici. Un sourire aux lèvres. Où y a-t-il un sacrifice, de la peine, quand l'éloignement permet d'accomplir un destin, protéger un enfant qu'elle aime au-dessus de tout, sauf le Ciel et ses habitants sacrés ?

Elle dort. En paix, avec la paix.

Dans la chambre du fond, la plus grande, le père Thomas se tourne et se retourne. Il dort peu et mal. Il lui faut avaler une pilule blanche ou une bleue quand son cœur cogne trop fort. Lui qui dormait de manière si parfaite !

A cause de Didine-la-traîtresse, de ce *ravisé* au loin, du voisin au tracteur, on lui a volé sa grosse joie d'ogre serein, sûr de lui et de ses autorités.

Il est malheureux. Il n'en revient pas d'être malheureux. Il avait cru l'être à la naissance de ce dernier fils, mais ce malheur-là, rongeur de son souffle, même de son appétit, il ne l'a jamais enduré. Il va falloir faire quelque chose. Mais quoi ? Il se traîne sans plaisir au poulailler. La saison de la chasse va arriver. La chasse qu'il adorait. « On n'adore que Dieu », susurre cette demi-naine qu'il s'est pris à maudire. La chasse ! Elle ressuscite en lui le souvenir du coup de fusil maladroit de Bel Ange.

L'avait-il fait exprès ?

Sous la couverture en crochet blanc, cette silhouette montueuse, à forte et régulière respiration, c'est sa femme. Il lui porte rancune de dormir. D'avoir trouvé une forme de calme. Il s'assoit au bord du lit. Il avale une pilule bleue. Sans eau. Un sommeil en forme de brouillard s'empare de lui mais n'éteint pas sa pensée obsédante.

Si jamais le voisin au tracteur s'approche du grand marais, il tirera sur lui une volée de plombs ou de gros sel.

« Préservez-nous de la Tentation », a murmuré Didine avant de s'endormir.

Elle est si paisible qu'on croirait une Bienheureuse, une imputrescible Défunte liée à un secret resplendissant.

La tentation !

Michel secoue ses images, l'une après l'autre, si proches, si justes. C'en est presque pénible.

« Ça doit être ma promesse idiote d'aller chez le père de Rose-Mirza. »

Il pleuvait ce matin-là, il mit son coupe-vent. Le matin, il était allé à l'IUT. Il évita la cantine, il détestait les cantines. Ce souvenir de groupes, ces moments où tout lui revenait en images de troupeaux. Il mangea un sandwich dans la cafétéria quasi vide, mit une pièce dans l'appareil à café. Il y avait quelques sièges en plastique dur. Il s'assit, relut ses notes. Il aimait bien le dossier à traiter en biologie. Allait-il oublier sa logeuse et cet impérieux vieillard ?

Plusieurs filles surgirent. Elles pépiaient devant la machine à café. L'une d'elles l'avait déjà entrepris quand il s'était inscrit, le premier jour. Elle avait admiré sa moto. Ses yeux brillaient. Une fille standard, « il y en a tant comme ça ! ». Elle s'assit près de lui, elle souriait. Elle suivait les mêmes cours. Il revit son doux front têtu penché sur un microscope. « Elle est jolie, sans doute pas sotte. » Il pensa brièvement à Lili. « Non, celle-là est différente. » Lui plaisait-elle ? Il n'y avait pas songé. Il était ailleurs. La maison de Rose Lechant, son univers dans lequel il puisait une étrange distraction, comme galvanisé par une surprenante mission. C'est lourd, les filles trop jeunes. Que peuvent-elles espérer de lui ? Peser, l'envahir, perturber son univers ? « Une vraie amie, oui, j'aimerais ça, mais elles ne s'en contentent jamais. Je n'ai ni l'âge ni l'envie de donner ce qu'elles attendent. » Donner quoi, au juste ? Depuis Lili, avant Lili, il n'aimait pas beaucoup les filles jeunes. Il revit, dans la boîte de nuit, la femme aux longues jambes de soie, aux traits trop maquillés. « Un peu protectrice, un peu putain, avide de coucher avec un jeune... Mais voilà, qu'ai-je à faire de ce genre d'amour ? »

Il était parti très vite dans la nuit.

Il s'aperçut qu'on lui parlait.

— Je m'appelle Tiphaine.

Génie biologique, mêmes cours que lui. Pourtant il l'avait à peine remarquée.

— Je prends la navette chaque jour ; c'est pratique ; elle m'arrête près de chez moi.

Elle jeta son gobelet vide dans une poubelle. Elle portait un jean, un blouson de belle qualité ; des chaussures lacées de bonne marque. Il aimait bien le réseau de petites boucles dorées à son oreille.

Ses cheveux blond foncé, traversés d'une mèche plus claire, étaient noués par un anneau assorti aux boucles. Un tatouage, un serpent lié à une rose, glissait le long de son poignet. Elle rêvait de faire un tour sur sa moto.

— Ma moto t'intéresse ?

Elle rit.

— Tu habites où ?

Il ne voulait surtout pas parler de Grand-Bourg ni de Rose Lechant. Les questions l'avaient toujours excédé.

— Vers Aytré. Je dois partir, on m'attend.

Il s'en alla brusquement.

Il gara sa moto sous le hangar. Le rideau de la voisine était immobile. Il la devinait à son poste favori, grosse ombre à l'ombre de la dentelle mécanique.

« C'est le jour où Rose va chez ses parents, elle le sait, elle a tout entendu de la scène du vieux héron... Il lui suffit d'approcher de sa haie pour épier. »

Il entra dans la maison. Il déposa ses affaires à l'étage. Il alla droit au piano et s'empara de la photo de Rose et Marinette. Il se souvenait des odieuses paroles du vieil homme : la photo n'était pas un tendre souvenir destiné à la sœur aînée mais une punition. La vision d'une punition. Il la glissa dans sa poche.

La venelle n'était pas loin. Elle aboutissait à la villa qui eût mérité un ravalement. Le perron, ses quatre marches, mal élargies, les fenêtres étroites, tout respirait l'étroitesse. L'obscurité ternissait l'ensemble d'ombres. Un paillasson usé jusqu'à la corde intimait l'ordre de s'essuyer les pieds. Il aggravait la saleté des semelles.

Il n'eut pas à sonner. Herbert Faucheux le guettait. Il ouvrit la porte. Michel fut étonné des trois serrures, les clefs, les verrous intérieurs, aussitôt fermés. « On est prisonnier, là-dedans. »

Il savait comment croquer la villa. « Une tour maigre, aux ouvertures mesquines, dont la porte est fermée pire qu'une chambre de torture. Il y a des années, qu'ici, on torture Rose-Mirza. »

— Vous avez dix minutes de retard, encore un peu et nous partions au cimetière !

Herbert Faucheux barrait de sa hauteur la porte entrouverte. Une implacable odeur de vieillesse assaillit les narines sensibles de Michel.

« Ce n'est pas de la puanteur mais un ensemble moisi, des êtres pétrifiés dans leur moisissure mentale. Comment cette pauvre Rose-Mirza peut-elle résister ? »

Il la vit, assise sur un canapé dont le velours râpé, sans couleur définie, sentait le mouton mouillé. Elle était vêtue d'une robe noire, probablement celle qu'elle portait à l'enterrement de son mari. Les cheveux tirés par un serre-tête qui ne lui allait pas. « Ici, ils la font vieillir exprès. » Au coin de la porte, il remarqua un sac en plastique où s'amoncelaient des chiffons. « Probablement destinés à lessiver cette pauvre tombe où, depuis si longtemps, la sœur est pulvérisée. »

Les croquis de Bel Ange se mettaient en place. Il sourit, c'était un terreau intéressant.

Une odeur de chicorée flottait. Sur un guéridon qu'on ne cirait guère, une plante verte aux feuilles jaunies était posée sur une assiette fêlée. La pièce étouffait sous un encombrement de vieux meubles, de bergères épuisées. L'une d'elles, à rayures d'un vert passé, laissait échapper sa bourre.

Au plafond, un lustre en cuivre, de style mérovingien, n'avait que trois ampoules qui fonctionnaient.

L'hôte-héron, de ses impérieux doigts osselets, désignait le canapé.

— Asseyez-vous entre ma fille et moi, jeune homme. Madame Faucheux réchauffe le café.

Une expression du hameau lui revint : *Café bouillu, café foutu.*

Un service ancien, dont le bleu et l'or avaient presque disparu, était disposé sur le guéridon à la plante exsangue. Au fond de la pièce, une table carrée frôlait un buffet Henri II bosselé d'ornements compliqués. Sous une petite lampe allumée tel un cierge de chapelle, souriait une grande photo de Marinette. Sur la cheminée fêlée, une pendule en cuivre terni représentait Napoléon Ier, son laurier et sa jupette. Son timbre aigrelet sonnait n'importe quand. Elle ne marquait pas l'heure exacte.

Madame Faucheux parut avec la cafetière assortie aux tasses.

Michel la salua, évita de regarder Rose. Il entendait à peine son souffle. « Elle étouffe. »

Par la mesquine fenêtre du fond, sous un rideau en tulle exténué, on apercevait un jardin si sombre qu'on eût dit qu'il faisait nuit.

Rose croisait et décroisait ses chevilles. Elle portait des bas et des chaussures noirs. Elle s'écarta le plus loin possible quand son père s'assit entre elle et Michel, faisant gémir quelque ancien ressort.

— Rose m'a dit que vos parents ont une entreprise de volailles ?

— Ils élèvent des poules et les égorgent.

Le héron pinçait une bouche encore plus mince.

— Vous faites des études ? Très étonnant. Il faut respecter ses parents, jeune homme, même issus de peu.

Le héron devenait sentencieux.

— Ma mère frôlait la ménopause quand une fâcheuse graine, moi, a pris en son ventre... Là-bas, dans notre bouse.

Le héron claqua du bec en une série de « Hem, hem, hem » choqués.

Il partit en un discours confus sur le respect « dû à sa mère ».

— Entendez-vous, jeune homme ?

Il changea de sujet et revint à son obsession.

— Je vais vous montrer les photos de Marinette, notre bien-aimée enfant. Ecoutez son histoire...

Il parla longtemps. Son épouse, toute petite, maigre, servait un breuvage jaunâtre. Elle penchait un visage ridé en pomme blette. De ses cheveux blancs, noués en un maigre chignon, s'échappaient des épingles neige. Une robe tricotée, grise comme ses bas gris. Des souliers démodés.

« Une antique souris. »

L'odeur de la chicorée réchauffée levait le cœur. Elle offrit la pince à sucre en argent noirci. Elle tendit une assiette de petits-beurre à goût de poussière.

Il parlait, le vieux héron, que la folie rongeait à sa manière.

« Il fait d'un deuil une vilaine occupation de sadique envers sa fille, voire sa femme. »

Cette dernière s'était assise, sans un mot, sur une chaise à haut dossier. Elle tricotait, l'air absent, une écharpe sans couleur précise.

« De la laine de pauvre, pour ses œuvres charitables. »

Herbert Faucheux tendit à Michel l'album de Marinette.

— Voyez cette grâce, cette finesse des traits !

Il pencha son profil et sa pénible haleine du côté des photos dont beaucoup avaient jauni. Une petite fille riait, sur un banc, sous un arbre, avec un bouquet de fleurs. Il n'y avait aucune photo de Rose. Un effarant cliché saisit Michel.

L'enfant morte, vêtue de blanc, bas et chaussures comprises, couronnée de fleurs, était allongée sur un petit lit aussi pâle que l'ensemble. Michel se souvenait d'un temps où on photographiait les défunts. Il y avait longtemps que cela n'existait plus, mais le père avait exigé, pris lui-même la photo.

La pendule sonna plusieurs fois sous la jupette impériale. Le cliquetis des aiguilles à tricoter s'accélérait.

Le vieil homme aspirait son café chicorée à grand bruit de lèvres avalées.

— Herbert, murmura sa femme, tu devrais montrer ta volière à monsieur Michel Thomas.

Etouffait-elle aussi, aux rets de ce morbide délire ?

La voix d'Herbert Faucheux tonitrua. Rose sursauta.

— Comment ? Mais Rose doit nettoyer la tombe ! L'ange est moins blanc et...

— J'aimerais bien voir votre volière, glissa Michel.

Il avait une voix basse, douce comme on parle à un fou.

Le héron se rengorgea, ce qui accéléra le mouvement de sa pomme d'Adam.

« Ah ! ce cou, deux doigts suffisent à en faire le tour. Serrer. Serrer. Plus de héron... »

Herbert Faucheux referma l'album avec une extrême lenteur. Il l'embrassa. Il le glissa en haut du buffet Henri II. Michel le suivit. Rose aidait sa mère à débarrasser le guéridon.

Ils sortirent dans le jardin long et maigre, trop étroit.

« Il lui ressemble. Il ressemble à ces gens-là. »

Deux cyprès à bout de souffle survivaient de chaque côté de l'allée où passait à peine une brouette. Aucune fleur, une haute haie épineuse. Du lierre s'agrippait à des plantes communes, piquantes, mal définies, envahissantes. La volière était au coin du premier cyprès. Haute, large, en bon état. Sur son toit en fer, chaque soir, une toile était déroulée pour la nuit.

Il y eut un pépiement affolé à l'approche de Michel. Cinquante perruches s'agitaient, bec en haut, bec en bas. Elles allaient, volaient, sautaient d'un perchoir à l'autre.

— Pitis pitis pitis ! roucoulait le héron.

Il contrôla le déverseur de graines, les mangeoires, l'eau.

— Elles me connaissent, disait-il, soudain enivré. Quelle consolation, les volatiles ! Voyez celle-là, si bleue !

Il baissa le ton, désigna un jardin invisible.

— Mon voisin a proposé d'acheter ma volière. Il en est jaloux !

Il se rengorgea.

— Il peut toujours attendre !

Il heurta une bêche couchée, trébucha et gronda. L'homme de peine, qui chaque mois passait la tondeuse, « le volait et ne rangeait rien ».

— Il fait semblant de travailler. Je suis trop bon de ne pas porter plainte. Il n'est pas dit que je ne porte pas plainte à la mairie.

Il retourna vers la maison. Il avait un certain plaisir à répéter « je suis trop bon ».

— Eh bien, tu n'es pas prête ?

Son ton était redevenu autoritaire en s'adressant à Rose. Elle saisit son imperméable d'une patère en cornes de cerf. Michel mit à son tour son coupe-vent. La suite stupéfia le héron et la souris grise.

Michel sortit de sa poche la photo de Rose et Marinette. Il se tourna vers la souris grise.

— Madame Faucheux, la place de cette photo est ici. Ce sont vos deux filles. Non, monsieur Faucheux, madame Aimable Lechant ne va pas torcher une vieille tombe. Elle a d'autres projets. Merci de votre accueil et de m'avoir montré vos perruches. De bien beaux volatiles, vraiment.

Il salua d'un bref coup de tête, les paupières baissées, plus de regard.

Il attrapa le sac prévu pour les chiffons, fit prestement passer Rose devant lui. Ils sortirent rapidement.

De la venelle, quelques ombres ondulaient derrière les fenêtres si étroites que le mot « meurtrières » prenait tout son sens.

« Dans "meurtrières", il y a "meurtre". »

Rose, d'un geste brusque comme la remontée à l'air libre, ôta le serre-tête noir et le jeta dans une poubelle municipale.

— Je vais en faire autant de cette robe et du reste !

Michel jeta à son tour le sac de chiffons.

Ils marchaient côte à côte, sur le trottoir de la rue du Commerce. A la maison, pour la première fois depuis des mois et des mois, peut-être même davantage, elle fut prise d'un fou rire.

Michel proposa :

— Que pensez-vous, Rose, d'un bon et vrai café avant le jardinage ?

C'était la première fois qu'il l'appelait Rose.

Elle riait.

— Bien sûr ! N'oubliez pas les biscuits à la cuillère, là, dans ce placard. C'est délicieux avec de la confiture de prunes !

Quand le café, « le bon, le vrai », embauma la cuisine, elle revenait de sa chambre. Elle s'était changée. Elle portait un pull rouge, un jean.

Ils allèrent au potager. Ni l'un ni l'autre n'avait son portable.

On entendait, du jardin voisin, un bruit presque furieux.

Madame Lecruche passait sa tondeuse avec une vigueur nouvelle. Ainsi mugit la sirène d'un vieux navire dans la nuit obscure de l'abandon.

*

L'automne tourna vite à des nuits plus courtes. Vint le moment où on recula les montres d'une heure. Les feuilles tombaient, il y avait encore de belles journées. Le froid s'abattait vers le soir. On fermait plus tôt les volets roulants. Michel gardait ouvert celui de sa fenêtre. Octobre finissait bientôt. Chez Rose, la vie avait pris un autre tournant. Rose se débrouillait mieux. Les intérêts de ses épargnes lui servaient à payer l'électricité, certaines taxes. Une confiance inédite calmait ses angoisses. Elle pouvait vivre dans sa maison.

Michel lui devenait de plus en plus indispensable. Il l'aidait en tout. Après ses cours, il regagnait sa chambre pour travailler. Son travail expédié, il ouvrait son album. La visite chez le héron et la souris grise prenait forme. La maison si haute, si maigre, ses meurtrières. La bêche au sol où le héron s'était pris les pieds, la volière…

Il s'en allait parfois, à moto, seul, une nuit entière, ou tout un samedi.

Rose ne posait aucune question sur ses absences. Elle ne lui demanda jamais s'il allait voir ses parents. Il la faisait de plus en plus penser à un chat. Sa légèreté dissimulant des souples forces féroces. La cruauté envers l'offense. La fidélité à un seul être Didine-Divine et ici, Rose Lechant. La fidélité à une maison. La tendresse mesurée, vite lassée en cas d'insistance. La gourmandise délicate. L'élégance des mouvements. L'attention et un instinct aigus, la griffe redoutable, mais jamais avec elle. La disparition sans explication. Les yeux… Etranges et magnifiques yeux de fauve, parfois réduits à un mince trait gris. « Il s'échappe ou retient ses colères par le regard. »

Rose changeait. La barrière s'épaississait avec ses enfants. Ils ne lui téléphonaient presque plus. Eliette, seule, s'inquiétait pour sa mère et maintenait un contact régulier avec elle. C'est par Eliette que Rose sut que son grand-père avait été offusqué « au dernier degré » de son insolence et de son locataire. « Elle a osé refuser, poussée par lui, de nettoyer la tombe de Marinette morte à cause d'elle ! »

Eliette laissait divaguer le vieil homme. Son discours, la soumission de sa mère l'avaient souvent irritée. Elle pleurait parfois sur sa stérilité. « Peut-être dois-je penser à l'adoption ? » Rose murmurait avec tact que la stérilité ne venait peut-être pas d'elle.

Elle perdait peu à peu sa voix voilée. Ses cernes s'atténuaient. Le matin, elle écoutait ses chansons favorites. L'une d'elles l'émouvait beaucoup, *Le petit bal perdu* par Bourvil. Elle prêta une chaîne portative à Michel.

— Aimable s'en servait quand il travaillait au sous-sol.

A la satisfaction de Michel, elle était branchée sur de la musique classique. Le grand air d'*Aïda* s'éleva.

— Aimable adorait cet opéra. En deuil, la grande musique est un arrachement. Il me devient possible de renouer avec la musique classique.

Elle n'osa pas compléter sa pensée. Sa vie s'allégeait. Son locataire l'avait-il aidée à rompre ces chaînes invisibles qui, depuis si longtemps, faisaient ployer sa vie sous le joug des autres ? Avait-elle oublié ses parents qui la boudaient, leur oppression, l'indifférence autoritaire de ses enfants ? Sa voisine ? Elle n'en parlait plus. Le quartier remarqua qu'elle n'allait plus à la messe du dimanche. Elle aimait à se recueillir dans l'église vide.

Certaines soirées avec son locataire agissaient mieux qu'un tonique.

Ils regardaient, entre autres, la chaîne Arte. Un bon film, un reportage. Michel s'asseyait par terre, en tailleur. Enveloppée d'un châle sur un pyjama d'intérieur – ô scandale ! –, Rose repliait ses jambes sur le canapé du fond. Ces soirs-là, ils ne dînaient pas à la cuisine. Elle apportait à chacun un plateau télé, depuis longtemps abandonnés, depuis le décès d'Aimable. Elle avait un lecteur de DVD, une série de films, vieux ou plus récents. « Aimable adorait Woody Allen. » Ils dînaient devant le film. Un silence heureux s'établissait.

Un matin, avant de partir en cours, Michel lui suggéra que « le temps était venu de rendre visite à la voisine ».

— Je me sens si bien depuis un mois !

— La revoir est la meilleure manière de vous en défaire.

Il garda pour lui la fin de sa pensée. « Si elle refuse, cela lui retombera dessus sans prévenir. »

Quant à ses vieux parents de la venelle, son opinion était différente. Il lui fallait rompre avec cette subtile maltraitance.

— Ils vous rendaient malade, surtout votre père.

— Je n'ai pas voulu les abandonner.

— Ce sont eux qui vous ont abandonnée.

Madame Lecruche souffla dans le portable de Rose :

— Je vous attends tous les deux, dimanche après-midi, à quatre heures ! Quel plaisir de se revoir !

Elle attendait, tout rideau soulevé, depuis une grande heure. Ce jour-là, octobre réservait une claire journée, aux feuilles éparpillant un nuage doré qui craquait sous le pied. Elle les guettait devant sa porte ouverte. Elle avait pris soin de sa toilette. Ce tonnelet avait changé son jean et sa tunique contre une robe à rayures mauves et bleues, hélas, horizontales. Des manches gigot, s'échappaient ses avant-bras et poignets virils. Bas de contention, chaussures plates en faux lézard, ancienne paire de feu monsieur Lecruche.

Elle avait probablement mis des bigoudis, sans grand ordre. Ses cheveux frisottaient de manière étrange, sorte d'éponge sur le devant, brindilles tordues à l'arrière. Un lourd parfum en excès fit tousser Michel.

Son cou, épais et vernissé, était entouré d'une chaîne large alourdie d'une grosse médaille de la Sainte Vierge, mêlée au cordon de son portable.

— Entrez ! Entrez ! Enfin, la revoilà, ma chère madame Lechant ! Laissez-moi vous embrasser !

Elle plaqua deux baisers sonores, à étourdir les tympans, sur les joues finement poudrées de Rose.

— Vous vous remaquillez ? Vous avez mis un peu de rouge à lèvres ? Excellent signe de santé ! Il y a longtemps qu'on ne s'est revues ! Je ne vous aperçois même plus à la messe ! Je me demandais si vous n'étiez pas souffrante ! Attention de ne pas prendre froid à bêcher le potager avec ce jeune homme ! A nos âges, une grippe peut être mortelle ! Mortelle ! Etes-vous vaccinée ? C'est bien d'avoir embauché de la jeunesse ! Mais vous allez le détourner de ses études ! Jeune homme, vous nous direz exactement quelles sont vos études ! La dame du Franprix m'a dit que son fils poursuit les mêmes que vous à l'IUT. Mais elle explique si mal ! Madame Lechant, cela vous va bien, cette robe imprimée ! Je l'ai vue en vitrine, rue du Commerce ! Une solde intéressante quand on connaît son premier prix ! Elle est gaie avec ces losanges multicolores et ces petits plis sur le devant ! Une vraie jeune fille ! Bien sûr, ce n'est pas une robe de deuil, mais le deuil c'est dans le cœur ! Dans le cœur !

Elle portait ses doigts boudinés à lourdes bagues du côté où l'on nomme « cœur » ce qui est du sentiment. Elle répétait souvent deux fois ce qui lui paraissait important.

Bel Ange ouvrait grand les yeux. Sa bande dessinée s'enrichissait. Certes, il protégeait Rose. Un sentiment nouveau faisait place à son indifférence et ses hostilités, mais sa bande dessinée était le pivot de sa vie.

« La furette obèse, en robe rayée... C'est mieux que d'en faire la mouche du coche. A revoir ? Ses pieds... Pourquoi pas en faire des lézards ? Elle ressemble à Kathy Bates dans le film *Misery*. Au fait, que dit-elle ? »

Elle parlait sans relâche. Il se retira en lui-même. L'essentiel lui parvenait, quand surgissaient son intérêt ou un danger envers Rose.

L'intérieur de la maison ressemblait un peu à celui de Rose quant aux espaces mais avec de grandes différences. Madame Lecruche avait opté pour un ensemble en faux acajou. Table, chaises, buffet, canapé. Des gravures d'animaux tropicaux ornaient les murs tapissés d'un papier à rayures mauves et jaunes. « Cela donne le tournis. »

Au-dessus du buffet, dans un cadre acajou, une solennelle photo du défunt.

« Un homme à l'air aussi bête ne mérite pas de vivre. »

Sur la table couverte d'une nappe rayée de rouge, s'étalaient les ripailles sur de la porcelaine pâle. Un lourd et rond gâteau pâtissier semblait fêter certain secret anniversaire. Quantité de petits choux à la crème, des biscuits fourrés, divers chocolats, des fruits confits. Quatre assiettes à dessert, les fourchettes à gâteau en inox, quatre tasses aussi profondes qu'un bol, assorties à une chocolatière. « Quatre ? Qui attend-elle ? » La voisine s'était mise en frais, rien à voir avec ses biscuits et café rituels. « Elle veut mortifier Rose. » Celle-ci lui offrit un bouquet des dahlias de son jardin.

L'œil rond de madame Lecruche tournait, tournait, derrière les verres épais.

— Ah ! Les belles fleurs ! Les belles fleurs !

Elle les disposa dans un vase en grès, sous la photo du défunt.

— Nous devons toujours penser à nos chers disparus ! Monsieur Lecruche aimait tant les fleurs ! Et sa pelouse ! La dame du pavillon voisin m'a dit que vous n'alliez plus fleurir la tombe de monsieur Lechant ? Comment oublier monsieur Lechant ?

— Mais je ne l'oublie pas ! s'écria Rose.

Le monologue de madame Lecruche continuait, çà et là assaisonné de venin.

— Tout cela est si récent ! Nous retournerons ensemble au cimetière, n'est-ce pas ? A ce propos, j'ai eu des nouvelles de votre père. On dit qu'il est très peiné que vous ne l'accompagniez plus sur la tombe de cette chère petite sœur… Les gens manquent de tact. Comprennent-ils que le veuvage vous change une bonne femme en un saule définitivement pleureur ? Un de ces jours, j'irai voir monsieur Faucheux et je l'aiderai à ce nettoyage. Il est bien malheureux, votre père ! Votre mère aussi ! Les gens de la venelle l'ont dit, sur le parvis, à la sortie de la grande messe et…

« Si je la coiffais de son affreux gâteau aussi large que son cou ? »

On entendit sonner et entrer.

C'était Myriam, sa fille.

En caleçon de laine, gros pull-over, une maigre chevelure terne, serrée dans un élastique, elle ne dissimulait pas un regard vorace sur Michel Thomas. Il baissa les paupières ; ses longs cils de soie noire étonnaient.

Un nouveau flot de mots se déversa. La mère parlait pour sa fille.

— Elle reprend son service ce soir, à neuf heures, pour la nuit ! Un dimanche sur trois ! Ah, ce n'est pas facile, une maison de retraite ! Dire que vos enfants vous y auraient bien fourrée, ma chère Rose ! Et si je vous appelais Rose, après tout ? Vous me direz Yvette et non plus madame Lecruche ! De ma fenêtre, j'ai entendu ce jeune homme vous appeler Rose tout court. Je l'ai su aussi par votre malheureux père ! Sa claudication ne s'arrange pas ! Moi qui vous connais depuis des lustres (œil bovin levé vers le lustre en faux cristal), je puis bien vous appeler Rose ! Vous me direz Yvette ! Ça c'est de l'amitié, qu'en pensez-vous ? Myriam, ôte tes laines, tu prendras froid en sortant d'ici. As-tu bien garé ta voiture ? Une moto, c'est bien plus commode… A propos, Rose, quel effet cela donne d'aller à moto ? Vous n'avez pas craint de vous casser le col du fémur ?

Michel Thomas leva sur Rose un brusque regard verdissant.

Il intimait la prudence. Le silence.

Ils sont assis autour de la table.

Un mouchoir en papier sur le nez, Myriam Lecruche reniflait de son rhume chronique.

— Tous ces vieux lui filent leurs microbes !

Ce n'était plus Michel Thomas mais Bel Ange qui engrangeait, croquait du dessin, à défaut de la grosse part de gâteau servie par leur hôtesse.

Elle fila à la cuisine, en meubles démontables, chaises en paille. Tout rutilait d'un excès de ménage. Ce ménage des femmes frustrées, qui y passent leur vie surtout au soin des longs robinets amoureusement essuyés au va-et-vient d'un chiffon et de gestes doux… Elle revint avec la chocolatière. Une bonne odeur fâcheusement mêlée au lourd parfum remplit l'espace. Quelle différence avec la légère odeur d'eau de lavande chez Rose !

Myriam Lecruche, muette, reniflait devant Michel qui semblait ne rien voir ni entendre.

On mange, on boit, ou plutôt madame Lecruche mère et fille lapèrent longtemps ce qui jonchait la table.

— Rose, et vous jeune homme, vous ne mangez presque rien ! Rose, quand irons-nous au Grand Centre commercial ?

— Oh, vous savez, madame Lecruche…

— Yvette, appelez-moi Yvette ! coupait la bouche remplie de crème pâtissière.

— Euh, Yvette, j'ai tout ce qu'il me faut…

— Il y a en ce moment des lots de lessive en promotion ! En promotion ! Deux paquets pour le prix d'un ! J'y suis allée avec ma fille. J'en ai gardé un pour vous.

Elle courut à la cuisine et apporta à Rose un gros paquet de la lessive Blanche-Neige.

— Il ne fallait pas... Voyons...

— Mais si ! Mais si ! Heureusement ce jeune homme vous distrait un peu ! Mais un garçon, si dévoué soit-il, peut-il penser à ce qui compose nos vies pratiques ? Vous ne faites plus sécher dehors la lessive ? Vous l'étendez, je pense, au sous-sol, côté buanderie ? Je revois monsieur Lechant établir cette buanderie à côté de la machine à laver. Quel bon mari ! Le mien, à part sa tondeuse, ne savait même pas planter un clou !

Myriam Lecruche avalait les derniers petits-fours. Il restait une moitié de l'énorme gâteau. Ni Rose ni son locataire n'étaient venus à bout de la première part.

— Eh bien, jeune homme, on manque d'appétit ? Pourtant, dans les fermes, on sait ce que manger veut dire.

— On sait surtout ce que se taire veut dire.

Madame Lecruche s'arrêta net comme une jument dont on tire enfin le mors. Ses yeux roulaient, roulaient. Etait-ce une insolence à souligner ? Allait-elle, au contraire, en savoir davantage sur ce demi-inconnu dont la rue du Petit-Commerce, la venelle clabaudaient à mi-voix ?

Elle sortit du buffet une bouteille de pineau.

— De quoi digérer un bon goûter !

Sa fille et elle furent seules à en boire. Rose y trempa les lèvres. Michel Thomas dit qu'il ne buvait pas d'alcool.

— A votre âge ? Si sage ? Ce n'est pas possible !

Elle riait, cascade de ces grelots que l'on met au cou des vaches.

Elle se tourna vers Rose, dont le genou battait d'agacement sous la table.

— Nous n'allons pas déroger à notre traditionnelle visite à monsieur Lecruche, n'est-ce pas ? Une urne chez soi, c'est bien plus commode que le cimetière !

Myriam se leva, redressa devant Michel son dos voûté.

« Une dinde affamée qui a avalé un caillou ? »

On monta un escalier presque semblable à celui de la maison de Rose, mais plus étroit, à rampe acajou. Il déboulait aussitôt dans la chambre dite conjugale.

Un grand lit, à dorures, couvre-lit en satin à rayures mauves et bleues. Madame Lecruche ouvrit l'armoire que Rose connaissait par cœur. Entre les draps, elle désignait l'urne de son mari.

« Un grand coup de cette chose en métal pointu sur ce crâne épais à frisettes... »

On se mouchait bruyamment. Myriam Lecruche qui, chaque jour, le cœur froid, voyait geindre et mourir d'ennui, de souffrances, les vieillards de la maison de retraite, traversait ici une crise de sensiblerie.

Madame Lecruche entama le sempiternel récit de la mort de son époux « raide sur sa tondeuse ».

Elle parlait à l'urne, qui prenait aux yeux de Bel Ange une dimension fantastique. Une urne, choisie exprès aussi large que haute, scellée de rouge. Deux petites anses avaient la forme d'ailerons. Volaille ? Angelot ?

« Dessiner l'urne à mesure plus large que la hyène. »

Elle n'arrêtait pas ce soliloque qui arracha un soudain et surprenant bâillement à Rose.

— Madame Lechant préfère ne plus parler de la mort, lâcha Michel.

Il avait refermé son visage.

Madame Lecruche cessa de rouler des prunelles. Ce garçon serait-il méchant ?

Elle continuait à parler à l'urne. Elle accélérait son discours mortifère. Myriam vidait une boîte de Kleenex.

— Savez-vous, Rose, que votre voisine ne supporte plus la dialyse ? Au lieu d'en diminuer la cadence, les médecins l'ont mise à quatre séances par semaine ! Ils vont la tuer ! La tuer ! Une visite lui ferait tant plaisir... On lui met des couches. Je suis allée la voir. Evidemment, elle a une odeur. Elle ne quitte plus son fauteuil. Elle se plaint du bruit de la moto en pleine nuit. Elle dort déjà si mal... Réveillée tôt, comme moi, et toute la rue, elle regarde le téléachat. Comment acheter à petits prix les meilleures choses, après c'est le feuilleton *Amour et Grands Feux*. Cela la distrait. Voulez-vous que nous passions la voir ?

— Peut-être. Plus tard, répondit Rose.

Madame Lecruche secouait presque les portes de l'armoire qui occupaient presque toute la place. L'urne commençait à glisser.

— J'ai entendu dire que votre père en est à négliger ses perruches ! Ses perruches ! C'est ce qu'il a depuis longtemps de plus cher ! Son voisin qui les convoite lui a proposé de les soigner ou de les acheter avec la volière. Votre père a eu des mots... La venelle est indignée. Ses perruches ! C'est sa vie, ses perruches ! Sa petite Marinette et ses perruches, c'est sa vie ! Ah, la gentillesse, l'entraide ne sont plus ce qu'elles étaient !

L'urne finit par tomber. Myriam se précipita, la redressa, la repoussa parmi les draps, à deux mains frémissantes aux ongles rongés.

Madame Lecruche referma l'armoire à clef. On redescendit.

Rose mordait sa lèvre. Bel Ange « tenait » enfin deux autres personnages.

« Cette bonne femme est une hyène qui se repaît de la moindre charogne... Modifier la furette ou belette obèse en hyène. Pieds de lézard. Vêtue de rayures horizontales. La langue ? Je l'ai réussie, sa langue de vipère. La fille a tout d'une bête rampante. »

— Vous dites, jeune homme ? Au fait, votre nom est bien Michel Thomas ?

Silence de Michel.

— Rose, c'est bien ce nom-là que votre père m'a dit ?

Rose reprit son châle, avança vers la porte.

— Merci de ce bel accueil. Il se fait tard, madame Lecruche.

— Yvette ! Yvette !

— Oui, Yvette. La nuit tombe vite. Il y a des feuilles à ramasser au potager…

— Voulez-vous que je vous aide ? nasillait soudain Myriam Lecruche. Je suis libre jusqu'à ce soir. Je peux brouetter ces herbes avec vous.

Rose frissonna.

— Non merci, Myriam. Profitez de la visite à votre mère d'autant que vous partez ce soir.

— Hélas ! Hélas ! piaulait madame Lecruche. Elle ne dormira pas cette nuit avec moi ! On exploite les plus sérieuses travailleuses ! Alors qu'il suffit d'un cachet pour qu'ils dorment, ces vieillards ! Myriam attache à leur lit les plus agités, les sans-mémoire. Oh, c'est une simple sangle à la taille, aux poignets, aux chevilles… Ces vieillards-là veulent s'en aller on ne sait où ! On en a retrouvé un sur un boulevard. Il faut bien les protéger malgré eux !

Quelque chose, outre la basse férocité des dames Lecruche, glaçait Bel Ange.

« Ô Didine, si jamais ils osaient te fourguer en ce genre de mouroir… Mais je suis là… »

On se quitta enfin. Madame Lecruche, la porte ouverte, parlait, parlait, embrassait Rose qui n'osait essuyer sa joue. Michel marmonna un au revoir à peine audible. Myriam Lecruche le fixait. Elle avait du mal à contenir une lippe avide.

Elle se prit d'une soudaine haine pour Rose Lechant. Qui oublia, en partant comme on fuit, le paquet de lessive Blanche-Neige.

— N'oubliez pas que votre père boite de plus en plus ! criait madame Lecruche, barrant de son ampleur rayée la porte luisante d'un acajou trop rouge.

Rose était épuisée. A sa manière madame Lecruche s'était vengée de ce semi-abandon. Un discours faussement accueillant, mélangé d'affronts, d'images perverses, de ragots qui blessent. Un écœurement la saisit.

Michel la rassura :

— C'était important d'aller la voir. Quoi que vous fassiez, elle est dans le clabaudage sans fin.

— Beaucoup dressent l'oreille à ses propos.

— Laissez ces ragots traverser les rues ! Ne croyez pas qu'elle n'en faisait pas autant quand vous la pensiez votre amie ! Le plus dur est fait !

— Le plus dur ?

Elle pensait à son mari.

— Je veux dire, cette distance que vous prenez depuis quelque temps. Vous éloigner de vos parents, du joug qu'ils vous ont fait porter. C'est là votre pire deuil.

— Taisez-vous, Michel ! Mon pire deuil est la fin d'Aimable.

— Non, parce qu'il ne vous a jamais persécutée, au contraire. Ce sont les autres qui vous font du mal. Vos parents, vos enfants, la voisine.

— Mais pourquoi ? cria-t-elle soudain. Pourquoi ?

Ils étaient assis dans la cuisine.

— Parce que vous êtes trop bonne et que vous viviez un grand amour. Impardonnable.

— Vous partirez, Michel… Aurai-je alors la force de ne plus ployer comme ça ?

— Bien sûr, je partirai mais pas avant que vous ne soyez devenue plus forte.

On frappa à la porte de la cuisine. Myriam Lecruche apportait la lessive Blanche-Neige. Elle fixait Bel Ange. Il ne tourna pas la tête.

Rose la remercia, lui dit au revoir sans l'inviter à entrer.

Michel :

— Vous voyez ? Il y a un mois vous n'auriez jamais osé l'empêcher d'entrer.

Rose eut un sourire.

— Mettons nos imperméables et les bottes. Allons au potager. Les Lecruche, mère et fille, ne peuvent rien voir, même si elles écoutent sans répit. Que pensez-vous d'une soupe au potiron, pommes de terre et courgettes ? Ces sucreries, quelle nausée !

— Je vais faire des pommes au four, à la cannelle. Sans sucre. Le sucre ôte la saveur des fruits.

C'était un avis de Didine. Ils se sentaient bien, penchés vers la terre, les feuilles, les légumes. Une fraîche et saine odeur. Michel ramassa un potiron rond et solaire.

On entendit démarrer en trombe la voiture de Myriam Lecruche.

Elle était partie bien plus tôt que prévu.

La maison de sa mère était close.

Noire. Fermée.

*

Ils avaient confectionné ensemble la soupe, le potiron était dur à couper mais sa chair très tendre. Les pommes doraient au four.

Après le dîner, Michel n'avait pas regardé la télé ni écouté de la musique. Il avait besoin d'être seul.

— Bonsoir, Rose. J'ai du travail.

Il révisa ses cours et ouvrit son album. Il dessinait l'hyène à pieds de lézard. La fille était un mélange d'iguane en caleçon noir. Rose était fatiguée. Dans sa chambre, elle lisait ou plutôt relisait sous la lampe douce *L'Etranger*. Elle puisait dans ce livre, à chaque fois, une découverte, un rythme, une petite phrase contenant ces trésors qui classent une grande œuvre.

On entendait gémir le vent.

Son portable vrombit. Il était vingt-deux heures au réveil lumineux.

C'était sa mère. Rose comprenait mal son bafouillage affolé. Son père n'était pas rentré. Il s'était rendu au cimetière dans l'après-midi. L'homme de peine avait aperçu sa voiture écrasée contre le mur, derrière la grande entrée où il avait l'habitude de se garer.

La gendarmerie venait de la prévenir.

Il était mort dans l'ambulance qui l'avait mené à la clinique de Grand-Bourg.

Michel n'était pas encore couché. Ses cheveux moussaient d'or sous la lampe du bureau. Elle s'habilla à la hâte, frappa à sa porte. Elle frissonnait en lui contant l'événement.

— Je vous accompagne en voiture.

On les conduisit au dernier étage de la clinique. « Mes enfants sont nés là », murmurait Rose. Dans une chambre, sur un lit étroit, sous un drap, était couchée une forme immobile. Sur une chaise laquée, sa mère, enveloppée d'un lourd manteau d'hiver, ne quittait pas des yeux la forme. Elle n'était pas seule. Le voisin qui convoitait la volière, l'homme de peine l'avaient accompagnée. Un gendarme finissait de noter ce que répétait l'homme de peine.

Michel resta à la porte. Rose était debout. Sa mère descendit le drap.

— Regarde !

Le choc avait été si rude que la moitié du visage était écrasée et les lunettes fracassées. Un épais pansement enveloppait le cou.

— Il a été presque décapité, dit son épouse.

Un médecin entra. Son rapport signalait les différentes blessures : la poitrine défoncée, les jambes brisées.

— Je suis désolé, madame. Soyez certaine qu'il n'a pas souffert. Voici l'acte de décès.

« Très intéressant, la fin du héron, le héron au long cou… Un cou si maigre… Une hargne si grande… »

Le permis d'inhumer était signé. Le gendarme s'en alla. Le procès-verbal avait été long. Sur un brancard, on transféra la dépouille au sous-sol. On la glissa dans un long tiroir glacé. Les pompes funèbres prendraient le relais.

L'homme de peine proposa ses services, mais le voisin, monsieur Lami, ramena la mère chez elle. Rose et Michel suivaient. L'aube pointait à peine. Les gens de la venelle sortirent peu à peu de leurs murailles.

On entendait pépier les perruches. Des appels aigus, une sorte de folie agitait les oiseaux en tous sens. Ils n'avaient ni bu ni mangé et leur cage n'avait pas été bâchée.

— Je vais m'en occuper, dit le voisin.

Il y eut la surprenante réplique de la veuve.

— C'est ça, emportez cette saloperie ! Je hais ces oiseaux !

Les curieux s'attroupaient. Le choc avait-il égaré madame Faucheux, toujours si réservée ? Ses yeux, si ternes, étincelaient.

— Eh bien, qu'attendez-vous ? cria-t-elle à monsieur Lami. Vous savez comment vous y prendre, je suppose ?

Le voisin était gêné.

— Cela peut attendre, madame Faucheux ! Je vais les soigner, nous verrons plus tard.

— Non, cela ne peut plus attendre !

Elle s'adressa aux gens agglutinés à sa porte.

— Nous avons besoin d'être seuls, ma fille et moi et son petit chauffeur ! Passez tout à l'heure, monsieur Lami. La date des funérailles sera affichée à l'église. Il y aura une annonce dans *Le Petit Sud-Ouest.*

On ne l'avait jamais vue ainsi, le ton haut, l'ordre sec. Avait-elle déteint sur son dur époux ? Le choc semblait ne pas avoir eu de prise sur elle, pas plus que l'atrocité des blessures du défunt.

Dans le salon foutoir, Michel Thomas « le petit chauffeur » et Rose assistèrent à une chose étonnante. Madame Faucheux jeta dans un coin un sac de la clinique d'où dépassait une veste à carreaux. Elle ranima la flamme du gros poêle en fonte.

— Rose, passe-moi l'album de Marinette, en haut du buffet !

Rose le lui donna. Sa mère le jeta dans les flammes de la bouche en fonte. Rose eut un petit cri.

— Eh bien quoi ? la rabroua sa mère.

Elle glissa au fond d'un tiroir la photo de Marinette. Elle exposa à sa place celle de Rose et de sa petite sœur.

— Enfin, finir ma vie un peu tranquille ! Rose, ma fille, il y a du vrai café au fond du placard, là-bas…

Un lourd silence repliait la venelle. Le voisin frappa à la porte. Il demanda la permission de passer par le jardin pour emporter la cage aux perruches. Il en proposait un prix honnête. Madame Faucheux pleurait, non de chagrin, mais d'une irritation extrême.

— Prenez le tout, vous dis-je. C'est vous qui me rendez service. Passez par le fond du jardin, c'est plus facile pour emmener ce tas de plumes ! Merci de m'avoir accompagnée cette nuit !

Le voisin répondit que c'était la moindre des choses. Il la remerciait pour les perruches. Si jamais elle les regrettait, il n'hésiterait pas à les lui rendre. Il avait les yeux doux d'un chien fidèle. Une chevelure grise, abondante, un sourire éclairant un visage aux lignes franches. Sa voix était calme. Vigoureux, de taille moyenne, en jean et pull. Des belles mains de jardinier…

— Vous pouvez compter sur moi en cas de besoin. Ma maison est de l'autre côté de votre jardin. Je vis seul depuis tant d'années ! Ma femme décédée, mon fils à l'étranger. Ces oiseaux me tiendront compagnie. Je viendrai vous voir, madame Faucheux. Madame Rose est une bonne personne. N'hésitez pas à me demander de vous mener en voiture si nécessaire !

Il n'avait jamais autant parlé que ce matin proche d'un soudain hiver. Michel le regardait. Il avait tout d'un brave homme, paisible, sans arrogance.

« Il tiendra sa promesse, elle sera moins seule. Rose aussi. »

— Je vais vous aider, proposa Michel Thomas.

— Merci, jeune homme, ce n'est pas de refus.

Ils furent longs à placer la cage dans la brouette. Il fallait la tenir, ce que fit Michel. Ils allaient lentement par l'allée du fond. Une barrière rouillée ouvrait sur le jardin mitoyen du voisin. Les perruches pépiaient, s'affolaient, se groupaient en silence.

Son jardin, sa maison étaient surprenants de clarté. Des volets peints en bleu, une façade blanche. Une profusion d'asters à cœur orange, des violettes en de larges pots bien exposés. De hauts buissons de sauges fleurissaient encore. Des hampes de fleurs rouges, plus claires. Un arbre de Judée éclairait la pelouse de son léger feuillage vert bleuté.

« O Didine, tes fleurs, ton jardin… Tu me manques, Didine. »

Le voisin installa la cage sous l'arbre de Judée.

— Je vais les nourrir. Elles vont s'habituer. Elles ont eu peur… C'est mauvais, la peur. Monsieur Faucheux a tant maltraité madame Rose quand la petite est morte ! C'est qu'il était dur, cet homme ! Personne ne lui tenait tête ! Impossible de faire une visite à sa femme. J'avais onze ans quand l'accident est arrivé… Trois ans de moins que madame Rose. Voulez-vous boire un café ? Vous préférez les rejoindre ? Mon nom est Théophile Lami. J'étais maçon. Ce terrain me vient de mes parents et j'y ai construit cette maison. Je faisais des travaux supplémentaires au jardin municipal. Le jardin est mon bonheur, j'avais envie d'oiseaux. Voici mon numéro de portable, si jamais madame Rose ou sa mère ou vous-même aviez besoin de quelque chose, n'hésitez pas.

Michel revint à la maison. Le poêle était presque éteint. De l'album de Marinette, il ne restait qu'un trognon noirci.

Madame Faucheux était assise dans la meilleure bergère. Elle avala le café et les tartines que Rose avait préparés.

Michel ne but qu'une tasse.

— Autre chose, ma fille. Mets ce vieux piano à la salle des ventes. Je n'ignore rien de ce qu'il t'a fait endurer. Il jalousait à mort ton bonheur. Moi aussi, peut-être. Tu dois m'en vouloir et tu as raison. Si, si, j'ai eu tort, de grands torts. La peur... La peur, ça donne la rage. Une rage rentrée. Toutes ces années... Je suis désormais si vieille ! On ira aux pompes funèbres, cet après-midi. J'ai besoin d'un peu de sommeil. Avertis tes enfants. Ils ne sont guère gentils avec toi. Sauf Eliette... Elle devrait se défaire de cet imbécile de Bruno.

Elle balbutiait, à moitié endormie dans le fauteuil. Rose la recouvrit d'un plaid.

Michel lui donna le téléphone du voisin. Elle l'appela et lui dit que sa mère se reposait un peu. Il répondit qu'il irait la voir vers midi et qu'il la mènerait chez elle dès qu'elle le demanderait.

Rose était encore éberluée du geste de sa mère. Alors que Michel et le bon voisin transportaient la cage aux perruches, sa mère avait trottiné vers le petit secrétaire au fond de la pièce obscure. Elle avait rempli un chèque et l'avait donné à sa fille.

« Prends. C'est mon argent, celui de ma retraite. Des années d'économie. Personne n'a rien à y redire. N'en parle pas. C'est ce que j'aurais dû faire quand tu t'es retrouvée seule. Je n'ai pas osé, tu sais pourquoi. »

C'était un chèque de quarante mille euros.

Madame Lecruche était à sa porte. Elle avait guetté l'ouverture du portail.

— Quel malheur, ma chère Rose ! Quel malheur !

Les voisins, surtout les voisines, de la rue du Petit-Commerce, firent une courte apparition.

On réitéra les condoléances. On espérait quelques macabres détails que madame Lecruche savait déjà. Rose dit qu'elle avait des démarches à faire. Oui, son père était encore à la clinique, mais il était impossible de le voir. Non, non, il n'avait pas souffert. Madame Lecruche renseignait les uns, les autres. Avait-elle téléphoné à l'homme de peine ? Elle avait ce sale petit don des intrus. Elle tonitruait, devant la porte de Rose. On l'écoutait en opinant du menton.

— La gendarmerie a dû faire appel à un tôlier pour extirper le malheureux monsieur Faucheux ! Son cou était presque coupé par le choc contre le mur du cimetière.

On s'exclamait. On portait un mouchoir à la bouche. On demandait à Rose le jour des funérailles. Sa voix, à nouveau, s'enrouait. Elle allait s'en occuper. Oui, il y aurait une annonce dans *Le Petit Sud-Ouest*. L'heure de la cérémonie religieuse y serait inscrite.

A petits pas, les ombres se retirèrent. Madame Lecruche voulut entrer.

— Je vais vous aider ! Vous devez être fatiguée. Les jours à venir vont être si pénibles ! Que va devenir, si seule, madame Faucheux ? J'ai appelé Myriam. Elle saurait lui trouver une place en sa maison de retraite. Je peux vous mener aux pompes funèbres. J'ai téléphoné à votre fils…

Michel Thomas était aussi pâle, gris, que l'Archange de la chapelle de son baptême. Ce gris, cette poussière fine, ce camouflage d'une colère prête à exploser. Son souci était de protéger Rose, incapable de répondre et repousser l'envahissante.

— Ah ! Vous avez encore des pommes cuites ?

Elle était dans la cuisine. Rose titubait vers le canapé.

— Madame Lecruche, j'ai besoin d'un peu de repos.

— Yvette ! Appelez-moi Yvette !

Bel Ange la fit reculer. Elle le haïssait. Il osait la refouler d'ici ! N'était-ce pas ici, depuis des années, un peu chez elle ? Elle avait deviné la fascination de sa fille pour lui. Elle ne savait comment résister à sa manière souple et implacable de chasser les gêneurs.

Il ferma à clef la porte de la cuisine.

Sur le canapé, Rose cessa de trembler. Cette image de ce cou entouré d'ouate, ce sac d'où dépassait la veste à carreaux la hantaient. Cette silhouette disparue dans une longue housse en plastique dont deux hommes en blouse avaient tiré la fermeture Eclair. Comment faire son deuil d'un père qui ne vous a ni aimée ni entourée, mais peut-être maltraitée ? L'attitude de sa mère la perturbait. Ce chèque, quel ambigu secours… « Elle a tout dissimulé jusqu'à la dureté. »

Elle le montra à Michel et lui fit part du malaise que lui procurait cet argent.

— Je ne sais que faire. Ma mère n'a-t-elle pas été intoxiquée par ces années avec un homme comme lui ?

— Cet argent ? C'est bien. C'est très bien. Rose ! Ne flanchez pas ! Votre mère a autant besoin que vous de cette petite réparation.

Elle émergeait enfin de la terrible angoisse de ne plus pouvoir faire face. L'angoisse de ces gens expulsés de chez eux quand ils ne pouvaient plus payer ce qu'exige un logis... Son portable sonnait. Ses enfants. Elle parlait de sa voix légèrement voilée. Elle racontait brièvement les choses. Elle leur ferait savoir le jour de l'enterrement.

Ils seraient là dès que possible. Ils avaient droit à trois jours pour ce genre d'événement. Comment allait leur grand-mère ? Pourquoi ne répondait-elle pas ? Michel entendit « elle se repose, elle a passé la nuit à la clinique ».

L'après-midi fut consacré aux démarches.

Les pompes funèbres, au bout de la rue du Commerce, reçurent la veuve que Rose était allée chercher. Michel refusa de l'accompagner. « C'est mieux comme ça. » Il était repris du soudain besoin d'être seul. Penché sous sa lampe, il dessinait la fin du héron au long cou coupé, au long cou enveloppé d'ouate. Abominable dessin ! Il mena son personnage de la civière au réfrigérateur du sous-sol. Il jouait avec l'humour noir. Il réussit les pieds dépassant du brancard. Rose-Mirza, échevelée, recevait contre elle la souris grise chapeautée d'une voilette.

Le bon voisin, doux museau canin, transportait sur son dos la cage des perruches qu'il croqua avec réalisme. Une branche de sauge, une fenêtre fleurie, la lumière signalait son jardin et sa maison. Les volets bleus. La maison bleue.

Les pompes funèbres, large vitrine surchargée de vœux pieux, de tombeaux minuscules, de plaques, de fleurs artificielles, reçurent Rose et sa mère. Une dame en veste pied-de-poule et chemisier mauve parlait avec cette componction vigilante inhérente à sa fonction. Un vieux jeune homme, le fils de la dame, vêtu et cravaté de sombre, les fit descendre au sous-sol pour choisir un cercueil. Il y en avait en tout genre. Le vieux jeune homme vantait le « fini », la qualité, le « confort » des plus onéreux. Il manœuvrait des couvercles. Il passait une main délicate, qui jamais n'avait été conjugalement baguée, sur des doublures luisantes. Il insistait sur des poignées dorées, argentées. L'étonnement de Rose continuait. Sa mère parlait haut et ferme.

— Je veux le moins cher, adapté à une incinération.

— Nous avons de très belles urnes. Voyez... l'étagère du fond. J'allume la lampe. Il faudra prévoir « un mur » pour la déposer.

— Un mur a tué mon mari. Assez de murs ! Les cendres seront répandues au champ du souvenir. La première urne, la moins chère, fera l'affaire.

Ils remontèrent.

La dame en veste à pied-de-poule, au courant, prit le relais.

— Avez-vous la permission signée du défunt ? Elle est nécessaire pour une incinération.

— Voilà, dit la mère Faucheux en ouvrant un sac écaillé d'où elle tira une enveloppe jaunâtre.

C'était le document demandé, signé et daté depuis des années.

La veuve avait fait diligence. Elle savait où se trouvaient les dernières volontés du mort. Monsieur Faucheux conservait tout. Un papier à petits carreaux. Une enveloppe commerciale. Il exigeait d'être incinéré, l'urne déposée dans la tombe de Marinette. C'était tapé à son antique machine à écrire, daté et signé depuis longtemps. Elle glissa le même papier dans la machine qui faisait « cling » à chaque ligne, reprit le texte, modifié ainsi : *Je souhaite que mes cendres soient répandues au champ du souvenir. Ni fleurs ni couronnes.* Elle avait parfaitement imité la signature.

La dame des pompes funèbres pinçait une bouche trop mince.

— Madame veut-elle un petit coussin sous la tête du défunt ?

La veuve perdait-elle la tête ? Elle riait en dures petites saccades. Elle répétait : « Un petit coussin ! Un petit coussin ! »

Elle signa un chèque.

Elle confirma ce que le prêtre avait dit : la cérémonie, une simple absoute, aurait lieu le mercredi suivant, 9 novembre, à quinze heures.

Il fallut régler l'annonce à paraître dans *Le Petit Sud-Ouest*.

« Au hameau, ils ne manqueront pas de s'apercevoir de ce deuil-là... Le nom de ma logeuse sera inscrit dans le faire-part. »

La mère et la fille revinrent à la maison.

Michel était dans la cuisine. Il rangeait le lave-vaisselle.

Il fut étonné de la tenue de la mère de Rose. Plus de gris, mais une robe en lainage bleu.

Rose proposa du thé.

Henriette lui dit :

— Ecoute-moi, Rose. Cette journée-là doit passer vite. Je suis trop âgée pour ces choses. Le temps qui me reste est court. Je déteste avoir perdu tant d'années. Théophile est prêt à me véhiculer partout. Il m'a promis de venir jouer aux cartes avec moi. Tu te souviens, Rose, il avait un petit béguin pour toi mais tu t'étais entichée d'Aimable...

C'était la première fois qu'elle disait Aimable et non pas « ton serrurier ».

« Voilà une série de dessins intéressants. La souris grise, redressée, rajeunie. Libérée. Une robe bleue. Un bleu d'enfant de Marie. Mangeant les petits plats du voisin. Les doux yeux de chien de l'ami Théophile... Ils joueront aux cartes... Il reverra Rose... »

Bel Ange avait ce sourire mystérieux que peu de monde comprenait, sauf Didine et désormais Rose Lechant.

*

Rose et Michel étaient allés au funérarium.

Il y avait Henriette, sa mère, et Théophile, son voisin. Il triturait sa casquette entre ses mains.

— Les enfants arrivent bientôt. Peut-être voudraient-ils voir leur grand-père ? demanda Rose.

Sa mère mena vivement les choses.

— Voir qui ? Voir quoi ? Qu'on ferme au plus vite ce… cette boîte !

Deux hommes en noir clouèrent le couvercle plat sur cette forme vêtue d'un vieux costume. La tête était entourée d'ouate.

Quelques personnes du voisinage arrivèrent. Elles trempèrent un goupillon dans une écuelle en acier. Les signes de croix laissaient une trace humide sur le bois mince.

— Pourquoi ne restez-vous pas, Michel ? avait interrogé Rose.

— Je serai là après la cérémonie. C'est mieux.

Elle réprima une angoisse proche de la peine.

La maison de Rose fut bientôt pleine. Ses enfants et leurs conjoints.

Rose avait pris goût à sa vie calme, avec son locataire. Ce décès, ces enfants-là soudain la gênaient, l'encombraient. Des questions, des reproches pleuvaient.

Eliette aidait au mieux, pleurait un peu. Son mari, Bruno, taciturne, se tenait dans un coin du salon. Un ordinateur ouvert sur ses genoux. Michel fit son entrée et salua brièvement d'un signe de tête. Bruno eut tout à coup l'air étonné devant ce visage, cette silhouette. Cet étonnement que suscite une attirance confuse, une admiration nouvelle. Il respirait vite, se leva, sortit dans le jardin humide.

— Grand-mère arrive. J'entends la voiture de son voisin.

Exclamation de Fernand.

— Comment ? Elle fréquente ce maçon que grand-père détestait parce qu'il voulait ses perruches ?

— Elle les lui a données…

Fernand s'indigna.

— Donner les perruches de grand-père ? Mais c'est le tuer une seconde fois !

Rose ne disait rien.

— Ton locataire sera là ?

— Non. Il a ses cours. Il est discret et ne viendra pas à l'enterrement.

— Il ne fait pas partie de la famille !

Michel était descendu, il enfilait son coupe-vent ; il portait un léger sac. Il sourit à Rose.

— Il est temps que je fasse une visite à ma famille.

Rose serrait les poings. Michel ! Comme il allait lui manquer ! C'est ça le manque, quelque chose qui traverse le corps soudain vide. Le manque, plus subtil que le deuil et ses phases féroces. Le bruit de sa moto.

Bruno revint, les poings serrés au fond des poches, un petit sifflement aux lèvres, un air indéfinissable. Son épouse Eliette lui parlait, mais il ne répondait pas. Il était loin, loin. Quand il avait aperçu le locataire de sa mère, il semblait être redevenu vivant, presque beau.

Puis les enfants de Rose sont allés au funérarium.

— On aurait pu attendre avant de fermer le cercueil !

Ils comprenaient mal la modestie extrême de ces funérailles. Eliette voulut acheter une couronne de fleurs mais la dame des pompes funèbres, de son air navré, confirma que le défunt avait exigé « ni fleurs ni couronnes ».

Tout alla comme l'avait voulu la mère de Rose. Il y avait du monde à l'église. Les gens de la venelle et ceux de la rue du Commerce.

Rose sombrait dans un espace nouveau, presque agréable : ne plus retenir ce qui peine, ce qui lasse.

Tout alla vite.

Un fourgon gris, quelques voitures. Le crématorium était en dehors de Grand-Bourg.

Une salle, des chaises, une vague musique classique. Un rideau violet et cette boîte glissant dessous, vers une bouche où un feu vorace ne laisserait rien.

Au cimetière, Rose ferma les yeux quand le vieux jeune homme des pompes funèbres lança au hasard l'urne et ses cendres en un carré où, çà et là, gisaient des fleurs fanées, ou en plastique, abîmées par le soleil et les pluies.

La poubelle des morts.

Rien.

Sa mère n'eut pas un regard du côté de la tombe blanche que Rose avait essuyée pendant des années.

Rien. « J'ai peiné pour rien. »

La dure petite silhouette maternelle semblait donner la même réplique.

Chez Rose. Sur la table de la salle à manger, Eliette avait préparé une sorte de lunch modeste. Des thermos de café et de thé.

— Je rentre chez moi, annonça la mère de Rose. Je suis fatiguée. Théophile, soyez gentil de m'accompagner.

Ses petits-enfants se récrièrent. Elle secouait la tête.

— Non, mes enfants. C'est comme ça ; on n'a d'ailleurs pas besoin de vous pour le notaire. La maison est à moi, le reste me regarde. Partez dès que possible. Vos enfants sont en colonie, en montagne ? Parfait. De mon temps, il n'y avait pas cette folie des vacances.

— Je vous ramène, madame Faucheux, dit le voisin.

— Ne m'appelez plus madame Faucheux, mais madame Henriette. Et même Henriette tout court ! C'est plus gai !

Fernand eut un sursaut indigné. Commençait-elle à perdre la tête ?

Elle resserra sur elle son vieux manteau d'où dépassait l'insolite robe bleue.

— Au revoir !

Elle fit un signe à sa fille.

Rose l'accompagna jusqu'à la voiture du voisin. Il la regardait avec une sorte de tendresse calme. Elle souriait. Quelque chose d'indicible et de doux flottait entre eux. Sa mère baissa la glace.

— Voici ta voisine qui accourt. Débrouille-toi pour qu'elle ne t'envahisse plus. Dommage que ton locataire soit absent. Il est bien, ce jeune homme ; très au-dessus de son âge. A bientôt, ma fille.

Devant la porte de la cuisine, il y avait madame Lecruche.

Il ne fut guère possible à Rose de la refouler. Sa belle-fille la fit entrer. Autour de la table de la salle à manger, on lui offrit une chaise, du café. Elle grignotait de-ci, de-là.

Ils parlaient tous de cette « minable petite cérémonie » et de l'attitude surprenante de leur grand-mère. Madame Lecruche s'en donnait à cœur joie d'évoquer des veuves qui font la fête quand l'autre n'est plus là, se promènent, s'habillent comme des jeunesses !

— Ah, la fidélité du cœur n'est plus ce qu'elle était !

Rose était lasse ; il lui était difficile de lui dire de s'en aller.

— Je vais me reposer un peu.

Madame Lecruche proposa :

— Voulez-vous, Rose, que je vous monte une tasse de thé ?

— Non, merci.

Rose eut une grimace d'intolérance qui pouvait passer pour une crise de larmes.

A l'étage, elle s'approcha de la chambre de son locataire. La porte était ouverte. Elle osa y pénétrer. Tout était en ordre : ses cours, ses livres.

Elle s'assit un moment sur son lit. La fatigue. D'en bas montaient les exclamations et la forte voix d'Yvette Lecruche.

Elle alla s'allonger dans sa chambre. Elle ferma les yeux. Quelqu'un était près d'elle. Eliette.

— Comme tu as de beaux cheveux ! J'ai eu longtemps les mêmes ! murmura Rose.

Elle caressait ces ondes d'un cuivre ardent. Eliette saisit sa main. Elles étaient côte à côte. Ainsi Eliette faisait-elle, tout enfant, quand elle avait un secret à dire à sa mère.

Son secret était toujours le même : elle n'arrivait pas à être enceinte. Ses examens médicaux étaient normaux. Tout venait de Bruno. Quelque chose de grave se passait. Il devenait distant, désagréable. Il lui avait dit qu'il n'aimait pas cette obstination à vouloir des enfants. C'était humiliant pour lui, pour elle. Il rentrait parfois très tard, ou partait avant elle.

— Il ne me touche plus, certaines nuits, il n'est pas là. C'est une histoire finie.

Eliette pleurait. Ses larmes étaient très loin du récent deuil. Leur grand-père ne les avait jamais aimés parce qu'ils étaient « les enfants du serrurier et de sa fille coupable de... ».

Rose se redressa.

— Aimes-tu encore Bruno ?

Eliette ne répondait pas. Des larmes coulaient sur ses taches de rousseur, semblables à celles de sa mère. Elles avaient le même visage. Mais l'une flamboyait de jeunesse et de l'envie de vivre, d'endurer la souffrance et son dépassement, l'autre avait déjà parcouru un long chemin.

— Il y a des surprises dans la vie, l'assura Rose. Des bonnes surprises. Il se passera quelque chose... Quelqu'un... Je ne sais pas... Ne gâche pas ton existence comme l'a fait ma mère, soumise à un tyran qui me tyrannisait aussi. Bruno déteste cette histoire d'enfants. Vous vous faites beaucoup de mal. Il est aussi malheureux que toi. Une femme obsédée par la maternité est insupportable à un homme de plus en plus distant...

— Que faire, maman ?

— La réponse s'imposera d'elle-même. Tu vois, grand-mère a été étonnante mais il lui a fallu un demi-siècle pour réagir. N'attends pas trop. La vie passe si vite !

— Une séparation ?

— Peut-être. A toi de réagir. Tu vois bien qu'il est déjà ailleurs.

On entendait les bribes du gras monologue de la voisine.

— Baigne tes yeux, ma fille. Je descends sinon elle va rester jusqu'au dîner. Je ne le veux pas. Tu vois, j'ai appris peu à peu à savoir refuser qui me lasse.

Eliette n'avait jamais vu sa mère si vive. Quelle différence avec la secousse de son veuvage !

— Et ton locataire, maman ?

— Un excellent garçon. Il a été parfait pendant l'organisation des funérailles.

Elle n'en dit pas plus. Leur entente, son quotidien adouci ne regardaient qu'elle.

Sa belle-fille faisait cuire des pâtes. Bruno rassemblait les assiettes sales dans le lave-vaisselle. Il en disposait d'autres. Il évitait Eliette. Fernand écoutait madame Lecruche : elle lui demandait des renseignements pour une assurance multirisques. La sienne coûtait cher. Avait-il des propositions plus intéressantes ? Fernand, content, pérorait, ouvrait à son tour son ordinateur. Il expliquait des chiffres.

— Madame Lecruche, il est temps de rentrer chez vous, dit Rose. La nuit tombe vite. Nous sommes tous fatigués.

Rose eut du mal à la faire sortir. Elle eut le même geste que Michel : elle ferma à clef la porte de la cuisine.

Ils partaient tous le lendemain, sauf Eliette qui disposait de quelques jours. Bruno lui laissait la voiture. Fernand le déposerait à Angoulême.

Michel roule très vite.

Il a passé la nuit chez Tiphaine. Tiphaine, aussi libre que Lili de ses amourettes. Tiphaine, au corps facile, Tiphaine aux petites oreilles percées de boucles dorées. Tiphaine avec qui il a révisé des cours, et à qui il a expliqué ce qu'elle comprenait mal. Elle habite un appartement ancien, à deux étages, derrière le vieux marché.

— Où sont tes parents, Tiphaine ?

— En vacances aux Seychelles. Ils voyagent beaucoup. Ils ont l'habitude que je reçoive des copains. A la retraite, mon père a liquidé ses commerces en tissus. Il en a laissé deux à mes frères aînés. Ils m'ont eue tard.

« Ils m'ont eu si tard, au hameau. J'ai été la grêle qui massacre une moisson, peut-être elle aussi ? »

— Mes frères ont dix ans de plus que moi. Ils sont mariés, avec des mômes. Ça m'indiffère. Presque tout m'indiffère. Sauf ma liberté. Ils ne sont pas embêtants, mes parents. Indifférents. Complètement. Ils me laissent un petit compte en banque.

Tiphaine le reçoit dans sa chambre. Des affiches d'acteurs et de films couvrent les murs. Un ordinateur dernier cri. Tiphaine prête son corps comme ses cours et sa chambre.

« Faire l'amour avec elle, c'est pire qu'avec Lili. Une demi-heure en étant large. Elle s'ennuie, elle m'ennuie. Je n'aime pas les filles de mon âge. » L'impression, à chaque fois d'une chute, celle de sa fierté à lui. C'est bizarre la chute de la fierté d'un mâle. C'est quand la femme les utilise, ils le croient, ils le sentent, c'est souvent vrai.

« On pourrait penser que faire l'amour avec la femme aux jambes de soie est de l'indécence. Non, ce n'était pas indécent. Elle est veuve d'un procureur qui la battait... A dessiner... Une belle panthère un peu âgée sur un long canapé blanc... Une manière d'ôter ses bas, comme dans les films des années 1950. La décence était de fuir. Ici aussi c'est indécent. Je n'éprouve aucun amour, mais l'ennui, c'est ça. Un petit moment en ce lit à une place, où elle dormait enfant, un autre moment à se pencher ensemble sur un cours de chimie. »

Il ne lui dit rien des événements à Grand-Bourg, de sa logeuse. Du hameau.

— Tu n'es pas causant, Michel !

Pour expliquer la chimie, la physique, il parlait sobrement et bien. Mais à partir du lit, plus rien, juste quelques gestes. Son départ, dans la nuit, n'importe quand.

« Lili couchait-elle comme ça, pour rien ? »

Ce n'était pas tout à fait vrai. Elle avait, au fond du bois penché, une manière si dense de regarder ses yeux, sa peau, ses boucles.

Au fait, que dit-elle cette Tiphaine-là, nue sous la couette ?

— Que tu es mignon !

Mignon ! Insupportable à entendre ! Va-t-il repousser sa main d'une tape comme il l'avait fait pour Lili ?

L'aube n'est pas loin. Il s'est habillé ; il ne se cogne jamais au hasard des portes. Il voit la nuit, un regard de chat, de fauve. Une voix plaintive, à demi endormie.

— Qu'est-ce qui te prend ?

— Rien.

Partir. La maison de Rose, comme il en a besoin. Comme s'il y était né. On naît plusieurs fois. « Mais il y a chez elle son troupeau génétique. »

Tiphaine est retournée dans son sommeil.

« C'est son habitude, il est comme ça », conclut-elle, sans autre pensée.

Une douce blessure hante la pensée de Michel : « Je veux voir Didine, même quelques minutes. »

Il roule très vite vers le hameau.

A cinq heures, c'est encore la nuit quand il gare sa moto sur le chemin du bois penché.

*

Le bois penché n'était qu'une torsade mouillée. Inabordable. Les pluies l'avaient engorgé. « Comme toujours ! », mais le chemin vers les acacias, il le connaissait par cœur. Quelque chose l'étonnait. Le grillage autour du champ de navets, ça, il ne l'avait pas vu. Il n'avait rien vu depuis qu'il était parti, rien de ce qui les perturbait tous, sauf Didine. Qui peut dérober la paix de Didine ?

Le champ de navets. Plus de navets mais ces herbes longues qui servent à parquer des bestiaux. L'ombre d'un tracteur sous un hangar qu'il n'avait jamais vu. Toujours derrière le grillage. Tout change, comme tout change quand on s'en va. Il avait su par l'oncle chasseur que son père ne supportait plus le voisin, le grillage, le tracteur, les herbes à nourrir quelque troupeau qui bientôt ajouterait à sa haine. La haine d'Arthur Thomas, son géniteur. Une soudaine fatigue. Le mot « haine » ? Rose Lechant avait préféré l'endurer, la haine, l'endurer plutôt que la ressentir. Un double, en plus pâle, de Didine ? Rose avait aussi été tourmentée par son géniteur. Est-ce cela qui le liait à elle ?

Son parrain, le chasseur, lui envoyait par SMS de brèves nouvelles de sa famille, du hameau. Cela enfonçait en lui son unique inquiétude : comment était traitée Didine par celui qui s'était toujours comporté en maître des lieux, des bêtes, des gens ?

« Qui peut atteindre Didine et sa joie ? Cette force-là doit le rendre fou… »

Il pensa rebrousser chemin.

« Que fais-je ici, pourquoi troubler Didine-Divine, chercher l'insulte ou le rejet ? »

Il s'arrêta net. A cette heure-là, jamais il n'avait observé tant de lumières à la ferme. Un bruit de sirène. L'aboiement des chiens, un gros murmure de voix, des piaulements de volailles. Bel Ange entra dans la cour.

Une voiture de pompiers était là. On sortait un brancard par la porte d'entrée. La famille était dehors. Cette petite ombre sous un châle, c'était Didine.

Sur le brancard, un homme était étendu, un masque à oxygène sur le visage. Les lumières étaient de plus en plus violentes, bleuâtres et rouges. On entendait des mots d'une grande banalité. La banalité nécessaire pour rassurer un drame.

— Ce n'est rien, monsieur Thomas ! Une petite crise ! On vous emmène en cardiologie, à l'hôpital de la ville !

Sa mère, claquemurée dans une doudoune, ne quittait pas le pompier qui avait réanimé son mari. Il reconnut la voix de Josiane.

— Micheline et son mari vous suivent en voiture. Montez près de lui dans le camion des pompiers.

Les frères, les neveux, cette impression de foule qui se crée au fond de la campagne quand éclate l'insolite. Le malheur. Au quotidien, à la campagne, on croit que tout dort, qu'il n'y a jamais personne.

Une lampe le balaya en plein visage. Une voix bourrue (une bru ? un neveu ?) s'exclama :

— Il ne manquait plus que celui-là ! Il vient donc à chaque fois comme le malheur ?

Il n'était pas sûr d'avoir entendu ces mots-là, quand l'ombre minuscule de Didine lui fit un rempart.

— Bel Ange !

Elle criait ce nom comme on chante un alléluia. Un alléluia n'ayant de sens que pour lui, que pour elle. Il se baissa et la tint un moment serrée contre lui. « Didine ! » Elle murmurait : « Mon Dieu, mon Dieu ! »

Le véhicule des pompiers s'en allait avec son phare giratoire. Bel Ange reconnut le docteur Trouvent. Emmitouflé dans son éternelle veste fourrée, les cheveux grisonnants, la serviette en cuir. Il répétait aux uns, aux autres :

— La piqûre va soutenir le cœur. Il était temps. Peut-être faudra-t-il un pontage... Il est solide...

Une voix de femme cria à Bel Ange.

— Entre ! Ne reste pas planté là !

La salle n'avait pas changé. Son odeur, ce mélange de bois, de cire, de fruits. Il s'assit machinalement sur le banc, à sa place de toujours. Didine sortait les bols, apportait la cafetière, le lait bouillant, le pain, le beurre, les confitures. Personne ne parlait. Ils hochaient la tête et répétaient de temps à autre : « Ça devait arriver ! »

— Que s'est-il passé ? dit Bel Ange.

On tarda à répondre, toutes les têtes étaient baissées sur les grands bols.

— Thomas a fait la colère.

« Faire la colère », comme on fait l'amour, comme on fume un champ. Avec des mots, avec des gestes. Avec des coups.

Quelqu'un entra, s'assit près d'un bol vide.

— Ah ! Voilà le petit Lemulot. Il n'a pas chômé pendant que les pompiers arrivaient. Il a déjà donné les graines aux volailles.

Jeannot Lemulot ne fut qu'un cri : « Michel ! »

Il avait suivi les pompiers et la voiture jusqu'au chemin du grand tilleul.

— C'est un drôle de jour pour une visite. Je travaille ici. On est gentil avec moi. Et toi, tu es content, à la ville ?

— Ça va, Jeannot. Tu n'es plus chez tes parents ?

— Je loge dans la petite chambre près de la tienne.

Bel Ange revit ce qui tenait plus d'un cabinet que d'une chambre. Un lit à une place, un placard en bois blanc, une étagère... Aucun chauffage. Didine avait ajouté une couverture en laine et changeait régulièrement ses draps.

Jeannot baissait vers son bol ce nez dévié qui lui avait causé tant de moqueries.

— Je suis bien ici, le travail me plaît. Mes parents... Ça devenait horrible...

Il expliqua vite comment il avait échoué à la ferme. Le rejet de ses parents qui le battaient était devenu si grave qu'il avait fui chez le père Thomas. Il demanda du travail contre le logement et la nourriture.

Le père Thomas, bourru, avait dit :

« Tu es majeur, après tout ! Tu peux travailler chez moi, mon gars. Nourri, logé, cinq cents euros par mois... Tu seras déclaré. On verra plus tard ce que tu vaux. Je te préviens, tu ne chômeras pas ! Ma femme fatigue, tu t'occuperas des bêtes, partout où on aura besoin de toi ! Ça te va ? »

Si ça lui allait ! Il ne disait rien mais son visage ingrat resplendit d'une lueur nouvelle.

« Commence tout de suite. Didine ! Arrange le cabinet du fond pour coucher Jeannot ! Toi, ne casse rien, attention aux œufs, à tout, ou je te renvoie là-bas ! »

D'un grand geste, « là-bas » désignait le lieu de son muet et lent martyre.

Le père Thomas le fit travailler plus que les autres. Il en était content. Sans l'obsession du voisin, il eût été même satisfait d'une main-d'œuvre à si bas prix. Didine, furtivement, lui avait donné un vieux blouson de Bel Ange et acheté à la foire un jean neuf.

Bel Ange sourit.

— Je suis content pour toi. Et mon père ?

Le silence reprit son droit. Jeannot Lemulot hocha la tête.

— Ils vont le soigner. C'est la grosse scène avec le voisin... Ça lui a fait remonter une goutte au cœur...

Didine, silencieuse, redressait son épaule voûtée, servait tout le monde. Chacun, peu à peu, se levait de table. Un neveu dit :

— Il y a de l'ouvrage. Les volailles, tout le reste. Jeannot, va à l'écurie, rejoins-nous après au poulailler. Oui, Tata, explique l'affaire à Bel Ange. Il y a un moment que du mauvais couvait... Après tout, Bel Ange y est peut-être pour quelque chose...

Il ne sait pas s'il a entendu « Bel Ange y est peut-être pour quelque chose », c'était si net en leurs regards ! « Ils me fixent comme un coupable. »

Un jour terne se levait, on éteignit l'excès de lampes. Chacun partit à son ouvrage.

La salle était vide : ce vide heureux qui réunit deux personnes qui s'aiment vraiment. Didine lui versait une nouvelle tasse de café et lui beurrait une tartine. Un bonheur malcommode l'agitait. Elle s'assit en face de lui, lui dédia son plus beau regard – étoile dans la nuit, phare sauveur des navires – et pleura avec simplicité.

— On peut pleurer de joie, Bel Ange. Te revoir, ça m'émotionne si fort. Ce que j'ai à te dire est pourtant triste.

Depuis des semaines la tension montait entre le père Thomas et le voisin.

Il passait et repassait en tracteur. Il avait clôturé le champ d'un grillage électrifié. Le père Thomas ne pensait plus qu'à ça et souvent déraillait. « On m'a volé mon champ. » Au poulailler, il criait, il lui arrivait de briser des œufs et d'en accuser le malheureux

Lemulot. « Si tu continues, je te renvoie chez toi ! » Le souffle court, la lèvre bleuie, il inquiétait Catherine. Il inquiétait tout le monde et même le docteur Trouvent qui dut lui faire une piqûre.

« Attention, Thomas ! Vous risquez une crise ! »

Il était tombé inanimé au chemin des acacias, une semaine auparavant.

Une semaine ? Quand il goûtait avec Rose chez la mère Lecruche ? Quand le héron-Faucheux mourait, le cou quasi scié ? C'est ça, parfois, une semaine. La vie, la mort, les uns, les autres, les interminables journées sans rien que le labeur, l'ennui, les solitudes. Ici, l'insolence suprême était la joie de Didine. Une semaine donc conclue par le drame qui couve depuis longtemps, qui jaillit telle une mine que l'on foule chaque jour jusqu'à son explosion.

Didine racontait :

— C'est moi qui l'ai trouvé. J'entendais le tracteur du voisin aller et venir. J'ai dit : « Ne pense plus au voisin, Thomas ! Ne va plus de ce côté-là. Arrête de chercher du mauvais. » Je lui ai fait respirer une de mes plantes guérisseuses. Réanimé, il avait l'air d'un homme ivre. Les joues rouges, les lèvres bleuies, le regard comme s'il ne reconnaissait personne. Le petit Lemulot m'a aidée à le ramener.

Catherine et Micheline l'avaient couché et appelé le docteur Trouvent.

L'homme au tracteur continuait son labeur. Le grillage électrifié hantait le père Thomas. Il allait mieux, mais il ne pensait qu'à ça, à ce champ « volé à cause de Didine la maudite ». Il l'insultait, il insultait le voisin, il insultait Bel Ange, « fils du malheur ».

— Thomas avait des médicaments pour son cœur mais *il a fait la colère*... continuait Didine.

Le père Thomas, d'un coup de pied, avait bousculé le grillage. Il l'avait secoué à pleins poings. Il avait senti une décharge aiguë dans son sang, ses veines, sa poitrine.

« Le salaud ! Il a électrifié le grillage de mon champ ! »

Il est allé chercher son fusil de chasse. Il l'a armé de plusieurs balles. Au loin l'homme au tracteur avançait, de cet air indéchiffrable lié aux codes des hameaux.

« Un camouflage, comme ces haies derrière lesquelles on entend, on voit tout. »

— Il a tiré, ton père ; ton père a tiré. Tout le chargeur y est passé.

Le tracteur s'était arrêté net. Thomas hurlait : « T'es bien crevé, dis ? »

Ni crevé ni blessé. Des mains, des bras d'homme, de fils, de petits-fils et ensuite des femmes, retenaient le père Thomas qui hurlait : « Il est crevé ? Il est crevé ? »

Il criait, lui qui dehors ménageait ses mots ; il disait que le vent emporte les mots et fait des batailles sans fin. On crie chez soi jamais dehors. Il portait la main à son cœur, il étouffait. Dans la nuit, le docteur Trouvent est venu, puis les pompiers.

— Et toi, Bel Ange, tu es apparu dans le chemin.

Elle saisit ses deux mains, les porta à ses joues.

— Pars, Bel Ange. Va là-bas... Où il y a les livres et ton avenir. Ici, ce n'est plus pour toi une vie... Moi, je ne te quitte pas, tu le sais.

Le téléphone sonnait. Bel Ange décrocha, Didine n'arrivait pas à vaincre cette peur du téléphone. C'était le parrain chasseur. Son père était en cardiologie, à l'hôpital de la ville.

— Je peux le voir ?

— Oui, mais évite de te montrer. Il peut rechuter.

Didine devinait tout. Elle allait du plus simple au plus compliqué. Le plus simple était que Bel Ange avait besoin de vêtements d'hiver, de pulls plus chauds. Elle alla chercher un paquet et le lui tendit.

— Ce sont des laines à toi.

— J'ai ce qu'il faut, Didine ; donne-les à Jeannot. Il en a besoin.

— Ton père ne supporterait pas de voir tes vêtements. Jeannot, je lui tricote du chaud. La mercière a de la bonne laine en solde ; elle liquide son commerce. Je vends toujours mes fleurs et mes plantes. Tu es garé du côté du bois penché ?

Oui, il était garé là-bas.

— Ton père s'en sortira peut-être s'il ne fait plus la colère... Je vais en faire des neuvaines, pour ça !

Elle trottinait sur le chemin des acacias. Terré chez lui, le voisin se faisait invisible. Il n'avait pas porté plainte par répulsion terrienne des « histoires ». Lui aussi avait un fusil ; si l'autre recommençait, il verrait... Mais il devinait qu'il n'en aurait plus la force.

Didine accompagne Bel Ange, un paquet sous le bras.

— Tu reviendras cet été. A Noël ? Ah oui, il y a Noël... Tant que ton père est dans la rage mauvaise, ne viens pas. Tu dors dans mon cœur, je ne te réveille pas, tu es là. Toujours là. Quand les fleurs d'acacia refleuriront, un jour, je te ferai à nouveau des beignets. Le bois penché sera beau comme un manteau de reine. Mais pour cela, vois-tu, il faut que ton père fasse la sagesse sinon, le malheur reviendra. Je ne veux pas qu'il te fasse du mal, ce malheur-là. Pour ça aussi, je vais en dire des neuvaines !

Il faisait sombre, froid, une pluie fine embrumait tout. Il la mena à sa moto, ouvrit son coffre arrière. Elle y glissa le paquet bien ficelé.

— Une volaille toute préparée pour ta logeuse. Elle est gentille, n'est-ce pas ? Sinon tu serais déjà parti.

Une cloche sonnait, à peine audible, dans le brouillard mouillé.

— Tu entends l'angélus ? La vie de Thomas dépendra de la sagesse ; mais sait-il faire la sagesse ?

Il aimait ses formules, sa poésie secrète à lui seul destinée.

— Comment veux-tu que le cœur résiste quand il bat du côté du mal ?

Au loin, on devinait les premières lumières du bourg.

Ils se regardaient. Il hésitait sur une question mais elle le devança, paisible.

— La petite Lili est fiancée au fils de la grande pharmacie. La noce aura lieu en avril. Avec toi, j'ai comme idée que ce n'était pas ça. Il faudra apprendre à aimer, Bel Ange... Plus tard, un jour...

Une larme coulait sur sa joue « plus fine que du parchemin ».

— La joie aussi fait pleurer, dit-elle. La joie.

Il partit.

Elle regarda longtemps ce nuage argenté, dans ce matin si sombre. Elle reviendrait par le chemin des acacias quand la moto aurait disparu.

A genoux sur le chemin désert, elle pria. Etrangement, elle pria pour le voisin et Bel Ange.

« S'il va vers la paix, Thomas aussi ira vers la paix. Mon enfant aimé n'est plus en danger mais connaîtra-t-il la paix ? La paix, c'est renoncer, s'oublier, aimer, et quand il dessine, il n'est pas dans le renoncement mais *il fait la vengeance.* »

L'hôpital est au grand tournant de la ville carrée.

Un ascenseur le mena au quatrième étage. Dans le couloir, son parrain l'aperçut. Il lui dit de ne pas entrer. La moindre émotion pouvait être fatale. Le médecin parlait de pontage. Catherine, seule, était tolérée à son chevet. Il pouvait regarder à travers la vitre. Micheline baissait la tête. Il faillit repartir. Il ne pouvait pas. « Sinon je ne serais pas venu. »

Une foule d'appareils étaient branchés, certains reliés à un écran. Ils cliquetaient régulièrement avec des courbes, des pointes, des traits. Sondes, aiguilles aux poignets, cet homme-là, vaincu, gisait relié à ces systèmes complexes. Un drap blanc, sous les épaules. Une veine bleue, plusieurs veines bleues. De dos, assise près du lit surélevé, sa mère penchait une nuque qui connaissait à nouveau la teinture blonde.

— Vous êtes de la famille ? demanda une infirmière.

— Non, dit-il.

Il s'en alla si vite que personne ne s'en aperçut.

*

Une matinée de pluie et de brouillard. Quand il longea la rue du Commerce, il se sentit mieux. Aucune envie de dessiner. Une sorte de paralysie mentale l'avait pétrifié depuis l'étage et la chambre blanche où seuls les appareils semblaient vivants.

Plus tard, il continuerait sa bande dessinée ; là, c'était impossible. Il avait traversé la nouvelle forme d'un long adieu. « J'ai froid, j'ai si froid. » Didine, seule, avait raison. « Elle aime comme elle respire. Sans fadeur, sans orgueil. Personne ne la décourage d'aimer ; elle est comme ces saintes, ces monstres de la bonté. »

Dans le jardin de Rose, il retrouvait son souffle. Il était neuf heures. « Quoi, tant de secousses en si peu de temps ? »

Il avait du mal à ouvrir la porte de la cuisine. Sa main tremblait. Quelqu'un ouvrit. C'était Eliette. Une pensée douce. Il l'avait vue la veille. Accompagnée de son mari Bruno. Quelque chose l'avait heurté. Le regard de Bruno. Comme fasciné par lui. Un regard que l'homme dédie à l'homme qui lui plaît. Une pensée perforait sa gêne. « Se rend-elle compte quand un garçon est attiré par son semblable, son absolument semblable, que tout est perdu pour elle ? »

Ça l'ennuyait qu'Eliette fût là. Il voulait éviter les enfants de Rose. Pourvu qu'ils soient partis ! « Surtout Bruno ! » Une scène éclair, trouble, dont il n'avait pas été dupe. Bruno et son silence, ce silence-là... Michel n'avait pas supporté le désir de Bruno pour lui. Il était parti vite.

« Et l'autre, sa femme qui ne voit rien, avec sa fureur d'enfanter ! Elle pense n'être plus aimée. C'est d'ailleurs le cas. Mais elle ne devine pas le grand secret de tant d'hommes... »

— Bonjour, Michel. J'ai pris quelques jours pour rester avec ma mère et ma grand-mère, disait Eliette.

Il lui sourit. Elle aussi avait une voix légèrement voilée.

« Comme sa mère ! Est-ce leur manière de traduire l'émotion ? »

Il lui tendit le paquet ficelé.

— Une volaille de la ferme de ma famille.

Elle soupesa le paquet.

— Une belle bête ! Merci beaucoup. Vous êtes allé chez vos parents ? Vous les remercierez.

Il frémissait au souvenir de Lemulot lui disant au revoir :

« C'est pas tout ça, Michel, mais on a cent volailles à décapiter et préparer. Une belle commande. »

La machine à décapiter. Le sang... La terreur de toute bête que l'on croit stupide quand la mort est cette lame.

Une vague nausée le saisit en tendant le paquet à Eliette.

— Je vais la mettre au bas du frigidaire.

La cuisine sentait bon.

— Voulez-vous du café ?

Elle remplissait deux tasses, poussait vers lui le pain, le beurrier. Il respirait vite, comme quelqu'un qui a échappé à quelque grand danger. Il s'aperçut qu'il n'avait ôté ni son coupe-vent ni ses chaussures trempées. « J'ai froid. »

— Excusez-moi.

Il se débarrassa de ce que cette aube et ce rude matin avaient marqué sur lui : la pluie, la boue. Une odeur de phénol flottait ; il se lava les mains.

— Vos parents vont bien ?

Il fut bref.

— Oui, ils vont bien.

« Non, ils vont très mal. »

Son horreur des questions le reprenait. Qu'y avait-il à dire de cette mortelle matinée ? Si seulement Rose était là ! L'odeur de lavande de la maison lui fut un bien-être. Le dernier baiser à Didine (« te reverrai-je, Didine ? ») avait noué sa gorge comme une crise de larmes.

« Mais non ! Je ne pleure plus jamais depuis ma première enfance, grâce à Didine. »

Le café était bon. Eliette, en collant et gros pull, les cheveux frisés, nuage cuivré frôlant les épaules, était jolie. Et cet air de jeunesse !

— Ma mère est chez ma grand-mère. Le voisin Lami va repeindre sa cuisine. Ils sont allés acheter ce qu'il faut. Il va ensuite s'attaquer à son salon. Maman sera là pour déjeuner.

— Bien. A tout à l'heure. Je vous aiderai à mettre la table.

— J'ai fait un gratin. Il y a des escalopes ; ma mère m'a dit de toujours prévoir quelque chose pour vous.

Il sourit et monta dans sa chambre.

Il avait besoin d'être seul, de réfléchir à cette étrange matinée. L'image de son géniteur, l'ogre de son enfance, immobile en ce lit mécanisé lui ôtait ses forces d'indifférence.

« C'est autre chose qui se passe. Je suis allé là-bas comme dans une crise de somnambulisme. Je ne pouvais faire autrement. Je ne sais pourquoi. Il n'y a pas eu seulement l'envie de revoir Didine. Il y a eu autre chose. »

Il ouvrit un nouveau carnet à dessin. Il resta longtemps devant une page. Il crayonnait n'importe quoi, des bouchons de radiateur, la fenêtre de sa chambre sans rideaux. Les robinets de la salle de bains fuchsia.

« Ça ne va pas. J'ai froid. »

Il déchira la page incohérente. « Plus tard. » Il somnola un moment.

— Déjà midi ?

En bas, la voix de Rose, presque semblable à celle de sa fille.

Il se changea. Un jean, de la laine, un cache-col. Du noir, comme toujours. Il plaça au sale ses vêtements imprégnés d'un « là-bas » qui le glaçait.

Rose l'accueillit avec plaisir. Son sourire ressemblait à celui de sa fille. « Mais le sourire de Rose est plus intense, le sourire de quelqu'un à qui le goût de vivre est peu à peu revenu. »

Eliette mettait trois couverts. Rose sortit un moment et parla à quelqu'un. C'était Théophile Lami.

— Ajoute un couvert, Eliette. Théophile déjeune avec nous.

Michel se sentit bien avec eux.

« Il y a un mois, même moins, je n'aurais pas aimé déjeuner comme ça, avec des demi-inconnus. »

Mais non ! Ils n'étaient plus pour lui des « demi-inconnus » ; quelque chose de chaud, de simple, animait ce déjeuner. On admira la volaille qu'il avait apportée.

— Il me faudra remercier votre famille !

— Je l'ai fait pour vous, murmurait Michel.

« Ne les appelez pas, ne les appelez jamais. »

Aucun rideau ne s'était soulevé du côté de la voisine. Boudait-elle ? Etait-elle venue pendant l'absence de Rose ?

Il aida à ranger la vaisselle. La maison de Rose devenait davantage la sienne. Là-bas, au hameau, son bannissement s'était aggravé.

« Tu as raison, Didine. Dors en ce qui me tient lieu de cœur. »

Il dit qu'il devait travailler. Il avait des cours à réviser. Il ferma la porte. Il s'étonnait du blocage à dessiner. Oui, c'était un vrai blocage. Allongé sur le lit, il revoyait l'aube, le gyrophare bleuâtre, les appareils qui, aux veines de l'homme allongé, inconscient, scandaient ce bruit d'insectes capables de maintenir en vie, ou de s'affoler en une série de cliquetis jusqu'au trait horizontal de la mort.

La mort, un trait horizontal et une terre soudain carrée.

Il s'endormit. Jamais il ne dormait l'après-midi. Une pendule sonna six fois. Il grelottait. Il avait la fièvre. Il avait froid. Un froid intense, particulier, la perforation du froid mental.

— Ça va, Michel ?

On frappait à sa porte. Rose entrait.

— Mais vous êtes souffrant, Michel !

— J'ai pris froid.

— Je vous monte du thé et de l'aspirine. Voulez-vous que j'appelle le médecin ?

— Non, non. L'aspirine, le thé. Je vais descendre…

— Restez couché.

Il grelottait, il crut voir la nuit, le jour et encore la nuit. Il ne se souvient plus très bien de ces heures-là. Des mains douces portaient à ses lèvres des cuillères de bouillon, de lait chaud. On lui faisait boire un verre où était diluée quelque poudre amère. Il avait entendu, en un brouillard – « Oh, que le brouillard est dense au hameau ! » –, une voix d'homme. Une main d'homme prenait son poignet, glissait un instrument froid dans sa bouche, son nez.

— Ça ressemble à une grippe. Pas d'angine, heureusement. Je vais vous prescrire des antibiotiques.

Il s'étonnait d'être en pyjama, tee-shirt et caleçon assortis. Rose s'était chargée de tout. Sa voix douce, cotonneuse, lui était parvenue quand il avait tenté de se défendre contre ces mains de femme qui ôtaient ses vêtements.

— Vous pourriez largement être mon fils, Michel. Allons, laissez-vous soigner.

La fièvre ; elle lui rappelait celle qu'il avait endurée enfant. Cette secousse générale, la tête lourde et pleine d'images perdues dans des brouillards... des nuages... La voix de Rose ou de Didine, la veste doublée du docteur Trouvent ? Il confondait ses cinq ans et ses dix-huit ans si proches. « On n'a plus d'âge quand on souffre ; quel âge a mon géniteur... »

Ce mot « géniteur » lui fit ouvrir les yeux, lui restitua sa lucidité. Une odeur d'eau de lavande sur son front. Il se sentit mieux, presque bien.

Une fille aux cheveux de cuivre lui souriait, un plateau à la main. C'était Eliette.

— C'est du thé et de la brioche. Vous n'avez presque plus de fièvre.

Cela faisait combien de temps qu'il était malade ?

— Cinq jours dont trois où vous étiez ailleurs. On est le 15 novembre. Le médecin est venu deux fois jusqu'à ce que votre température baisse.

Il plaisanta sur sa « fièvre de croissance ». Oui, il dînerait en bas ce soir. Il se sentait mieux.

— Nous verrons, dit la voix voilée de la jolie rousse aux mains blanches.

Il but le thé.

Son portable était près de lui, branché sur le chargeur. Il y avait de nombreux messages. Il les ouvrit.

Mort ? Pas mort ?

« On va faire un pontage à ton père. »

« Dans dix jours il sera au hameau. »

« Il ne veut pas entendre parler de maison de convalescence. »

« Tu n'as pas eu le cœur d'appeler. »

« Salut, c'est Tiphaine. »

Il effaça les messages et s'endormit.

Madame Lecruche était venue prendre des nouvelles. Il entendit la porte de la cuisine, s'ouvrir, se refermer. La voix trop sonore montait, rampait le long escalier. « Est-ce qu'une voix peut ramper ? A voir avec mes dessins. » Une autre voix, plus douce, la refoulait. Rose ? Eliette ? Dans sa fièvre, sa somnolence, il croyait entendre monter la hyène à rayures, elle traversait sa porte close, elle penchait sur lui une ombre immense.

« Mais non, ce n'est pas elle, c'est l'ombre de mon géniteur, il me cherche pour me reprocher d'avoir vécu. »

Le soir venait, la nuit tombait vite. La pluie de novembre rejoignait ce tambourin contre ses tempes. Il ne sait pas combien de temps a duré cet épisode. Sa courte et dense maladie. Les voix s'emmêlaient, celle de Rose si proche de celle d'Eliette.

Un jour, il se sentit bien.

Il était 15 heures à sa montre.

Le calendrier marquait la date du 19 novembre. Tout lui revenait, le hameau, les pompiers, son géniteur à l'hôpital de la ville carrée. Sa fièvre, le médecin. Les mains de Rose, la voix d'Eliette.

Il avait faim, une faim de choses sucrées, sans poids, faciles à avaler.

Il s'assit au bord du lit, le front contre ses mains.

— Vous allez mieux ?

« Elle est jolie Rose en roux doré, cela lui va bien. »

Sa lucidité le reprit et il se sentit gêné devant la fille de Rose. Elle portait un plateau. Une tasse de lait chaud entourée d'un éventail de biscuits à la cuillère. Une coupe de compote chaude. Une grappe de raisin mauve.

— Vous vous sentez mieux ?

Elle parlait, de sa voix douce voilée. Une voix d'enfant qui a pleuré. Une voix de femme qui a supplié ; une voix de femme que l'on a trompée, une voix de veuve qui veut oublier.

Il lui sourit.

— Je peux descendre, vous savez, c'est plus simple.

— Buvez toujours ! C'est chaud ! Ma mère a mis un bâton de vanille dans le lait.

Rose était à la jardinerie avec Théophile Lami. Il l'aidait à choisir un arbuste et des pensées pour remplacer les géraniums relégués sous le hangar, pour l'hiver.

Il buvait le lait, la vanille lui donnait ce petit goût délicat qui lui rappelait les beignets de Didine. Ah, oui, Didine, le hameau, son géniteur…

Eliette était assise sur la chaise de son bureau. Elle le regardait boire et grignoter un biscuit. « Elle a les beaux yeux de sa mère ; les yeux de Rose-Mirza, en plus intenses. »

— Vous avez éteint votre portable, Michel ?

— J'ai une peur effroyable de la mère Lecruche ! Elle a mon numéro, figurez-vous !

Ils rirent d'un éclat très jeune ; ils se sentaient très jeunes.

« Quand elle rit, sa bouche est aussi rose que ses joues. Elle est à la fois fine et dodue. C'est joli, ses petits seins visibles sous le pull. »

— Oui, elle est terrible ! Elle est venue trois fois demander de vos nouvelles ! Ma mère a fini par la refouler ; elle voulait vous monter le plateau du thé et des médicaments ! De quoi avoir une crise cardiaque, non ?

Il cessa de rire. « Crise cardiaque, mon géniteur. »

Il repoussa les images pénibles et revint vers Eliette.

« Elle est naturelle, elle est gentille. Elle serait une bonne mère. »

Il lui tendit un biscuit, le raisin. Une forme de paix les unissait.

« J'aurais bien aimé une sœur comme ça... Une amie comme ça... On ne dirait jamais qu'elle a trente ans. Elle les porte d'un grand air de jeunesse. Elle a les mêmes cernes qu'avait sa mère à mon arrivée ; elle pleure souvent. » La dessiner ? « Une mère chatte rousse qui pleure ses petits qu'on lui a noyés. »

Elle n'avait pas ce trouble que tant de filles éprouvaient avec lui, c'était beaucoup plus simple. Ils se sentaient bien, elle grignotait le biscuit, picorait le raisin. La lampe à son chevet accentuait la douceur de son teint. « Ses cheveux aussi sont presque roses. » Le menton, le dos des mains frappés d'éphélides, la chevelure en mousse dorée, les genoux sur les barreaux de la chaise, elle regardait le locataire de sa mère, le jeune homme qu'elle avait aidé à soigner.

« J'aimerais lui faire plaisir… Mais à part un enfant, qu'est-ce qui pourrait la combler ? »

Quelque chose se passait, quelque chose les dépassait, les attirait, les unissait. Des solitudes différentes ? L'incessante douleur d'Eliette de ne pouvoir enfanter et de deviner quelque redoutable issue à son mariage ?

« Au fond d'elle, elle a deviné. Elle sait… Elle est seule. Presque toutes les femmes sont seules. »

Il revit le visage mélancolique, banal de Bruno : son regard noir, dense, dès qu'il avait croisé le sien, qui signifiait le trouble originel de l'homme tenté par l'homme. « Elle n'a rien vu ou feint de ne rien voir du grand refus. Je me demande comment dessiner cela… Lui offrir ce qu'elle espère tant de la vie ? »

Un éclair de volupté au corps de la fille si tendre si seule, qui se relèvera le ventre plein de joie.

« Suis-je capable d'offrir à cette belle et bonne fille, dont je ne suis pas amoureux, cette joie qui m'a été refusée et qu'on lui refuse ? »

Laver l'offense par un don ? « Est-ce en cette maison que j'ai commencé à donner un peu de moi-même ? »

Il posa le plateau, se leva et attira Eliette sur le lit. C'était si naturel, si simple, qu'elle souriait, aidait à ôter ses vêtements, ne disait rien. Elle se sentit portée par *l'archange* sur ce lit aux marques de la fièvre, d'un parfum de lavande et de vanille.

Elle atteignait une simplicité d'alliance, loin, loin de son passé, à la fois si court, si lent. Depuis combien de mois Bruno n'avait-il plus touché ce corps bien fait, mince et rond à la fois ? Elle se souviendrait toujours des yeux clos de Michel quand elle avait embrassé la petite marque de son cou, ses mains, et murmuré : « Merci, merci. »

« Fils d'un géniteur me voilà peut-être géniteur à mon tour. »

Oui, mais là, c'était le consentement d'un cadeau.

Le soir même, Eliette repartit à Angoulême. Rose s'étonnait.

— Déjà, ma fille ? Je n'aime pas que tu roules la nuit ; appelle-moi dès que tu seras arrivée.

Madame Lecruche, de sa fenêtre, agitait un bras en frénétiques au revoir.

Michel, enveloppé d'une veste en laine, descendit dîner avec Rose Elle était heureuse de le voir si bien et de lui dire qu'elle allait planter un arbuste. Il fleurirait au printemps d'un bleu forcené.

La voisine ne résista pas à frapper à la porte de la cuisine. Michel ferma son regard.

— Je viens voir si ce jeune homme est enfin sorti de sa grippe ? Voilà ce que c'est de ne pas se faire vacciner, à moins que vous ayez pris froid en roulant à travers les marais… C'est si traître, l'humidité ! Mais vous avez été bien soigné ! Bien soigné !

Elle disait qu'Eliette (« une petite que je connais depuis sa naissance ») l'avait refoulée plusieurs fois pendant la courte maladie de leur locataire. Madame Lecruche eut le temps de lancer à Rose de sa voix en haut-parleur avant de retourner chez elle :

— Monsieur Lami vous a trouvé des plantes ? Quelles belles pensées ! Et cet arbuste ! Voilà un bien bon ami ! On m'a dit qu'il repeignait la maison de votre mère ? On peut dire qu'il fait partie de la famille ! Comme ce jeune homme ! Cela vous aidera à oublier le cher monsieur Aimable !

Rose, un peu pâle, ferma à clef.

— Michel, je vais vous faire du pain perdu. C'est léger, c'est sucré au miel, j'y mets des raisins secs. Ma fille adore le pain perdu.

Michel avait maigri. Son regard était revenu : un bleu tendre. Il regardait, paisible, Rose faire ce pain perdu dont Didine le gâtait aussi parfois. Elle trempait le pain en tranches, le pain durci dans du lait, où elle incorporait un peu de rhum. Dans la poêle chauffée, beurrée, elle cuisait ce pain, de chaque côté. Elle le retirait, bouillant, le saupoudrait de sucre, le lardait de raisins secs. La cuisine embaumait. Un chaste parfum d'enfance et de calme. Le calme. Où était-il, le calme il y avait seulement quelques jours ?

Où est le mal quand on est bien, si bien, que la cuisine, la maison embaument le lait vanillé, la lavande, toutes les enfances rassemblées, et peut-être, là-bas, aux entrailles de la fille de Rose, le cadeau suprême qu'elle avait tant espéré ?

Un SMS arriva sur le portable de Rose. Elle le lut, perplexe.

— Eliette m'écrit que Bruno a quitté l'appartement avec ses affaires. Il ne veut plus vivre avec elle.

— C'est peut-être une bonne nouvelle ?

Le portable sonna. Rose écoutait, hochait la tête.

— Tu n'es pas étonnée. Moi non plus. Il va falloir régler le partage de votre appartement qui n'est pas fini d'être payé. Ah, il te le laisse. Son ami a des gros moyens ? Mais tu ne veux pas de cet arrangement ?

Rose écouta longtemps et se tourna ensuite vers Michel.

Bruno avait depuis longtemps demandé, et obtenu, un poste dans une autre ville. Il était parti avec un ami. Un riche entrepreneur divorcé pour les mêmes raisons, père de trois enfants. Il y avait quelques mois qu'ils se fréquentaient. Il n'osait en parler. Il s'était marié jeune, pensant refouler ce trouble. Il s'était senti tellement coupable ! Et cette tyrannie de lui demander un enfant ! Son trouble était devenu une certitude : il ne s'épanouirait qu'avec un homme.

Michel se demandait s'il n'avait pas contribué à être un révélateur comme en chimie quand un produit étranger fait apparaître une molécule essentielle.

Il alla au plus important.

— Rose, cela vous peine ?

— Non, cela me soulage. J'avais deviné quelque chose en ce genre… C'est curieux, elle a un ton presque joyeux !

Il redemanda du pain perdu.

*

Et le temps se mit à passer, passer.

Rose le voyait moins. Il allait à l'IUT. Il travaillait beaucoup. Certains soirs, il ne rentrait pas. Il envoyait un SMS laconique.

L'hiver était venu. La nuit tombait de plus en plus tôt. Dans sa famille, Noël était impensable. Aucun signe en ce sens ne lui était parvenu. Il se sentait bien, dans sa nouvelle vie, la maison de Rose ; son réseau familial et amical restreint. Théophile dégageait un oxygène d'arbre sain, heureux, la mère de Rose, si curieusement émancipée, lui devenait chère. Les appels d'Eliette.

Rose avait peur pour l'avenir de sa fille. Bruno pouvait exiger sa part de l'appartement. Elle n'avait pas les moyens de lui verser la somme nécessaire. Elle en parlait à Michel.

— Je l'aiderai à payer une caution si elle déménage.

Eliette avait dit à Rose qu'elle allait louer un deux-pièces dans un immeuble. Il était presque neuf, contrairement à celui qu'ils avaient occupé pendant des années. La vue sur le fleuve était belle. Il y avait une petite terrasse suffisante pour y loger une table, deux chaises, quelques plantes. Il était libre, mais combien de temps ? Bruno, sans doute par culpabilité, tentait de la rassurer. Son ami était riche et l'avait engagé comme comptable dans son entreprise. Rien n'irait vite, sauf leur divorce. Lui aussi devait prendre un certain temps pour quitter la banque. Il s'engageait à lui laisser l'usufruit de leur appartement. « Comme à une veuve ! » plaisantait Eliette dont le rire frais, nouveau, étonnait sa mère.

Elle préférait louer, sinon racheter, si possible, ce deux-pièces, modeste mais où elle se sentirait chez elle.

« J'étouffe dans ce qui a été un long mensonge. »

Son divorce était en cours. Il ne traîna pas : consentement mutuel. De cela, Bruno lui en sut gré. Il en paya les frais via la bourse de l'entrepreneur. Les appels de son frère Fernand irritaient Eliette. Il ne put s'empêcher de signaler cet événement à sa grand-mère. Son indignation augmenta quand Henriette Faucheux jeta dans son portable :

« Enfin ! Il était temps qu'elle laisse cet ectoplasme qui lui servait de mari ! »

Elle raccrocha. Son petit-fils l'avait toujours irritée. Indigné, il se tourna vers sa femme, qui vérifiait sur son ordinateur un dossier d'assurances.

— Grand-mère est devenue terriblement méchante depuis la mort de grand-papa !

Laurence porta son index à sa tempe et fit le geste que l'on fait quand on veut évoquer des signes de folie. Elle haussa les épaules, pinça sa bouche batracienne.

— Elle est si vieille ! Elle déraille. Peut-être faudra-t-il la placer ?

Ils se souvenaient outrés, pontifiants, de son attitude surprenante lors de l'enterrement d'Herbert Faucheux. Ils renchérissaient sur l'opportunité d'une maison de retraite. Ils avaient eu la même attitude envers leur mère après la mort de son mari.

Henriette, veuve Faucheux, leva les yeux vers Théophile, grimpé sur une échelle. Il achevait de repeindre le plafond. Une deuxième couche dont le blanc satiné éclairait cette pièce qui avait été longtemps si sombre.

— Ah ! Cette manie de faire la morale ! C'est quoi, la morale, sinon une sale petite crise d'autosatisfaction ! Fernand ressemble trop à mon défunt ! Il fera un affreux vieillard. Comme beaucoup !

Elle dit brusquement, l'œil un peu fixe :

— Pourvu que je ne dure pas trop longtemps ! Vous aussi, Théophile, tâchez de partir dans votre reste de force.

Sa colère la reprit contre Fernand et sa morale.

— Il me rappelle mon infect défunt ! Quels torts j'ai eus d'être aussi molle envers ma pauvre Rose !

Théophile peignait, peignait, peignait, tout silence et tout ouïe.

L'aïeule fulminait.

Son petit-fils était contre le divorce, l'avortement, les homosexuels. Il louait les flatteuses mortifications et les hautes morales. Il ne comprenait pas sa sœur.

— Que comprennent-ils, lui et sa batracienne de femme ? Et moi qui n'osais rien pour rompre, qui n'ai rien compris des solitudes de Rose. Je n'ai pas d'excuses. Un mari pareil peut détraquer n'importe quelle bonne femme... Mais est-ce une raison ?

Elle fondit en larmes et Théophile dégringola de son échelle.

— Voyons, madame Henriette, bien des choses sont arrangées.

— Oui, grâce au locataire de ma fille. Ce garçon-là, pas forcément gentil d'ailleurs, je ne sais comment dire, a remis les choses à l'endroit... Une impression, comme ça.

Fernand ne sut rien de la réalité de la séparation de sa sœur.

Eliette, Rose, l'aïeule, Théophile et Michel, seuls, savaient.

Henriette envoya à Eliette un chèque de huit mille euros, accompagné d'une petite carte :

Félicitations ! Pas un mot de ce chèque à ton andouille de frère. Il serait capable de tout faire pour obtenir la même somme.

Rose fut heureuse de partager à nouveau quelques soirées avec son locataire. Ces soirées, à la manière dont ils aimaient le silence, leur amitié. « Mon adoption. » Elle ne le lui disait pas ; le mot « adoption » entraîne celui de « famille ». Elle savait son rejet de ce mot. Par quelques bribes, elle apprenait sa dure enfance au hameau. Le manque d'amour à sa naissance. Elle connaissait sa vénération pour sa tante qui l'avait aimé, élevé.

« C'est étrange, songeait Rose, depuis que Michel est dans la maison, nos vies ont changé… Il y a eu des modifications. Elles ont été heureuses malgré les deuils… Que porte-t-il en lui pour modifier les choses, les gens ? Quand c'est impossible, il fuit. »

Dans la maison, seul avec Rose, Michel avait un regard qui virait du vert au gris, au bleu. Un vitrail délicat, un signe de haute confiance. Le regard qu'il dédiait à Didine.

Eliette avait croisé, tout près de son visage, le regard de Michel. Il était d'un bleu intense. La palette merveilleuse de son vrai déploiement, il l'offrait très peu, quand une confiance absolue l'apaisait. Les soirées avec Rose, devant un film, il laissait s'ouvrir son regard confiant, resplendissant. Lui aussi avait « adopté » Rose.

Un samedi après-midi, à la mi-décembre, on sonna au portail. C'était la camionnette de son parrain. Il était là, en vêtements bleus, lourd blouson et laines rugueuses. Il avait livré des volailles aux restaurants de trois villes. Il avait la timidité des gens du hameau quand ils pénètrent en une maison inconnue, sans y être conviés. Il s'annonça à Rose, venue ouvrir le portail.

Le rideau de madame Lecruche bougea.

— Je suis le parrain de… (Il faillit dire Bel Ange.) Michel Thomas. Je passais par là et j'ai quelque chose à lui remettre. A vous aussi !

— Entrez, je vous en prie.

Elle appela Michel, d'un ton si naturel, si familier que le parrain éprouva un sentiment compliqué. Un peu de peine (« Il nous a vite oubliés ! ») et le soulagement de le savoir bien logé et accepté. La maison sentait bon.

Michel dévala l'escalier. Il souriait. Ils s'embrassèrent.

Son parrain n'osait s'asseoir. Il sentait le froid, la plume, les feuilles mouillées, le cuir, le savon noir. Une saine odeur, en somme, qui rappela à Bel Ange ses lentes années là-bas. Le bois penché en hiver...

Rose le mit à l'aise et fit du café.

— Otez votre blouson, vous attraperiez froid en sortant.

Michel remarqua qu'elle ne fit aucune allusion à sa grippe.

— C'est vrai, mâme Lechant, on tient le vrai froid... Au hameau, il a tant gelé qu'on ne traverse quasiment plus les terres. On est très occupés par les volailles pour les fêtes.

Il s'assit au bord du tabouret, les mains à plat sur les genoux écartés.

Il lançait à la dérobée un coup d'œil à Michel. Il n'était pas étonné qu'il ne lui demande aucune nouvelle de son père. Il savait trop bien leur différend. Il opta pour un biais. Il parlait en hochant la tête, approuvant le café et les biscuits que Rose lui offrait.

— Mon père (c'est vrai ! Ce grand adulte était le frère aîné du jeune Michel !) va mieux. Enfin, c'est beaucoup dire... Depuis son pontage, il respire presque sans bruit, mais il ne doit faire aucun effort et surtout ne pas sortir par ces temps-là. Mais il est têtu, le père !

— Aucun effort...

Michel se contentait de répéter.

— Oui, c'est-à-dire qu'il est souvent assis dans le grand fauteuil de la salle. Il regarde la télé, il fait un petit somme. Il lit son journal. Il sort un peu l'après-midi, quand il y a un brin de soleil. Ma mère lui prépare ses pilules. Des fois, il oublie et ça pourrait être grave.

— Et avec son voisin ? Comment vont les choses ?

— Il ne va plus jamais du côté du champ de navets. Au hameau, ils disent toujours « le champ de navets » pour cette terre, la terre de Didine, vendue, cernée de barbelés.

— C'est ça qui arrange sa santé, je pense. Le voisin est invisible. Dame ! Il fait trop froid. On dit qu'il a ôté l'électricité du grillage.

— Ah ?

— C'est Tata qui l'a su.

Didine ! Bel Ange sourit. A Didine, un miracle de plus, n'était pas impensable.

— A la Noël...

Le parrain eut l'air gêné. Il s'adressait machinalement à Rose.

— Vu l'état du père, il est mieux, à la Noël, que tu ne viennes pas. Pas encore... C'est aussi pour ça que je suis venu. Oh, tu es toujours pour nous, les frères, tes tantes, tes neveux, le bienvenu, mais une rechute... Le père a parfois des moments agités.

Il parle tout seul. J'ai caché les cartouches des fusils. Il faut attendre encore. Maman s'en occupe beaucoup, le petit Lemulot soigne les vaches, le poulailler... Un bon petit gars. Il en abat de l'ouvrage !

« Il a pris dans leur vie la place qu'ils attendaient de moi. Un bon petit gars... »

Il revoyait le malheureux Lemulot au nez dévié, à la poitrine si maigre.

« Une des formes de la défaite : “un bon petit gars”. Ils m'auraient pardonné de vivre si j'avais été un bon petit gars. »

— Mâme Lechant, je vais chercher à la camionnette quelque chose pour vous et Michel.

Le temps de le dire, il revenait, chargé de gros paquets. Le claquement de la portière avait fait jaillir la lumière à la fenêtre de madame Lecruche. Dans la cuisine, le parrain de Michel resta debout. Il posa, habile, des paquets sur la table.

Michel débarrassait les tasses, l'assiette à biscuits.

« Ma parole, il est ici comme chez lui. Dans le fond, tant mieux », se dit le parrain.

— Ça ira, Tonton ?

— Oui, mon gars, sauf pour le dernier paquet. Tu l'ouvriras plus tard. Il prend de la place. Mâme Lechant, c'est une dinde de chez nous pour la Noël. Mettez-la en bas du congélateur. La farce est à côté, dans une boîte pour ça. Elle contient un quart de truffe pilée. Pardon de vous laisser notre petit gars à une fête de famille... Vous comprenez, l'état du père... On m'a dit qu'il s'entendait très bien ici et ne gênerait pas. J'aime autant l'entendre de vous.

Ça ennuie quand même, de refuser sa maison à la Noël à un des enfants…

Rose eut l'air étonnée.

— C'est vrai, il est ici comme chez lui, mais qui vous a dit ces choses ?

— Une dame Lacruche ? Lecruche ? Elle a eu le téléphone de notre entreprise de volailles. Elle est tombée sur moi. J'ai cru que c'était une commande. Elle nous a parlé de Bel… de Michel, qui se trouve bien chez vous. Et des deuils que vous avez eus… Elle a commandé deux canards. Ma femme les lui a livrés. On se partage comme ça les petites livraisons. Pour les grandes commandes, je vais en camion avec le beau-frère.

Il se levait, solide, gentil, respectueux du parquet flottant. Humant cette odeur de lavande.

— Tiens, mon gars. Micheline, Josiane et moi, on ne t'a pas oublié pour les fêtes.

Il lui glissa une enveloppe avec un chèque de six cents euros. Le paquet sur la table contenait un pull-over neuf acheté par sa femme.

— J'ai autre chose de la part de Tata. Elle y tenait, c'était pas croyable ! Impossible de l'en faire démordre !

Il soulevait un gros paquet carré et ficelé.

Il resta à la porte de la cuisine.

— J'ai du retard dans mes livraisons mâme Lechant. Prends, mon gars, c'est pour toi, a dit Tata. Depuis quelque temps, elle tremble des mains, elle oublie des mots, elle regarde toujours tes photos. L'autre jour, une assiette lui a échappé. Elle a voulu à toute force que je t'emmène ceci. Elle m'a dit : « C'est ce que j'ai de plus beau, c'est pour lui et son Noël. »

Il donna à Rose un bocal enveloppé d'un journal.

— Pour vous, de la part de Tata. Ce sont ses plantes guérisseuses. Ça soigne tout, Michel les connaît bien !

— Oh, dites-lui un grand merci de ma part !

Il embrassa Michel simplement, avec affection. D'un même élan, il fit claquer deux baisers sonores sur les joues de Rose.

— C'est la bise permise à la Noël... Mon gars, ne sois pas triste pour ce Noël-là... Il ne sera gai à personne.

Il s'était éloigné dans la nuit.

Le paquet de Didine était si volumineux que Rose le porta sur la table de la salle, que Michel appelait « le vivoir ».

C'était le couvre-lit en satin bleu accompagné d'une image pieuse. Saint Michel Archange. Il glissa l'image dans sa poche.

Rose regardait le couvre-lit dont les volants s'étalaient.

— C'est un cadeau d'amour, je suis sûre qu'elle y tenait à ce couvre-lit. De la belle qualité... Et ce bleu !

— Oui, dit-il. Il représente des années à vendre ses cultures et ses navets au marché. Des années... C'était son seul bien.

Il prit le couvre-lit à pleins bras, comme on porte une femme évanouie. Il monta à l'étage.

Le couvre-lit étincelait du bleu de l'arbuste planté par Théophile au jardin de Rose. Les volets bleus, la maison bleue de Théophile.

Michel y posa sa joue.

« Il est hideux mais je l'aime. »

Il le replia avec soin et le rangea en haut de son armoire.

Au dos de l'image pieuse, il lut l'écriture enfantine de Didine.

N'aie jamais froid, mon chéri, ni au cœur, ni au corps.

Dans un cœur naïf, elle avait isolé un mot, un seul : joie. Griffonné, le mot ressemblait à la petite marque de son cou.

Il glissa l'image cernée de dentelle dorée entre sa carte d'identité et son permis de conduire. Il descendit.

Il avait son regard « en roue de paon » selon Rose.

Il souriait.

— Je vais gêner vos enfants à Noël ?

— Ne t'inquiète pas, cette année, Fernand et les siens passent les fêtes dans la famille de Laurence. Eliette viendra seulement le week-end de Noël. Il y aura ma mère et Théophile. Tu vois, Michel, à quel point tu ne gêneras personne !

C'était la première fois qu'elle le tutoyait.

Le hameau était loin, loin en ses brouillards gelés.

III

DU CÔTÉ DU MONDE

« Ton visage éclairé par un feu de camp
Luit comme un fantôme dans les ténèbres
J'entends le son d'une cloche brisée
Est-ce mon cœur, est-ce un sortilège ? »

Egon Kragel
Baby Blue Eyes

*

Peut-on nommer scandale l'agitation de la rue du Petit-Commerce quand Rose, sur les conseils de Michel, revint chez elle, la chevelure taillée en dégradé, teinte en roux, le flamboyant roux de sa jeunesse ?

Elle avait beaucoup hésité. Elle n'osait pas.

— Pourquoi ?

A la brièveté de cette question, elle fut la première à rougir de sa réponse.

— Que vont penser les autres ?

Il éclata d'un rire un peu outrageant et n'en parla plus.

Une semaine avant Noël, elle s'était décidée. Elle changea, audace, de son salon habituel, un peu vieillot, où venaient les femmes de son quartier. Elle osa aller chez Coquelicot, salon à la mode, en centre-ville, à côté de l'Eden Palace, le cinéma à quatre salles. Derrière une large vitre transparente, léger, dansant, allait un jeune homme en tenue immaculée. Tout le monde l'appelait « Coquelicot » et il en était enchanté. Il excellait aux coupes les plus audacieuses.

Il virevoltait autour de Rose, débitait quelque compliment d'un bruit de guêpe à la treille. Il mélangea les couleurs avec passion, coupa, tailla. Ce fut une réussite.

Rose, si rousse, était revenue à pied par la rue du Commerce, suivie de quelques regards éloquents.

« La veuve d'Aimable s'est fait teindre ! »

On en parla même au café Au Bon Coin où quelques vieux, au fond de la salle, faisaient une belote pour rompre les solitudes décuplées lors de ces jours que l'on nomme, étrangement, « les fêtes ».

Rose avait-elle, inconsciemment, attendu le moment où madame Lecruche, suivant ses traditions, rejoignait sa fille à Aytré « pour les fêtes » ?

Chaque année, madame Lecruche et sa fille déjeunaient le 25 décembre chez une antique tante, lotie d'une canne, d'une santé rare, d'un bon magot. Elle ne se décidait ni à fléchir, ni à calmer une langue aussi lourde de commérages que celle de sa nièce. La tante d'Aytré habitait une ancienne demeure où les portes grinçaient sous les courants d'air. Elle ne faisait rien réparer par avarice. « Le froid, c'est la santé ! » Sa malignité chronique était de faire danser ses nièces au sujet de son héritage. Quelque année, elle disait « tout ira à Myriam... Si elle se marie ». Une autre fois, le discours se modifiait. Elle se tournait vers madame Lecruche énorme, écrasée de timidité devant sa tante. Elle conservait le pinçant souvenir de claques à la volée, de privations de dessert quand ses parents la laissaient en vacances à Aytré. « Mes biens ? Selon la tradition de ton père, mon pauvre frère, ils te reviendront. » L'année d'avant, et celle-là, elle annonçait léguer sa fortune à la Société protectrice des animaux. Un petit œil rond et noir, comme celui de ses nièces, se plissait : elle jouissait. Elle jouissait à ce jeu permanent.

A chaque fois, madame Lecruche apportait quelque belle volaille, du foie gras. Myriam achetait le dessert à Aytré. Sa tante disait : « Je vous offre d'être chez moi à Noël, moi qui déteste recevoir ! Prévoyez le pain, je n'achète jamais rien ! Je sais bien pourquoi vous passez Noël chez la vieille tante ! »

La veille du repas avec la tante, madame Lecruche prépara les deux canards qui venaient du hameau. Elle remplit son coffre avec le vin blanc que la tante buvait d'un geste sec d'ivrogne aguerri. Une petite moustache ombrageait ses lèvres minces.

Madame Lecruche frappa chez Rose. Elle eut une exclamation entre réprobation et louange. Elle parlait vite, comme si elle eût craint de voir débouler quelque ennemi. Elle ne se sentait plus la bienvenue chez Rose.

— Je vais chez la tante ! Que ce rouge vous va bien ! On m'a dit que vous êtes allée chez Coquelicot ? A mon retour, on se revoit, n'est-ce pas, Rose ? Attention aux teintures ! A nos âges, on risque d'être plus vite chauves ! Bon Noël ! Bon Noël ! Ah ! J'entends la moto de votre jeune homme. Il n'est pas encore parti dans sa famille ?

Elle s'était esquivée vers sa voiture.

Michel, inspiré, regardait Rose.

Il opinait de son regard apaisé, bleu nuit, humide, largement cillé. Il monta à l'étage. Signe de travail. Sa bande dessinée avançait. « Modifier Rose-Mirza, devenue la belle épagneule fauve liée à Théophile-le-protecteur, de la race des chiens Saint-Bernard, aux doux yeux amoureux. »

Ce jour-là, Théophile Lami amenait chez Rose un sapin destiné au vivoir.

Il eut aussi un œil plus ouvert. Il était maladroit, comme un amoureux.

— Rose, je vous retrouve…

— Entrez donc, Théophile ! Je vous dois combien pour le sapin ? On le met à sa place habituelle, près du canapé ?

Il rit, hésita et disposa le sapin, non près du canapé « où il perdrait ses aiguilles », mais au coin du buffet.

Il la regardait de côté, puis de face. « Je vous retrouve. » L'avait-il donc perdue quand Rose avait suivi le joyeux serrurier ? Il avait fait, comme on dit, sa vie. Une épouse, morte trop vite, un fils au loin qui venait rarement. L'amour de son jardin. Une gaieté naturelle. Le goût de rendre service. Quelques amis qui parfois le conviaient à une belote ou à jouer aux échecs. Il ne s'ennuyait jamais.

— Il n'y a pas d'hommes seuls ! plaisanta Rose, un peu au hasard, prise d'une gêne traversée de quelque chose de suave et oublié.

« Je vous retrouve. »

— Michel dit qu'un sapin est plus beau sans les horreurs de Noël. Il appelle ainsi les ornements d'usage.

— Il a du goût ; un sapin tout simple, bien vert, abritant une petite crèche, c'est beau...

L'arbre fut installé dans un pot en cuivre doré, couleur de sa chevelure, et Rose invita Théophile à boire un café.

La conversation aborda la solitude des femmes. Elle songeait à sa mère dont la grande faute – mais était-ce alors vraiment sa faute ? – avait été d'avoir accepté le joug d'un homme peut-être fou, persécuteur. Longtemps pétrifiée, elle n'avait osé une rupture.

— Il y a des hommes seuls, dit Théophile.

Il entrevoyait Au Bon Coin, ces vieux, ces sans-âge dont la seule douceur était de taper les cartes au fond du café. Ils buvaient un blanc râpeux ou un café banal, qu'ils étaient obligés de renouveler pour rester encore, encore un peu... avant de rejoindre la solitude de l'hospice ou d'un logis sombre, empoussiéré, où parfois régnait, malade, une vieille femme sans regard, sans parole.

— Les hommes seuls, répéta Théophile.

Son regard se posait, sans outrance, sur Rose. Sa chevelure, son visage, ses petites mains voltigeantes, sa robe turquoise, moulant une poitrine qu'il devinait vivante, encore pleine. Il lui demanda si elle n'allait pas aux distractions prévues par la ville : visites en groupe avec un guide féru de la région, thé dansant, conférences, déjeuners aux restaurants en bord de mer, marches à pied, gymnastique douce.

Elle frissonnait, comme sous une menace.

— Non, non, Théophile, je suis une solitaire. Surtout depuis la mort d'Aimable. Madame Lecruche et les autres se rendent à ces manifestations. La ville fait de gros efforts pour les personnes seules. Je le reconnais et j'approuve. Je suis incapable de partager ces distractions. La voisine a bien essayé de m'y entraîner. Je vais parfois à un concert à l'église. Un bon film me convient. La médiathèque me plaît. J'ai ici des livres, de la musique… Il y a mon potager.

Elle n'osa ajouter : « Il y a mon locataire. »

Elle se souvenait d'avoir croisé un bus qui menait madame Lecruche et une population féminine âgée, dont certaines femmes du quartier, à une randonnée au loin. Il n'y avait presque pas d'hommes. « Les veuves, sommes-nous si nombreuses ! » Un arrêt déjeuner était prévu. Le car les ramenait le soir, sur la place de Grand-Bourg. Il fallait s'inscrire à la mairie, payer une somme modique. Cette image la ramenait à l'idée de la vieillesse où une partie d'elle était déjà engagée. Non, elle ne pouvait pas. « Je me sentirais encore plus seule. » Sa terreur, avant l'arrivée de Michel, était la perte de la mémoire, la fracture d'un membre. La dépendance. Et son locataire était venu, des événements, des modifications, s'étaient enchaînés jusqu'à ce début d'après-midi, froid et ensoleillé, où elle buvait, ronde et bien faite, rousse et poudrée de rose, un café avec Théophile qui répétait : « Je vous retrouve. »

Il rit, lui aussi partageait ses goûts.

— Ma chance ? Mes jardins. Le mien, bien sûr, mais aussi celui de la ville, ceux de quelques voisins gentils. Le jardin de votre mère… J'ai aussi des amis. Peu, mais fidèles. Vous en connaissez certains, c'étaient ceux d'Aimable. On joue aux cartes chez moi, chez eux. On partage un repas au restaurant, entre garçons, en bord de mer.

Ils se turent.

— Rose, si on faisait un tour vers l'océan ? Il fait beau… L'automne a été si doux qu'il y a encore des fleurs.

Tout en conduisant, Théophile croisait le visage d'une femme aux beaux cheveux de miel rouge, au sourire discrètement maquillé. « Comment lui dire que je l'ai toujours aimée ? » Le sourire de Rose, qui depuis la venue de son locataire trahissait l'envie d'une joie, d'un répit dans toutes ses douleurs. Théophile l'aimait depuis longtemps, sans doute, mais avait-elle envie de l'encombrement d'un amour ? « Atteindre une paix, une douceur quotidienne, l'amitié. C'est beaucoup. Pourquoi déranger tout cela ? »

Une part d'elle-même regardait à la dérobée ce profil d'homme aimant, au classique grand nez des amoureux et des généreux.

Il quitta la route et longea une plage tout en sinuosités. La vue était âpre et belle ; elle se sentait bien, l'air était vif, froid. Une odeur de pin, de sel, de sable.

— On peut passer chez votre mère avant que je ne vous ramène chez vous ?

Oui, elle voulait bien. Il n'osait s'aventurer davantage. Une discrétion de fiancé bien éduqué. « Non, un homme timide. Beaucoup le sont davantage que les femmes. C'est à moi de l'aider si j'ai envie de son amour. »

— Donnez-moi votre main, Théophile.

Le moteur tournait. Ils étaient arrêtés à la pointe de cette plage de la Paterre où l'océan menait un grand jeu avide de vagues et de reflux.

Le moteur tournait toujours quand il l'embrassa avec une immense tendresse.

— Rose, Rose…

Il murmurait son nom simple et floral, si fort en accord avec ses éphélides, la bouche dont la lèvre du bas, un peu renflée, était restée si jeune. Ils n'avaient plus besoin de mots. Ce bien-être, si suave, si éloquent, avait doucement pris racine en deux terreaux humains.

Il démarra sans un mot et la mena chez lui.

— Voilà, c'est ma maison bleue !

On l'appelait ainsi à cause de ses volets peints de ce bleu véhément, bien en accord avec la façade rosée, le jardin opulent et simple, où contre un arbuste fleuri jacassaient les perruches. Ce jardin où rayonnaient les grandes tiges râpeuses de la buglosse du même bleu que le buisson de sauge, mêlé à la vipérine plantain. Ses violettes doubles, du mauve au bleu tendre, ses violettes, si rares, qui traversaient l'hiver plus glorieuses que le soleil, ses violettes dont il prenait un soin d'amoureux ; ses mains d'amoureux, là, sur le corps heureux de Rose.

Eut-elle un léger recul à cause des perruches ?

Il lui parut cependant tout simple de se retrouver avec Théophile dans ce lit donnant sur le jardin, ce lit qu'il lui sembla connaître depuis toujours.

— Rose, ma Rose.

Il disait ce nom qu'un autre homme aimé et perdu avait prononcé et cependant, c'était autre chose. C'était une autre bouche, habile et douce, d'autres mains, robustes et tendres, faites pour manipuler des fleurs délicates et arracher les herbes mauvaises...

— Rose, ma Rose.

Sa peau d'homme était douce. Il sentait la sauge, le buis, une eau de Cologne ambrée.

Elle était bien, si bien. « Je te retrouve », disait-il. Elle murmurait : « Et moi je t'ai trouvé sur ma drôle de route. » Il regardait, émerveillé, ce corps de femme, où rien, ou si peu, signalait le déclin. Rose, refleurie aux sentiments de l'amour, aux caresses que l'esprit endolori croit endormies ; ces caresses, l'une après l'autre, jaillies de ces mains d'homme, nanti de sa fonction d'enchanteur.

Il faisait nuit quand ils sortirent de la maison bleue.

Les travaux chez sa mère avaient avancé. Il avait débroussaillé le sinistre vieux jardin. Il alluma une grosse lampe.

— Tu verras, Rose, au printemps, tu ne le reconnaîtras pas. Les cyprès sont morts, tant mieux. Ils ôtaient une grande partie de la lumière. C'est ce tas de bois débité, là-bas, au fond. Henriette m'a dit : « Prenez-les pour faire du feu. » Ça fera des bûches pour ma cheminée. Tu viendras, dis, Rose, ma Rose, te chauffer à nouveau à mon feu ?

Il se penchait, il baisait sa main, ses joues.

— Un regard de jeune fille. Celui que tu avais quand je t'épiais de chez mon père, il y a longtemps. Pas si longtemps, au fond. Ce souvenir est si vif ! Ah, sous cette lumière, tes cheveux deviennent une poudre dorée…

L'amour donnait à son langage économe, simple, une poésie inattendue.

Le jardin de sa mère (elle ne disait plus jamais « mon père », elle ne pouvait pas, elle ne voulait pas), depuis la coupe des cyprès, était agrandi, éclairci.

Michel avait aidé Théophile à débiter ces vieux arbres.

Théophile s'interrogeait. Quel rôle avait pris le locataire, en cette famille bousculée, défaite, modifiée, depuis sa venue ?

C'est lui qui, entre autres, avait convaincu Rose de retrouver sa couleur naturelle, ce roux qui avait choqué la rue du Petit-Commerce et marqué cet élan d'amour au lit de Théophile, par un beau jour d'hiver où craquait l'or des feuilles.

Sa mère s'était exclamée : « Ça te va très bien, le roux, ma fille ! Tu as bien fait ! C'est ta couleur naturelle ! Quand je pense que j'avais cette même chevelure ! Echappe à ce triste gris que j'endure depuis des années ! »

Elle répétait : « Tu as bien fait ! Profite des belles fins d'automne. »

Elle enveloppait Théophile et sa fille d'un regard de devineresse qui dédaigne la moindre explication. Sa maison, éclaircie par l'élagage du jardin, le nettoyage et la peinture de Théophile, avait une allure de gaieté insolite. Son meilleur fauteuil était près de la fenêtre dont Théophile avait changé les rideaux, largement écartés. La lumière était entrée, la lumière s'installait. Rose remarqua que sa mère peinait parfois à respirer. Elle hésita à lui conseiller de consulter son médecin. Sa mère détestait que l'on parle de sa santé.

Deux ans plus tard, on la trouverait dans ce fauteuil. Immobile, sans désordre, un plaid sur les genoux. La lèvre bleue de ceux que foudroie une attaque cardio-vasculaire et dont on dit : « Ils n'ont pas souffert. »

*

Ils passèrent un Noël très gai.

Rose, sa mère, Théophile, Michel, Eliette. Elle ne serait pas là longtemps. Son travail reprenait le 26 décembre. Michel avait son regard bleu, celui qui marquait un contentement, une paix. Il était bien, là, assis entre Eliette et sa grand-mère. Ce regard bleu avait tenu Eliette un lent moment de plaisir heureux, proche d'un songe, destiné pour elle à un but longtemps et en vain espéré.

Michel n'était nullement gêné de ce qui s'était passé entre eux. Il avait agi comme on offre l'indispensable perfusion à quelqu'un d'innocent et en danger. Tel le bourdon, il voulait n'avoir aucun rôle dans la suite de son geste. Il la regardait sans équivoque, sans désir et avec amitié. Elle était vaguement troublée de le trouver si beau. Il l'était, il l'était sans cesse ; il l'était parfois sans mesure, avec une légèreté d'éphèbe et une sourde force qui tenait en respect, en rejet. C'était très curieux. Madame Lecruche répétait à sa fille, qui, à l'évocation de Michel, pâlissait en gris :

« Ce jeune homme est un monstre ! Un monstre ! Peut-être a-t-il des mœurs ? »

Eliette ne saisissait pas vraiment sa personnalité. Ils avaient été, une fois, une seule fois, si proches et en réalité, il était si loin !

« Je lui ai peut-être donné ce manque qui la torture, parce que j'ai envie que Rose soit contente. Rose souffre pour sa fille. Eliette est la seule qui soit gentille avec sa mère. »

Un Noël très gai.

Michel et Théophile aidèrent à presque tout le service. Michel avait ouvert les huîtres de Marennes, apportées par Théophile. Il découpa la dinde du hameau. Elle cuisait depuis le matin, cernée de sa farce subtile. Le foie gras était bon. La bûche, commandée par Henriette, venait du meilleur pâtissier de Grand-Bourg.

Il y eut peu de cadeaux. Ce n'était pas un Noël habituel, lourd de ressentiments, d'exigences, d'indifférences, parfois de discordes. Que ce fût ici ou au hameau, c'était une belle trêve. Des sentiments sincères animaient la maison de Rose. Rose et Théophile se disaient ouvertement « Mon chéri » sans qu'Eliette ni sa grand-mère ne s'en offusquent.

Quelques jours auparavant, Michel avait demandé à Rose :

— Qu'attendez-vous pour vous tutoyer et vivre davantage ensemble ? La permission de la voisine ?

Il évita de penser au hameau. Noël au hameau. « Ce ne sera pas gai, cette année », avait dit le parrain.

Un Bel Ange, doué d'une double vue, se hasarda en pensée, là-bas, parmi les marais étincelants et gorgés de traîtrises aqueuses. La grande salle, son géniteur, abattu dans son fauteuil, ne pouvant se régaler selon son habitude ; Didine, muette, à la tâche, voudrait aller à la messe du soir. Les tantines, sa mère, quelque nièce appuieraient sa demande.

— Il y a une messe au bourg à dix-neuf heures, on soupera après.

Didine dont les mains tremblent. Le regard furieux du géniteur. Sa voix devenue presque atone.

— La messe ! Allez-y demain matin !

Ses joues bleuissent, sa femme lui tend une pilule et un verre d'eau.

— Thomas, on en aura pour une petite heure !

Oui, elle l'aurait, sa messe, Didine-Divine, elle dirait, pleine de joie : « Le bon Dieu ne m'a jamais abandonnée. » Elle irait, au fond de la voiture de Catherine, enveloppée de laine, un peu plus petite, un peu plus voûtée. Les mains serrées sur son missel. Jeannot Lemulot dirait : « Ne vous inquiétez pas, je reste avec monsieur Thomas. »

Michel secoua cette pensée qui abaissait ses paupières.

Oui, cela se déroulerait ainsi.

Ce Noël-là, la maison de Rose avait à tout prix voulu être un enclos de paix et d'alliances profondes. Le sourire mystérieux d'Eliette y contribuait. Son divorce s'achevait. Son beau secret s'affirmait.

Eliette ne pouvait plus en vouloir à Bruno. Ils s'étaient revus, parlé. Bruno avait laissé l'appartement à son nom, sous réserve qu'elle assume les années de traites qui restaient. Il lui avait donné la modeste voiture, son ami l'entrepreneur en avait plusieurs. Bruno avait changé d'aspect. Il portait désormais les cheveux très courts, un blouson en cuir, un jean moulant, des chaussures en beau cuir, lacées haut. Il fumait des mentholées à filtre doré, il portait des lunettes rondes, à monture d'écaille. Ils resteraient amis. Il lui sut gré de sa compréhension.

Ils s'étaient rencontrés dans un café, à Angoulême, près de la banque où elle travaillait.

Pourquoi l'avait-il épousée et gardé un si long silence sur une telle vérité ?

— La honte, je ne puis t'expliquer. Tu étais gentille. J'ai cru que ce mariage arrangerait ce trouble. Comment décevoir la bonté de Rose envers moi ? Tu connais mon histoire. Une mère très dure qui nous a laissés, mon père et moi… Il s'est remarié ; il est indifférent. Il a d'autres enfants. Rose m'a accueilli comme un fils.

Tout le monde aimait Rose.

— Quand tu partais toutes ces nuits, ce n'était pas pour une femme, mais pour des garçons ?

Oui, c'était ça. Des garçons et un jour, un homme avec qui il vivait.

— Il a déclenché ta hâte de me dire enfin les choses ?

— Non. C'est le locataire de ta mère. Il y avait un moment que je connaissais Loup...

— Loup ? Comme un loup ?

— Il s'appelle Jean-Louis mais on dit Loup. Oui, comme un loup. Je n'osais toujours rien dire. Pardon, Eliette, d'avoir si souvent dormi sur le divan du salon. Il y a eu le locataire de Rose... Quand j'ai vu cette espèce de James Dean, tout s'est précipité... Non, il ne m'a jamais rien proposé. Mais il a hâté ma décision, un désir trop fort commençait à me venir pour lui. Ça n'avait rien à voir avec Loup, mais j'étais attiré, au bord d'un puits. J'allais mourir si je continuais mes mensonges.

— Mon désir d'enfant a dû t'exaspérer ?

C'était pire, c'était accélérer la vérité, sa vérité.

Elle comprenait ; elle ne lui en voulait plus. Bruno l'invita à son mariage avec Loup.

— En mai, quand tout sera réglé.

Les traites de l'appartement étaient lourdes pour son budget. Bruno avait été généreux. Ou bien avait-il culpabilisé ? Il ne pouvait faire davantage et elle ne voulait plus rien lui devoir. Il lui était difficile de louer ailleurs. Sa mère et sa grand-mère, d'un tacite accord, lui envoyaient une mensualité. Cela la gênait beaucoup. « Elles ne sont pas riches. » Elle-même s'en sortait à peine. Sa grossesse ? Ses collègues savaient qu'elle tentait une fécondation in vitro et qu'elle était séparée de Bruno. Une paix nouvelle l'habitait. Sa grand-mère lui avait suggéré une solution ambiguë :

— Ma maison est grande, rénovée grâce à Théophile. Fais-toi muter par ici et loge chez moi ! Tu louerais ton appartement et paierais tes traites sans problème. Tu pourrais même le vendre. Ta dette réglée, il te resterait une somme à placer. Penses-y… Viens chez moi ! A moins que tu ne supportes pas les vieilles, ce que je comprends !

Eliette posa sa main si semblable à celle de sa mère sur celle de Bruno. Elle souriait, jolie dans un pull-over blanc, jolie d'un calme inconnu. Elle eut recours à l'indispensable mensonge.

— L'in vitro a réussi. Je suis enceinte, Bruno. L'enfant portera mon nom. Tu n'es obligé à rien.

— Je suis content pour toi ! Je ferai un bon parrain, si tu le désires ! Loup adore les enfants.

Elle rit, de ce rire proche de celui de Rose. Jet d'eau, cristal brisé, retombée en fines gouttes, larmes, fraîcheur, joie.

— Moi aussi, je suis contente pour toi. La naissance est prévue en août.

Noël fut très gai.

Il y avait le rire grelottant de l'aïeule qui buvait du champagne sec.

— Etre bien ensemble, peu de monde, que souhaiter de plus ? dit Michel.

Un souvenir adouci, celui d'Aimable, assaillit Rose. Il pensait ainsi.

— Oui, répondit-elle, c'est cela ; être bien ensemble.

« Je suis si bien avec Théophile, à une certaine heure, quand la lumière balaye la moitié de la chambre… »

En sa maison bleue, bleue par ses volets et le bleu de son jardin.

Depuis que son locataire était entré dans la maison, un insoupçonnable huis clos avait joué. Cela avait commencé en sa faveur, elle, Rose, désolée de deuils, d'inquiétudes et de chagrins divers. Bel Ange avait contribué à bouleverser les alliances, les mésalliances. Mener Rose (« une bonne personne qu'on a tourmentée ») à une cicatrisation profonde, jusqu'à Théophile. Manœuvrer ceux voués aux ombres, laissant enfin libre une vieille femme longtemps torturée par un dangereux maniaque. L'abandon des tombes, l'accélération des cendres. Ne pas éviter de provoquer sa séduction sur Bruno. « Il rompra plus vite. Rose est malheureuse pour sa fille. » S'approcher d'Eliette, jusqu'à cette offrande à long terme. Eviter les autres. Ecarter les importuns. Braver quelques usages.

Dessiner, dessiner.

Le couvre-lit en satin bleu de Didine. Il y posait parfois la joue et le repliait avec soin. « O Didine-Divine, que le Ciel improbable que tu espères ait pour toi cette douceur. »

Sa petite marque au cou s'enfiévrait quand il songeait à elle.

Il se savait en partie impliqué dans le sort désormais pitoyable de son géniteur. Bel Ange, Mauvais Ange ?

« Non, toute justice mène à n'être presque pas humain. »

Un beau Noël...

Vers dix-neuf heures, Rose et sa mère voulurent aller à la messe.

— Eliette, viens-tu ?

Elle accepta, à l'étonnement de sa mère. Sa grand-mère la regardait et marmonna quelque chose que seul Michel entendit.

— Bien sûr qu'elle veut venir ! Elle doit prier pour deux maintenant !

Théophile proposa de les accompagner en voiture, même si l'église était au bout de la rue.

A leur retour, les cadeaux étaient disposés devant chaque couvert.

Rose reçut de Théophile un bracelet d'or. Il le passa à son poignet. L'un comme l'autre gardaient leur alliance. Il glissa dans sa main un petit paquet : les clefs de la maison bleue. L'aïeule reçut de sa fille et d'Eliette un coussin en satin broché et un plaid anglais. Eliette avait posé au centre de la table une rose de Noël. L'aïeule signa un chèque à sa petite-fille. Elle dit à Rose :

— Toi, il ne te reste plus qu'à attendre mon grand décollage.

Michel reçut de Rose un album à dessiner. Il sortit alors son cadeau. C'était pour Rose. La *Messe en si* de J.-S. Bach.

Un beau Noël, vraiment, où, après avoir raccompagné Henriette chez elle – elle y tenait absolument –, pour la première fois, Théophile dormit dans la maison de Rose.

Dans la chambre de Rose.

Le lendemain, dans la cuisine, Michel, levé tôt, prend son café avec Théophile qui doit nourrir ses oiseaux.

— Je reviendrai à midi avec Henriette. A tout à l'heure.

Rose est là, enveloppée d'un peignoir en satin blanc. Michel lui sert du café. Une brioche tiède est découpée.

— Rose, si ça ne vous ennuie pas, puis-je m'installer dans la cave ? J'aime cet endroit, l'établi, ce lit, l'espace… Tous ces livres ! C'est bien pour moi, d'être maintenant en bas.

Tact, besoin de solitudes. L'étage accueillait désormais un homme dont il avait tout fait pour que Rose en acceptât la conquête. Eliette occupait sa chambre habituelle. Il ne supportait pas, à quelques mètres, le voisinage d'un couple. Ni celui, intermittent, d'Eliette. Rose et Théophile n'auraient jamais osé lui demander de changer de chambre. Rose savait qu'il avait tout de suite aimé le sous-sol. Il ravivait en elle un noir chagrin. Michel ressuscitait les lieux, biffait les ombres.

Il y aurait désormais un beau jeune homme qui aimait les silences, ses créations, ses études et l'invincible cloison de son indépendance.

— Bien sûr. Quand tu veux !

En une heure, tout était organisé. Il ne voulut pas être aidé. Il sut ajuster les lampes, débarrasser habilement la table sur tréteau, garnir les étagères de ses livres.

— Venez voir !

Rose descendit, admira. Pour la première fois, elle oubliait qu'Aimable y était mort.

Ils passèrent ainsi ce que l'on nomme « les fêtes ».

Michel s'enferma en bas et dessina beaucoup. Il n'avait aucune nouvelle de Tiphaine et n'en cherchait pas. Elle lui avait envoyé un SMS. Elle était chez son frère cadet pour les fêtes. Elle se plaignait de ne plus le voir.

« Je n'ai plus envie de te voir de cette manière-là, Tiphaine. »

Il lui fallait régler quelque chose pour aider Eliette, c'est-à-dire Rose, à qui sa fille avait dit :

« Je suis enceinte. »

Mentir ? Laisser sa mère en paix ? Détourner surtout les doutes au sujet du géniteur.

Rose l'embrassa.

« Ne t'inquiète de rien, maman et moi, on t'aidera. Cet enfant, on l'aimera. N'en parle pas encore à ton frère. Il couperait ta joie ; il t'ennuierait en appuyant sur les difficultés. »

Aider Rose, aider Eliette.

« Je dois le tenter. »

Michel est allé à moto à Angoulême, suite à un SMS de Bruno. Il atteignit cette ville escarpée, magnifique, dorée, ses innombrables escaliers, les hautes traces de l'Histoire.

Michel avait marqué de longs arrêts devant les murs peints de personnages très connus de bandes dessinées. Il contempla le buste de Goscinny, tel le croyant devant quelque lieu miraculeux.

« Un jour, je viendrai en cette ville, mes dessins y seront. Un jour. Je le sais. »

Michel et Bruno se retrouvèrent dans un café rutilant, où la lumière traversait l'espace même si l'hiver gelait les rues.

Bruno avait égaré cet air engoncé, ce malaise que Michel avait décelé quand il l'avait rencontré chez Rose. Il portait une chevalière en or. Il reçut, cependant, tel un choc renouvelé, le sourire de Michel qui révélait, sur le devant, deux dents parfaites. Michel portait sa tenue habituelle, jean et pull noir. Un blouson de motard. Et ces boucles blondes, ce blond traversé d'ondes diverses, de vagues claires ! Une merveilleuse nonchalance donnait à ses gestes une envie de sommeil, un trouble mal situé, la certitude de souffrir de la belle image, virile, même si elle appartenait à celle d'un éphèbe de luxe.

L'étrange malaise reprenait Bruno. Le désir ? « Ce désir-là est toujours un tourment. » Bien sûr, il avait quitté Eliette pour un amour lié à sa vérité profonde, son agent immobilier, ce bel homme que les femmes avaient cru posséder. Il s'en trouvait heureux. Mais qui peut tuer le désir planant en oiseau de proie ?

Que lui voulait l'incommode locataire de sa mère ?

Il se souvenait de son trouble quand il l'avait vu, la première fois. Il n'avait plus supporté Eliette, ce corps femelle.

« Pourtant, quand je l'ai épousée, elle ne me répugnait pas. »

Oui, mais il dissimulait, avec quelle angoisse, une vérité éclatante, incontournable. Quand ce désir d'enfant s'était imposé chez elle, il se sentit devenir fou. Il ne pouvait plus la toucher, la voir. Il avait même songé au suicide. Il sortait le soir, il rentrait tard ou pas du tout. Il allait dans des boîtes spéciales. Il rencontrait son double interdit auquel il se donnait avec un plaisir naturel et simple.

Quitter Eliette... Il l'avait fait et vivait dans l'appartement de son ami. Un espace lumineux, embaumant le cuir neuf, l'eau de toilette de luxe, le parfum poivré de son amant.

Michel le regardait. Il était là pour aider Eliette : un arrangement au sujet des traites à payer. Eliette souffrait d'accepter l'aide de sa mère et de sa grand-mère.

— Elle n'est pas riche, Eliette. Un enfant. C'est sa chimère. Elle en aura pour sa vie entière.

Bruno se raidissait.

— Je sais qu'elle est enceinte. L'in vitro. Nous en avons parlé ; nous restons amis.

Bel Ange se tut. Il ne quittait plus Bruno de son regard changeant, un sourire flottant, délicieux, femelle et mâle à la fois. Bruno avait une voix un peu rauque. Il ne comprenait pas cette insolite rencontre. De quoi se mêlait-il, ce garçon si beau ?

— Vous savez bien que je lui ai tout donné, mais je ne peux assumer quinze ans de traites. Je sais, c'est la moitié de la paye d'Eliette. Mon ami est riche mais je ne puis abuser.

Michel étendit sa main, en recouvrit celle de Bruno qui tenta de se dérober.

— Votre ami a beaucoup de relations. Trouvez à Eliette un poste à la banque de Grand-Bourg ou alentour. C'est aussi une bonne comptable. Elle cherche en ce sens mais cela peut prendre du temps. Avec cette crise, comment être sûr d'une promotion ? Sa grand-mère a parlé de la loger. Elle pourrait ainsi louer l'appartement, venir à bout de cette dette qui l'écrase et inquiète sa mère. Elle pourra assumer l'enfant.

En silence, Michel maniait la main du garçon qui sentait le cuir, la cigarette à la menthe, un faible parfum d'eau de toilette poivrée.

Bruno devint méfiant, recula sa main, sa chaise.

— En quoi le sort d'Eliette vous intéresse ? Vous en êtes amoureux ? Chargé de son sort ?

Bel Ange alluma ses yeux comme le fanal d'un navire n'évitant pas l'obstacle.

— C'est sa mère que je tente d'aider. Ni l'une, ni l'autre, ni madame Faucheux, ne savent que je suis ici, avec vous. Non, je ne suis pas amoureux d'Eliette et je ne partage pas l'obsession d'enfant.

Michel, d'un subtil élan félin, reprit les mains de l'adversaire.

Il les regardait, ces mains, qui d'ailleurs étaient belles, un peu petites pour un homme. Il leva les yeux. Un regard proche de ces violettes qui éblouissent l'hiver. La bouche de Michel donnait des envies de langueur, de bel été cerné d'un foin blond et odorant.

Il sortit un calepin et dessina le profil de Bruno.

— Vous n'y perdrez rien, il suffit parfois d'une relation. Votre ami, peut-être, a des contacts utiles pour aider Eliette ?

Bruno penchait une tête apaisée, proche d'une étrange soumission. Bel Ange lui donna le dessin : il était ressemblant, flatteur. A son tour, Bruno saisit les belles mains du garçon dont le regard, éblouissant, ne cillait pas.

— Mon ami connaît du monde. Je vais voir ce qui est possible.

Bruno, soudain, le tutoya.

— Nous nous marions en mai. Viendrais-tu à notre mariage ?

— Bien sûr ! Aidons Eliette. Tu as trouvé ta voie, elle aussi.

Il se tut. Il détestait parler longtemps.

Il reprit cette distance, qui si souvent engendrait le désir de l'autre. Il demanda de l'eau gazeuse. Il avait soif. Il but, reposa le verre.

« Partir... Que fais-je ici avec ce type qui ne m'est rien, sinon éviter des soucis à Rose ? »

S'étonnait-il quand, brusquement, Bruno éclata en pleurs. Il coucha sa joue sur les deux mains de Bel Ange dont le regard, sous les larges paupières, les longs cils noirs, retrouvait ce gris acier du vainqueur au vaincu.

Quand Bruno releva la tête, le front contre une main qui tremblait, Bel Ange souriait, et avait son regard « en roue de paon ».

Bruno essuya ses yeux d'une main irritée.

— C'est idiot... Oui, il y a sûrement quelque poste du côté de Grand-Bourg, La Rochelle. Alentour. Mon ami a des adresses utiles.

Il souriait, Bel Ange, il souriait, il reprenait les mains à la chevalière en or. Il disait : « C'est bien ce que tu fais là. »

Il l'embrassa fraternellement, plongeant ses prunelles singulières dans le regard de l'autre. Bruno l'accompagna jusqu'à sa moto. Le sol, les murs étincelaient d'un reste de verglas, de froid et de ce soleil que l'hiver prodigue parfois à certaines cités.

Michel était revenu à une vitesse folle à Grand-Bourg. Il savourait ces étranges triomphes qui ressemblent à un jeu de cartes d'autrefois où on s'amuse du Pendu, du Cavalier, de la Dame, du Squelette...

Il savourait sa propre force employée parfois du côté du bien, ou de la destruction.

*

L'hiver restait doux.

Michel se faisait à cette nouvelle vie, où quelqu'un habitait souvent la chambre de Rose, qui allait régulièrement à la maison bleue.

L'histoire d'Eliette n'avait pas étonné Henriette. Elle disait que si elle avait élevé seule ses filles, elles auraient été bien plus heureuses. Il n'y aurait peut-être jamais eu de deuil.

Elle était enchantée de la savoir enceinte, séparée de « son ectoplasme ». Elle dit qu'elle devenait une féministe acharnée et se mit à lire *Le Deuxième Sexe* avec passion. Oui, tout mariage était une imposture. Elle disait à Rose, étonnée, contente, de plus en plus ancrée dans une vie aimante :

« Ne te remarie jamais ! Te voilà comblée entre ta maison et celle de Théophile, que souhaiter de mieux ? »

Elles riaient.

Henriette, parfois, s'assombrissait.

« Je suis si âgée… Combien de temps me reste-t-il à enfin aimer la vie, ma vie ? »

Bel Ange achevait le troisième volet de sa bande dessinée.

Peu de nouvelles lui venaient du hameau.

Le père Thomas ne parlait presque plus. Le grand sapin et la crèche avaient été ôtés après la fête des Rois. La vapeur grise enveloppe les marais, telle la toile fantastique d'une araignée inconnue. Il se lève, il va à son armoire ; il en sort le papier que son fils Michel avait signé : renoncer à tout ce qui lui reviendrait de la ferme, des terres.

Il relit le document. Il le déchire avec lenteur. Il en jette les morceaux dans la cheminée où une des brus a ajouté des bûches. Il parle à mi-voix :

— Il a droit à sa part quand je ne serai plus là.

Etait-ce esprit de justice ou désir d'humilier davantage ce fils qui a tant troublé sa vie ?

Didine, prise de toux, de fièvre, assise sur le banc, a tout vu. Tout compris. Elle tricote une écharpe pour Jeannot. Le père Thomas respire de ce bruit de forge, de gorge. Il va vers ses fusils. Il en retire un de son support, il fouille un tiroir, ouvre une boîte de cartouches. Il arme le fusil. Il revient dans son fauteuil. Il ne regarde pas Didine. « Je ne te parlerai plus jamais, maudite ! »

Il n'a pas le temps d'appuyer le canon contre sa gorge ; Didine, si fragile, si petite, a bondi, repoussé l'arme. Le coup est parti, brisant un carreau.

— Non, Thomas, tu n'as pas le droit.

Elle est plus bouleversée de voir ses yeux d'homme, si durs, embués de larmes que devant le fusil déchargé.

Le petit Lemulot est accouru. Il y a des ombres autour du père Thomas, la voix de Didine.

— Il a voulu nettoyer son fusil, il lui a échappé des mains.

Il respire mal. Le docteur Trouvent est venu.

On l'a encore hospitalisé.

Un nouveau pontage est prévu.

Michel a reçu ces nouvelles par son parrain.

— Quand on l'a endormi, il a dit « penser au petit ». Je crois qu'il parlait de toi. Il est en maison de rééducation. Il ne parle plus. Tata multiplie ses chapelets. Elle sourit beaucoup, elle dit qu'il a été touché par l'amour qui dormait en lui. C'est peut-être possible...

Michel a la gorge serrée en pensant à son géniteur. C'est une étrange sensation.

La voix de son parrain avançait des lourdes vérités.

— L'amour d'un père pour le fils ? Peut-être, ça lui a enfin pris le cœur d'avoir touché à la mort ? Les tantines se le demandent et ta mère a regardé ton album de naissance avec Tata.

Il resta un long moment sur son lit bas. Irait-il voir son géniteur qui avait voulu mourir ? « Il ne supporte pas sa faiblesse physique. Ai-je hérité de lui sa force implacable ? Sans Didine, il serait mort. Ils auraient tous dit, sauf Didine, c'est la faute à Bel Ange. »

Non, il n'irait pas le voir.

« On trouverait le moyen de se faire encore beaucoup de mal. »

Il feuillette sa bande dessinée. Il s'attarde sur la partie du hameau. Ce fauve dressé, hostile, c'est lui, son géniteur. La scène de la chasse. Tous, sous son crayon, ont un masque animal, féroce. Une Didine florale, en son champ de navets et de fleurs. Lui-même est cet oiseau inconnu, ailes dépliées, sous un acacia. La moto est le cheval Pégase.

« Créer au sens fort, c'est tuer. C'est une guerre. C'est oser pointer un crayon, des mots, des notes, que sais-je, sur les blessures les plus universelles. C'est peut-être une envie de justice. »

Il revit des critiques louangeuses de certains best-sellers tournés *vers le rêve.* « Débiter du rêve ? Collaborer à une société qui en est là ? Jamais. »

Il déplia le couvre-lit en satin bleu. Il s'allongea dessus et s'endormit de ce sommeil de jeune fauve. Les yeux entrouverts et les mains onglées comme des griffes.

Un mois plus tard, Eliette appela sa mère : il y avait une place dans une société d'assurance, à La Rochelle. Elle logerait chez sa grand-mère. Enfin, elle pouvait vendre son appartement. Il y avait de la demande.

— Pourquoi ne viens-tu pas vivre chez moi, ma chérie ? demanda Rose.

— Parce que tu as le droit de vivre tes amours et il y a ton locataire. C'est mieux comme ça.

— Avec cet enfant que tu attends, ne serais-tu pas mieux à la maison ? Tu as eu de la chance de trouver un employeur, ils n'aiment guère les femmes enceintes.

— Ils ont besoin d'intérimaires. Je gagnerai moins mais plus de traites à payer ! Ce qui restera de la vente me permettra un placement. Quant à mon ventre, j'en suis fière ! Ta voisine ne manquera pas de le remarquer !

Elle riait de ce rire de jeune fille qui, autrefois, disait avoir rencontré l'amour. Elle épousait, noyée de tulle blanc, un jeune homme gentil ! Gentil ! Qui s'appelait Bruno.

Les années avaient tout détruit. Le monde s'était refermé.

L'étrange passage du locataire de Rose avait tout modifié.

Elle avait signé la promesse de vente. Elle vivait donc chez sa grand-mère, dans la chambre repeinte par Théophile. Elle se faisait suivre à la clinique de Grand-Bourg. Chaque matin, elle rejoignait une société d'assurance qui l'avait engagée grâce à l'ami de Bruno. Sa grand-mère et Rose tricotaient du blanc.

Eliette chantait sans cesse. Ni nausées ni malaises. Un dimanche, elle reçut, indifférente, une visite de son frère. Fernand ne comprenait rien à ce divorce et ces changements, ahurissants pour lui.

Averti par madame Lecruche, furieux de ne pas avoir été mis au courant « en tant qu'aîné », il était venu directement chez sa grand-mère. Il eut un regard envieux, offusqué devant les changements agréables de la maison et du jardin.

— On ne se reconnaît plus ! Grand-papa serait outré !

Sa colère était intense.

« Eh oui, lui avait téléphoné madame Lecruche, votre mère se paye du bon temps avec le maçon de votre aïeule ! Quant à votre sœur, la voilà célibataire avec un ventre rond ! »

Dans son fauteuil tapissé de neuf, Henriette garnissait de dentelle un bonnet de bébé. Eliette faisait infuser le thé, disposait trois tasses. Fernand restait, exprès, debout. Henriette le regardait du coin de l'œil. « Tout de son affreux grand-père. Il hausse le menton de la même manière. » Elles entendaient, sans l'écouter, Fernand pontifiant faire la morale. Cette morale lui rappelait « son horrible vie de femme ».

Il désignait le ventre d'Eliette. Son doigt se faisait fourche, couteau, pointe.

— Un enfant in vitro ! Un enfant sans père, un mari en fuite dont on m'a dit des choses si abominables que je ne les répéterai pas !

De son fauteuil, Henriette souriait, souriait. Elle lui montra le bonnet.

— C'est joli, n'est-ce pas ? Plus joli que toi ! Je te savais un imbécile mais pas un sans-cœur à ce point !

Fernand, coupé net dans son sermon, la bouche entrouverte, ressembla quelques instants à son épouse batracienne.

Il eut un regard furieux pour sa sœur, pour la vieille dame qui, soudain, s'était levée. Elle brandissait sa canne et désignait la porte.

— Tu connais le chemin ou ma canne va t'y conduire ! Eliette est désormais dans *sa* maison qui ne sera jamais la tienne !

Stupéfait, enragé, il hurlait.

— Je n'irai même pas à ton enterrement !

— J'allais te le demander et ce sera réciproque !

On entendit démarrer sa voiture avec furie. Henriette riait. Eliette était un peu pâle.

— Apprends à t'affirmer encore, ma petite-fille ! Donne-moi du thé, veux-tu ? Cet idiot m'a fatiguée.

— Sais-tu que sa femme attend aussi un enfant ? Ils refusent la contraception.

— S'ils continuent ainsi, ce n'est pas une famille qu'ils vont avoir mais une garenne !

On voyait peu Michel. Ses cours, ses virées personnelles. Il avait revu Tiphaine, amaigrie, frôlant la dépression. Elle lui avait confié que sa vie était absurde, seule dans l'appartement de ses parents. Elle lui reprocha de ne plus venir la voir. Il haussa les épaules.

— Ça ne rimait pas à grand-chose. Restons bons camarades, c'est mieux, non ? Il y a des partiels à réviser.

L'ennui le saisissait. Cet ennui que distillaient Tiphaine et ses demandes trop précises, envahissantes.

— Emmène-moi faire un tour à moto.

— Je n'ai pas le temps, Tiphaine.

Ils étaient dans la cafétéria de l'IUT.

— Tu as le temps mais tu n'en as pas envie.

— Si tu veux.

Il s'en alla ; cette discussion l'assommait.

Il traversait un hiver où bien des choses, par sa présence, ses actes, ses absences, avaient changé.

Fin janvier, il était allé brièvement à Angoulême. C'était le festival de la bande dessinée.

Il y avait foule. La prémonition d'un avenir très proche, quelque chose de si puissant, d'incontournable. La certitude d'être à sa place. Il avait parcouru les allées, croisé de grands dessinateurs. Mais il n'avait parlé à personne, entrepris aucune démarche. Quelles démarches ? Il achevait son dernier cahier ; ce serait à lui de la faire, cette fameuse démarche, qui coûte tant à toute première création.

« Bientôt, un jour, je serai ici. Je le sais. »

Il ne s'attarda pas.

Février, mars… Il eut dix-neuf ans et n'en dit rien. Il déchira le chèque envoyé par son parrain.

Il dessinait, il dessinait.

Son géniteur était revenu au hameau. Il ne parlait plus. Pas même à sa femme. Didine, à pas lents, rejoignait son jardin. On ne voyait plus le voisin. Dans son champ, de hautes herbes avaient poussé ; des vaches paissaient.

Il y avait des orages, parfois un soleil très clair. Le ciel splendide de la Saintonge. L'impression d'un fuseau horaire étincelant, unique. Vents, marées, courte grêle en cristal irisée par un soudain soleil.

Catherine prenait soin de sa sœur.

— Ne prends pas froid, mets une autre laine.

Didine ne parlait jamais de Bel Ange. Elle pensait à lui chaque jour.

« Il réussira son grand désir ; il en a besoin pour sa paix. Il est chez des bonnes personnes. »

Elle toussa beaucoup en cette fin d'hiver. Les tantines exigèrent qu'elle reste au chaud, dans la salle.

— Ne t'inquiète pas pour tes cultures. Jeannot s'en occupe.

Didine souriait, elle remerciait.

Le parrain de Bel Ange se rendit à nouveau à Grand-Bourg, avec Micheline. Rose les reçut. Micheline avait l'œil partout. La maison était jolie, la logeuse, gracieuse, un peu rousse, peut-être, une robe à couleurs trop vives ? Elle portait un bracelet en or, des pendentifs en turquoise, cadeau de Théophile. Elle sortit un cake. Michel, avec un grand sérieux, le découpa.

Un bel homme affable entra. Théophile.

Michel ajouta une tasse. Son neveu agissait avec un grand naturel, « comme si c'était sa maison », se dit Micheline. Il avait bonne mine et, selon son habitude, parlait très peu.

— Tata ne va pas fort, dit son parrain. Elle a pris froid dans son jardin. Le docteur Trouvent l'a obligée à prendre des antibiotiques ; ça n'a pas été sans peine ! Elle a une nouvelle bronchite. Elle refuse de s'allonger, elle est assise dans le deuxième fauteuil de la salle. Tu sais, celui en face du père ?

Michel revoyait les deux fauteuils, laids, confortables, rarement occupés aux heures de la besogne.

— Ton père s'y tient beaucoup depuis son retour. Il a passé l'hiver en rééducation. Le cardiologue est content du deuxième pontage mais tout va dépendre de lui. Pas d'émotions. Parfois, il dort une partie de l'après-midi.

Micheline avança les mots détestés.

— Il est mieux que tu n'ailles pas là-bas.

— On viendra te voir. Madame Lechant est si gentille ! Cela ne vous dérange pas d'avoir sans cesse Michel ? On est venu vous dire qu'on va augmenter sa pension à sept cent cinquante euros par mois. Ne refusez pas, ça nous fait de la gêne d'abuser.

Rose se récria.

— Il fait partie de la famille ! Ne vous inquiétez pas !

Michel avait les paupières baissées sur un regard décoloré.

Son parrain et Micheline se levèrent. Micheline sortit d'un sac un poulet préparé et une boîte d'œufs frais.

— Tenez, madame Lechant. C'est du frais, c'est du bon ! Les œufs, c'est pour toi, Michel, tu n'aimes guère la viande ! Il n'en mangeait pour ainsi dire pas, chez nous.

Rose fut étonnée.

— Ah ? Ici, il ne la refuse pas. C'est vrai, il préfère les légumes, le poisson, mais il ne déteste pas la viande.

Micheline pinçait une lèvre contrariée. « Il fait partie de la famille. » Son mari détourna l'attention, embrassa Michel.

— A plus tard, mon gars ! Tata va guérir, je te le ferai savoir ! Au revoir, mâme Lechant, au revoir, monsieur. Merci pour l'accueil !

Rose chantonnait. Elle tentait de détourner Michel de certains mots « Ne viens pas au hameau... Tata a une bronchite... ».

« Ils l'ont abandonné. Ils payent, ils viennent mais pour signifier qu'ils ne le veulent pas chez eux, chez lui. »

Elle eut un geste large qui englobait la cuisine, le vivoir, l'escalier, le sous-sol, le jardin.

— Tu es ici chez toi.

Il enfilait son blouson et sortit sans un mot. Ils entendirent démarrer sa moto.

« Je ne reverrai plus Didine. »

*

Il avait réussi ses partiels de mars. Il allait de temps à autre chez Tiphaine. Il lui portait les cours en retard. Ses parents repartaient en voyage. Elle le supportait de moins en moins.

— Je les encombre.

— Reviens en cours. Tu te sentirais mieux.

Elle avait maigri. La tristesse ternissait son visage.

— J'ai envie d'une bière.

Il alla la chercher dans le réfrigérateur quasi vide.

— Mes parents m'ont eue trop tard. Je les encombre.

« Moi aussi, je suis né trop tard, c'était si dur... mais il y avait Didine. Elle n'a pas une Didine pour la consoler. »

Il se revoyait, tout jeune Bel Ange, effaré de solitude face à des parents dont l'indifférence était mêlée d'hostilité. Quelqu'un entra. Une femme mince, dont il devina que c'était la mère de Tiphaine. Elle s'habillait comme sa fille ; elle avait même les oreilles percées de petites boucles. La marque d'un lifting était visible ; une peau trop étirée, des lèvres gonflées au Botox.

Elle regardait ce jeune homme en noir, éclairé de boucles dorées, le regard pâle. Elle se lança dans un bavardage aussi vain que son apparence. « Ma parole, elle me drague. » Que pouvait attendre Tiphaine d'une mère pareille ? Un homme la suivait. Michel retint un hoquet de dégoût : lui aussi était lifté, bronzé aux lampes artificielles, habillé de cuir noir et rouge. Il portait des paquets qui venaient des meilleurs traiteurs de la ville.

Ils riaient, bavardaient.

Michel s'adressa à Tiphaine comme s'ils n'existaient pas.

— Tiphaine, pars d'ici. Ces gens-là te donnent de l'argent ? Loue un studio, pars d'ici.

La mère, la bouche peinte en rouge vif, proposait :

— Jeune homme, voulez-vous un kir au champagne ?

— Pars d'ici, Tiphaine !

— Vous ne restez pas ? insistait la femme dont le lifting marquait quelques craquements au coin des paupières.

Assise en face de Michel, elle osait croiser les jambes très haut, à la limite de jarretelles visibles. Elle riait fort. L'homme en cuir aussi. Ils devaient fréquenter les Boucaniers et autres lieux où les chairs exultent.

— Salauds ! dit-il.

Il claqua la porte.

Il avait rejoint sa moto ; ses mains étaient froides.

Sa bande dessinée montrerait ces personnages artificiels et meurtriers.

Ils inspiraient son crayon et aggravaient sa colère originelle.

Chez Rose, il s'apaisa en humant la lavande. Personne. La maison était tiède. Habitée d'affection, habitée de cette douceur qu'il avait ressentie la première fois qu'il y avait pénétré. Bientôt sept mois !

Son portable sonna. Il fut stupéfait d'entendre la voix de son géniteur. Non pas la voix sonore, qui traversait le grand champ. C'était une voix cassée, une voix de vieillard.

« S'il m'appelle, c'est que quelque chose de grave est arrivé. »

La voix meurtrie par la maladie disait ce qu'il redoutait.

— Eh oui, mon gars, Tata… Elle a eu un mauvais microbe aux poumons. C'était plus grave que la bronchite. Elle n'a pas pris les antibiotiques. Têtue, pauvre Tata ! Elle a cru à ses herbes…

Il l'avait trouvée, ce matin, dans le fauteuil en face du sien. Elle avait dû se lever, avoir un malaise. Il a cru qu'elle dormait.

— Elle souriait. Les tantines l'ont portée sur son lit. Elle sourit encore. On lui a mis son chapelet entre les mains. Le curé est venu. On la porte en terre après-demain, au cimetière du chemin bleu. Près de ses parents. Si tu veux venir, mon gars…

Michel dit qu'il viendrait au cimetière du chemin bleu.

— Tu ne veux pas passer la voir ?

Non, il ne voulait pas. Il ne pouvait pas. Didine, à jamais immobile. Sur son lit dépouillé pour lui du couvre-lit en satin bleu.

— Comme tu veux, mon gars. Si c'est moi, ta gêne, je ne serai pas au cimetière, je ne peux sortir en ce moment. Trois piqûres par jour.

Bel Ange ouvrit son portefeuille, médita longtemps sur l'image pieuse. Il feuilleta son premier carnet de dessins. Il regardait la petite fée florale en son champ et lui, le jeune homme sous l'acacia. Le lien d'amour vrai. Si pur.

« J'irai au cimetière du chemin bleu. »

Rose, Théophile, Henriette, Eliette. Il les avertit de manière brève. Ils étaient au fil des jours devenus sa famille à lui, cette espèce d'orphelin. Ils devinaient qu'il perdait l'essentiel de l'Amour Pur.

Ils eurent la délicatesse de la discrétion. Michel refusa toute proposition d'Interflora.

— Didine vivait à l'année parmi les plantes, les fleurs, vous connaissez cela, Théophile, qu'est-il besoin d'autre ?

Rose, malgré elle, murmurait le poème de Victor Hugo.

— « Demain, dès l'aube... »

— Oui, Rose, demain j'irai là-bas...

Ce ne serait pas à l'aube, c'est à l'aube qu'il l'avait vue, il y avait si peu de temps. L'aube et Didine, lui, dans l'aube de Didine, habitacle sacré, serein, ciel, terre, bois penché, merveilles des bonnes solitudes.

Et cette lumière inimitable, due à la proximité de l'océan. Ce pays, quoi qu'il fasse, où qu'il aille, serait sans cesse un rappel indicible.

Demain.

Son portable sonna encore : son parrain. Il racontait la même chose.

— Le père avait tenu à t'appeler lui-même. Il a dit qu'il est temps de faire la paix.

— Je n'étais pas en guerre, dit Bel Ange.

Il irait au cimetière du chemin bleu. Où reposerait une créature délicate qui n'avait connu, répandu et partagé que l'amour et ses infinis.

La grille du cimetière était ouverte. Michel entra, deux hommes avaient ouvert une tombe. C'était là. Une si petite tombe, un si grand chagrin. « Je t'interdis le chagrin », murmurait en lui la voix enfantine, la voix de Didine-Divine.

« Je n'entendrai plus ta voix. C'est ça, la mort. Une voix dissoute. »

Il attendit debout. Les deux cantonniers roulaient une cigarette, parlaient du temps, des pluies à venir. Un homme fit son apparition. Il portait une modeste couronne de roses pâles. C'était le voisin qui avait acheté le champ de navets de Didine. Il reconnut Michel. Il ôta sa casquette, hocha la tête. Il répétait : « On a perdu une brave personne. »

Il dit à Michel qu'elle était passée le voir au sujet de sa clôture. Elle était si gentille qu'il avait accepté d'en ôter l'électricité.

— Pour moi, il n'y avait pas d'histoire. Le champ était à elle et on avait fait affaire ! Le père Thomas l'a mal pris. C'est qu'il n'est pas commode ! Ça a fait une drôle d'affaire dans sa tête. Il était devenu mauvais avec la tante ! Mais elle souriait, elle ne se fâchait jamais. Ça a failli tourner au fusil, cette histoire... J'ai comme idée que la tante s'est laissée aller... C'est qu'elle t'aimait bien, tu sais. Te voilà presque un homme, maintenant ! Tu as forci de belle manière. La tante, quand on se causait à travers le grillage, n'en avait que pour toi !

Il déposa ses fleurs près du tas de terre.

— Quand ce sera fini, tu les mettras où il faut. Ne dis pas que je suis venu. Au revoir, mon gars.

Michel ramassa les roses, les mit à l'abri.

Un fourgon gris entra. On entendit claquer des portières de voitures. Michel reconnut ceux qui entraient, de noir vêtus. La famille, quelques personnes des hameaux voisins et du bourg. Il y avait la mercière, dans un manteau en fausse fourrure assorti à la toque, Lili et son pharmacien.

On allait lentement. Michel eut un moment de détresse. Sa solitude lui sembla extrême.

« Ah, oui, c'est elle que l'on va mettre en terre. Plus jamais là, ma Didine-Divine. »

Sa voix de fillette sans âge traversait sa mémoire. « Mais non, Bel Ange, tu n'es pas seul ! Au Ciel, je n'arrêterai pas de penser à toi ! Je suis là, Bel Ange… »

Là, dans cette caisse si petite qu'on eût pu croire à l'inhumation d'un enfant.

« Tu étais une enfant merveilleuse, Didine-Divine. »

Le curé du bourg suivait avec un enfant de chœur. Il bénit la tombe et dit des choses banales et douces.

Il prononçait son vrai prénom, Ludivine, et Bel Ange avait envie de crier : « C'est Didine-Divine qui est là, glissée entre ces cordes que tiennent ces lourdauds. »

La caisse raclait les bords de la fosse. On entendait tomber quelques cailloux.

Mais en lui, la voix tendre, enfantine reprenait l'invisible et inlassable litanie.

« Je suis si bien en mon grand repos ! Ce n'est rien, cela. De la poussière, un peu de terre. »

Pétrifié tout au bord de la fosse, il serrait si fort ses poings dans les poches de son blouson que ses ongles le griffaient. Visage dur, il ne bougeait pas.

Il vit sa mère, ses tantes, ses frères, ses neveux, lancer une rose blanche dans la fosse. Il y avait le facteur. Des couronnes de fleurs. Le fredon de la litanie reprenait.

— Une bonne personne, bonnes gens !

Sa mère et les tantines pleuraient. Les hommes étaient graves.

Son géniteur n'était pas là.

En une demi-heure, tout était fini. On le regardait avec gêne. Lili s'éloigna vite, sur des talons trop hauts.

Jeannot Lemulot fut content de le voir. Il avait les larmes aux yeux.

— Elle était si gentille avec moi !

Il portait une petite plaque où étaient gravés une fleur en bronze et un bandeau en cuivre : *Nous ne t'oublierons jamais.*

Les femmes s'embrassaient. Les hommes serraient des mains.

On se retrouverait à la ferme pour la collation d'usage.

Une femme de la famille disait :

— On passera chez le marbrier. Quelque chose de simple, c'était son souhait. Une croix, son nom…

Son parrain embrassa Bel Ange, les tantines aussi. Sa mère n'osait pas.

— Viens avec nous. Le père souhaite te revoir.

Il dit qu'il viendrait une fois la tombe refermée.

« Ils t'abandonnent déjà, ils ont hâte de boire et de manger. Seul Jeannot, sur ses pauvres économies, t'a laissé un souvenir. »

La banalité de ce *« Nous ne t'oublierons jamais »* le déchirait.

C'était absolument vrai, il n'y avait pas d'autre formule.

— Tu viens, Michel ? murmurait Jeannot de cet air suppliant qui rarement le quittait.

— Va, Jeannot, peut-être à tout à l'heure.

Déjà, les cantonniers se hâtaient à coups de pelle. Il fixa jusqu'au bout la petite caisse, la terre blonde et noire, jusqu'au monticule que tassaient les pelles dures. Ils accumulaient, çà et là, les couronnes, les bouquets.

Il frémit de leurs propos, vaguement moqueurs.

— Les fleurs seront pourries avant que le marbre ne soit posé !

Ils s'éloignèrent.

Michel arrangea au mieux les roses du voisin évanoui dans ses terres.

Il approchait du bois penché, de la ferme.

Il laissa sa moto au chemin des acacias. Il leva les yeux à la fragrance des arbres.

« Déjà, ces bourgeons qui vont refleurir. »

Les plantes de Didine, l'air gorgé de parfums divers, ce rayon de lumière au-dessus des terres... Un arc-en-ciel se dessinait. Il parcourait l'allée où Didine le rejoignait. L'allée où sa ferveur pour elle et celle de dessiner étaient nées en même temps.

« Mais sans toi ici, Didine, cet espace où tu as su me consoler n'a plus de sens. »

La petite silhouette, ses tendres offrandes. Le parfum des beignets à l'acacia. Plus jamais les beignets à l'acacia. Plus jamais la douceur de dessiner, là, assis sous l'acacia. Que lui est-il arrivé, à son acacia aimé ? Il n'est plus là ! Il y a une crevasse à la place.

« C'est le vent, lui dira plus tard Jeannot. Il en a arraché deux. On en a fait des fagots. »

Le feu, le feu sur ce qui fut son recours, le dossier d'un siège invisible où il dessinait, le regard parfois levé vers la petite silhouette penchée sur ses fleurs.

Débiter l'acacia préféré… A coups de hache ou à la scie meurtrière qui fait grincer les dents et serre le ventre. Quelques feuilles de l'arbre aimé gisaient sur le chemin.

Il en ramassa une et la glissa dans sa poche.

Un garçon accourait, avec des grands signes des bras comme pour montrer la voie à un naufragé.

— Michel, on t'attend ! criait Jeannot.

Il secoua la tête. Le chemin mutilé de l'acacia lui sembla un désert où passent les hordes barbares. Couronne d'épines sur son front pâle où dansent des boucles dorées, bracelets d'épines à ses poignets.

Il serait désormais ce rôdeur qui parfois approcherait des terres, du chemin dévasté. Il serait l'inconnu dont parleraient les gens d'ici.

« Vous avez vu le succès immense de ses bandes dessinées ? Il est né au hameau, chez nous.

— Il est parti. Même sa part de terre, il l'a abandonnée. Il n'est plus des nôtres.

— Il ne l'a jamais été. »

Il serait celui que d'invisibles barbelés retiendraient à la source du bois penché. Personne ne lui ferait signe ; les marais, les bois, le chemin vers la ferme et le bourg, les rampantes bêtes du sol et les éblouissants oiseaux blancs l'ont vu. Les cantonniers du cimetière du chemin bleu, le facteur et le voisin au fond de son champ l'ont aperçu. Il serait le revenant, celui qui a osé quitter la terre de sa naissance pour les fouler à coups de crayon iconoclaste. La porte de la maison serait close. Les volets aussi. Les chiens ne le connaissent pas. Les chiens l'égorgent s'il ose entrer.

Le vent reviendrait, il se mêlerait au grand soleil de juin où, parmi les foins odorants, se conçoit l'enfant nouveau. Le vent, le soleil, le foin aux ors mêlés de bouses et de coquelicots, seraient l'implacable barrage à celui qui a osé partir, graver sur du papier imprimé, partout répandu, les signes qui font faner les coquelicots, flétrissent les longs bleuets, ressuscitent les volailles égorgées et transforment en bêtes hostiles ceux dont il est né...

Il fait un effort terrible pour refouler ses pleurs.

Il a choisi son bienheureux carmel.

Il s'en alla vers sa moto.

Dans la salle, un brouhaha de ripailles épaissit l'air.

Le père Thomas, dans son fauteuil, vit arriver Jeannot Lemulot. Seul.

— Je m'en doutais.

Il avait pourtant des choses bonnes à dire à Bel Ange.

Didine lui léguait sa petite terre et lui-même avait rétabli sa part à venir.

Ce *ravisé,* marque génétique, avait-il hérité de sa terrible obstination ?

Le fauteuil vide de Didine pinça son cœur d'une manière si pénible qu'il pensa faire un malaise. L'infirmière entrait ; c'était l'heure de sa piqûre.

La fatigue le détourna des autres.

Un réseau de veines, mauves, vertes, gonflait ses mains.

Il rejoignit sa chambre.

Catherine avait suivi l'infirmière qui contrôlait la goutte d'air avant de piquer la chair.

Le père Thomas baissa la tête comme un vaincu.

On ne comprenait pas ce qu'il murmurait.

— Il aurait dû venir… Il aurait dû venir…

— Non, il ne doit plus venir, dit une voix.

*

Madame Lecruche venait chez Rose de temps en temps.

Elle allait de plus en plus, le dimanche, voir sa fille à Aytré.

— Elle préfère que j'aille la voir, disait madame Lecruche.

On savait, même à l'extrême bout de la rue du Commerce, que Myriam Lecruche ne venait plus chez sa mère.

Avril s'annonçait. Eliette portait un joli ventre rond. Grand-Bourg commentait sa séparation avec son mari. Rose s'empressa de raconter à la voisine la solution qu'avait adoptée sa fille. Contente de sa moisson de ragots, madame Lecruche laissait retomber son rideau et contait ces choses à sa fille. On en parlait jusqu'au café Au Bon Coin.

Même la tante d'Aytré était au courant.

Un dimanche où le printemps dessinait la vapeur bleutée des plumbagos de Théophile, madame Lecruche entra sans frapper dans la cuisine de Rose.

Elle répétait, à la limite d'une clameur :

— Ce n'est pas possible ! Ce n'est pas possible !

Rose faisait du ménage. Michel dessinait dans son sous-sol. Il reconnut la voix tonitruante. Il s'assit sans bruit sur les marches de l'escalier.

« Peut-être Rose aura-t-elle besoin de mon aide ? Nous tenons une belle crise de nerfs. »

Une crise de nerfs, pouvait-on appeler ainsi ces saccades de mots, ces mains tordues, cette tête jetée en avant ?

Madame Lecruche n'était que sanglots, cris, cuir du visage barbouillé de pleurs.

— Ce n'est pas possible !

Ses yeux erraient, çà et là, de la cuisine au vivoir, de la fenêtre au plafond. Ils n'avaient plus cette fixité outrageante.

— Que se passe-t-il, madame Lecruche ? s'inquiéta Rose. Asseyez-vous, buvez un verre d'eau.

Madame Lecruche s'écroula plutôt qu'elle ne s'assit sur un tabouret qui gémit.

Elle ôtait ses lunettes, elle les essuyait, les remettait, les ôtait encore. Ses mains tremblaient. Rose pensa à une maladie, quelque accident arrivé à sa fille.

— Calmez-vous, Yvette. Vous avez des mauvaises nouvelles de Myriam ?

Elle l'avait appelée Yvette, ce qui apaisa ses tremblements.

— Oui, une affreuse nouvelle ! Myriam ! Myriam ! Pourquoi ?

Rose sentait sa voix se fêler.

— Un accident ?

— Pire ! Pire !

Qu'y avait-il de pire, pour une mère, surtout aussi possessive que madame Lecruche, qu'un accident grave, voire mortel ?

— Elle est partie !

— Partie ? Quand ? Où ? Elle n'est plus à l'hospice d'Aytré ?

Dans un flot incohérent, les mains parfois tendues, parfois croisées, les doigts crispés, Yvette Lecruche débitait le récit d'un événement extraordinaire.

Myriam avait demandé un poste d'infirmière à Saint-Pierre-et-Miquelon.

Elle était partie sans le dire à sa mère.

A l'hospice, la directrice eut l'air surpris.

« Vous ignoriez qu'elle avait demandé sa mutation ? »

Oui, elle l'ignorait. Elle avait une clef en double du studio de Myriam. Elle s'y précipita. Les placards étaient vides. Il restait juste un caleçon en laine. Une lettre était posée sur le lit. Il y avait l'adresse de l'hôpital où elle avait demandé et obtenu un poste. C'était tout.

— Pourquoi, pourquoi ? sanglotait la mère déraisonnable, idolâtre de cette fille unique qu'elle avait scotchée à sa vie.

Rose ne savait comment consoler une telle détresse.

— Elle ne veut plus me voir ! Il faut demander à la police de me la rendre ! Appelez la police ! Elle n'a pas le droit !

Elle frappait ses lourdes mains sur ses cuisses épaisses.

Michel avait l'immobilité d'un chat guettant une volaille devenue folle. Rose n'osait dire sa pensée.

« Myriam Lecruche, âgée de trente-trois ans, va enfin vivre et respirer ! »

Comment avait-elle puisé la force de dénouer ce nœud infernal de la possession maternelle ?

Madame Lecruche se mouchait bruyamment. Ses lunettes étaient tombées. Ses yeux ronds montraient trop de blanc. Allait-elle s'évanouir ?

— Tenez, Yvette, buvez un peu de ce vin. Vous en avez besoin.

D'une voix douce, avec précaution, comme on parle à la folie, Rose dit :

— Myriam a plus de trente ans. Elle n'a peut-être pas osé vous faire de la peine, avec son besoin de partir. Elle vous a mise en face du fait accompli. Vous la reverrez, bien sûr ! Vous pouvez prendre un avion, la voir parfois ! Un grand voyage, de nos jours, n'est pas difficile.

Le hurlement reprit, à forte cadence.

— Mais justement, elle ne veut pas ! J'ai appelé jour et nuit ! J'ai fini par la joindre ! Elle ne veut plus me voir, elle m'accuse d'avoir brisé sa vie de femme. Qu'est-ce que ça veut dire, sa vie de femme ? N'étions-nous pas heureuses, chaque dimanche, toutes les deux ? Elle partageait ma vie, mon lit !

Elle suffoquait. Elle balbutiait :

— Qui m'aime, en ce monde, qui m'aime ?

Elle saisit son foulard à rayures et commença à s'étrangler avec.

Elle hoquetait, elle bavait. Sa langue sortait, épaisse. Rose se précipita, mais la force de madame Lecruche était singulière. Que faire pour l'empêcher de mourir là, étranglée par ses propres mains ? Michel versa d'un seul coup une cruche d'eau sur la tête de la voisine. Ses mains s'amollirent, lâchèrent le foulard. Elle glissa sur le carrelage. Elle était à demi évanouie.

Michel continua son traitement. Il appliqua quelques claques sur les joues bleuies. Rose posait une serviette mouillée de vinaigre sur son front.

Elle ouvrit enfin les yeux. Ils l'aidèrent à s'asseoir. Elle tremblait mais elle ne criait plus.

— Je vais vous accompagner chez vous, Yvette. Voici un châle pour ne pas attraper froid. Voulez-vous que Michel nous aide ?

Elle lui jeta un regard haineux.

— Non, non. Il n'apporte que du malheur. Venez seule. Oui, restez un moment avec moi. Savez-vous qui m'a avertie en premier de ce drame ? Ma tante d'Aytré. Myriam l'avait chargée de cette abominable commission. Elle ricanait. « Tu ne vois pas, ma pauvre Yvette, qu'on a qu'une envie, te fuir ? » Elle m'a même accusée d'avoir fait mourir d'ennui mon pauvre époux !

Elle parlait, madame Lecruche, appuyée de tout son poids au bras de Rose.

Sur son canapé acajou, elle grelotta longtemps après s'être changée. Elle avait enfilé n'importe comment une robe de chambre, passé une écharpe d'homme, un bonnet de sa fille...

Rose resta avec elle.

Elle réussit à l'apaiser :

— Je viendrai vous voir chaque jour. Les choses se rétabliront. Ce départ n'est pas définitif.

— Pourquoi la tante d'Aytré m'a dit « tu peux toujours courir pour revoir ta fille » ?

— Parce que c'est une mauvaise personne.

Madame Lecruche se moucha longuement. Une branche de ses lunettes était dévissée.

— Elle a ajouté que sa fortune irait à la Société protectrice des animaux. Elle disait des choses affreuses. « Vous êtes pourtant deux bêtes, toi et ta fille, mais vous ne faites pas partie de la société des animaux. Aucun animal ne voudrait de toi et de ta coureuse de Saint-Pierre-et-Miquelon ! »

A la désignation du lieu où Myriam avait fui, elle éclata à nouveau en pleurs. Ses bras étaient griffés par ses propres ongles.

On frappa à la porte. C'étaient Théophile et le médecin de Grand-Bourg. Michel lui avait brièvement expliqué les choses. La voisine frôlait une violente crise nerveuse.

On l'aida à regagner sa chambre, son lit. Le médecin lui fit une piqûre.

— Vous allez dormir, madame Lecruche. Vous n'êtes pas seule, vos voisins vous aideront.

Elle s'endormit d'un sommeil agité.

Le médecin, au courant de l'affaire, hochait la tête.

— Elle est en état de choc. Si ça ne va pas mieux, appelez-moi. Je la ferai hospitaliser.

De retour dans sa chambre, Michel range des papiers. Quand il reçoit quelque rare courrier, IUT ou autre, Rose le dépose sur la table du vivoir. Peu de temps après Noël, il y avait une lettre d'Aytré. Une lettre délirante d'amour, de désirs, d'une insane sexualité, signée Myriam Lecruche. Huit pages ! Une écriture en zigzag, parfois illisible. La fin de la lettre tournait au pur chantage. S'il ne répondait pas à son amour, elle disparaîtrait dans un pays lointain, il serait coupable de tuer sa mère.

Il avait haussé les épaules, déchiré soigneusement ce papier à petits carreaux. Tout alla à la poubelle. Il choisit, comme souvent, le silence.

Rose s'occupait de sa voisine.

Elle allait la voir, elle lui chauffait quelque nourriture. Théophile la relayait.

Madame Lecruche semblait avoir repris ses esprits. Mais elle maigrissait à une vitesse singulière. L'épaisse commère s'était transformée en vieille femme dont les vêtements, peu lavés, flottaient sur elle. Elle ne se teignait plus. Ses cheveux étaient blancs et sans éclat. Ils poussaient dans tous les sens. Elle n'entretenait plus sa maison. Elle mangeait souvent à même une boîte de conserve. Elle ne vidait plus ses poubelles. Rose les tirait sur le trottoir, le jour du ramassage.

Théophile voulut passer la tondeuse sur la pelouse de son jardin devenue un champ d'herbes folles.

— Allez-vous-en ! cria-t-elle.

Elle ne supportait que la visite quotidienne de Rose.

Un autre jour, on entendit un grand bruit.

Madame Lecruche, en robe de chambre élimée, lourdes chaussures sans bas ni chaussettes, fracassait à grands coups de pelle l'urne de son époux. Elle hurlait. Les rideaux de la venelle s'agitaient.

— Sale type ! Tous des sales types !

L'urne bondissait sous la pelle. On eût dit une tête réduite qui tentait de fuir. Elle poursuivait la chose, elle renonça à la pelle.

Elle piétinait l'urne avec une force revenue. L'urne s'était ouverte telle une coquille de noix. Une poussière grise s'en échappait. Elle courait après la poussière ; elle hurlait des obscénités à la poussière.

— Tu ne m'échapperas pas, capripède !

La rue du Petit-Commerce suivait cet événement, derrière les rideaux, les palissades, les portes entrouvertes. Au café, les joueurs de cartes hochaient la tête et riaient tout bas. Rose était effrayée. Michel haussa les épaules et composa le numéro du SAMU.

Ils étaient déjà là, piétinant le jardin défiguré. Les voisins, sans donner leur nom, avaient appelé le même numéro. Ce n'était pas de la compassion de leur part, mais le souci de rentrer dans leur vie calme, ainsi l'escargot dans sa coquille.

Madame Lecruche devenait, décidément, trop gênante.

Elle fut hospitalisée en psychiatrie à La Rochelle. On avait joint sa fille qui refusa absolument de revenir. Une maison de repos fut prévue en cas d'amélioration, à Aytré.

Rose et Théophile vont régulièrement la voir. Ils entretiennent sa maison. Rose lui apporte du linge, des vêtements. Leur ancienne voisine est si maigre que plus rien ne lui va. Ses cheveux sont en partie tombés, le dessus de son crâne est pelé. On dirait un vieux curé. Elle semble lucide. Elle les remercie. Rose lui apporte des pâtisseries.

— Je n'aime plus manger.

Le psychiatre l'a menacée de la nourrir à la sonde si elle s'obstinait à ne pas s'alimenter.

Rose lui parle de choses simples et calmes. Si elle prononce le nom de son locataire, madame Lecruche pousse des cris perçants.

— Je le hais ! Il nous a tous séparés !

Quelque chose, au fond d'elle, tâtonne vers la cause de la fuite de sa fille.

Elle dit « la mort » de sa fille.

Bel Ange, lui, dessine : la hyène à rayures ayant égaré sa créature d'élite poussant des hurlements derrière deux clôtures différentes. Une cage de zoo où errent des animaux serrant leurs tempes, cernés de blouses blanches. Un autre espace est une île, en escarpement, où, pieds nus sur le gel, une hyène en caleçons longs rit aux éclats, le museau sous une capuche. Elle est devant la porte d'un hôpital où dansent, enchaînés, se tenant la tête entre des poings enchaînés, des animaux inconnus à jambes humaines.

Bel Ange a tout envoyé à Paris, à de grandes maisons de bande dessinée.

Allongé sur le couvre-lit en satin bleu, il attend, un sourire indicible aux lèvres.

Il attend comme un fiancé d'autrefois.

Il attend la réponse.

Le refus qui ploie les reins, le dos, le souffle. L'agonie.

L'acceptation qui ressuscite.

L'acceptation qui le fera divinement et définitivement seul.

Il n'est pas pressé.

Une veillée d'armes.

Son arme est un crayon.

Arme de vie, arme de mort.

*

Voilà deux ans que Bel Ange est à Paris.

Deux ans, c'est l'âge de Ludivine, la fille d'Eliette. Celle-ci n'est plus seule, elle a retrouvé l'amour avec Benoît, un collègue.

Bel Ange a demandé à être le parrain de la petite fille et de l'appeler Ludivine.

Henriette a eu le temps de la connaître. Elle a penché sur elle des rides de ravissement.

Le jour de son départ, Bel Ange avait reçu une bonne nouvelle. Une grande nouvelle. Une lettre. Une grande lettre, carrée, comme celles des notaires. Il a ouvert. C'est la première fois que ses mains tremblaient.

C'était un contrat d'édition. Une maison de bande dessinée renommée. On l'attendait à Paris. Sur son portable, il y avait un message qui faisait aussi frémir ses mains.

Il est parti comme on se dissout dans les airs.

Il a emporté le minimum de vêtements. Il a logé un moment dans un petit hôtel. Il habite désormais dans le XIIIe arrondissement.

Sa bande dessinée, *Arc'Ange*, a connu un succès fou, immédiat. Il signe « Bel Ange ».

On l'a vu partout dans des revues, à la télé. Distant, beau, toujours en noir, avec ce regard…

Bien des mairies et des médiathèques l'invitent mais il ne va qu'au festival de bande dessinée d'Angoulême.

Bel Ange arrive parfois sans avertir à Grand-Bourg. A moto. Les rideaux se soulèvent. La rue fait silence. Il a toujours sa clef et sa chambre au sous-sol. Il repart vite.

Michel a passé dans la vie de ceux de Grand-Bourg comme une nécessaire étoile filante. Il est autant présent, fidèle, qu'évanescent. Il donne, ne reprend rien, disparaît.

Bel Ange aimera-t-il ?

Il sera difficile, il rompra beaucoup. Son grand modèle a été « Didine-Divine » à qui il a dédicacé ses albums. Ce comble de l'amour désintéressé. Où trouver, cerné d'ambitieux, de filles dures et décidées, de garçons troublés par lui, partout où on le convoite, ce comble de l'amour désintéressé ?

Bel Ange aimera peut-être un jour, peut-être jamais.

Rose regarde sa petite-fille.

Elle a des yeux « en roue de paon », sur le cou une petite marque en forme de trèfle.

Elle rit, assise sur le couvre-lit en satin bleu.

Au hameau, le père Thomas, les gestes lents, découpe tous les articles sur « ce nouveau génie de la bande dessinée ». On parle beaucoup de « sa figure d'ange ». C'est une époque où l'apparence, l'âge pèsent à tout succès, d'un poids sournois, terrible.

Le bourg fait silence, mais chacun a acheté ses albums. On se reconnaît, surtout ceux du hameau, on n'en souffle mot.

« Le mieux est qu'il ne vienne pas par ici. »

Au festival d'Angoulême, ceux qui l'ont connu n'ont pas osé l'approcher. Il y avait foule, quelque chose les angoissait.

« C'est lui et ce n'est plus lui. »

Au hameau, sa mère, les tantines ne disent rien. Elles n'aiment pas ces dessins. Elles en devinent le prodigieux coup de poing. L'Injure sans rémission.

Le père Thomas regarde longuement les photos et articles à son sujet. Jeannot Lemulot s'approche.

— C'est bien, monsieur Thomas, c'est bien, n'est-ce pas ?

Le facteur apporte quelque courrier. Il entre dans la salle. Le père Thomas est dans son fauteuil. Il respire mal, haut et fort.

— C'est beau la réussite de Bel Ange.

— Bel Ange ? Il s'appelle Michel Thomas et c'est mon fils.

Il s'attarde sur les dessins où une Didine florale bat des mains, devant un jeune homme sous l'acacia.

Décembre 2017

DU MÊME AUTEUR (suite)

Au vent fou de l'Esprit, roman, 2002, J'ai Lu, diverses collections

Sissi, les forces du destin, biographie, 2003, J'ai Lu, diverses collections France Loisirs

Le Bois des abeilles, roman, 2005. Finaliste prix Jean d'Heurs (Verdun) et Prix des Mouettes (prix du Conseil général de la Charente-Maritime), 2006

Ce que l'océan ne dit pas, roman, 2008, Terre de Poche De Borée

Margot, la reine rebelle, biographie, 2009, France Loisirs

Jeanne d'Arc, la chanson et le geste, biographie, 2012

Ces jours heureux, roman, 2014

Madame de Pompadour, l'amie nécessaire, biographie, 2015, France Loisirs, 2016

AUX ÉDITIONS DU ROCHER

Salve Regina, roman, 1997

Eléonore par-dessus les moulins (textes inédits), 1997

Le Perroquet de Tarbes, roman, 1998

Colette, la vagabonde assise, Grande Biographie, 2000, Prix de la culture bourguignonne, J'ai Lu

Un si grand objet d'amour, roman, 2001

George Sand, la somnambule, Grande Biographie, 2002, J'ai Lu, traduit en tchèque

L'Ange rose, roman, 2004

Marie Stuart, Grande Biographie, 2007

AUX ÉDITIONS DU SEUIL

La Cinquième Saison, récit, dessins de Marc Daniau, Seuil Jeunesse, 1996, Prix Enfantasia de la ville de Genève

Charivari, roman, dessins de Blutch, 1998

Mademoiselle Noémie, roman, dessins de Blutch, 2001

Mon vieux Léon, roman, dessins de Blutch, 2003

AUX ÉDITIONS PRESSES DE LA CITÉ

Port-des-Vents, roman, 2017, France Loisirs, Grand Livre du Mois

Vous souhaitez en savoir plus sur les livres et les auteurs de la collection Terres de France ?

Retrouvez toutes les informations sur le site
www.collection-terresdefrance.fr
et abonnez-vous à notre lettre d'information.

Suivez-nous également sur notre page Facebook
et sur notre fil Twitter.

Club des Amis de Terres de France
12, avenue d'Italie
75627 Paris cedex 13

MIXTE
Papier issu de sources responsables
FSC™ C003309

Composition et mise en pages
Nord Compo à Villeneuve-d'Ascq

Achevé d'imprimer en France par EPAC Technologies

N° d'édition: 4550414308218

Dépôt légal: mai 2018